W0313445

Steffen Schulze

Pepe S. Fuchs – Kopfgeldjäger

Bibliografische Information der Deutschen Nationalbibliothek

Die Deutsche Nationalbibliothek verzeichnet diese Publikation in der Deutschen Nationalbibliografie; detaillierte bibliografische Daten sind im Internet über http://dnb.ddb.de abrufbar.

ISBN 978-3-89969-250-1

Umschlagbild: © Diana Schulze
www.principal.de

Steffen Schulze

Pepe S. Fuchs
Kopfgeldjäger

PRINCIPAL VERLAG

Der Autor Steffen Schulze wurde 1975 in Finsterwalde/Niederlausitz geboren und arbeitet in einem weltweit agierenden Unternehmen.

Ehrenamtlich engagiert er sich für die Deutsche Lebens-Rettungs-Gesellschaft (DLRG). Er ist mit der besten Ehefrau von allen verheiratet und lebt in der Wartburgstadt Eisenach. Neben dem Rettungsschwimmen ist das Schreiben seine große Leidenschaft.

Vielen Dank an die beste Ehefrau von allen!

Ebenso geht mein Dank an Motorrad Apel in Weimar und Hanno Lichtschlag von Ducati Deutschland, die ein Ducati-Motorrad für Fotoaufnahmen zu Verfügung gestellt haben, sowie an das Team des Principal Verlags.

1

Das Gefühl als schlechtes Gewissen zu bezeichnen, wurde Pepes aktuellem Empfinden nicht mal ansatzweise gerecht. Langsam zog der Oberfeldwebel den Helm vom Kopf und stülpte ihn mechanisch über den Seitenspiegel seines Dienstmotorrades. Dann rieb er sich über seine Glatze und vermied es weiterhin, direkt zu dem Haus hinüberzusehen. Er war zu lange nicht hier gewesen, viel zu lange, und fürchtete sich etwas vor dem, was ihn gleich erwartete. Noch auf der BMW sitzend brach die mühsam verdrängte Erinnerung an den schicksalhaften Einsatz am Fuße der Eisenacher Wartburg über den Militärpolizisten herein. Damals war er als Feldjäger für den Schutz und die Eskorte des Bundespräsidenten und dessen kubanischen Gastes verantwortlich gewesen. Und er hatte fürchterlich versagt. Zwar hatte er ein Attentat verhindern können, aber ein Kamerad, ein guter Freund, war dabei ums Leben gekommen. Jetzt, zurück in Eisenach, kam es ihm vor, als wäre es gestern gewesen. Seine Narben, seelisch wie körperlich, waren bis heute zu spüren. Und in wenigen Minuten würde sich Pepe S. Fuchs erneut seinen Dämonen stellen müssen.

Im Laufe seiner mehr als zehnjährigen Dienstzeit hatte er es mit vielen, furchterregenden Gegnern zu tun bekommen. Er hatte gegen kubanische Waffenschieber gekämpft, sich mit mitteldeutschen Rockern herumgeschlagen, Katz und Maus mit chinesischen Geheimagenten gespielt und sich sogar gegen moderne Hexen zur Wehr setzen müssen. Dabei hatte er so manchen, herben Schicksalsschlag erlitten und war mehr als einmal nur knapp dem Tod entronnen.

Viele seiner Kameraden, aber auch seiner Gegner hatten weniger Glück gehabt. Fast jeden Tag musste Pepe an sie denken und das nicht nur, da ihn sein schmerzender Körper unerbittlich daran erinnerte. Mittlerweile sah seine Haut wie eine in Blindenschrift gezeichnete Landkarte aus. Die Schmerzen wurden von Tag zu Tag schlimmer. Ohne Tabletten hielt er es manchmal kaum aus. Da sich sein Metabolismus inzwischen auf die chemischen Wirkstoffe eingestellt hatte, musste Pepe die Dosis in regelmäßigen Abständen erhöhen. Doch so viele, beinahe aussichtslose Situationen er bislang gemeistert hatte, auf den unmittelbar bevorstehenden Einsatz hätte er lieber verzichtet.

Ächzend wuchtete Pepe sein rechtes Bein vom Motorrad und ließ sich auf den Bürgersteig gleiten. Mit knapp einem Meter sechzig entsprach er nicht gerade dem Idealbild eines deutschen Soldaten, war mit Müh und Not als Feldjäger angenommen worden. Aber er hatte die fehlende Körpergröße durch Mut, Erfahrung, Kraft und eine große Portion Herzblut wettmachen können.

Pepe streckte den Rücken durch und musterte den Himmel. Es war früher Abend. Wolken zogen auf. Der Wetterbericht hatte eine Gewitterfront angekündigt und Pepe konnte den nahenden Regen förmlich auf der Zunge schmecken. Gedankenverloren massierte er sich den Nacken und schaute zu den Fenstern im ersten Stock hinauf. Es brannte Licht. Hinter den Vorhängen bewegten sich Schatten wie Geister. Geister der Vergangenheit. Unwillkürlich griff Pepes Hand zum Pistolenhalfter und fasste ins Leere. Er war unbewaffnet, um seinen Besuch weniger bedrohlich wirken zu lassen. Hoffentlich war das kein Fehler gewesen. Ein unterdrückter Schmerzensschrei riss ihn aus seinen Gedanken. Der Ausruf klang mehr nach Wut als nach Schmerz. Er kam vom Nachbargrundstück. Hinter dem Haus, von der Straße nicht einsehbar, drangen hitzige Wortfetzen zu Pepe herüber. Nein, er schob seine Stippvisite nicht unnötig auf. Als Polizist war er quasi genötigt, nachzusehen, ob nebenan jemand Hilfe brauchte, obwohl er im zivilen Leben keinerlei Befugnisse hatte und nur gegenüber Militärangehörigen weisungsbefugt war. Die hüfthohe Vorgartentür war nur angelehnt. Vorsichtig stieß Pepe sie auf, trat über die Schwelle und rief: »Alles in Ordnung bei Ihnen?«

Keine Reaktion.

»Hallo?«, versuchte er es erneut.

»Was?«, brüllte eine aufgebrachte Stimme zornig und unsichtbar aus dem hinteren Garten zurück.

»Alles in Ordnung bei Ihnen?«, wiederholte Pepe seine Frage und betrat endgültig das Grundstück. Ohne eine Antwort abzuwarten, lief er den kiesbestreuten Fußweg entlang, der um das Haus herumführte. Kaum hatte er das Gebäude umrundet, blieb er wie angewurzelt stehen. Ein junger Mann hielt mit beiden Händen seinen rechten Fuß umklammert und hüpfte auf dem anderen Bein in einer nicht ganz zwei Meter tiefen Grube herum, als wäre er eine menschliche Rüttelplatte.

Der Mann war kaum größer als er selbst, hatte die Statur eines Jockeys. Seine blonden, fast gelben Haare waren mittig streng gescheitelt. Das Loch, in dem er umhersprang, hatte die Größe zweier Tischtennisplatten. Neben ihm stand ein älterer Herr mit einem Spaten in der Hand. Für Pepe sah es so aus, als würde der Alte jeden Moment ausholen, um seinem Partner eins über den Schädel zu ziehen. Erneut wanderte Pepes Hand automatisch in Richtung Pistolenhalfter und wieder griff er in die Luft.

»Alles in Ordnung bei Ihnen?«, fragte er so ruhig wie möglich zum dritten Mal.

»Runter von meinem Grundstück!«, blaffte der Alte drohend und zeigte mit dem Spaten wie ein Lehrer alter Schule mit einem Rohrstock in Pepes Richtung.

Der hob beschwichtigend seine Hände und sprach den jungen Mann an, der weiter unbeirrt wie aufgezogen durch die Grube hüpfte: »Sind Sie verletzt?«

»Nein, nur zu dämlich, seine Füße von meinem Spaten fernzuhalten«, zischte der Alte. »Und jetzt runter von meinem Grundstück oder ich hole die Bullen!«

»Okay«, sagte Pepe, drehte sich um und kehrte zu seinem eigentlichen Ziel zurück. Dieses Mal gönnte er sich keinen Aufschub, drückte sofort auf den Klingelknopf. Erst passierte gar nichts. Im Haus gegenüber wurde eine Gardine aufgezogen und nach wenigen Sekunden hastig die Jalousie heruntergelassen. Fast war Pepe erleichtert, dass niemand öffnete und konnte dem Drang, umzukehren, beinahe nicht widerstehen. Doch dann meldete sich eine Stimme über die Gegensprechanlage.

»Da bist du ja endlich! Wir haben schon gedacht, du kneifst mal wieder!«

Das ›mal wieder‹ tat mehr weh als der barsche Tonfall. Ehe Pepe etwas erwidern konnte, summte der Türöffner. Mit schwitzigen Fingern stieß er das massive Tor auf, zog es bedachtsam hinter sich zu und lief mit schweren Beinen auf die Eingangstür zu. Im Geiste malte er sich die verschiedensten Szenarien aus, die ihn jeden Augenblick erwarten konnten. Keine war wirklich positiv. Erneut erwischte er sich, wie er nach seiner Pistole tastete. Dann ging die Tür auf. Automatisch blieb Pepe stocksteif stehen.

»Was ist denn jetzt noch? Willst du da Wurzeln schlagen? Komm rein oder soll ich dich holen?«

»Nein, nein, ich komme ja«, lenkte Pepe ein und stieg die drei Stufen der Eingangstreppe wie in Zeitlupe hinauf. Als er oben angelangt war, schlangen sich zwei Arme fest um seinen Hals und Frederike Deutschmann presste ihren Körper an ihn, als drohte sie ohne Pepe den Halt zu verlieren und in einen bodenlosen Abgrund hinabzustürzen. Sie zitterte und schien sich kaum auf den Beinen halten zu können.

Auf den ersten Blick hatte sie sich kaum verändert, vielleicht hatte sie etwas um die Hüften zugenommen, was ihr jedoch gut stand. Die Haare trug sie hinten etwas kürzer und Pepe hatte den Eindruck, dass sie die Farbe geändert hatte, was sie jugendlicher als ihre knapp dreißig Jahre, aber auch frecher aussehen ließ. Er war zu lange nicht hier gewesen.

»Es ist so schön, dass du hergekommen bist! Endlich!«, schluchzte Frederike und drückte Pepe einen feuchten Kuss auf die Wange. »Weißt du, wie lange es jetzt her ist?«

»Nicht lange genug«, antwortete Pepe mit belegter Stimme und nahm die Frau nun ebenfalls in den Arm. Intensiver als vor wenigen Minuten übermannte ihn die Erinnerung an Roger Deutschmann, Frederikes Mann, der beim Eisenacher Sommergewinn ums Leben gekommen war.

»Ja, nicht lange genug«, stimmte ihm Frederike zu. Sie umklammerte ihn immer noch und Pepe spürte ihren heißen Atem an seinem Ohr.

»Sollten wir nicht besser die Tür zumachen?«, fragte Pepe, nachdem sie gefühlt fünf Minuten in inniger Umarmung verbracht hatten.

»Ach was. Meine Nachbarn haben sich ihre Meinung über mich längst gebildet. Ist der Ruf erst ruiniert, weißt du«, seufzte Frederike, ließ dann aber doch los. So hatte Pepe die Gelegenheit, sie näher anzuschauen. Freddy sah besser aus als bei seinem letzten Besuch, der tatsächlich viel zu lange zurücklag. Ihr Gesicht war nicht mehr so leichenblass wie früher, auch waren die dunklen Augenringe verschwunden.

»Möchtest du erst mal raufgehen? Sie sind schon ganz aufgeregt. Ich mache mich in der Zwischenzeit etwas frisch«, unterbrach sie Pepes Musterung und schniefte in ein Papiertaschentuch.

»Gut, mach ich«, antwortete er und sah Frederike tief in ihre geröteten Augen. »Es tut mir leid, Freddy, dass ich mich so lange nicht habe blicken lassen.«

Frederike schluckte und winkte ab. Dann schloss sie die Tür und ließ Pepe allein im Flur stehen. Der zog umständlich seine Motorradstiefel aus und verfluchte sich innerlich, dass er in Uniform aufgetaucht war. Kein Wunder, dass Freddy so emotional reagiert hatte. Schließlich hatte ihr verstorbener Mann lange genug als Panzerkommandant in der Bundeswehr gedient. Der Anblick eines Soldaten hatte sie sicherlich sehr erschüttert. Wahrscheinlich würde das gleich, ein Stockwerk höher, nicht anders werden.

Bereits am Fuße der Treppe hörte Pepe Krach. Im ersten Augenblick klang es wie das Casting für eine Teenie-Band am Anfang einer Fernsehstaffel, wenn die weniger talentierten Sänger ihre großen Auftritte hatten. Sofort schlug Pepes Herz höher. Er packte das Geländer und zog sich die Stufen hinauf, als hätte er einen Sack Kohlen auf dem Rücken. Selbst wenn er noch nicht hier gewesen wäre, hätte ihn der Lärm in die richtige Richtung gewiesen. Eine Tür in dem langen Korridor stand sperrangelweit offen. Musik dröhnte heraus. Langsam lief Pepe darauf zu und blieb an der Schwelle stehen. Erst als er tief durchgeatmet hatte, klopfte er an den Türrahmen und trat ein. Prompt setzte ein Kreischen ein, als ob der King of Pop persönlich wiederauferstanden wäre. Drei kleine Mädchen kamen auf Pepe zugeschossen und versuchten, sich gegenseitig aus der Bahn zu rempeln, um als Erste anzukommen. Am Ende sprangen alle gleichzeitig an ihm hoch und schrien im Chor: »Onkel Pepe, Onkel Pepe, Onkel Pepe!«

Pepe war nicht wirklich mit den Mädchen verwandt, kannte sie jedoch schon, seit sie geboren worden waren. Sie redeten aufgeregt und durcheinander auf ihn ein, sodass er kein einziges Wort verstand.

»Ist ja gut!«, versuchte er sie zu beruhigen. »Bitte der Reihe nach. Ich verstehe nur Bahnhof!«

»Er hat recht«, sagte das mittlere der Mädchen und stampfte mit dem Fuß auf. »Lisa, Lea, führt ihn rüber zum Schreibtisch!«

Sofort standen die Angesprochenen stramm und griffen sich je eine von Pepes Händen. Sie zogen ihn zu einem Bürostuhl hinüber, der selbst für Pepes Körperlänge zu klein war. Trotzdem ließ er sich vorsichtig darauf nieder und war beinahe in der Lage, sich mit den Knien die Ohren zuzuhalten.

»Setzt euch!«, ordnete die Sprecherin als Nächstes an. Dann räumte sie sich eine Ecke in dem wilden Durcheinander von Kleidungsstücken, Puppen und anderem Spielzeug frei und nahm im Schneidersitz Pepe gegenüber Platz.

»Das wurde ja auch langsam Zeit, Onkel Pepe!«, sagte sie mit fester Stimme und schaute ihn mit zusammengepressten Lippen an. »Wir haben seit Ewigkeiten auf dich gewartet!«

»Das tut mir leid«, wiederholte Pepe die Entschuldigung, die er erst vor wenigen Minuten bei Frederike gebraucht hatte. Seine Wangen glühten. »Ich hatte echt viel zu tun in letzter Zeit.«

Das stimmte zwar, denn er hatte eben erst eine wilde Schatzjagd hinter sich. Aber er wusste selbst, wie lahm der

Satz klingen musste, vor allem in den Ohren von sechsjährigen Mädchen. Oder wie alt waren die drei kleinen Schweinchen, wie sie ihr Vater immer genannt hatte, jetzt?

»Du bist Lina, stimmt's?«, fragte Pepe, um etwas von sich abzulenken.

»Natürlich. Wer soll ich denn sonst sein?«

»Groß bist du geworden. Wie alt bist du jetzt, sechs?«

»Ha! Acht! Ich bin bereits acht Jahre alt!«

»Und deine Schwestern?«

»Wir sind Drillinge, Onkel Pepe. Schon vergessen?« Lina kicherte und schüttelte den Kopf, als wunderte sie sich, wie blöd man eigentlich sein konnte.

»Natürlich!« Pepe grinste.

Alle drei hatten die gleichen Sachen an, aber wenigstens hatten sie sich die Haare unterschiedlich gestylt. Lina, die Sprecherin der Gruppe, trug einen frechen Pferdeschwanz, der ihr gerade so bis auf die Schultern reichte. Sie war von jeher die forscheste der drei gewesen. Lea hatte sich zwei Pippi-Langstrumpf-Zöpfe geflochten und Lisas Haare flatterten offen um ihr Gesicht. Wo er die Drillinge jetzt so vor sich sitzen sah, wurde Pepe schmerzlich bewusst, wie sehr er sie vermisst hatte. Nach dem Tod beider Eltern – Frederike war ihre Stiefmutter – hätte er sich mehr um sie kümmern sollen. Schließlich waren sie so etwas wie seine Familie. Außer einer Cousine, die er mindestens ebenso lange nicht besucht hatte, lebte keiner mehr von Pepes Verwandten. Aber was konnte er als Berufssoldat, der nicht einmal eine eigene Wohnung besaß, sondern nur eine Stube in der Erfurter Henne Kaserne bewohnte, groß tun? Freizeit hatte er so gut wie keine und es war eher die Regel als die Ausnahme, dass ihn seine Einsätze für mehrere Wochen, manchmal sogar für Monate, aus Thüringen verbannten.

»So, Onkel Pepe, nun kommen wir zum Geschäft«, unterbrach Lina seine Gedankengänge.

»Zum Geschäft?«

»Ja. Lea, hol bitte das Schwein!«

Zu Pepes Überraschung sprang nicht das Mädchen mit den Pippi-Langstrumpf-Zöpfen auf, sondern die Kleine mit den offenen Haaren. Er würde die drei wohl nie auseinanderhalten können.

»Hier!«, sagte Lea und drückte Pepe ein dickes Sparschwein in die Hand. Geldstücke klimperten im Inneren und es wog schwer.

»Was soll ich damit?«

»Es gehört alles dir, wenn du Rocky wiederfindest«, wisperte Lisa und wischte sich mit dem Arm Tränen aus dem Gesicht. Ihre Unterlippe schob sich zitternd vor.

»Aber nur, wenn du auch den bestrafst, der Rocky gestohlen hat! Du bist unser Kopfgeldjäger!«, fuhr Lina dazwischen und sprang auf. Sie stemmte ihre kleinen Fäuste in die Hüften und funkelte Pepe mit weit aufgerissenen Augen an.

»Wieso denkt ihr denn, dass Rocky gestohlen worden ist?«, hakte Pepe nach und war sich dabei nicht sicher, um was für eine Gattung es sich handelte. Er hoffte, um ein Haustier und nicht um ein bis dato verschwiegenes Geschwisterchen. »Vielleicht ist er ja nur weggelaufen, streunt durch die Gegend und kreuzt bald wieder auf.«

»Das würde er nie tun!«, riefen alle drei synchron im Chor.

Darauf wusste Pepe nichts zu erwidern.

»Wie lange ist Rocky denn schon weg?«, fragte er nach einer Pause, in der ihn sechs verweinte Augen erwartungsvoll angesehen hatten.

»Zwei Wochen«, antwortete Lina.

»Fünfzehn Tage«, korrigierte Lea.

»Und zwanzig Stunden«, ergänzte Lisa.

In dem Moment kam Frederike herein.

»Mädchen, es ist Zeit fürs Bett«, mahnte sie. Und als ein lautstarker Protest aufbrandete, hob sie beide Hände und versprach streng: »Onkel Pepe wird sich um Rocky kümmern! Stimmt's?«

Pepe schloss kurz die Augen, stand mühsam auf und schüttelte seine kribbelnden Beine. Durch den niedrigen Stuhl war die Blutzufuhr beeinträchtigt worden und er fühlte sich, als ob er bis zur Hüfte in einem Ameisenhaufen stecken würde.

»Ich gehe der Sache nach«, versicherte er und vermied es dabei, eines der Mädchen direkt anzusehen. »Aber die Sau könnt ihr behalten.«

»Nein, Onkel Pepe, ein Deal ist ein Deal!«, protestierte Lina. »Woher sollen wir wissen, dass du dich an die Abmachung hältst, wenn du das Geld nicht nimmst?«

»Na gut. Dann füllt die Münzen bitte um. Ich kann doch nicht mit dem fetten Sparschwein unterm Arm durch die Gegend laufen.«

»In meinen Kniestrumpf!« Lisa lief zu dem riesigen Kleiderschrank hinüber, zog eine Schublade auf und kramte die Socke hervor.

Eine Viertelstunde später saß Pepe Frederike im Wohnzimmer gegenüber und wusste nicht, was er sagen sollte. Gedankenverloren starrte er auf den prall gefüllten Strumpf voller Münzen, der vor ihm auf dem Tisch lag. Über ihnen polterte und trampelte es ununterbrochen.

»Sie sind zu aufgedreht. Werden wieder ewig nicht schlafen«, befürchtete Frederike und schaute an die Decke. Sie griff nach ihrem Wasserglas und nahm einen großen Schluck. Pepe war froh, dass sie anscheinend vom Alkohol losgekommen war.

»Oft sehe ich sein Gesicht vor mir. Vor allem nachts«, platzte sie plötzlich unvermittelt heraus.

»Mir ergeht es nicht viel anders«, erwiderte Pepe. Dabei waren es bei ihm meist Albträume, schließlich war ihm Rogers Kopf beim Eisenacher Sommergewinn wie ein Basketball in den Schoß gefallen.

»Hättest du geglaubt, dass er einen Geldtransporter überfallen hat? Mit seinem Panzer?«

»Manchmal wundert man sich, wozu Menschen fähig sind. Auch gerade die, von denen man annimmt, sie gut zu kennen.«

Frederike schaute Pepe mit offenem Mund kurz an und trank ihr Glas in einem Zug leer.

»Was ist mit Rocky?«, wechselte Pepe schnell das Thema.

»Was soll mit ihm sein?«

»Die Mädchen behaupten, er wäre entführt worden.«

»Blödsinn. Abgehauen ist der. Wie alle meine Männer. Anscheinend fühlt sich keiner bei mir wohl.« Freddy winkte ab und schaute Pepe dabei provozierend an.

»Na, Roger ist ja nicht wirklich freiwillig gegangen«, widersprach der, verstummte aber sofort, als er ihren Blick sah.

»Du hättest den Mädchen nicht versprechen sollen, den Hund zu finden. Sie werden mächtig enttäuscht sein.«

»Ich habe nur gesagt, dass ich der Sache nachgehe«, erwiderte Pepe verärgert. Letztendlich hatte Freddy ihn ja nahezu gedrängt, den Job anzunehmen.

»Wie du meinst«, entgegnete sie und stand auf.

Pepe verstand das Zeichen, klaubte die Geldsocke vom Tisch und erhob sich ebenfalls.

»Hast du tatsächlich keine Idee, wo Rocky sein könnte? Hat er bestimmte Stellen gehabt, an denen er sich gern rumgetrieben hat?«, fragte er, als er im Flur seine Stiefel anzog.

»Er war viel beim Nachbarn. Die haben wohl einen neuen Gärtner oder so etwas Ähnliches, mit dem sich der Köter gut verstanden hat.«

»Du bist wohl kein Fan von Rocky?«

»Die Töle hat nur Dreck und Schaden gemacht. Und um ihn kümmern, ihm Futter kaufen und mit ihm zum Tierarzt fahren musste ja immer ich. Für die Mädchen war er ein Spielzeug und für mich eine weitere Belastung.«

»Okay«, unterbrach Pepe Freddys Ausbruch, ehe sie sich weiter in Rage reden konnte. »Es war schön, euch alle wiederzusehen.«

Sie umarmten sich steif, fast ohne sich zu berühren und noch ehe Pepe das Gartentor erreicht hatte, schlug Frederike schallend die Haustür hinter ihm zu. Ehe er auf sein Motorrad stieg, schaute Pepe zu dem Fenster der Mädchen hinauf. Das Licht war aus, trotzdem bildete er sich ein, ihre Köpfe hinter der Gardine erkennen zu können.

Freddy hatte recht. Er hätte ihnen keine Hoffnung machen sollen, Rocky wiederzufinden. Zu spät. Pepe ließ den schweren, bauchigen Strumpf vor seinem Gesicht hin- und herpendeln und stopfte ihn schließlich in die Gepäcktasche seiner Dienst-BMW. Kurz überlegte er, den Nachbarn erneut einen Besuch abzustatten und nach dem Hund zu fragen, ließ es dann aber bleiben. Zum einen war er ja erst vor knapp einer Stunde vertrieben worden, und zum anderen war es bereits weit nach neun Uhr abends, keine Zeit, in der man in Deutschland unbedingt einen Uniformierten ins Haus lassen wollte.

Bei Beate Jäger, der Eisenacher Kommissarin, mit der ihn mehr als eine Freundschaft verband, sah das eventuell anders aus. Sollte er auf einen Sprung bei ihr vorbeifahren? Sein Herz schrie danach, sein Kopf jedoch riet ihm, es sein zu lassen. Und besser mit keinem Wort zu erwähnen, dass er in Eisenach gewesen war, ohne sich bei ihr zu melden. Also startete Pepe den Motor und machte sich auf den Heimweg in die Erfurter Kaserne.

2

Für die Rückfahrt entschied sich Pepe für die Autobahn. Er hatte das Bedürfnis, so schnell wie möglich aus Eisenach zu verschwinden. Die Nadel des Tachometers zitterte konstant um die zweihunderter Marke, der Fahrtwind rüttelte orkanartig an seinem Helm. Um die späte Uhrzeit herrschte auf der sonst viel befahrenen Ost-West-Verbindung kaum Verkehr. Die linke Spur gehörte ihm. Und wenn doch ein Fahrzeug Anstalten machte, vor ihm auszuscheren, schaltete er sein Blaulicht ein und fuhr so dicht auf den Störer auf, dass der doppelt erschrocken zur Seite zuckte und die Bahn freigab.

Das Fahren mit Höchstgeschwindigkeit hielt Pepe vom Nachdenken ab. Hoffte er zumindest. Trotzdem konnte er nicht verhindern, dass die kleine Lina immer wieder vor seinem geistigen Auge erschien. Ein Deal ist ein Deal! Worauf hatte er sich da nur eingelassen? Die Chancen, Rocky lebendig oder überhaupt zu finden, waren nicht sehr groß, tendierten gegen null. Freddy hatte recht. Er hätte den Mädchen die Wahrheit sagen sollen. Aber irgendwie wurde Pepe das Gefühl nicht los, dass die Stiefmutter der drei mehr wusste, als sie verriet. Ob sie etwas mit dem Verschwinden des Hundes zu tun hatte?

»Die Töle hat nur Dreck und Schaden gemacht«, hatte sie geschimpft. Das klang nicht sehr liebevoll und nicht unbedingt so, als ob sie Rocky groß vermissen würde. Allerdings würde sie ihre Töchter, selbst wenn es nicht die eigenen waren, nie und nimmer dermaßen quälen. Oder etwa doch?

Die nächtliche Kälte kroch in Pepes Körper. Seine Finger wurden steif, Knie und Schultern ebenso. Wie in einem Videospiel zog die Landschaft rasend schnell an ihm vorbei. Durch die klare Nacht blinkten die roten Warnlampen weit entfernter Windräder geisterhaft zu ihm herüber. Fast zu spät registrierte Pepe, dass er seine Autobahnabfahrt bereits erreicht hatte. Im letzten Moment bremste er die schwere Maschine mit wild hämmerndem Antiblockiersystem ab und wuchtete das Motorrad mit vollem Körpereinsatz in Schräglage. Kratzend setzte der Schutzbügel auf dem Asphalt auf. Funken stoben in den Nachthimmel, als hätte jemand eine gigantische Wunderkerze an die BMW gebunden. Die lang gezogene Abfahrt wurde zum Ende hin enger und Pepe ging langsam die Straße aus. Das Motorrad wurde nach außen gedrückt, das Hinterrad geriet auf den dreckigen Randstreifen, verlor kurz Traktion, bevor es auskeilend wieder zurück auf die Fahrbahn fand.

Mit wild pochendem Herzen brachte Pepe die Maschine vor der Einmündung auf die Landstraße nach Erfurt zum Halten. Obwohl er allein auf der Gasse war, blieb er einen Moment stehen, riss das Helmvisier auf und atmete tief durch. Die Kälte war verschwunden. Kleine Schweißtropfen bildeten sich auf Pepes Stirn, brannten in seinen Augen. Erst als hinter ihm ein Kleinbus hupte, setzte er den Blinker, vergewisserte sich vorschriftsmäßig, dass links und rechts frei war und bog in Richtung Thüringer Landeshauptstadt ab.

Die Landstraße führte durch ein Waldstück einen kleinen Hügel hinauf. Von der Spitze der Kuppe hatte er einen fantastischen Blick über das schlafende Erfurt. Mit etwas gutem Willen war sogar der altehrwürdige Dom zu erkennen. Fast war es, als betrachtete er eine Miniaturwelt, modelliert von einem talentierten Hobbybastler. Der weite Himmel war sternenklar und wurde von einem beinahe vollen, unnatürlich großen Mond erhellt.

Pepe ließ das Motorrad ruhig in den Erfurter Vorort hineinrollen und bog schließlich auf die zweispurige Ausfallstraße ein, die ihn direkt zur Kaserne führen würde. Auch hier herrschte nur wenig Verkehr. Die Gegend war von Industrieansiedlungen und Großmärkten geprägt, die kurz vor Mitternacht gespenstisch verlassen dalagen. Einige Ziegelsteingebäude hatten schon bessere Zeiten erlebt, beherbergten Firmen, denen es wohl ebenso ergangen war. Andere waren nur noch traurige Ruinen, die auf ihr unvermeidliches Ende warteten.

Während Pepe überlegte, ob er sich einen Snack vor dem Zubettgehen gönnen sollte, flammten plötzlich hinter ihm grelle Scheinwerfer auf. Sie blendeten ihn über die Rückspiegel seines Motorrades, sodass er instinktiv die Augen zukniff. Begleitet wurde die Lichtattacke von einem infernalischen Lärm, als ob ein Düsenjet in seinem Rücken durchstartete. Pepe drehte sich um, zog dabei das Motorrad unabsichtlich in die Mitte der zwei Fahrspuren. Gerade rechtzeitig, um von zwei Sportwagen rechts und links mit Höchstgeschwindigkeit passiert zu werden. Der Spiegel des linken traf Pepes Ellenbogen und riss ihm fast den Lenker aus der Hand. Der Schlag ließ die Maschine zur Seite kippen, sodass die BMW gegen das Heck des rechten Fahrzeuges prallte, daran entlangschrammte und Pepe alle seine Kräfte aufbieten musste, um nicht zu Fall zu kommen. Das Motorrad schlingerte wild hin und her. In Pepes verkrampften Händen schlug der Lenker aus, als säße er auf einem Rodeostier. Nur Millimeter, bevor er gegen den Mittelstreifen krachte, brachte Pepe die BMW unter Kontrolle.

Adrenalin schoss heiß durch seine Adern. Reflexartig schaltete er das Blaulicht und dieses Mal auch die Sirene seines Dienstmotorrades an, trat den Ganghebel zwei Stufen herunter und jagte den Rasern hinterher. Als Militärpolizist hatte er keinerlei Befugnisse gegenüber Zivilpersonen. Aber das musste er den beiden Idioten ja nicht auf die Nase binden. Die hatten mittlerweile einen gehörigen Vorsprung herausgefahren. Vor der nächsten Ampel bremsten beide gleichzeitig voll ab. Mit blockierenden Rädern schlitterten sie driftend parallel auf die heranfliegende Kreuzung zu, um dann mit qualmenden und quietschenden Reifen nach rechts abzubiegen.

Pepe versuchte, mit geschwollener Halsschlagader, den Anschluss zu halten. Dabei ließ er jede Vorsicht außer Acht und hatte so viel Schwung, dass er mit dem Motorrad auf die einmündende Gegenspur geriet und nur im letzten Moment einem an der Ampel wartenden Kleinwagen ausweichen konnte. Er riss das Motorrad zur Seite, traf frontal auf die hohe Bordsteinkante, hob ab und setzte scheppernd auf dem Parkplatz des angrenzenden Schnellrestaurants wieder auf. Die Federung der BMW schlug durch. Funken stoben in alle Richtungen. Das Motorrad schaukelte sich auf und schoss mit unverminderter Geschwindigkeit auf den Drive-in-Schalter zu. Die beiden Raser kamen ihm von der anderen Seite der offiziellen Einfahrt entgegen und jagten erneut rechts und links an ihm vorbei. Sofort bremste Pepe die BMW herunter und wendete mit durchdrehendem Hinterrad, einen dicken schwarzen Strich auf dem Pflaster hinterlassend.

Als die Sportwagen endlich sauber neben dem Eingang zum Restaurant einparkten, stoppte Pepe sein Motorrad quer dahinter. Er griff so heftig in die Bremse, dass sein Hinterrad abhob. Nur kurz gönnte er sich eine Atempause. Dann schaltete er den Motor ab, ließ das Blaulicht jedoch weiter den Parkplatz mit seinem Stroboskoplicht aufleuchten. Betont langsam stieg er ab, legte seinen Helm vorsichtig auf den Tank und wünschte sich zum dritten Mal an diesem Tag eine Waffe dabeizuhaben. Wenn er wenigstens den Schlagstock am Mann gehabt hätte.

Vor ihm öffneten sich die Autotüren. Die Fahrzeuge waren

japanischer Bauart. Hochgezüchtete Sport-Coupés, in grellen Farben lackiert, mit riesigen Heckflügeln versehen und beklebt wie Litfaßsäulen. Fünf Personen stiegen aus. Drei Männer, keiner älter als fünfundzwanzig und zwei Frauen, gerade alt genug, um Zigaretten kaufen zu dürfen. Die Mädchen trugen extrem kurze Röcke, hochhackige Stiefel und so winzige Tops, dass ihre BHs darunter hervorschauten. Die eine war blond, die andere rothaarig. Bis auf diesen Unterschied hätten sie als Zwillinge durchgehen können. Bei dem Anblick hoffte Pepe inständig, dass sich die Deutschmann-Drillinge in eine andere Richtung entwickeln würden.

Die Männer dagegen hätten unterschiedlicher nicht sein können. Einer dick, einer klein und der dritte erinnerte Pepe stark an den jungen Sean Connery aus Goldfinger. In dem Thriller hätte der Dicke des Trios ohne Probleme den Bösewicht abgeben können. Er war über und über mit Goldketten behängt, dass es an ein Wunder grenzte, dass er seinen Kopf oben halten konnte. Um beide Unterarme hatte er mindestens noch einmal die gleiche Kettenanzahl gewickelt, an denen zusätzlich Schmuckstücke in Gänseeigröße baumelten.

Ehe Pepe sich wundern konnte, dass der Goldjunge aus eigener Kraft aus dem kleinen, niedrigen Auto herausgekommen war, baute der sich vor ihm auf und verschränkte seine fleischigen Arme vor der massigen Brust. Was an sich schon an ein anatomisches Wunder grenzte.

»Is' was nicht in Ordnung, Herr Waldmeister? Wehe, du hast mit deiner rücksichtslosen Fahrweise einen Kratzer an mein Auto gemacht!«, blaffte er mit starkem Akzent, den Pepe im ersten Moment nicht zuordnen konnte. Irgendetwas Östliches. Russland, Ukraine oder Türkei?

»Mach ihn platt, mach ihn platt, mach ihn platt!«, stichelte der Kleine von der Seite dazwischen. Dessen Pupillen waren groß wie Untertassen und er schien keine Sekunde still stehen zu können. Das Männchen hüpfte auf und ab, als wäre er ein naher Verwandter des Rumpelstilzchens. Erst befingerte er den Autospiegel, der Pepe am Arm erwischt hatte, dann strich er über das Heck des zweiten Wagens, an dem das Motorrad entlanggeschrammt war. Pepe ignorierte ihn und konzentrierte sich auf den Dicken.

»Führerschein und Fahrzeugpapiere bitte«, sagte er so ruhig wie möglich.

»Vielleicht noch einen Pflaumenkuchen dazu?«, fragte der Kleine, der seine Inspektion anscheinend beendet hatte. Er baute sich so dicht vor Pepe auf, dass der seinen mit Knoblauch durchsetzten Alkoholatem riechen konnte. Sie waren annähernd gleich groß. Lange still stehen konnte er allerdings nicht. Schon hüpfte er wieder um die Sportwagen herum, klopfte hier, streichelte da.

»Herr Oberfeldwebel, es tut uns leid«, ging jetzt Sean Connery dazwischen und schob seinen goldbehangenen Kumpanen beiseite, was nicht so einfach zu sein schien, bei der Masse an Mensch und Edelmetall. »Es tut uns leid, dass wir Sie durch unsere nicht angemessene Fahrweise in Gefahr gebracht haben.«

Auch in seiner Stimme schwang ein schwer zuzuordnender Akzent mit, obwohl er sich alle Mühe gab, den zu unterdrücken. Allerdings schien er mit den Rangabzeichen der Bundeswehr vertraut zu sein, da er Pepe mit dem korrekten Dienstgrad ansprach.

»Nix da. Gar nix tut uns leid! Igor, mach ihn platt!«

Der Kleine hüpfte jetzt hinter Sean Connery auf und ab, sodass es zwischenzeitlich so aussah, als hätte der zwei Köpfe. Die beiden Frauen hatten längst ihre Handys gezückt, wobei sich Pepe wunderte, wo die bei den knappen Outfits wohl gesteckt haben mochten, und filmten kichernd die Szene. Hinter den Scheiben des Schnellrestaurants hatte sich mittlerweile eine Menschentraube gebildet.

»Wir wissen doch beide, dass Sie hier keine Jurisdiktion haben«, fuhr Sean Connery fort und hob dabei beschwichtigend die Hände. Er konnte also nicht nur Dienstgrade zuordnen, sondern kannte sich ebenso mit den Befugnissen der Feldjäger, der deutschen Militärpolizei, aus. »Es war ein einmaliges Versehen.«

Noch während Sean Connery sprach, holte der Dicke weit aus. Die um seinen rechten Arm gewundene Kette wickelte sich elegant ab und schnellte anschließend wie eine Peitsche nach vorn. Pepe zuckte zurück, war allerdings nicht schnell genug. Die massive Kugel in der Größe eines Tennisballs am Ende der Kette, traf ihn knapp an der Schläfe. Die Mädchen schrien auf, filmten aber tapfer weiter. Pepe taumelte rückwärts, bis er gegen sein Motorrad stieß. Ein Schmerztsunami wälzte sich durch seinen Kopf. Mit weich werdenden Knien sackte er zusammen. Sterne tanzten vor seinen Augen. Ein kleiner werdendes Sichtfeld mit tiefschwarzen Seitenrändern kündete eine allumfassende Ohnmacht an. Doch dann klinkten sich die ständig durch Pepes Körper zirkulierenden Schmerzmittel ein. Seine Beine gehorchten ihm wieder. Gerade rechtzeitig, da der Dicke seine Kette in der Zwischenzeit eingeholt hatte und erneut zum Schlag ausholte.

Dieses Mal reagierte Pepe besser. Er riss seinen Helm vom Tank und parierte damit den goldenen Tennisball. Der prallte im rechten Winkel ab und schlug mit kaum verminderter Wucht mitten zwischen die Augen des Rumpelstilzchens. Der Kleine wurde nach hinten gerissen, als würde er an einem Bungee-Seil hängen und hätte eben den tiefsten Punkt nach einem Brückensprung erreicht. Wie ein Hochspringer segelte er rücklings über den Heckflügel des Sportwagens, der Pepe am Arm erwischt hatte. Er durchschlug mit dem Hintern die Scheibe und blieb bewusstlos darin stecken. Die Mädchen schrien jetzt lauter und machten eine Großaufnahme von dem Kleinen.

Der Dicke versuchte hektisch, sein Wurfgeschoss ein weiteres Mal einzuholen. Er zerrte so heftig an der Kette, dass sie wie von einem Katapult abgefeuert auf ihn zugeschossen kam und sich mehrfach um seinen Oberkörper wickelte. Pepe hatte sich jetzt so weit erholt, dass er die Initiative ergreifen konnte. In zwei Schritten war er bei dem Dicken und versetzte ihm einen fürchterlichen Tritt gegen sein rechtes Knie. Es knickte ein, worauf das andere urplötzlich mit dem Gewicht an Fleisch, Knochen und Gold überfordert war und ebenfalls versagte. Der Dicke stürzte mit an den Körper gefesselten Armen nach vorn und knallte mit der Stirn auf das Parkplatzpflaster, als wäre er ein Kampfmönch, der mit seinem Kopf Zementblöcke zerschlagen konnte. Es gelang ihm dieses Mal jedoch nicht. Sowohl der Pflasterstein als auch der Dicke blieben regungslos liegen.

Nun war nur Sean Connery übrig. Durch Pepes Körper pulste Adrenalin und trieb seine Sinne zu Höchstleistungen an. Selbst die kleinste Bewegung registrierte er als Bedrohung und schleuderte seinen Helm dem vermeintlichen Angreifer entgegen. Der war schnell, allerdings nicht schnell genug. Der Sturzhelm traf ihn heftig über dem linken Auge. Der Aufprall ließ ihn zurücktaumeln, aber er fing den Helm trotzdem auf. Mittlerweile waren Sirenen in der Ferne zu hören. Anscheinend hatten die übrigen Gaffer nicht nur durch die Fensterscheiben des Schnellrestaurants gefilmt, sondern ihre Telefone endlich dazu benutzt, wozu sie ursprünglich einmal konzipiert worden waren, und die Polizei gerufen.

»Wir sollten jetzt besser verschwinden«, schlug Sean Connery vor, nachdem er mehrfach seine Augen weit aufgerissen und wieder geschlossen hatte, wie um zu kontrollieren, ob sie noch funktionierten. Zufrieden mit dem Ergebnis und als wäre nichts gewesen, gab er Pepe seinen Helm zurück.

Der griff vorsichtig zu, setzte ihn auf, wobei er einen Fluch unterdrückte, als er den Kopfschutz über seine angeschlagene Schläfe zerrte. Nach einem letzten Blick in die Runde, für die Nachwelt von den beiden Mädchen festgehalten, stieg er auf sein Motorrad und fuhr davon.

Keine Viertelstunde später parkte Pepe vor dem Kasernengebäude und stieg die Treppe zu seiner Stube hinauf, immer eine Hand am Geländer. Durch die Flurfenster sah er das Blaulicht der Polizei- und Rettungswagen, die am Schnellrestaurant kaum fünfhundert Meter Luftlinie entfernt eingetroffen waren und sich um die Verletzten und Zeugen kümmerten. Um die

Lichter zu sehen, musste er seinen Kopf mehr als gewöhnlich drehen, da sein linkes Auge langsam zuschwoll.

Am nächsten Morgen erwachte Pepe mit hämmernden Kopfschmerzen. Darüber hinaus konnte er seinen linken Arm nicht uneingeschränkt bewegen, da sein Ellenbogen auf die Größe einer Honigmelone angeschwollen war. Dazu gesellten sich die Gewissensbisse, dass er sich nach dem Zwischenfall am Schnellrestaurant aus dem Staub gemacht und nicht auf die Ankunft der Behörden gewartet hatte. Sich zu verleugnen, würde absolut keinen Sinn machen, da er mindestens auf einem Dutzend Handys verewigt war und mit Sicherheit schon mehr als eine Runde durch die sozialen Netzwerke gedreht hatte.

Kurz überlegte Pepe, einen Anruf bei seinen zivilen Kollegen zu tätigen und sich zu stellen, ließ es dann aber doch bleiben. Stattdessen schleppte er sich in das große Etagenbad, um den körperlichen Schaden näher zu begutachten. Das Ergebnis war einigermaßen ermutigend. Der Ellenbogen fühlte sich schlimmer an, als er war, bei seinem Auge war es eher andersherum. Eine kalte Dusche und ein kräftiges Frühstück, zusammen mit einem Streifen Schmerztabletten wirkten fast wie ein Wunder. Jedenfalls fühlte sich Pepe hinterher gut genug, um offiziell seinen Dienst anzutreten.

Auf dem Weg in sein Büro kam er am Geschäftszimmer seiner Feldjägereinheit vorbei. Es war noch immer verwaist. Der Chef hatte bisher keinen adäquaten Ersatz für die Hauptgefreite Rossi finden können. Insgeheim hoffte Pepe, dass sich die Behauptungen als haltlos herausstellen würden und sie vollständig rehabilitiert wurde. Bis dahin wäre es tatsächlich besser, wenn sie untergetaucht bliebe. Es grenzte für Pepe ohnehin an ein kleines Wunder, dass sie es über eine solch lange Zeit geschafft hatte, unter dem Radar zu bleiben. Solche Fähigkeiten hätte er der jungen Frau nicht zugetraut. Also war vielleicht wirklich etwas an den Vorwürfen dran.

Pepe riss sich vom Anblick des leeren Schreibtisches los und schaute zur Bürotür seines Vorgesetzten hinüber. Sie stand offen, seltsamerweise war Major Frankfurt nicht an seinem penibel aufgeräumten Arbeitsplatz. Pepe konnte sich an keinen Tag ihrer gemeinsamen Dienstzeit erinnern, bei dem er vor dem Major angefangen hatte. Anscheinend waren merkwürdige Zeiten angebrochen.

Auf Pepes Schreibtisch türmte sich ein Stapel Akten. Als Militärpolizist war er unter anderem für das Aufspüren eigenmächtig abwesender Soldaten zuständig, ebenso für die Aufnahme von Unfällen im militärischen Verkehr, oder er war als Personenschützer tätig. Wie in fast allen Bereichen der Gesellschaft herrschte auch bei der Bundeswehr Personalmangel. Den Aufgabenberg auf null abzuarbeiten, war faktisch nicht möglich.

Nicht sehr motiviert griff sich Pepe die oberste Akte und ließ sich auf seinen Bürostuhl fallen. Dann klappte er die Dokumentenmappe auf und kniff sein gesundes Auge zu. Das andere war anscheinend nicht komplett zugeschwollen. Unscharf konnte er die erste Zeile mit etwas Mühe lesen. Er hatte sich die Verlustmeldung seines letzten Dienstmotorrades geschnappt. Ja, der offizielle Bericht war leider noch nicht abgeschlossen. Pepe wusste nicht, wie er dem Major den Vorgang glaubhaft schildern konnte, bei dem seine BMW vom Boden verschluckt und ein Totalausfall geworden war. Schon wieder! Die Liste war mittlerweile erschreckend lang, wie Frankfurt ihm bei jeder Gelegenheit vorhielt. Dabei war es nie Pepes Schuld gewesen, dass seine Motorräder gestohlen, bei Flugzeugabstürzen zerstört oder von Panzern zermalmt worden waren. Das konnte selbst den Besten passieren. Schnell schlug er die Akte zu und griff sich die nächste. Bevor er jedoch einen Blick hineinwerfen konnte, klopfte es zackig an der offenen Tür. Nach einem exakt ausgeführten militärischen Gruß schallte Pepe eine vorschriftsmäßige Meldung entgegen: »Oberstabsgefreiter Razgatlıoğlu meldet sich wie befohlen zur Stelle!«

Kurz verschlug es Pepe die Sprache. Der junge Mann mit dem Veilchen kam ihm merkwürdig bekannt vor.

»Stehen Sie bequem«, antwortete Pepe und musterte den

Soldaten von oben bis unten. Kein Zweifel, er hatte Sean Connery vor sich.

»Wie war Ihr Name gleich?«, fragte er.

»Mein Name war und ist Cem Razgatlıoğlu, Herr Oberfeldwebel.«

»Sean?«

»Cem. Das ist türkisch.«

»Dass Sie kein Ur-Thüringer sind, hatte ich fast vermutet«, merkte Pepe gelassen an. »Wer hat Ihnen befohlen, sich bei mir zu melden?«

»Eigentlich bin ich zu Major Frankfurt beordert worden. Aber er scheint noch nicht da zu sein. Ich bin übergangsweise für das Geschäftszimmer Ihrer Einheit vorgesehen.«

»Sind Sie?«, gab Pepe zurück und registrierte erst jetzt, dass sie beide ihre Köpfe drehen mussten, um sich mit dem jeweils gesunden Auge ansehen zu können. Er beschloss, den Vorfall von gestern Nacht vorerst nicht zu erwähnen, wenn es der Oberstabsgefreite auch nicht tat. Nato-Zebra wurden Soldaten dieses Dienstranges im Militärjargon scherzhaft genannt, aufgrund der vielen Streifen, die sie auf den Schultern als Rangabzeichen trugen.

Ein Telefon klingelte. Einen Raum weiter. Im Geschäftszimmer.

»Dann fangen Sie gleich mal an«, sagte Pepe und wies mit dem Kopf in Richtung Klingeln.

»Jawohl, Herr Oberfeldwebel«, antwortete der Rossi-Nachfolger und stürzte aus dem Zimmer.

Keine sechzig Sekunden später war er wieder da und verkündete mit gehetztem Gesichtsausdruck: »Major Frankfurt hatte einen Unfall. Er liegt im Koma. Es sieht nicht gut aus.«

3

Auf der Zufahrt zum Klinikum reihten sich getunte Sportwagen wie Perlen auf einer Kette aneinander. Ohrenbetäubende Musik schallte aus offenen Fenstern, die teilweise von noch lauteren Zubehörauspuffanlagen übertönt wurde. Pepe zirkelte vorsichtig sein Dienstmotorrad zwischen den papageienbunten Fahrzeugen hindurch. Trotzdem konnte er es nicht vermeiden, hier und da mit den ausladenden Koffern des Motorrades anzuecken. Mehrmals wurden wutentbrannt Türen aufgerissen, jedoch schnell wieder geschlossen, als die Fahrer sahen, wer ihre Autos getroffen hatte. Blaulichter zu sehen, reichte für die meisten, den Kopf unverzüglich einzuziehen. Pepe war sich sicher, dass der überwiegende Teil der Kraftfahrzeuge eine allgemeine Verkehrskontrolle nicht unbeschadet überstanden hätte.

Auf dem Bürgersteig in der Nähe des Haupteingangs fand er ein freies Plätzchen und stellte die BMW ab. Dass die Mitarbeiter des Ordnungsamtes ein Knöllchen an sein Motorrad heften würden, stand kaum zu befürchten. Wahrscheinlich konnten die ebenso wenig wie die Sportwagenfahrer seine Maschine von der eines richtigen Polizisten unterscheiden. Und selbst wenn er ein Ticket kassieren sollte, Major Frankfurt würde ihm wegen des Strafzettels nicht die Leviten lesen können. Leider. Obwohl die Ärzte versichert hatten, dass Frankfurt nicht ansprechbar war, hatte sich Pepe sofort auf den Weg gemacht.

Im Laufe seiner Dienstzeit hatte er unter vielen Vorgesetzten gedient. Die meisten hatte er als herausragende Offiziere kennengelernt, für die er, ohne zu zögern, durchs Feuer gegangen wäre. Einige dagegen hätte er gern in einer dunklen Gasse getroffen, um mit ihnen handfest ihre unterschiedlichen Ansichten zur Personalführung zu diskutieren. Major Frankfurt jedoch, spielte in einer anderen Liga. Gemeinsam hatten sie so viel durchgestanden, dass es für mehrere Leben reichte. Und immer hatte sich Pepe auf seinen Chef verlassen können. Zu einhundert Prozent. Selbst wenn er mal wieder ein Dienstmotorrad verloren hatte oder auf unkonventionelle Art und Weise an die Lösung eines Falles gegangen war.

Nachdem sich Pepe am Empfang durchgefragt hatte, eilte er durch die labyrinthartigen Krankenhausflure. Dabei fühlte er sich geradewegs nach Afghanistan zurückversetzt. Wie auf einem traditionellen Basar wimmelte es nur so vor goldgeschmückten, lautstark in fremden Sprachen diskutierenden, jungen Männern. Der Grund lag zwei Zimmer vor dem des Majors. Im Vorbeigehen warf Pepe einen kurzen Blick auf die Menschentraube, die den Durchgang in den Raum verstopfte. Obwohl ihre Köpfe dick bandagiert waren, als ob sie Turbane trügen, erkannte er den Dicken und den Kleinen vom Parkplatz des Schnellrestaurants sofort. Reflexartig hob Pepe seine linke Hand und hielt sie sich vors Gesicht, als hätte ihn eine plötzliche Migräneattacke heimgesucht, und hetzte an dem Menschenauflauf vorbei. Ohne zu klopfen, stürmte er in Frankfurts Zimmer und schlug schnell die Tür hinter sich zu. Sichtlich erschrocken sprang eine Frau vom Bett des Majors auf. Pepe war sich nicht sicher, aber er hatte den Eindruck, dass sie bis eben direkt über Frankfurt gebeugt gewesen war, mit beiden Händen an dessen Gesicht, auf dem Pepe Lippenstiftspuren zu erkennen glaubte. Ihre Wangen waren gerötet, die Augen weit aufgerissen. Sie schien am ganzen Körper zu zittern und stierte Pepe an, als wäre er ein Geist.

»Entschuldigung«, sagte der und blieb unschlüssig neben der Tür stehen.

Die Frau antwortete nicht, starrte Pepe nur weiter an.

»Oberfeldwebel Fuchs. Der Major ist mein Vorgesetzter.«

Wieder reagierte sie nicht. Bei mehr als einer Gelegenheit hatte Pepe eine ähnliche Verhörtaktik angewendet. Man ließ sein Gegenüber reden, ohne etwas zu erwidern. In neun von zehn Fällen hielt der Verdächtige das Schweigen nicht aus und fing an zu plaudern. Pepe versuchte, dem Drang zu widerstehen und sich stattdessen auf die Frau zu konzentrieren. Sie mochte Mitte vierzig sein. Ihre kurzen Haare waren tiefschwarz, wahrscheinlich gefärbt. Spitze Strähnen umrahmten ihr Gesicht, verliehen ihr einen rebellischen Touch, so, wie einem in Würde gealterten Punk. Das dezente Make-up wurde von ihren glühenden Wangen in den Schatten gestellt. Sie schien kaum größer als Pepe zu sein, mit einem Body-Maß-Index knapp unter der Bedenklichkeitsschwelle.

Je länger sie sich ansahen, desto weicher wurden ihre Gesichtszüge. Die leicht verkniffenen Augenwinkel entspannten sich und ließen Fältchen verschwinden. Schließlich zeigte sich ein kleines Lächeln auf ihrem Gesicht und sie sagte: »Alles gut. Ich hatte nicht mit Ihnen gerechnet, Herr Oberfeldwebel.«

Ihre Stimme klang angespannter, als sie Pepe ihre Gemütslage glauben machen wollte.

»Kennen Sie den Major?«

»Wir waren, nein, wir sind gute Freunde.«

Pepe musterte die Frau intensiver. Er hatte sie nie zuvor gesehen und Frankfurt hatte sie ihm gegenüber auch nie erwähnt. Nicht dass sie oft über ihr Privat- oder gar Liebesleben gesprochen hätten.

»Wie geht es ihm?«, fragte Pepe und kam etwas näher.

Frankfurt sah aus, als würde er tief und fest schlafen. Er hatte ebenso wie der Rest seiner Einheit, ein sich bereits grün verfärbendes blaues Auge. Ansonsten schienen beide Beine eingegipst zu sein.

»Er atmet selbstständig. Doch warum er das Bewusstsein nicht wiedererlangt, ist den Ärzten zurzeit ein Rätsel«, antwortete die Frau und ließ sich auf einem Stuhl neben dem Kopfende des Bettes nieder.

»Was ist passiert?«

»Ein Autounfall. Mit Fahrerflucht. Leider kenne ich keine Einzelheiten.«

Pepe kam jetzt ein Stück näher und zog sich einen Stuhl an die andere Seite des Bettes. Die Frau griff sich eine Hand des Majors und strich zärtlich mit ihren Fingern darüber.

»Wir haben uns schon ewig nicht gesehen. Nicht seit Primošten«, murmelte sie gedankenverloren.

Primošten. Major Frankfurt war um den Jahrtausendwechsel als Teil der UN-Friedenstruppe in Bosnien-Herzegowina stationiert gewesen, um den fragilen Frieden zwischen den Serben, den Kroaten und den muslimischen Bosniaken zu überwachen. Er hatte bisher eher selten, eigentlich nie, etwas über seine damaligen Erlebnisse erzählt.

»Waren Sie Mitglied unserer Streitkräfte?«, fragte Pepe.

Kurz stockte die Hand der Frau, bevor sie fortfuhr, den Major zu streicheln.

»Nein. Ich war freie Journalistin und habe damals vor Ort recherchiert. Dabei habe ich Roger kennengelernt.«

Natürlich wusste Pepe, wie sein Chef mit Vornamen hieß. Aber wenn er sich recht erinnerte, hatte er den Major noch nie mit Roger angeredet und hatte es auch niemand anderen jemals tun hören. In seinen Ohren klang es fremd und falsch, den Major zu duzen.

»Wie haben Sie von dem Unfall erfahren?«, fragte Pepe schärfer als notwendig weiter.

»Ich ...«

Wieder stoppten die Finger der Frau. Die Augenfalten kehrten zurück. Sie setzte erneut zu einer Antwort an, dann wurde die Tür geöffnet und eine energische Ärztin kam abgehetzt ins Zimmer gelaufen. Sie sah aus, als hätte sie vierundzwanzig Stunden nicht geschlafen, was wahrscheinlich nicht weit von der bitteren Wahrheit entfernt war.

»Was machen Sie denn noch hier? Der Patient braucht unbedingt Ruhe! Bitte gehen Sie! Er dürfte eigentlich gar keinen Besuch empfangen!«, schimpfte sie, während sie ein Augenlid des Majors nach dem anderen nach oben zog und mit einer Stiftlampe hineinleuchtete.

Pepe stand auf, die Frau blieb sitzen.

»Bitte entschuldigen Sie, das wussten wir nicht«, sagte er.

»Sie schon«, fauchte die Ärztin und schoss einen giftigen Blick in Richtung Frankfurts Freundin ab. Sie stemmte die Hände in die Hüften und fuhr fort: »Ich habe Sie bereits vor einer halben Stunde aufgefordert zu gehen. Und wenn Sie nicht gleich verschwinden, rufe ich den Sicherheitsdienst. Die Polizei hatte eh diskutiert, einen Beamten vor dem Zimmer zu postieren.«

»Nicht nötig«, warf Pepe ein und wandte sich zum Gehen.

»Warum soll der Major bewacht werden? Er kann doch in seinem Zustand unmöglich abhauen!«

»Es geht wohl eher darum, ihn zu schützen. Wenn ich den Kommissar richtig verstanden habe, glaubt er, dass der Unfall kein Zufall war. Und jetzt raus!«

»Okay, wir gehen«, gab Pepe nach und drehte sich zu Frankfurts Begleiterin um. »Kommen Sie?«

Erst jetzt erhob sie sich und ließ fast widerwillig die Hand des Majors los.

Kaum aus der Tür zerrte Pepe sein Handy aus der Tasche und wählte die Nummer des Geschäftszimmers. Bevor der Oberstabsgefreite seinen langen Dienstgrad und den zugehörigen, komplizierten Nachnamen herunterrasseln konnte, unterbrach ihn Pepe grob und befahl: »Schicken Sie jemanden ins Klinikum. Wir dürfen den Major keine Sekunde aus den Augen lassen. Und besorgen Sie mir die Unfallakte!«

Ohne eine Antwort abzuwarten, legte er auf.

»Roger hatte schon damals ein Händchen dafür«, sagte die Frau, die die ganze Zeit neben Pepe stehen geblieben war.

»Wofür?«

»Sich mit den falschen Leuten anzulegen.«

»Das gibt es ja nicht! Da ist doch der Vogel!«

Ein Dutzend Köpfe drehten sich zu ihnen um.

»Kennen Sie die Männer?«

»Flüchtig. Von einem gemeinsamen Restaurantbesuch.«

»Die sehen sehr aufgeregt aus.«

»Ja, wir sollten besser verschwinden«, räumte Pepe ein, fasste die Frau sanft am Arm und zog sie mit sich. Sie hasteten den Gang entlang, knapp unter Jogginggeschwindigkeit.

»Aber der Ausgang ist auf der anderen Seite«, protestierte sie schwer atmend. Wieder färbten sich ihre Wangen dunkelrot.

»Ich weiß«, antwortete Pepe und prallte im selben Moment auf einen massigen Kerl, der unversehens aus einer der Toiletten auf den Korridor trat. Pepe wankte einen Schritt zurück, der Große bewegte sich keinen Millimeter. Er schien etwas sagen zu wollen, in dem Augenblick hatte die Horde junger Männer zu ihnen aufgeschlossen. Unzählige Stimmen riefen durcheinander: »Das ist der Kerl, der Igor und Yussuf platt gemacht hat. Zahlen wir es ihm heim! Ich schneide ihm die Eier ab!«

Der Große zog sich seine Jogginghose höher. Es grenzte an ein Wunder, dass sie ihm nicht unter den Achseln kniff. Sein Bauch wölbte sich nach vorn, als wäre er im achten Monat schwanger. Sein breites Grinsen entblößte eine mittige Zahnlücke, in der locker eine Zigarre Platz gehabt hätte.

Wenn man sich mit einer angriffslustigen Gruppe konfrontiert sah, war es überaus ratsam, zuerst den vermeintlichen Anführer auszuschalten. Meist zogen die anderen danach den Schwanz ein und machten sich winselnd aus dem Staub. Obwohl Pepe die Regel kannte und oft beherzigt hatte, war die Umsetzung hier und jetzt eine echte Herausforderung. Sein Gegenüber war nicht nur anderthalb Köpfe größer, sondern auch fast doppelt so schwer wie er. Vielleicht ließe sich die ganze Angelegenheit ja irgendwie friedlich regeln.

»Hören Sie ...«, begann Pepe, doch der Große ließ ihn nicht ausreden. Mit verblüffender Geschwindigkeit schoss sein Zeigefinger auf Pepes Brust zu, wobei sein Daumen senkrecht nach oben ragte, so, wie Kinder eine Pistole nachahmen. Die Gelegenheit ließ sich Pepe nicht entgehen. Blitzschnell griff er zu und schnappte sich den hochstehenden Daumen. Wie ein Schraubstock schloss sich seine Hand um den fleischigen Finger. Mit einem kräftigen Ruck hob er ihn aus der Gelenkpfanne, bog ihn kurz, aber heftig gegen seine natürliche Bewegungsrichtung und kugelte ihn aus.

Der Große schrie auf, als sei er kastriert worden. Genauso schmerzerfüllt und ebenso schrill. Dabei stieg er wie eine russische Ballerina auf Zehenspitzen. Pepe ließ ihn am ausgestreckten Arm um sich herumtänzeln, bis er mit dem Rücken zu der raunenden Gruppe stand. Die Männer schauten mit offenen Mündern zu und wussten augenscheinlich nicht, ob sie eingreifen oder lieber abhauen sollten. Ein schlaksiger Kerl mit eng stehenden Augen entschied sich schneller als seine Kumpane.

»Messer!«, warnte die Frau neben Pepe, drehte sich dabei in unglaublicher Geschwindigkeit einmal um sich selbst und traf das Handgelenk des Angreifers perfekt mit ihrem Fuß. Pepe bildete sich ein, mindestens einen Knochen brechen zu hören. Klappernd fiel das Springmesser zu Boden. Der verhinderte Messerstecher schrie auf und klemmte sich seine schmerzende Hand unter die Achsel. Pepe nutzte den Aufruhr, ließ den Daumen des Großen zurückschnappen und gab ihm einen kräftigen Stoß. Wie eine Bowlingkugel walzte er durch die Gruppe, riss mehr als einen von den Beinen.

»Nichts wie weg hier!«, rief die Frau und packte Pepe nun ihrerseits am Arm. Gemeinsam rannten sie den Flur entlang und die nächste Treppe hinunter. Erst nach einigen Sackgassen und Umleitungen erreichten sie außer Atem einen Ausgang, ohne irgendwelche Verfolger im Schlepptau. Entweder hatten sie die tatsächlich abgehängt oder der Sicherheitsdienst hatte sich um sie gekümmert.

Vor der Tür blieben sie stehen und schnauften durch. Pepes Begleiterin stützte sich vornübergebeugt auf den Knien ab. Ihr Kopf war jetzt noch röter als zu dem Moment, an dem Pepe sie im Krankenzimmer überrascht hatte.

»Das war ein verdammt guter und hoher Kick«, lobte Pepe sie, als er wieder zu Atem gekommen war.

»Danke. Ich mache jeden Morgen Pilates.«

»Ich habe Ihren Namen gar nicht mitbekommen«, stellte Pepe als Nächstes fest.

»Bo«, antwortete die Frau nach einer kleinen Pause und richtete sich auf. »Ich heiße Bo. Und bevor Sie fragen, nein, es ist keine Abkürzung für irgendetwas.«

In der Nähe schlug eine Kirchturmglocke.

»Mittag«, sagte Pepe und schaute in die ungefähre Richtung aus der das Läuten herüberklang. »Wollen wir zusammen etwas essen und Sie erzählen mir von Ihrer gemeinsamen Vergangenheit mit Major Frankfurt?«

»Ich habe eigentlich keine Zeit«, versuchte Bo auszuweichen, nestelte an ihrem Handgelenk und vermied es, Pepe direkt anzusehen.

Der stutzte und trat dicht vor sie.

»Wissen Sie, Bo, ich glaube nicht an Zufälle«, ließ er nicht locker und suchte Augenkontakt. »Sie erzählen mir, Sie haben den Major zwanzig Jahre nicht gesehen. Dann ruft er Sie an, um sich mit Ihnen zu treffen und wird kurz davor fast totgefahren. Kommt Ihnen das nicht merkwürdig vor? Vielleicht sind Sie ja selbst auch in Gefahr!«

»Okay«, gab sich Bo geschlagen. »Gehen wir etwas essen.«

»Gut, kennen Sie sich in Erfurt aus?«

»Nicht wirklich.«

»Ich wüsste ein Restaurant mit einem fantastischem Ausblick.«

Pepe übernahm die Führung. Bo hängte sich mit ihrem Stadt-Geländewagen an das Hinterrad des Motorrades. Bereits zehn Minuten später saßen sie sich in der Glashütte auf dem Petersberg gegenüber und sogen den Anblick der Erfurter Altstadt mit dem dominierenden Dom in sich auf.

Das Restaurant sah aus, als hätte sich ein Waggon der Wuppertaler Schwebebahn samt Tragekonstruktion in die Thüringer Landeshauptstadt verirrt. Der Gästebereich schwebte drei Meter über dem Boden, aufgehängt an massiven Stahlträgern. Gläserne Wände umhüllten den Raum ringsum, sodass man nach allen Seiten den Festungsberg und die darunterliegende Stadt im Blick hatte. Pepe ergatterte einen Tisch auf der außen liegenden Terrasse und hielt Bo galant den Stuhl. Mit abgehackten Bewegungen ließ sie sich darauf nieder und zog ihn roboterhaft näher an den Tisch. Dann knallte sie ihre Handtasche auf den Boden, legte ihre zu Fäusten geballten Hände auf die Tischplatte und fragte: »Was wollen Sie wissen?«

»Sollten wir nicht erst etwas bestellen? Der Fisch soll hier nicht schlecht sein«, schlug Pepe vor und schälte sich im Sitzen aus der schweren Motorradjacke.

Bo sah ihn an, als hätte er sie gefragt, ob sie einen Kopfsprung hinunter auf den Vorplatz machen wolle. Obwohl es kaum möglich schien, straffte sie ihren Oberkörper noch weiter, zog die Schultern zurück und spitzte ihren Mund. Erst nach einer kleinen Ewigkeit antwortete sie: »Gut. Vorher entschuldigen Sie mich kurz, ich geh mich frisch machen.«

Sie stand mit solchem Schwung auf, dass ihr Stuhl beinahe zum Sprung von der Terrasse ansetzte. Im letzten Moment fing Bo ihn ab, stellte ihn mit Wucht wieder auf die Beine und verschwand im Inneren des Restaurants. Pepe sah ihr nach, wie sie sich wie eine wütende Flipperkugel durch die übrigen Gäste zwängte und schließlich im Sanitärbereich verschwand. Erst als sie außer Sichtweite war, atmete er aus und ließ sich tief in seinen Stuhl sinken. Er schloss die Augen und genoss die Mittagssonne, die ihm kräftig ins Gesicht schien. Sein blaues Auge nahm ihm die Hitzestrahlung zwar übel, aber er brauchte den Moment der Ruhe zum Nachdenken.

Was er zu Bo gesagt hatte, war ernst gemeint gewesen. Er glaubte nicht an Zufälle. Major Frankfurts Wunsch, sie zu sehen, und sein Unfall mussten zusammenhängen. Merkwürdig, dass er bisher nichts von seiner Zeit im ehemaligen Jugoslawien erzählt hatte. Ebenso wenig hatte er jemals von Bo geredet. Entweder war damals nichts Erwähnenswertes vorgefallen, was Pepe für unwahrscheinlich hielt, oder genau das Gegenteil war der Fall und der Major wollte nicht an die Vergangenheit erinnert werden.

Nach zehn Minuten war Bo immer noch nicht zurück. Eine aufgeweckte Kellnerin, wahrscheinlich Studentin an der hiesigen Uni, hatte sich bereits zweimal erkundigt, ob er nicht endlich etwas bestellen wolle. Kein Wunder, mittlerweile waren schon unzählige Gäste mit langen Gesichtern wieder abgezogen, da auf absehbare Zeit kein Tisch frei werden würde. Hatte Bo sich dünne gemacht? Durch das Toilettenfenster war sie mit Sicherheit nicht geklettert. Von dort ging es drei Meter steil nach unten. Gerade als Pepe sein Telefon hervorkramen und sich beim Oberstabsgefreiten Cem nach dem Befinden des Majors erkundigen wollte, kam Bo auf die Terrasse geschwebt. Sie lächelte über das ganze Gesicht, breitete die Arme aus und sagte: »Essen wir den Fisch.«

Diesmal stellte sie locker ihre Handtasche ab, hob den Stuhl an, drehte sich samt dem Sitzmöbel einmal um sich selbst und nahm in einer fließenden Bewegung Platz. Unwillkürlich suchte Pepe nach verräterischen Pulverrückständen unter ihrer Nase, fand aber keine.

»Wie war gleich Ihr Vorname?«, fragte sie und öffnete den obersten Knopf ihrer Bluse.

»Pepe.«

»Pepe! Wie außergewöhnlich! Darf ich Sie beim Vornamen nennen?«

»Ja.« Pepe nickte und wusste nicht, was er von Bos Verwandlung halten sollte. Ehe er sich eine Meinung bilden konnte, erschien erneut die Kellnerin auf der Bildfläche und wartete ungeduldig auf ihre Bestellung.

Sie wählten beide den Lachs mit Nudeln, dazu eine Flasche Wasser. Als sie wieder allein waren, holte Bo eine Sonnenbrille aus ihrer Handtasche, setzte sie auf, stützte ihre Ellenbogen auf den Tisch, legte das Kinn auf ihre verschränkten Hände und fragte bedeutend entspannter als vor einer Viertelstunde: »Was möchten Sie wissen?«

»Was ist in Primošten vorgefallen?«

»Primošten«, wiederholte Bo mit einem schwer zu deutenden Unterton in der Stimme. »Das war eine verrückte Zeit.«

4

»Ich war so jung, eine Journalistin voller Ideale«, sagte Bo verträumt. Pepe konnte ihre Augen hinter den dunklen Gläsern der Sonnenbrille nicht erkennen, war sich allerdings sicher, dass sie sie geschlossen hatte. »Der Bürgerkrieg in Bosnien-Herzegowina war gerade erst vorüber, die Spuren der verheerenden Kämpfe noch überall zu sehen. Mehr als einhunderttausend Tote, mitten in Europa, an der Schwelle zum einundzwanzigsten Jahrhundert. Man müsste eigentlich meinen, dass die Menschheit nach zwei mörderischen Weltkriegen genug Leid und Elend erlebt hatte. Aber nein!«

Bos Stimme brach. Sie wandte ihren Kopf zur Seite und schaute zum Dom hinüber, wie um göttlichen Beistand zu erflehen. Pepe konnte zwar die politischen Zusammenhänge der damaligen Ereignisse nicht ad hoc aus dem Gedächtnis abrufen, wusste jedoch, dass unvorstellbare Gräuel von allen beteiligten Kriegsparteien begangen worden waren. Besonders brisant war dabei die Tatsache, dass die Bundeswehr im Kosovokrieg zum ersten Mal in der Geschichte der Bundesrepublik Deutschland an völkerrechtlich umstrittenen Kampfhandlungen teilgenommen hatte. Kein Wunder, dass sich Presseleute aus allen Bereichen auf den Weg ins Krisengebiet gemacht hatten, um aus erster Hand davon zu berichten. Aus eigener Erfahrung wusste er auch, dass selbst bei einem offiziellen UN-Mandat nicht alles nach Vorschrift ablief. Ein Kampfeinsatz war und blieb eine unkalkulierbare Sache, bei der nur zu oft Unschuldige die Opfer waren. Fielen Schüsse und floss das erste Blut, dann gab es kein Halten mehr. Statt der antrainierten Abläufe und einstudierten Routinen übernahmen die Urinstinkte das Kommando. Meist ging es nur noch um das nackte Überleben.

»Mein Auftrag war, eine Reportage über die Arbeit der Feldjäger in Primošten zu schreiben«, fuhr Bo endlich fort. »Keinen reißerischen Artikel voller Leid, Folter und Tod, sondern ich sollte Hintergrundinformationen sammeln, den Alltag der deutschen Militärpolizisten beschreiben und über ihre Gefühle in dem geschundenen Land berichten. Irgendwie hatte ich den Eindruck, dass das Militär selbst hinter dem Auftrag steckte, um das angeschlagene Image aufzupolieren. Das Bild eines geordneten und völlig harmlosen Einsatzes sollte entstehen.«

Wieder machte sie eine Pause, legte den Kopf in den Nacken, wiegte ihn nach rechts und nach links, bevor sie weitersprach: »Ich fuhr mit dem Käfer meines Bruders hin. Es sollte wohl ein Statement sein, zeigen, dass ich mich vor nichts und niemandem fürchtete und es mit allem aufnehmen konnte, was sich mir in den Weg warf. Das Auto war ein richtiges Hippiegefährt, bemalt mit Blumen und Peace-Zeichen und Schwerter-zu-Pflugscharen-Symbolen. Ich weiß nicht mehr, wie viele Straßensperren ich passieren musste, aber der Käfer sorgte regelmäßig für Verzögerungen, machte die Posten nervös. Im Nachhinein hatte ich wohl unverschämtes Glück, dass ich heil und unversehrt ...« Sie stockte erneut und fuhr mit dem Zeigefinger unter ihre Brille, um ein Insekt zu vertreiben, oder eine Träne fortzuwischen?

»Kennen Sie Primošten?«, fragte Bo unvermittelt, abrupt das Thema wechselnd.

»Leider nein«, entgegnete Pepe und wunderte sich nach wie vor, warum Major Frankfurt nie von dem Einsatz dort berichtet hatte.

»Ein wunderschönes Städtchen. Auf einer fast kreisrunden, komplett bebauten Insel gelegen. Ein Deich verbindet sie mit dem Festland. Daher auch der Name. Er kommt von dem Verb überbrücken. Warten Sie, ich zeige Ihnen einige Bilder.«

Hektisch beugte sich Bo zu ihrer Handtasche hinunter und zog ein Handy heraus. Ihre zitternden Finger schafften es kaum, das Telefon zu entsperren. Endlich gelang es ihr und nach einigen Versuchen erschienen Fotos wie aus einem Urlaubsprospekt auf dem Display.

»Sehen Sie?«

Pepe musste aufstehen, sich weit über den Tisch beugen. Erst als er seine Hände Schatten werfend über die Anzeige hielt, konnte er die Bilder erkennen. Bo hatte nicht übertrieben. Dicht gedrängt kauerten sich strahlend weiße Häuser mit roten Ziegeldächern um eine erhöht in der Mitte thronende Kirche. Jedes Fleckchen Erde der Insel war bebaut, nur hier und da lugten Baumkronen als grüne Farbtupfer frech hervor. Dass es in dem Ort Straßen breiter als ein mittlerer Gehweg geben konnte, schien kaum möglich. Türkisblaues Meerwasser der Adria umschloss das Eiland und lud verlockend zu einem Bad ein. Etwas wurde Pepe an seinen letzten Urlaub in Südfrankreich erinnert, der eigentlich keiner gewesen war, sondern eine Rettungsmission, die er nur selbst knapp heil überstanden hatte.

»Schön«, antwortete Pepe und setzte sich. Langsam wurde er ungeduldig. Er wollte sich längst bei dem Oberstabsgefreiten

Cem nach dem Stand der Dinge erkundigt haben. Dass Major Frankfurt nur wenige Kilometer von hier entfernt bewusstlos in einem Krankenhausbett lag, ließ ihm keine Ruhe.

»Gleich am ersten Tag habe ich Roger kennengelernt«, fuhr Bo fort, während sie ihr Handy mit versteinertem Gesicht zurück in die Tasche steckte. »Ich habe wohl recht hilflos ausgesehen, wie ich mit einem handgeschriebenen Zettel mit der Adresse des Feldjägerhauptquartiers durch die schmalen Gassen geirrt bin. Roger saß vor einer kleinen Bar in der Abendsonne, eine winzige Kaffeetasse in den großen Händen. Er war in zivil und hat mich angelächelt. Das war das erste freundliche Gesicht, das ich seit meiner Ankunft auf dem Balkan zu sehen bekommen hatte. Sonst waren die Menschen misstrauisch, ängstlich, zum Teil aggressiv, vor allem wenn sie erfuhren, dass ich von der Presse war. Zu viel wurde damals in den Medien einseitig oder übertrieben dargestellt und noch mehr wohl weggelassen.«

Major Frankfurt entspannt in der Sonne sitzend und junge Frauen anlächelnd, konnte sich Pepe nicht wirklich vorstellen. Aber er merkte Bo die fachliche Ausbildung an. Sie hatte ein ausgeprägtes Erzähltalent. Mit einem Mal wurde Pepe mitten in die Geschichte hineingezogen, als hätte er Bo damals stets und ständig begleitet.

»Kann ich Ihnen helfen?«, fragte mich dieser gut aussehende junge Mann wie selbstverständlich auf Deutsch.

»Ja, nein, vielleicht«, antwortete ich stockend, nahm meine Sonnenbrille ab und strich mir die langen, schwarzen Haare aus der Stirn. Ein kleiner Schweißfilm hatte sich auf meiner Haut gebildet, der mich wohl nach einem entspannten Tag am Meer aussehen ließ. Allerdings hätte nichts weiter von meinem damaligen Zustand entfernt sein können. Mir ging es nicht gut und ich haderte mit mir selbst, dass ich diesen vermaledeiten Auftrag angenommen hatte. In Deutschland war es mir wie eine gute Idee erschienen. Ein richtiges Abenteuer, nicht nur etwas, über das man in Reportagen las, und sich wünschte, es selbst erlebt zu haben.

»Ich suche die deutschen Feldjäger, Militärpolizisten«, sagte ich nach einer kleinen Pause. Die brauchte ich, um den jungen Mann vor mir einzuordnen, ein Gefühl dafür zu entwickeln, ob er eine Gefahr darstellte. Dabei konnte ich die große Wasserkaraffe, die auf dem Tisch vor ihm stand, nicht aus den Augen lassen. Unbewusst leckte ich wahrscheinlich ständig über meine trockenen Lippen. Ich hatte zu lange nichts mehr getrunken. Und auch nicht gegessen.

»Einen haben Sie gefunden.« Frankfurt lächelte und winkte den Ober zu sich. »Möchten Sie sich nicht setzen? Pavel, bitte bring noch ein Glas!«

Ich brauchte nur einen kurzen Moment, um mich zu entscheiden, und nahm Platz. Kaum hatte der Kellner mir Wasser eingeschenkt, trank ich das Glas in einem Zug leer. Roger musste den Eindruck gehabt haben, ich wäre direkt aus der Wüste an seinen Tisch getorkelt. Vergleichbar heiß war es. Ich zupfte an meiner Bluse, um mir etwas frische Luft zuzuwedeln. Die Temperaturen mussten die Dreißig-Grad-Marke längst überschritten haben.

»Ich bin Leutnant Frankfurt, wie kann ich Ihnen dienen?«, stellte sich Roger vor, während er aufstand. Dabei konnte er nicht verbergen, dass sein Blick von meinem ständig größer und wieder kleiner werdenden Dekolleté angezogen wurde. Daraufhin zog ich die Bluse noch etwas weiter von meinem Körper, ließ sie schließlich los und zurückschnippen. Als wäre ich ein Teenager, der auf seinem ersten Date Eindruck schinden wollte. Selbst jetzt, nach vielen Jahren, werde ich rot, allein bei dem Gedanken daran.

»Da bin ich wirklich erleichtert«, entgegnete ich, was aus vollem Herzen stimmte und goss mir Wasser nach. »Ich bin hier, um einen Artikel über Sie und Ihre Arbeit zu schreiben.«

»Sie sind die Pressetante!« Frankfurt war verblüfft.

»Ja«, antwortete ich spitz und runzelte die Stirn.

»Oh, entschuldigen Sie, ich hatte Sie mir nur ganz anders

vorgestellt. Älter und zugeknöpfter. Mit dicker Brille und ständig Stift und Block in der Hand.«

»Mit Stift und Block kann ich dienen. Und wenn Sie wollen, knöpfe ich mich gerne zu.«

»Nein, nein. Im Gegenteil!«

»Im Gegenteil? Ausziehen also?«

Frankfurts Kinn klappte nach unten und sein Gesicht wechselte plötzlich die Farbe, sodass es perfekt mit der untergehenden Sonne hinter ihm harmonierte. Beinahe hätte ich laut losgelacht.

»Was? Nein! Ich meinte ..., also ...«

»Ist schon gut«, unterbrach ich sein Gestotter. Grinsend trank ich einen weiteren Schluck. Mit jedem Tropfen Flüssigkeit ging es mir etwas besser. Es ist für jede Frau ein befriedigendes Gefühl, wenn sie einen gut aussehenden Mann zum Erröten bringen kann. Und Roger war wirklich eine Augenweide. Seine dichten, schwarzen Haare wirkten etwas zu lang für einen Soldaten, verliehen ihm ein spitzbübisches Aussehen. Unter seinem T-Shirt spannte sich ein breiter Brustkorb und sein Bizeps schien gerade so durch die schmalen Ärmelöffnungen gepasst zu haben. Den tiefsten Eindruck hinterließen jedoch seine dunkelblauen Augen bei mir. Sie schienen sich wahrhaftig für mich und nicht nur für meinen Körper zu interessieren. Obwohl der zur damaligen Zeit durchaus sehenswert war.

»Ich habe ein Zimmer gemietet. Können Sie mir sagen, wo sich diese Adresse befindet?«, wechselte ich schnell das Thema, bevor meine Fantasie weiter mit mir durchging. Ich reichte Frankfurt meinen Notizzettel über den Tisch.

»Das ist gleich um die Ecke«, stellte er fest und runzelte die Stirn, während er die Anrede auf dem Stück Papier las. »Sie heißen tatsächlich Bo? Wie Bo Derek?«

Wieder zog ich keck an dem Ausschnitt meiner Bluse, lugte hinein und antwortete: »Na ja, fast.«

Obwohl es kaum möglich schien, wurde Frankfurts Gesicht noch dunkler.

»Mein Vater war Holländer«, erklärte ich lachend und nahm ihm den Zettel ab.

»Sind Sie ganz allein hierhergekommen?«, wollte Frankfurt wissen.

»Ja, warum?«

»Na weil wir nicht ohne Grund hier sind. Die ganze Region ist ein einziges Pulverfass, das der kleinste Funke zum Explodieren bringen kann. Haben Sie überhaupt eine Ahnung, was der Krieg mit den Menschen macht?«

»Was denn?«

»Sie verrohen. Irgendwann gibt es keine Grenzen mehr. Viele Gräueltaten bleiben ungesühnt, was die Täter irgendwann ohne jegliche Hemmungen agieren lässt! Wer einmal mit einer Straftat durchgekommen ist, dem fällt es beim nächsten Mal leichter, vielleicht noch schlimmere Taten zu begehen. Die Spirale dreht sich immer weiter. Keine Regeln, keine Grenzen, niemand, der zur Rechenschaft gezogen wird.«

Der Leutnant hatte sich in Rage geredet, war aufgesprungen und lief vor dem kleinen Tisch auf und ab, wie ein Raubtier in einem zu kleinen Käfig.

»Ich weiß«, entgegnete ich leise, schaute schnell an Frankfurt vorbei und setzte mir meine Sonnenbrille wieder auf. Unwillkürlich bildete sich ein schmerzender Knoten in meinem Unterleib. »Aber genau deswegen bin ich hier. Ich möchte die Öffentlichkeit aufrütteln, der Welt zeigen, was in unserem ach so zivilisierten Europa unter aller Augen geschehen ist. Und weiterhin geschieht. Direkt vor unserer Haustür, zwei Tagesreisen entfernt.«

Die letzten Worte müssen kaum zu verstehen gewesen sein. Ich war in meinem Stuhl zusammengesunken, als hätte ich unerträgliche Schmerzen auszuhalten. Was meinem tatsächlichen Zustand ziemlich nahe kam.

Frankfurt blieb stehen, offensichtlich nicht wissend, wie er sich verhalten sollte. Er schien mit sich zu ringen, ob er zu mir hinübergehen und mich in den Arm nehmen sollte.

»Entschuldigen Sie meinen Ausbruch! Es ist ja alles gut

gegangen, Sie sind wohlbehalten hier angekommen«, sagte er schließlich und setzte sich.

»Fast.«

»Wie bitte?«

»Nichts«, winkte ich ab und stand mühsam auf. »In welche Richtung muss ich?«

»Ich bringe Sie hin«, entschied Frankfurt, einen Geldschein aus der Hosentasche wühlend. Er ließ die zerknitterte Banknote achtlos auf den Tisch fallen und fasste mich wie selbstverständlich am Arm. Beinahe hätte er sofort wieder losgelassen, da sich meine Haut eiskalt anfühlte. Tat er aber nicht.

»Haben Sie kein Gepäck?«

»Nur den Rucksack. Den Rest hole ich später.« In diesem Moment wollte ich nur in die sichere Abgeschiedenheit der eigenen vier Wände, die Tür hinter mir abschließen und mich unter der Bettdecke verkriechen.

Roger hatte nicht übertrieben. Wir liefen keine fünf Minuten schweigend durch verwaiste Gassen nebeneinanderher, bis er plötzlich stehen blieb und auf ein baufälliges Haus deutete, dessen Fensterläden wie traurig heruntergezogene Augenbrauen schief in den Angeln hingen. Der Außenputz war großflächig von den Wänden gefallen und selbst in dem darunter durchscheinenden Mauerwerk klafften Löcher.

»Nicht gerade eine Fünf-Sterne-Unterkunft«, sagte Frankfurt. »Soll ich Ihnen nicht lieber eine Alternative besorgen?«

»Nein, danke«, entgegnete ich schnell und schüttelte seine Hand ab.

»Möchten Sie mit mir gemeinsam Abendessen? Ich lade Sie ein!«

»Vielleicht.«

»Um neun in der Bar, wenn Sie mögen.« Frankfurt winkte kurz und kehrte ohne ein weiteres Wort um. Als ich ihn weggehen sah, überfiel mich eine leichte Panikattacke. Mit einem Mal fühlte ich mich allein und hilflos. Doch im selben Moment öffnete sich die Haustür und meine Vermieterin zog mich, sich ängstlich nach allen Seiten umsehend, schnell zu sich herein.

Innen war das Gebäude weit gemütlicher, als das schäbige Äußere vermuten ließ. Das Alter der Dame zu schätzen, die mir das Zimmer im Dachgeschoss vermietete, fiel mir schwer. Das verhutzelte Gesicht, der gebückte Gang und die Kittelschürze ließen sie wie eine Großmutter aus einem russischen Märchenfilm aussehen. Erstaunlicherweise sprach sie recht gut Deutsch. Genug, um mir verständlich zu machen, dass ihr Mann längst verstorben und ihre Söhne im Krieg geblieben waren. Sie sprach mit einer Selbstverständlichkeit darüber, dass ich vermutete, dass sie sämtliche Tränen bereits vergossen hatte.

Die Hausregeln waren einfach und klar. Keine Männerbesuche, die Toilette befand sich im Erdgeschoss, die Haustür musste zu jeder Tages- und Nachtzeit abgeschlossen werden. Frühstück gab es nicht, ebenso wenig Elektrizität. Das Wasser auf dem Zimmer war nur zum Waschen da. Gezahlt wurde in bar und für eine Woche im Voraus. Ich hatte mich artig bedankt, das Geld in die runzlige Hand abgezählt und war dann die knarzende Treppe ins Obergeschoss hinaufgestiegen.

Die Dachkammer war klein, nahezu winzig und stickig, aber aufgeräumt. Ich schloss die Tür, schob den schweren Riegel vor und sah mich um. Neben einem schmalen Bett gab es nur ein Schreibtischchen vor dem offenen Fenster, von dem man einen fantastischen Ausblick nach Westen über das Meer hatte. Ich konnte noch die letzten Reste der untergehenden Sonne erahnen. Tief durchatmend, legte ich mich aufs Bett und schloss die Augen. Meine Sachen wollte ich später holen, zuerst brauchte ich etwas Ruhe.

Der Schrei eines Käuzchens weckte mich zwei Stunden später. Im ersten Moment wusste ich nicht, wo ich war. Wieder schnürte sich meine Brust voller Panik zusammen. Mit klopfendem Herzen schnellte ich hoch und rannte zum offenen Fenster hinüber. In tiefen Zügen sog ich die klare, salzige Nachtluft ein. Nur langsam beruhigte sich mein Herzschlag. Während ich den silbrig glänzenden Mond betrachtete, der sich groß und schwer im Meer spiegelte, lösten sich meine zu Fäusten verkrampften Finger. Es war ein Fehler. Ich hätte umkehren sollen, als ich die Chance dazu gehabt hatte. Oder war es noch nicht zu spät? Gerade als ich mich ins Bett legen wollte, drangen Musikfetzen an mein Ohr. Herübergeweht vom Hafen. Erst jetzt wurde mir bewusst, dass ich den ganzen Tag nichts gegessen hatte.

»Es ist spät. Sie dürfen nicht hinausgehen!«

Meine Vermieterin baute sich vor mir auf, als ich das Haus verlassen wollte.

»Ist schon gut. Ich treffe mich mit Soldaten.«

Die Hand der Frau schnellte nach vorn und packte meinen Unterarm.

»Das sind die schlimmsten«, warnte sie eindringlich, wobei ihre Augen im Halbdunkel des Flurs bedrohlich funkelten.

»Nicht die«, entgegnete ich mit unsicherer Stimme.

»Alle!«

Mit unerwarteter Heftigkeit zog mich die Alte in ihre Küche und nahm ein kurzes Schälmesser mit geschwungener Klinge vom Tisch.

»Nehmen Sie!«

Perplex steckte ich das Messer in meine Handtasche. Ich entwand mich dem eisenharten Griff der Frau und rannte fast aus der Tür. Auf dem Weg durch die dunklen Gassen, die sich wie Tunnel anfühlten, vorbei an der Kirche mit dem spitzen Turm und dem Friedhof hatte ich ständig das Gefühl, beobachtet oder sogar verfolgt zu werden. Eine unangenehme Gänsehaut kroch meinen Nacken hinauf und richtete die kleinen Härchen auf. Konnte es eine größere Idiotin als mich geben? Als ich endlich die Bar erreichte, schlug mein Herz schneller als die Flügel eines Kolibris.

Roger saß auf demselben Platz wie am Nachmittag. Er war nicht allein. Auf den ersten Blick zählte ich fünf weitere junge Männer. Sie trugen schwere Kampfstiefel, Uniformhosen und darüber bunte T-Shirts oder aufgeknöpfte Hemden. Auf den Tischen türmten sich Schnapsflaschen, die wenigsten davon voll. Die in meinem Zimmer nur bruchstückhaft zu hörende

Musik dröhnte mir hier schmerzhaft in den Ohren. Die Männer unterhielten sich noch lautstärker, scherzten und lachten mit blutjungen Frauen, von denen einige eher Mädchen zu sein schienen. Mein erster Impuls war, auf dem Absatz umzukehren und auf meine Vermieterin zu hören. Dann brach mein journalistischer Instinkt durch und ich ärgerte mich, dass ich keine Kamera dabeihatte. Irgendetwas sagte mir, dass ich eine typische Szene eines Auslandseinsatzes der Bundeswehr vor mir hatte.

»Bo, wie schön, dass Sie gekommen sind!«, rief Roger von Weitem und sprang auf. »Ich hatte die Hoffnung schon fast aufgegeben.«

Sofort drehten sich die Köpfe der anderen Männer zu mir um. Und obwohl ich wesentlich mehr am Leib hatte als die übrigen Frauen in der Runde, fühlte ich mich unter den gierigen Blicken nackt.

Roger lief mir entgegen, fasste mich sanft am Arm und führte mich an einen etwas abseitsstehenden, leeren Tisch. Erst als er sicher war, dass ich bequem saß, holte er seine Wasserkaraffe und zwei Gläser und setzte sich mir gegenüber, sodass sein breiter Rücken mich vor den neugierigen Augen seiner Kameraden abschirmte. Er musste wohl gespürt haben, dass ich mich unwohl fühlte.

»Nehmen Sie es den Männern nicht übel«, sagte er. »Sie haben einen schweren Einsatz hinter sich und lassen nur etwas Dampf ab. Das Adrenalin muss abgebaut werden.«

Unwillkürlich musste ich an die Worte meiner Vermieterin denken und meine Finger tasteten nach der Handtasche und dem darin befindlichen Messer.

»Nehmen Sie das Lamm!«

»Wie bitte?«, erwiderte ich perplex.

»Lamm am Spieß. Das machen sie hier wirklich perfekt.«

»Okay.«

Roger hatte nicht übertrieben und sich wahrscheinlich gewundert, was für eine Menge an Fleisch ich verdrücken konnte.

»Langweile ich Sie?«

Pepe schreckte hoch.

»Was? Nein, warum?« Er fühlte sich ertappt.

»Sie haben jetzt dreimal in fünf Minuten auf Ihr Handy geschaut.«

Tatsächlich hatte Pepe im Moment keinen Nerv, sich eine alte Liebesgeschichte seines Chefs anzuhören. Nicht, wenn der knapp einen Kilometer entfernt bewusstlos um sein Leben kämpfte. Andererseits wollte er sein Gegenüber nicht vor den Kopf stoßen.

»Dabei haben Sie mich gebeten, die alten Kamellen von damals aufzuwärmen.« Bo stand abrupt auf. »Ich bin nicht besonders scharf darauf, mich an die damalige Zeit zurückzuerinnern!«

Mit diesen Worten warf sie ihre Serviette auf den Tisch, hob ihre Handtasche auf und stürmte die Terrassentreppe hinunter. Pepe wollte ihr instinktiv folgen, aber die junge Kellnerin blockierte seinen Weg und fragte: »Zahlen Sie bar oder mit Karte?«

5

Pepe versuchte, an der Kellnerin vorbeizuschauen, doch die machte demonstrativ einen Schritt zur Seite und nahm ihm die Sicht auf die flüchtende Bo. Was für eine merkwürdige Frau. Seltsam, dass Major Frankfurt sie bisher mit keiner Silbe erwähnt hatte. Auf jeden Fall mussten sie das Gespräch fortsetzen. Obwohl es nicht sehr wahrscheinlich war, konnte Pepe zum jetzigen Zeitpunkt nicht ausschließen, dass der Unfall des Majors nichts mit den damaligen Geschehnissen auf dem Balkan zu tun hatte. Insgeheim hoffte er, dass es tatsächlich nur ein Verkehrsunfall war.

»Und? Wie jetzt?«, unterbrach die Kellnerin Pepes Gedankengänge und verdrehte die Augen.

»Wie jetzt was?«

»Bar oder mit Karte?«, wiederholte sie in einem Tonfall, als ob sie einen Vierjährigen nach seinem Namen fragen würde.

»Bar«, entgegnete Pepe und kramte sein Portemonnaie aus der Jackentasche. Dabei sah er Bo aus dem Augenwinkel weit unter ihm durch das große Festungstor schreiten, als würde ihr der Petersberg gehören. Auf die Entfernung sah sie wie eine Puppe aus. Erst dann wurde ihm klar, dass er weder eine Telefonnummer noch eine Adresse von der Frau bekommen hatte. Selbst ihren Nachnamen kannte er nicht.

»Verdammt!«, fluchte er, drückte der verdutzten Kellnerin einen Fünfzig-Euro-Schein in die Hand, schnappte sich seinen Helm und rannte, mehrere Stufen auf einmal nehmend, die Treppe von der Hochterrasse hinunter. Rücksichtslos rammte er sich seinen Weg durch eine chinesische Reisegruppe, die sich am Fuße des Restaurants versammelt hatte. Bo hatte tief unter ihm gerade das Ende der Steinbogenbrücke erreicht, die den Festungsgraben überspannte. So nah und doch unerreichbar fern. Wenn er ihr auf dem gleichen Weg folgen würde, die geschwungene Auffahrt zur Restaurantplattform entlang, hätte er keine Chance, sie noch zu erwischen.

Gehetzt schaute sich Pepe nach allen Seiten um, bis sein Blick an einer Baumkrone hängen blieb, deren Äste die östliche Ecke der die Zitadelle umgebenden Mauer zu berühren schienen. Ohne groß darüber nachzudenken, sprintete Pepe los, setzte sich im Laufen den Motorradhelm auf und sprang mit Anlauf über die Festungsmauer hinweg. Die erstaunten Ausrufe der chinesischen Touristen konnten Pepes Kampfschrei nicht übertönen. Der freie Fall dauerte nicht lang. Nur Millisekunden nach dem Absprung traf er auf die Baumkrone. Wie ein betrunkener Gorilla krachte er durch das Geäst. Sein massiger Körper ließ Äste und Zweige wie Streichhölzer unter ihm wegbrechen. Der Baum zitterte und ächzte, Blätter stoben in alle Richtungen davon. Endlich schlug Pepe mit einem dumpfen Knall und in einer Staubwolke auf dem trockenen Boden auf. Sein Kopf prallte wie eine Flipperkugel erst gegen den Baumstamm, wurde gegen die Festungsmauer geschleudert, federte von dort zurück, um erneut auf den Stamm zu treffen. Ohne Helm hätte das böse enden können. Aber auch so dröhnte Pepe gehörig der Schädel. Er blieb wie ein Maikäfer auf dem Rücken liegen und atmete mit geschlossen Augen tief durch. Sein Körper vibrierte, als würde er unter Strom stehen. Als es zaghaft klopfte, öffnete Pepe erst die Augen und dann das Helmvisier.

»Alles okay bei Ihnen?«, fragte Bo. Sie hatte sich dicht neben Pepes Kopf gekniet. Trotzdem konnte er ihren Gesichtsausdruck nicht deuten, da er seine Umgebung nur verschwommen wahrnahm.

»Ja, nein, vielleicht«, stotterte er und versuchte, sich aufzusetzen.

»Haben Sie die Zeche geprellt?«

»Was? Nein! Ihre Nummer!«

»Meine Nummer?«

»Telefonnummer. Ich habe noch Fragen«, sagte Pepe und blinzelte angestrengt, um ein scharfes Bild zu bekommen.

»Geben Sie mir Ihre. Ich rufe Sie an«, entgegnete Bo, stand auf und reichte Pepe die Hand, um ihm auf die Füße zu helfen.

»Na gut.« Pepe fühlte sich augenblicklich wie der Vierjährige, als der er eben im Restaurant behandelt worden war. Gehorsam zog er eine Visitenkarte aus seiner Jacke und reichte sie Bo. Die griff, ohne einen Blick darauf zu werfen, zu und steckte die Karte achtlos in ihre Handtasche. Dann winkte sie Pepe und den vielen Schaulustigen zu, die sich sensationslüstern über die Mauer gelehnt und die Szene von oben beobachtet hatten. Als ob nichts gewesen wäre, schlenderte sie schließlich den Fußweg in Richtung Parkplatz entlang. Erst als sie außer Sichtweite war, lehnte sich Pepe mit dem Rücken an den Baumstamm und horchte in seinen Körper hinein. Größere Schäden schien er nicht davongetragen zu haben. Nur die Kopfschmerzen würden ihn wohl etwas länger begleiten.

»Herr Oberfeldwebel, gut, dass Sie da sind«, empfing der Oberstabsgefreite Cem Pepe eine halbe Stunde später. An das neue Gesicht und vor allem an den unaussprechlichen Namen im Geschäftszimmer seiner Einheit würde er sich erst gewöhnen müssen. Bis vor Kurzem war die Hauptgefreite Rossi eine feste Größe in seinem Leben gewesen. Dass sie nun von einem türkischen James Bond vertreten wurde, passte noch nicht in Pepes Weltbild.

»Sie müssen einige Sachen entscheiden!«, fuhr der Soldat fort.

»Ich muss gar nichts«, blaffte Pepe zurück und wunderte sich, ob sein blaues Auge wohl bereits ein ebenso prächtiges Farbschema angenommen hatte wie das des Oberstabsgefreiten.

»Entschuldigen Sie. Ich dachte nur, weil Sie doch jetzt der Ranghöchste hier sind«, rechtfertigte sich der Mann und nahm hinter seinem Schreibtisch Haltung an.

Der Ranghöchste? Das stimmte wahrscheinlich sogar. Verdammt!

»Ist denn bisher kein vorläufiger Ersatz für den Major von oben eingetroffen?«, erkundigte sich Pepe etwas weniger schroff.

»Noch nicht, Herr Oberfeldwebel!«

»Na dann. Was haben wir denn? Halt! Zuerst, was gibt es Neues vom Alten? Haben Sie jemanden vor seinem Zimmer postiert?«

»Jawohl, Herr Oberfeldwebel. Da wir knapp an Personal sind, werde ich die nächste Schicht selbst übernehmen«, antwortete der Oberstabsgefreite zackig. »Der Zustand des Majors ist nach wie vor unverändert.«

»Gut.« Pepe nickte, obwohl es das ganz und gar nicht war. Frankfurt musste so schnell wie möglich in den Dienst zurückkehren. Wenn Pepe für eine Sache absolut nicht geschaffen war, dann dafür, Chef zu sein. »Wenn Sie nichts dagegen haben, würde ich Sie gern Cem nennen. Dienstgrad und Nachname sind viel zu lang für eine zivilisierte Unterhaltung. Sie dürfen weiterhin Oberfeld oder Fuchs zu mir sagen.«

»Jawohl, Herr Oberfeld!«

»Gut«, wiederholte sich Pepe. »Also, was haben wir?«

Cem klappte ein großes Notizbuch vor ihm auf, legte seinen

Zeigefinger an die erste, sauber per Hand beschriebene Zeile und las vor: »Die Eisenacher Kripo hat Information zu einem Ex-Soldaten angefragt. Ist wohl ein Nachbarschaftsproblem.«

»Das stellen wir zurück. Weiter!«

»Ein Oberbootsmann Schulze vom Militärischen Abschirmdienst möchte wissen, ob es Neuigkeiten zur Hauptgefreiten Rossi gibt.«

»Weiter!«

Cem sah überrascht von seinen Notizen auf und fuhr fort: »Darüber hinaus gibt es eine dringliche Anfrage, Personenschutz zu übernehmen.«

»Für wen?«

»Einen Politiker.«

»Nicht unsere Zuständigkeit«, winkte Pepe ab. »Wir sind nur für Bundeswehrangehörige verantwortlich.«

»Es geht um einen Brigadegeneral a. D.«, entgegnete Cem vorsichtig.

»Hasso von Hartmann?«, hakte Pepe ungläubig nach.

»Genau den. Unseren nächsten Bundeskanzler. So munkelt man.«

»Von wem kommt die Anfrage?«

»Aus dem Umfeld des Generals. Der Anruf kam direkt aus seinem Wahlkampfbüro und klang sehr eindringlich.«

»Auch das stellen wir zurück«, antwortete Pepe mit mehr Sicherheit in der Stimme, als er tatsächlich verspürte. Warum musste sich Frankfurt gerade jetzt über den Haufen fahren lassen? Wenn einer in einem solchen politischen Minenfeld die Ruhe und Übersicht bewahrt hätte, dann der Major. Hasso von Hartmann. Nicht zu fassen.

»Außerdem kam ein Anruf aus Afrika.«

»Afrika? Sind Sie sicher?«

Pepe hatte nie einen Fuß auf den schwarzen Kontinent gesetzt und war sich nicht bewusst, dort jemanden zu kennen.

»Ja, ich bin sicher. Ich habe die Vorwahl gegoogelt, da ich sie nicht zuordnen konnte.«

»Wer war es?«

»Er hat seinen Namen nicht genannt.«

»Was wollte er?«

»Sie persönlich sprechen.«

»Hat er eine Nummer hinterlassen?«

»Nein, er ruft wieder an.«

»Haben Sie die Nummer zurückgerufen?«

Cem stutzte kurz, ehe er mit roten Ohren antwortete: »Ja. Ein Münzfernsprecher in Gao.«

Gao? Pepe hatte keine Ahnung, von welchem Land der Oberstabsgefreite sprach, wollte sich aber keine Blöße geben.

»Merkwürdig. Und weiter?«, fragte er.

»Die nächste Nachricht geht ebenfalls an Sie persönlich«, fuhr Cem fort. »Sie sollen sich im hiesigen Krankenhaus melden.«

»Im Krankenhaus? Warum? Geht es um den Major?«

»Hatte ich auch erst vermutet und nachgehakt. Nein, es wurde ausdrücklich nach Ihnen verlangt.«

Mist. Was sollte denn das nun wieder bedeuten?

»Und weshalb?«, bohrte Pepe schroff weiter nach.

»Das wollte die Person nicht sagen. Datenschutz. Sie hat eine Nummer hinterlassen.«

Wenn Ärzte einen anriefen, war das nie gut. Pepe überlegte krampfhaft, was wohl der Grund sein konnte. Seine letzte Routineuntersuchung lag schon länger zurück, sein letzter Aufenthalt im Bundeswehrkrankenhaus in Berlin ebenso. Damals war er neben einer Mumie aufgewacht. Ob der Anruf etwas mit der damaligen Geschichte zu tun hatte? Eher unwahrscheinlich.

»Okay, was gibt es sonst?«, unterbrach Pepe seine eigenen Gedankengänge, bevor die weiter abdriften und diverse Horrorszenarien von tödlichen Krankheiten und verschleppten Infektionen entwerfen konnten.

»Ein Kommissar Putzmeister aus Gotha hat sich angekündigt. Er müsste jeden Moment hier aufschlagen.«

Oh nein. Nicht der!

»Was will er?«

»Na in alten Kamellen baden, was denn sonst?«

Pepe und Cem zuckten synchron zusammen und drehten sich parallel um. Vor ihnen stand ein beleibter Mann, der seinen Körper in einen Jeansanzug gequetscht hatte, der wahrscheinlich schon in den Achtzigerjahren des letzten Jahrhunderts aus der Mode gewesen war. Er strich sich mit einer Hand lässig durch seine Frisur, die entfernt an Brokkoli erinnerte.

»Kommt ihr euch nicht albern vor, wenn ihr in eurem Alter immer noch die gleichen Sachen tragt?«

Pepe schaute erst an seiner Uniform herunter, anschließend zu Cem, der ebenfalls olivgrüne Dienstkleidung trug, dann wieder zu Putzmeister. Der fuhr ungerührt fort: »Wer ist denn der Muselmane? Ein Austauschtürke aus dem Ural? Na, nichts für ungut. Aber ihr seht ja wirklich ulkig aus, mit euren Veilchen. Habt euch wohl gegenseitig eine getachtelt, was?«

Cem klappte der Unterkiefer runter. Doch ehe der ein Wort erwidern konnte, hob Pepe beschwichtigend die Hand und sagte: »Kommissar Putzmeister, was führt Sie zu uns?«

»Ich hatte gehofft, die scharfe Schnecke aus dem Saunaklub wiederzusehen. Mann, der rattenscharfe Anzug geht mir echt nicht aus dem Sinn, vor allem nachts. Wie hieß sie gleich? Bärbel? Bianka? Beate! Ja, Beate. Angeblich eine Polizistin. Wer es glaubt!«

»Frau Jäger ist nicht hier«, antwortete Pepe betont ruhig und sah aus dem Augenwinkel, dass der Mund des Oberstabsgefreiten mittlerweile ein perfektes O formte, durch das man mühelos einen Pingpongball hätte werfen können.

»Weiß ich doch. Hab nur ein Späßchen gemacht.« Putzmeister schlug sich lauthals lachend auf die feisten Schenkel. »Ich bin wegen des Crashs von eurem Boss hier. Der ist ja in unserem Zuständigkeitsbereich angefahren worden. Mein Chef denkt, das war nicht ganz koscher.«

Es gab also mehr Leute, die nicht an einen normalen Verkehrsunfall glaubten.

»Darf man koscher überhaupt sagen? Nicht, dass sich unser arabischer Freund hier auf den Krummdolch getreten fühlt!«

»Kommen Sie, gehen wir in das Büro des Majors«, sagte

Pepe schnell, da Cems Gesicht einen bedrohlichen Ausdruck angenommen hatte und er fürchtete, dass der Soldat jeden Moment handgreiflich werden könnte.

Pepe ließ Putzmeister vorangehen und zog die Tür hinter sich zu. Das Zimmer wirkte merkwürdig leer und kalt ohne den Major. Wenn Pepe darüber nachdachte, war er noch nie ohne seinen Chef in dem Büro gewesen. Einen Augenblick überlegte er, sich auf Frankfurts Stuhl zu setzen, blieb dann aber doch vor dem Schreibtisch stehen. Putzmeister hatte keine Bedenken. Er fläzte sich auf den Besucherstuhl und versuchte, seine kurzen Beine auf der Tischplatte abzulegen. Es gelang ihm nicht.

»Wieso denkt Ihr Vorgesetzter, dass der Unfall eventuell keiner war?«, fragte Pepe in die Bemühungen des Gothaer Kommissars hinein.

»Na weil ihr Brüder doch gegen einige Soldaten aus unserer Kaserne ermittelt«, entgegnete Putzmeister und unternahm einen letzten Versuch. Krachend landeten die Absätze seiner Lederstiefeletten auf der Schreibtischkante. Gleichzeitig kippte sein Stuhl bedrohlich weit nach hinten und der korpulente Kommissar fing wie wild an, mit den Armen zu rudern, um das Gleichgewicht nicht zu verlieren. Fast schien es, als würde er es schaffen. Für einen Moment hielt er sich perfekt in der Waage, dann schlug er mit voller Wucht rücklings auf den Boden. Pepe spürte die Erschütterung selbst durch seine schweren Motorradstiefel hindurch. Putzmeister überschlug sich in einer Rolle rückwärts, landete auf seinen Füßen und schnellte wie ein Springteufel aus einer Spielzeugbox nach oben.

»Was soll der Grund für die Ermittlungen sein?«, fragte Pepe unbeeindruckt von der sportlichen Leistung des Kommissars.

»Illegale Straßenrennen«, antwortete der etwas außer Atem. »Das nimmt überhand bei uns. Wir denken, dass die Soldaten unserer Gothaer Friedenstein-Kaserne ihr Geld für aufgemotzte Autos raushauen und es sich dann nach Feierabend so richtig besorgen. Es gab bereits mehrere Unfälle. Ein Wunder, dass noch niemand über den Jordan ist. Auf jeden Fall wird der Bürgermeister langsam ungeduldig. Sogar ein Kopfgeld gibt es.«

»Ein Kopfgeld?«

»Sag ich doch. Hat unser Obermacker ausgerufen. Tot oder lebendig. Sind ja bald Wahlen.«

»Das glaube ich nicht.« Pepe schüttelte den Kopf.

»Was bist du denn für einer? Querdenker oder was? Es hängen überall Plakate. Natürlich sind bald Wahlen!«, wetterte Putzmeister und stemmte seine Fäuste in die Hüften.

»Nein, ich meine tot oder lebendig.«

»Ach so, ja, das ist vielleicht Auslegungssache. Gibst du mir jetzt endlich die Akte? Ich habe nicht den ganzen Tag Zeit. Bin ja schließlich nicht bei der Bundeswehr.«

»Welche Akte?«

»Na die von dem Maulwurf!« Putzmeister verdrehte genervt die Augen. Und Pepe hatte schon wieder das Gefühl, wie ein Kleinkind behandelt zu werden. So langsam glaubte er zu verstehen, was hier vor sich ging.

»Ohne die Erlaubnis meines Vorgesetzten darf ich die Informationen nicht herausgeben«, wehrte er ab und zeigte dem Kommissar entschuldigend seine Handflächen. »Vorschriften, Sie wissen ja, wie das ist. Wir sind hier ja schließlich bei der Bundeswehr.«

Der Kommissar starrte ihn einen Moment mit offenem Mund an.

»Das hätte ich mir ja gleich denken können«, polterte er los. »Eine Krähe scheißt der anderen nicht ins Auge! Dann komme ich eben mit einem offiziellen Gerichtsbeschluss zurück!«

Mit den Worten stürmte er aus dem Büro und schlug die Tür hinter sich zu. Wieder spürte Pepe die Vibrationen seine Beine hinauf. Er gönnte sich noch eine Minute, ehe er ebenfalls das Büro des Majors verließ. Im angrenzenden Geschäftszimmer saß Cem mit glühenden Ohren und bemühte sich, beschäftigt auszusehen. Er schrieb angestrengt in seinem Notizbuch und vermied peinlichst Blickkontakt.

»Was hat das mit den Straßenrennen auf sich?«, fragte Pepe nach einer kurzen Pause und verschränkte die Arme vor der Brust.

»Straßenrennen?«, antwortete Cem, ohne aufzusehen.

»Verkaufen Sie mich nicht für dumm, Oberstabsgefreiter!«, donnerte Pepe und trat dicht vor Cems Schreibtisch.

Der sprang erschrocken auf und nahm Haltung an.

»Nichts liegt mir ferner, Herr Oberfeld. Aber der Major hat ausdrücklich Verschwiegenheit angeordnet.«

»Der Major liegt im Koma. Und wie Sie vorhin richtig angemerkt haben, bin ich der Ranghöchste im Raum. Also!«

Cems Unterkiefer mahlte, als wäre er James Bonds böser Gegenspieler Beißer. Dabei starrte er über den knapp ein Meter sechzig großen Pepe hinweg und fixierte einen festen Punkt an der gegenüberliegenden Wand.

»Cem«, versuchte Pepe es etwas ruhiger, »ich weiß, dass Sie in der Straßenrennszene ermitteln. Sonst hätten wir wohl kaum den gestrigen Zusammenstoß gehabt. Ob Sie vom Alten dort eingeschleust oder sogar umgedreht wurden, ist mir vollkommen egal. Falls Ihre Kumpanen etwas mit dem Unfall des Majors zu tun haben, sollten Sie mir besser nicht im Wege stehen!«

Mit jedem Wort wurde Pepes Ton drohender und Cems Kopf sank immer weiter zwischen seine Schultern.

»Ich bin sicher, das haben sie nicht!«, entgegnete der kleinlaut und sah Pepe nun doch an. »Natürlich habe ich schon unzählige Fragen gestellt, mich umgehört, jedenfalls so gut es ging, ohne Misstrauen zu wecken. Zum Zeitpunkt des Unfalls hat kein Rennen stattgefunden.«

Pepe kniff die Augen zu Schlitzen zusammen und starrte Cem wortlos weiter an.

»Mit dem Kern der Truppe war ich sogar zusammen. Wir haben an den Autos geschraubt. In Wandersleben, im Gewerbegebiet.«

Pepe sagte nichts. Mit stoischer Ruhe auf einen Verdächtigen zu reagieren, hatte schon viele zum Reden gebracht.

»Wir waren also mehrere Kilometer von dem Zebrastreifen entfernt, an dem der Major überfahren wurde. Allerdings ...«

Plötzlich geriet Cems Redefluss ins Stocken.

»Was?«, fragte Pepe drohend.
»Igor.«
»Der Dicke mit dem Goldbehang?«
»Ja.«
»Was ist mit dem?«
»Er kam später.«

Pepe spürte, wie es in Cem arbeitete. Er selbst hatte bereits mehrere Undercover-Einsätze hinter sich und wusste, wie leicht sich die Grenzen verwischten. Um im Spiel zu bleiben, musste man manchmal Dinge tun, die man im normalen Leben tunlichst unterließ, ja gegen die man mit aller Härte vorging. Und wenn man die rote Linie einmal überschritten hatte, gab es meist kein Zurück mehr.

»Was ist das für einer, der Igor?«, fragte Pepe. »Putzmeister sprach von Soldaten, die ihre Autos aufmotzen und sich dann in illegalen Rennen messen. Der Goldjunge ist doch mit Sicherheit nicht bei der Truppe.«

»Nein, ist er nicht«, gab Cem zu.

»Also?«

»Er organisiert die Veranstaltungen. Sehr professionell. Mit Preisgeldern, Fotofinishs, Übertragungen im Internet, Wetten und Promotion. Es gibt sogar Fanartikel.«

»Fanartikel?«

»T-Shirts, Aufkleber, Kappen, das ganze Programm.«

»Und der Alte ist diesem Igor auf die Schliche gekommen?«

»Nicht, dass ich wüsste«, antwortete Cem schulterzuckend und Pepe glaubte ihm.

»Wo ist die Akte?«

»Die hält der Major in seinem Büro unter Verschluss.« Cem hielt dieses Mal Pepes stechendem Blick stand.

»Okay«, sagte der. »Sie fahren ins Krankenhaus und übernehmen die nächste Wache vor dem Zimmer des Alten. Ich lese mich in den Fall ein und morgen früh stimmen wir uns für die nächsten Schritte ab.«

»Jawohl, Herr Oberfeld«, entgegnete Cem zackig und Pepe glaubte, so etwas wie Erleichterung in seiner Stimme zu hören.

Pepe kehrte in das Büro seines Chefs zurück und setzte sich dieses Mal doch auf dessen Stuhl. Frankfurts Schreibtisch war abgeschlossen. Der Major predigte den Datenschutz nicht nur, er lebte ihn auch. Ohne zu überlegen, griff sich Pepe die Tasse, die als Stifthalter diente und auf der stand: *Keine Panik! Wenn du den Schuss gehört hast, warst du nicht das Ziel!* Er kippte sie um und fischte den Schreibtischschlüssel aus dem Mikado-Haufen. Die Akte lag in der obersten Schublade. Gerade als Pepe sie aufschlagen wollte, klingelte sein Handy. Unbekannter Anrufer. Erst überlegte er, den Anruf zu ignorieren, dann ging er doch dran.

»Ja!«

»Oberfeldwebel Fuchs?«

»Ja!«

»Bo hier. Können wir reden?«

»Sehr gerne.« Pepe versuchte, so viel Honig wie möglich in seine Stimme zu legen.

»Nicht am Telefon. Heute Abend, Hotel Krämerbrücke, 20 Uhr.«

»Okay«, bestätigte Pepe, obwohl Bo längst aufgelegt hatte.

6

Das Hotel machte einen urigen Eindruck. Hier ein Vier-Sterne-Haus vor sich zu haben, konnte Pepe der mittelalterlichen Fassade nach kaum glauben, dass es angeblich bereits im 15. Jahrhundert Gäste beherbergt hatte, schon. So, wie er jetzt vor dem Eingang stand und die Strahlen der Abendsonne genoss, wurde Pepe bewusst, wie sehr sich sein Leben in letzter Zeit verändert hatte. Noch vor zwei Jahren, bevor er die Eisenacher Kommissarin Beate Jäger kennengelernt hatte, hätte er sein Dienstmotorrad auf dem Bürgersteig geparkt. Dann wäre er in Uniform, eventuell mit gezogener Waffe, in das Gebäude gestürmt, um Bo zu verhören. Dabei hätte er die offizielle Dienstkleidung nicht einmal bewusst ausgewählt, sondern einfach keine Alternative gehabt. Nicht nur dass er in der Kaserne wohnte, er hatte praktisch auch keinerlei Privatleben geführt. Erst seit er Beate ab und an ohne dienstlichen Grund traf, hatte er sich zivile Sachen zugelegt. Trotzdem fühlten sich die Baumwollhosen und das lockere Freizeithemd seltsam fremd auf seinem Körper an, ganz zu schweigen von den Stoffschuhen. Und mit der Straßenbahn war er seit seiner Kindheit nicht mehr gefahren.

Obwohl Pepe es kaum erwarten konnte, mehr über den Bosnieneinsatz seines Chefs zu erfahren, brannte ihm die Zeit wie heiße Kohlen unter seinen Füßen. Da Cem bis Mitternacht Wache vor Frankfurts Krankenzimmer hielt, hatte er sich noch nicht auf die Suche nach offiziellen Informationen über Primošten und die Aufgabe der Feldjäger vor Ort machen können. Dafür hatte Pepe die dünne Akte von Igor Fischer, dem Mann mit den Goldketten studiert. Sie hatte zuoberst auf einem Stapel von Papieren in Frankfurts Schreibtisch gelegen.

Igor war, wie viele Russlanddeutsche zu der Zeit, im Alter von acht Jahren mit seinen Eltern aus Omsk in die Bundesrepublik übergesiedelt. Über seine Schulzeit war nicht viel zu erfahren, nur dass er wohl die zehnte Klasse nicht geschafft hatte. Trotzdem hatte er eine Lehrstelle als Automechaniker bekommen. Als Inhaber seines Ausbildungsbetriebes, einer nicht markengebundenen Werkstatt, war ein gewisser Wladimir Leonow in der Akte vermerkt. Pepe hätte sein Dienstmotorrad darauf verwettet, dass die Leonows mit den Fischers wenn nicht blutsverwandt, dann doch zumindest gut befreundet waren. Der geflügelte Satz, dass Beziehungen nur dem schadeten, der keine hatte, würde wohl für immer und ewig Gültigkeit behalten.

Schon ein Jahr später war der junge Igor zum ersten Mal mit dem Gesetz in Konflikt geraten. Der Diebstahl eines Lada Niva konnte ihm allerdings nicht direkt nachgewiesen werden, genauso wenig diverse Einbrüche in Autohäuser in Gotha und Umgebung, bei denen vorwiegend Autoradios gestohlen worden waren. Danach war es etwas ruhiger oder Igor war nur vorsichtiger geworden. Vor fünf Jahren hatte er den Führerschein für drei Monate abgeben müssen, da er innerorts mit einhundertzwanzig Stundenkilometern geblitzt worden war. Seitdem schien er geläutert oder cleverer geworden zu sein. Obwohl er oft als Zeuge in Körperverletzungsprozessen geladen war, schien man ihm persönlich kein weiteres Vergehen zur Last legen zu können. Major Frankfurt hatte in der Akte den Namen eines vermeintlichen Komplizen Fischers dick unterstrichen und mit einem Ausrufezeichen versehen. Verkerk. Kein Vorname. Pepe hatte ihn noch nie gehört.

»Bitte entschuldigen Sie! Warten Sie schon lange?«

»Nein, bin eben erst gekommen«, log Pepe und begrüßte die etwas abgehetzt wirkende Bo mit Handschlag.

»Lassen Sie uns reingehen!«

»Hoffentlich haben die einen Tisch frei. Ich habe viele Leute kommen und gehen sehen«, sagte Pepe und hielt Bo galant die Tür auf.

»Da seien Sie mal unbesorgt.«

Tatsächlich wurde Bo empfangen, als gehörte ihr der Erfurter Petersberg. Der Oberkellner komplimentierte ein mitten im Essen befindliches älteres Ehepaar von einem kaum einsehbaren Ecktisch an einen etwas zentraleren Platz und beruhigte die Herrschaften mit einer Flasche Gratissekt. Im Nu wurde der Tisch neu eingedeckt und als Pepe Platz nahm, hatte er das Gefühl in einem separaten Raum zu sitzen. Die übrigen Geräusche des voll besetzten Restaurants drangen nicht bis zu ihnen durch. Das schien auch Bo zu beruhigen. Sie legte ihre Handtasche so vorsichtig neben sich, als enthielte sie eine Schachtel roher Eier. Oder eine Flasche Nitroglycerin. Dann atmete sie tief durch, lehnte sich in dem weichen Polster der Ecksitzbank zurück und schaute Pepe neugierig an. Die feine Umgebung und der intensive Blick machten ihn nervös. Wahrscheinlich wäre es besser gewesen, in Uniform zu erscheinen. In seiner legeren Freizeitkleidung fiel er zwischen den feinen Anzügen und teuren Kleidern auf wie der sprichwörtliche bunte Hund.

»Was wollen Sie mir sagen?«, fragte er ruppiger als beabsichtigt.

»Sie sind gut«, antwortete Bo lächelnd. »Sie sind doch extra von der Festungsmauer gesprungen, da Sie angeblich noch Fragen hatten.«

»Richtig«, entgegnete Pepe und stockte. Glücklicherweise kam der Ober, um ihre Bestellung aufzunehmen. Er erinnerte Pepe an einen Schauspieler, den er letztens auf einem Filmplakat gesehen hatte, dessen Name ihm aber partout nicht einfallen wollte.

»Für mich bitte das Zanderfilet mit meinem üblichen Wein«, sagte Bo und zwinkerte dem Kellner vertraut zu. Der schaute Pepe interessiert an, schenkte ihm ein strahlendes Lächeln und nickte wissend.

Pepe vertiefte sich in die Speisekarte und verschluckte sich fast, als er die Preise las. Anscheinend gab es hier nur ganze Menüs. Schweinebäckchen oder Seehecht. Ossobuco oder Fischcurry. Spargelrisotto als vegetarische Alternative. Alles für dreißig Euro aufwärts, ohne Getränk selbstverständlich. Während Pepe überschlug, wie viel Bargeld er eingesteckt hatte, kratzte er sich an seinem kahl rasierten Hinterkopf.

»Nehmen Sie die Schweinebäckchen, die sind herausragend«, versicherte Bo. »Außerdem sind Sie eingeladen.«

»Das kann ich unmöglich annehmen!«, widersprach Pepe vehement.

»Sie können und Sie müssen. Sehen Sie es als Anzahlung auf das Kopfgeld.«

»Das Kopfgeld?«

»Die Belohnung für den, der denjenigen findet, der Roger ins Koma gebracht hat.«

»Tot oder lebendig?«

»Wenn es sein muss!«

Das Lächeln war aus Bos Gesicht verschwunden. Ihre Miene war zu Stein geworden und sie sah auf einen Schlag zehn Jahre älter aus.

»Was ist damals passiert, in Primošten?«

»Wo war ich stehen geblieben?«

»Beim Lamm.«

Bos Augen bekamen einen abwesenden Ausdruck. Für einen kurzen Moment befürchtete Pepe, sie würde aufstehen und gehen.

»Richtig, Roger hatte mir das Lamm am Spieß empfohlen«, murmelte sie gedankenverloren und einen Wimpernschlag später war sie wieder in der Bar am Hafen, umgeben von lärmender Musik, lachenden Soldaten und leicht bekleideten Mädchen.

»Ist das hier jeden Abend so?«, fragte ich Roger zwischen zwei Bissen. Dabei ertappte ich mich, wie ich laufend an ihm vorbei zu den angetrunkenen Männern starrte, die mittlerweile recht derb mit den jungen Frauen umgingen. Die schien das allerdings nicht zu stören. Sie scherzten weiter mit ihnen, ließen ihre Miniröcke noch ein wenig höher rutschen und öffneten den einen oder anderen Blusenknopf mehr.

»Eigentlich ja.« Roger nickte. »Heute ist allerdings tatsächlich etwas mehr los als sonst.«

»Was für einen schweren Einsatz haben die Männer denn hinter sich?«

»Schweren Einsatz?«

»Sie sagten vorhin, die Soldaten haben einen schweren Einsatz hinter sich und lassen nur etwas Dampf ab. Was war denn das für ein Einsatz?«

»Wollen wir uns nicht duzen? Ich bin Roger!«

Frankfurt reichte mir seine Hand über den Tisch und hielt sie direkt über die romantisch in der Abendbrise flackernde Kerze.

»Angenehm. Bo«, antwortete ich. Bevor ich Rogers Pranke greifen konnte, zog er sie mit schmerzverzerrtem Gesicht zurück.

»Heiß!« Er schüttelte seine Hand, als stünde sie in Flammen. Der zweite Versuch klappte.

»Du weichst mir aus«, stellte ich fest, erwartete jedoch keine Antwort.

»Ich lass mal lieber kaltes Wasser drüberlaufen.« Roger stand schnell auf. Er schlängelte sich durch die feiernden Menschen.

Natürlich habe ich ihm hinterhergesehen. Zwei Dinge sind mir aufgefallen. Zum einen, dass sich seine Hüften anmutig im Takt der Musik bewegten, und zum anderen, dass ihm ein junges Mädchen aufgeregt folgte. Ihr Begleiter wollte sie aufhalten, doch sie riss sich energisch los und lief hinter Roger her. Zehn Minuten vergingen. Vielleicht in Wirklichkeit nur zwei. Mir kam es wie eine Ewigkeit vor. Dem enttäuschten Liebhaber in spe wohl auch. Wütend sprang er von seinem Stuhl auf, warf ihn zur Seite und stürmte ebenfalls in Richtung der Toiletten davon.

Ich wusste nicht, was ich tun sollte. Jetzt, da mich Roger nicht mehr vor den anderen abschirmte, kam ich mir vor wie ein Lämmchen, das von einem Rudel Wölfe beobachtet wurde. Sie schienen nur auf den richtigen Augenblick zu warten, um zum Angriff überzugehen. Das Gelächter wurde lauter, die Sprüche und Witze anzüglicher und laufend spürte ich verstohlene Blicke, die mich abtasteten.

Angewidert zog ich den Kragen meiner Bluse enger. Jede Minute schienen mehr Männer aus dem Nichts aufzutauchen. Und ebenfalls Frauen. Im Gegensatz zu den jungen Mädchen, die bei meinem Eintreffen um die Soldaten herumscharwenzelt waren, hatten die Spätankömmlinge ihre besten Zeiten schon hinter sich. Desto mehr legten sie sich ins Zeug, um die Aufmerksamkeit der Anwesenden zu erhaschen. Eine tat sich dabei besonders hervor. Zielstrebig steuerte sie einen Dreiertisch rechts von mir an. Ohne Umschweife ging sie vor einem Soldaten auf die Knie, der in den USA seines Alters wegen wahrscheinlich noch kein Bier hätte kaufen dürfen. Routiniert öffnete sie seinen Reißverschluss, während er sich mit Augen groß wie Untertassen zurücklehnte und zitternd wartete, was als Nächstes geschehen würde.

Seine Kameraden rückten johlend näher, um ja kein Detail zu verpassen. Als die Frau endlich in Händen hielt, wonach sie geschickt gesucht hatte, stand sie plötzlich auf. Dem Jüngling klappte vor Enttäuschung der Unterkiefer nach unten. Jedoch nicht für lange. Als sie sich mit ihren Händen auf seinen Knien abstützte und sich weit nach unten zu seinem Schoß beugte, ging ein Ruck durch seinen Körper, als hätte er einen Stromstoß erlitten. Die Spannung hielt anscheinend länger an. Während sie mit Zunge, Lippen und Zähnen arbeitete, zitterte und zappelte der Soldat, als säße er auf einem elektrischen Stuhl. Kurz vor dem Höhepunkt hielt sie plötzlich inne. Sie hob den Kopf, leckte sich über den Mund und starrte nacheinander die beiden anderen Männer an. Wie in Zeitlupe spreizte sie ihre Beine und wies mit dem Kopf in Richtung ihres Hinterteils. Es dauerte einen Moment, bis der erste den Wink verstanden hatte. Dann sprang er jedoch auf und nestelte mit fliegenden Fingern an seiner Hose. Während die Frau vollendete, was sie begonnen hatte und der Jüngling wild zuckend in sich zusammensackte, widmete sich sein Kamerad hart ihrer Rückseite.

Mir wurde schlecht. Erst konnte ich nicht wegsehen, obwohl ich wusste, dass es besser wäre. Wie bei einem Autounfall. Gleichzeitig meldete sich meine professionelle Seite. Das war das wahre Leben der Soldaten im Auslandseinsatz. Ungeschönt. Sie wurden Opfer von verzweifelten Frauen, die im schlechtesten Fall etwas Geld verdienen wollten und im besten hofften, eine Fahrkarte heraus aus ihrem Heimatland zu lösen. Konnte man sie dafür verurteilen?

Als sich die Männer mit Handschlag ablösten stand ich angeekelt auf. Mein erster Impuls war wegzulaufen. Zurück in die Sicherheit meiner Dachkammer. Aber das wäre unfair Roger gegenüber gewesen. Obwohl er mich allein gelassen hatte. Ich war hin- und hergerissen. Am Ende folgte ich ihm, einen großen Bogen um die Feiernden machend. Dabei hielt ich die ganze Zeit meine Handtasche wie einen Schild vor meine Brust. Im Inneren des Gebäudes war es beinahe stockdunkel. Auch die Musik war deutlich leiser. Meine Augen brauchten einen Moment, um sich an das Dämmerlicht zu gewöhnen. Was ich dann sah, verschlug mir fast die Sprache. Roger stand dem

Mann gegenüber, der wutentbrannt ihm und dem Mädchen gefolgt war. Sie hockte mit zerrissener Bluse wimmernd und blutend auf dem Fußboden. Roger hatte sich schützend vor sie gestellt, während der andere ein großes Kampfmesser von einer Hand in die andere warf. Seine Zähne waren gefletscht wie bei einem Raubtier, die Augen weit aufgerissen. Speichel lief ihm aus dem Mundwinkel, den er mit der Handkante ruppig wegwischte.

»Beruhige dich! Es ist nichts passiert!«, sagte Roger gerade.

Ich war sicher, dass die junge Frau da anderer Meinung war. Sie schluchzte, hatte ihre Arme um ihre Beine geschlungen und wurde von Krämpfen geschüttelt. Ich konnte mich nur allzu gut in sie hineinversetzen.

»Geh nach Hause und schlaf deinen Rausch aus!«, fuhr Roger fort. Er sprach ruhig und beherrscht, war wohl nicht zum ersten Mal in einer solchen Situation.

»Damit du die Schlampe für dich allein haben kannst? Einen Dreck werde ich. Geh mir aus dem Weg oder ich stech dich ab!«

Ich war sicher, dass er es ernst meinte. Die Stimme des Mannes jagte mir eine Gänsehaut über den ganzen Körper. Unwillkürlich tasteten meine Finger nach dem Schälmesser in meiner Handtasche.

»Das wird nicht passieren!«

Anstatt einer Antwort sprang der Angreifer plötzlich auf Roger zu. Er bewegte sich so schnell, dass ich im ersten Moment nicht mitbekam, was überhaupt geschah. Roger schien allerdings mit einer Attacke gerechnet zu haben. Blitzartig tauchte er unter dem Messerarm des Angreifers hindurch, drehte sich und verpasste dem Mann einen furchtbaren Schlag in die Seite. Es hörte sich an, als wäre eine Melone aus großer Höhe auf Beton gekracht. Der Soldat fiel zu Boden, als hätte man einer Marionette alle Strippen auf einmal durchgeschnitten. Sofort griff Roger nach dem Messer, entwand es ihm und steckte es in seinen Gürtel.

»Die Leber«, meinte er beiläufig. »Ein perfekter Treffer führt fast immer zu einem K. o.«

Erst jetzt stand die junge Frau zitternd auf. Ihre zerfetzte Bluse entblößte ihren blutverschmierten Oberkörper. Tiefe Schnitte zogen sich quer über ihre Brüste. Taumelnd lief sie auf ihren am Boden liegenden Peiniger zu, spuckte ihn an und versetzte ihm einen kräftigen Tritt in die Seite. Stöhnend rührte der sich, blieb aber mit geschlossenen Augen liegen. Die Frau wich schreiend zurück und klammerte sich fest an Roger, als würde ihr Leben davon abhängen. Ihre nackten Brüste hinterließen blutige Abdrücke auf seinem Oberarm.

»Leider hält die Wirkung nicht lange an. Wir sollten jetzt lieber verschwinden. Mit etwas Glück wird er sich morgen nicht mehr an den Vorfall erinnern«, sagte er und führte die Frau nach draußen.

Dass sie die Nacht nicht vergessen würde, dessen war ich mir sicher. Wieder wusste ich nicht, was ich tun sollte. Irgendwie tat mir der verletzte Mann plötzlich leid. Ich hatte ja eben erst gesehen, wie sich die Mädchen an die Soldaten heranmachten. Mussten die da nicht damit rechnen, dass sie nicht immer mit heiler Haut davonkamen? Unwillkürlich bildete sich ein Knoten in meinem Unterleib und ich schleppte mich ins Freie. Gerade noch rechtzeitig, um mich zu übergeben und Roger mit der jungen Frau in einer Seitengasse verschwinden zu sehen.

Die übrigen Männer hatten von der Schlägerei nichts mitbekommen oder die Auseinandersetzung schlichtweg ignoriert. Sie fochten ihre eigenen Kämpfe aus, meist mit weiblichen Gegnern. Ich wollte nur weg. Also lief ich los. Schaute nicht nach rechts oder links, ließ mich durch den dunklen Ort treiben. Schon nach wenigen Metern schluckten die Fassaden den Lärm der Bar und ich bewegte mich lautlos wie ein Schatten über die Insel.

Plötzlich stockte Bo in ihrer Erzählung. Pepe schaute sie an, doch sie war woanders. Weit entfernt, in der Zeit und auch geografisch. Ein leichter Schweißfilm hatte sich über ihr Gesicht gelegt. Ihre rechte Hand umklammerte das Besteckmesser, dass Pepe befürchtete, sie würde es jeden Moment verbiegen.

Er hatte ähnliche Berichte oft gehört. Die Geschichten ähnelten sich, nur die Einsatzorte wechselten. Jemand, der nicht in einem Krisengebiet im Einsatz gewesen war, nicht fast täglich um sein eigenes Leben fürchten musste, der nicht die schlimmen Dinge gesehen hatte, die Menschen einander antaten, der konnte nicht nachvollziehen, was diese Erlebnisse mit der Seele eines jungen Mannes machten. Viele Soldaten im Auslandseinsatz waren kaum zwanzig Jahre alt, noch halbe Kinder. Behütet aufgewachsen. Die größte Sorge in ihrem bisherigen Leben war, das nächste Level in einem Videospiel zu erreichen oder von einem Date einen flüchtigen Abschiedskuss zu erhalten. Kein Vergleich zu den brutalen Realitäten eines Kampfeinsatzes. Auf die konnte einen keine egal wie gründliche Ausbildung vorbereiten.

»Entschuldigen Sie.« Bo stand hastig auf. »Ich muss mich etwas frisch machen.«

»Kein Problem.« Pepe erhob sich ebenfalls und ließ sich erst in das weiche Polster fallen, als Bo außer Sichtweite war.

Sie kam zeitgleich mit der Hauptspeise zurück und hatte ihre alte Leichtigkeit wiedergefunden. Trotzdem beschränkten sie sich während des Essens auf Small Talk. Die Schweinebäckchen waren tatsächlich hervorragend. Zum Nachtisch nahm Pepe Anlauf, auch den Rest der Geschichte zu hören.

»Wie ging es weiter?«, fragte er.

Ein Handy klingelte. Ihres. Mit einem gezielten Griff zog sie es aus der Handtasche, prüfte die anrufende Nummer, hob den Zeigefinger in Richtung Pepe und nahm das Gespräch an.

»Fünfzehn Minuten«, sagte sie bestimmt und legte auf. Dann hob sie den Kopf und keine zehn Sekunden später stand der Oberkellner an ihrem Tisch.

»Schreiben Sie das Essen auf meine Rechnung«, verlangte sie, während sie ihr Telefon einpackte und bereits unruhig auf der Sitzfläche herumrutschte. »Der Herr kann bestellen, was er möchte, er ist eingeladen.« Mit einem Blick auf Pepe ergänzte sie: »Er wird es abarbeiten.«

Sie reichte Pepe ihre Hand über den Tisch, nickte ihm zu

und ließ ihn überrascht zurück. Wenigstens hatte er jetzt ihre Telefonnummer. Und einen kleinen Einblick in die gemeinsame Vergangenheit von Bo und Major Frankfurt.

Der Oberkellner war am Tisch stehen geblieben. Den Notizblock in der Hand musterte er Pepe und versuchte anscheinend herauszufinden, in welcher Beziehung er zu Bo stand. Ihre Augen trafen sich nur kurz, trotzdem hatte Pepe das Gefühl, dass der Mann mehr wusste, als er selbst unter Folter gestehen würde.

»Danke, ich brauche nichts«, beteuerte Pepe schnell, da ihm die Anwesenheit des Obers unangenehm wurde. »Ich muss telefonieren!«

Er stand auf und zog sein Handy hervor. Für den Abend hatte er es auf lautlos gestellt. Auf dem Weg nach draußen prüfte er die Anruferliste. Fünf entgangene Telefonate. Alle Anrufe kamen vom Oberstabsgefreiten Cem. Nicht gut. Der hielt nämlich vor Frankfurts Krankenzimmer Wache. Mit schlimmen Vorahnungen rief Pepe ihn zurück.

7

Der Oberstabsgefreite Cem nahm bereits beim ersten Klingeln ab.

»Herr Oberfeld, gut, dass ich Sie erwische«, flüsterte er.

»Ist etwas mit dem Major?«, wollte Pepe wissen.

»Nein. Aber es gibt Entwicklungen in meinem Fall.«

»Der Straßenrenngeschichte?«

»Ja. Ich muss dringend weg. Und aufgrund der Personalknappheit wollte ich fragen, ob Sie, also ..., wenn Sie nichts Besseres ..., es wäre wirklich wichtig ...«

»Schon gut, ich komme«, unterbrach Pepe Cems Gestammel und legte auf.

Natürlich konnte er sich etwas Besseres vorstellen, als die Nacht auf einem harten Stuhl vor dem Zimmer des Majors zu verbringen. Dass er einem Kameraden in Not helfen würde, stand außer Frage, obwohl er ihn erst kurz kannte und er dazu dessen Vorgesetzter war. Zusätzlich war es gut, wenn Cem in seiner Undercoverrolle blieb, da die illegalen Straßenrennen eventuell mit dem Unfall des Majors zusammenhingen.

Der Stuhl war genauso hart, wie Pepe es befürchtet hatte. Bereits fünf Minuten, nachdem Cem hektisch verschwunden war, konnte er nicht mehr richtig sitzen. Das konnte heiter werden. Pepe stand auf, lehnte sich mit dem Rücken an die Wand und versuchte den stechenden Geruch nach Desinfektionsmitteln zu ignorieren. Das Krankenhaus war längst im Nachtmodus. Eine Notbeleuchtung malte gespenstische Schatten in die dunklen Flure. In die beinahe greifbare Stille piepte nur hin und wieder eine Maschine, die irgendeinen armen Tropf am Leben hielt.

Obwohl er sich tief im Bauch des Gebäudes befand, war es unangenehm warm. Pepe war froh, dass er Freizeitkleidung trug und nicht die schwere Motorraduniform der Feldjäger. Trotzdem fühlte er sich extrem unwohl. Wie eigentlich immer, wenn er sich in die Fänge von Medizinern begeben musste. Das letzte Mal war gar nicht so lange her. Die Verletzungen, die er sich auf einer Runst – einer Mehrtageswandertour über den Thüringer Rennsteig – zugezogen hatte, waren jedoch gut verheilt. Zum Glück, denn die verwundete Stelle war eher delikat. Noch hatte er nicht überprüfen können, ob er tatsächlich ohne dauerhaften Schaden davongekommen war. Unwillkürlich schweiften seine Gedanken zu Beate. Er musste sie unbedingt anrufen. Allerdings konnte sie sich genauso gut melden. Ein Telefon funktionierte schließlich in zwei Richtungen. Nach ihrer Wanderung erwartete sie vielleicht mehr von ihm. Oder tat er das selbst auch?

Sogleich schüttelte er den Gedanken ab und grübelte über den Anruf aus dem Krankenhaus nach. Ob bei der Auswertung seiner medizinischen Daten nach der Erstversorgung eine hässliche Sache aufgepoppt war? Etwas, das in seinem Inneren lauerte, nur darauf wartete, seinen Körper zu zerstören? Erst kürzlich war ein Kamerad plötzlich, unerwartet und elend an

Krebs verreckt. Darauf konnte Pepe gut verzichten. Er fühlte sich eigentlich ganz normal. Schlug sein Herz schneller als sonst? Oder war das starke Schwitzen ungewöhnlich? Unwillkürlich hatte er das Gefühl, nicht mehr genügend Luft zu bekommen. Pepe stieß sich von der Wand ab. Kurz wurde ihm schwarz vor Augen und er griff hektisch nach der Stuhllehne. Als er sich wieder im Griff hatte, lief er mit ausgestreckten Armen auf das Fenster am Ende des Flurs zu und rüttelte daran herum. Der Riegel klemmte. Wahrscheinlich wurde hier drinnen eher wenig gelüftet. Unzählige Farbschichten blockierten den Fensterrahmen. Endlich, nach einem kräftigen Ruck, gab ein Flügel nach und nachtfrische Luft strömte herein. Pepe atmete tief durch, sog Sauerstoff bis in den letzten Winkel seiner Lunge. Er wischte sich mit dem Oberarm über seine verschwitzte Stirn. Ob er seine Symptome googeln sollte? Besser nicht. Wahrscheinlich würden ihn die erhaltenen Treffer nur noch mehr verunsichern.

Mit beiden Händen stützte er sich auf dem Fensterbrett ab und atmete gierig die Nachtluft ein.

»Bitte nicht springen«, vernahm er plötzlich eine Stimme hinter sich. »Den Papierkram kann ich jetzt echt nicht gebrauchen.«

»Was?« Pepe schnellte herum und kniff die Augen zu Schlitzen zusammen. Eine Frau stand ein paar Schritte hinter ihm. Er hatte sie nicht kommen hören. Sie hatte die Hände in die Hüften gestützt, ihr Gesicht lag im Schatten.

»Ich brauchte nur etwas frische Luft«, entschuldigte sich Pepe. »Es ist wirklich stickig hier drin.«

»Was du nicht sagst!«

Die Stimme kannte er doch. Er spürte, dass die Frau langsam näher kam. Und plötzlich stand sie direkt vor ihm. Pepe zuckte zusammen, als sie ihn sanft am Arm berührte.

»Warum denn so schreckhaft? Hast du ein schlechtes Gewissen?«

»Miriam?«

»Wer denn sonst!« Die Frau boxte ihm unerwartet heftig auf den Oberarm.

Dr. Miriam Quinn. Pepe konnte sich sehr gut an ihre erste Begegnung erinnern. Im Mannschaftsheim des Luftwaffenstützpunkts Holzdorf hatte sie erst mit einer routinierten Leichtigkeit Schnaps bestellt und ihm danach beinahe das Hirn aus dem Leib gevögelt.

»Hast du mich herbeordert?«

»Herbeordert? Das klingt sehr hart. Ich habe deinen Sekretär gebeten, dir auszurichten, dass ich dich dringend sprechen muss.«

»Ist es schlimm?«, fragte Pepe als Nächstes vorsichtig.

»Was glaubst du denn?«

Pepe wünschte sich sehnlichst mehr Licht, um in ihren Augen lesen zu können.

»Ich befürchte, es sieht nicht gut aus. Sonst hättest du ja wohl nicht angerufen.«

»Du warst von jeher ein Blitzmerker«, entgegnete Miriam, griff nach seiner Hand und zog ihn mit sich. Nur kurz wehrte er sich, da er seinen Posten vor dem Zimmer des Majors nicht verlassen wollte. Doch am Ende ging es hier um seine Gesundheit. Und als todsterbenskranker Krüppel konnte er Frankfurt nicht beschützen, so viel stand fest.

Miriam führte ihn den Flur entlang, um zwei Ecken und eine Treppe hinunter. Dann blieb sie plötzlich stehen, schaute nach rechts und links und wieder nach rechts und öffnete die Tür vor ihnen. Schnell schob sie Pepe in das leere Zimmer. Ein Schlüssel steckte im Schloss. Miriam drehte ihn zweimal um. Mit schnellen Schritten lief sie im Dämmerlicht zu dem leeren Krankenbett in der Mitte des Raumes hinüber und setzte sich. Sie klopfte auf die Stelle neben ihr. Schwer seufzend nahm Pepe Platz. Ihre Hüften berührten sich und Pepe spürte die Wärme, die von Miriams Körper ausging. Jetzt also folgte die Diagnose. Dass Miriam extra einen separaten Raum gewählt und die Nachricht nicht direkt auf dem Flur übermittelt hatte, war kein gutes Zeichen. Wahrscheinlich wollte sie nicht, dass er schluchzend zusammenbrach und die anderen Patienten weckte. Aber würde er das? Eher nicht. Er würde kämpfen, bis zum bitteren Ende. So hatte er es schon immer gehalten. Dabei war er auch nicht zwingend auf Hilfe angewiesen. Wie schlimm konnte es sein?

»Es geht um Leben und Tod, oder?«, fragte er tapfer.

»Tut es das nicht meistens?« Miriam fing an, über seinen Oberschenkel zu streicheln.

»Ich dachte es mir, dass es sich nicht um eine simple Nachuntersuchung dreht«, befürchtete Pepe mit belegter Stimme. »Schließlich ist die Verletzung ziemlich gut verheilt.«

»Die Verletzung?«, fragte Miriam zurück und hielt plötzlich inne.

»Ja, die tiefe Schnittwunde.«

»Wo denn?«

»Wo denn? Kennst du meine Krankenakte denn nicht?«

»Nein.« Miriam ließ ihre Hand an Pepes Schenkel höher wandern.

Der sog ruckartig Luft ein und sagte: »Jetzt bist du fast da.«

»Doch nicht etwa an deinem ...«

»Genau da«, unterbrach sie Pepe. Wieder brach ihm der Schweiß aus und sein Herz schlug hart am Limit.

»Wie konnte denn das passieren?«

»Das ist eine längere Geschichte.«

»Na das muss ich mir unbedingt näher anschauen.« Miriam stand auf, drückte Pepe ins Bett und fing an, an seiner Hose herumzunesteln.

»Du siehst doch gar nichts!«

»Muss ich nicht. Ich mache eine haptische Funktionsprobe.«

Im ersten Moment befürchtete Pepe, dass sich seine Wunde wieder öffnen, oder er unerträgliche Schmerzen erleiden würde. Aber dank Miriam waren seine Bedenken schnell weggeblasen. Er überließ ihr die Initiative. Schon bei ihrem ersten Aufeinandertreffen hatte Pepe festgestellt, dass medizinische Kenntnisse auch für den Beischlaf durchaus von Vorteil sein konnten. Sie drückte ihn auf das Bett und stieg auf ihn. Pepe kam sich vor, als wäre er ein Schwebebalken und Miriam eine Olympiaturnerin. Sie fiel in einen Spagat, die Arme weit ausgebreitet, der Kopf im Nacken. Pepe war ihr Anker, der sie aufrecht hielt, bis es zuckend und schwitzend vorüber war. Zwanzig Minuten später lagen beide nackt und erschöpft nebeneinander. Pepe hatte seinen Arm um Miriam gelegt, ihr Kopf ruhte auf seiner Schulter.

Sie lag federleicht auf ihm, strahlte eine fiebrige Hitze aus und atmete dabei ruhig und gleichmäßig. War sie eingeschlafen? Es wäre kein Wunder. Auch Pepe konnte seine Augen kaum noch offen halten. Trotzdem kehrten seine Gedanken zum Grund seines Krankenhausaufenthalts zurück. Und ganz kurz zu Beate Jäger. Hatte er sie betrogen? Eigentlich nicht. Seit ihrer gemeinsamen Wanderung über den Thüringer Rennsteig hatten sie sich nicht wiedergesehen, obwohl Pepe mehrfach knapp davorgestanden hatte, sie anzurufen. Rein technisch waren sie also kein Paar. Trotzdem hatte Pepe das Gefühl, dass die Kommissarin das anders sehen und eventuell zu ihrem Schlagstock greifen würde, wenn sie von der gründlichen Untersuchung durch Dr. Miriam Quinn Wind bekam. Pepe schüttelte seine aufkeimenden Schuldgefühle beiseite. Jetzt musste er erst einmal herausfinden, was mit ihm nicht stimmte.

»Wie schlimm steht es um mich?«, fragte er. »Keine Beschönigungen. Sag es geradeheraus!«

Miriam schreckte hoch, richtete sich halb auf, sodass ihre linke Brust schemenhaft und lockend vor Pepes Gesicht schwebte.

»Was? Wie schlimm soll es denn um dich stehen?«, fragte sie und gähnte.

»Na ich bin doch nicht ohne Grund hier!«, entgegnete Pepe lauter und heftiger als beabsichtigt. Er setzte sich auf.

»Nein, das bist du nicht.« Miriam faltete ihre Beine in einen Schneidersitz und hockte sich dicht vor ihn. Gelenkig war sie. Wahrscheinlich praktizierte sie ebenso wie Bo Pilates. Ob die auch Spagat konnte? Schnell versuchte Pepe, das Bild wieder loszuwerden.

»Du hast mich hergeholt«, stellte er fest.

»Ja.«
»Aber nicht wegen meines medizinischen Zustands.«
»Nein.«

Pepe hielt inne und wünschte sich erneut, in Miriams Gesicht lesen zu können. Doch das schwache Licht, das von draußen ins Zimmer fiel, reichte nicht bis zu ihnen. Warum redete sie denn nicht? Was wollte Miriam von ihm?

»Sagt dir der Name Octavio Alberola etwas?«, fragte sie schließlich unvermittelt und rückte näher an ihn heran. Er spürte ihren Atem auf seiner nackten Brust.

»Nein.«

»Und Anteo Zamboni?«

»Noch nie gehört«, antwortete Pepe verblüfft.

»Johann Georg Elser kennst du?«

Da klingelte tatsächlich etwas.

»Wollte der nicht Hitler in München in die Luft sprengen?«

»Richtig. Am 8. November 1939, kurz nach Beginn des Zweiten Weltkrieges«, bestätigte Miriam.

Jetzt verstand Pepe gar nichts mehr.

»Alberola ist mit einem Attentat auf Franco gescheitert und Zamboni hat versucht, Mussolini zu töten«, fuhr Miriam fort. »Alle drei haben etwas unternommen, um die Welt vor großem Unheil zu bewahren.«

»Und sind gescheitert.«

»Aber das werden wir nicht!«, entgegnete Miriam aufgeregt und sprang auf. Sie klaubte ihren Kittel vom Boden und zog ihn über. Schon vorhin hatte Pepe bemerkt, dass sie ihre Angewohnheit, keine Unterwäsche zu tragen, bis heute beibehalten hatte.

»Wobei werden wir nicht scheitern?«, fragte Pepe vorsichtig zurück.

»Steh auf und komm mit!«

»Ich weiß nicht, ob ich das möchte.«

»Das war keine Bitte!«

Miriams Tonfall ließ keinen Zweifel daran, dass es ihr Ernst war. Sie lief zur Tür und boxte auf den Lichtschalter, als wäre er Teil einer Rummelplatzmaschine, bei der man seine Schlagkraft testen konnte. Flackernd flammten die Neonröhren an der Decke auf. Pepe kniff die Augen zusammen und tastete nach seinen Unterhosen. Gekonnt fing er seine Freizeithose auf, die ihm Miriam entgegenschleuderte.

»Wo gehen wir denn hin?«, fragte er, während er in sein Hemd schlüpfte.

»Wirst du gleich sehen.« Sie verschränkte die Arme vor der Brust und wippte ungeduldig mit dem rechten Fuß.

»Okay.« Pepe zog seine Schuhe an. »Fertig.«

Miriam schloss auf, öffnete die Tür einen Spalt, steckte ihren Kopf hindurch und spähte in den Flur. Um diese Uhrzeit jemandem in den Korridoren über den Weg zu laufen, war äußerst unwahrscheinlich. Das auf ein Minimum reduzierte Pflegepersonal hatte sich in den Aufenthaltsraum zurückgezogen und hoffte wohl auf eine ruhige Schicht.

»Die Luft ist rein«, flüsterte Miriam, ohne sich umzudrehen, und winkte Pepe, ihr zu folgen.

»Willst du mir nicht einfach verraten, was du vorhast?«, fragte Pepe, der Mühe hatte, neben ihr Schritt zu halten.

»Pscht«, zischte sie zurück und lief noch schneller. Die Gummisohlen ihrer Schuhe machten merkwürdige Quietschgeräusche auf dem Linoleum. Als hätte ihr jemand Badeenten unter die Füße gebunden.

Nach zehn Minuten befürchtete Pepe, die Orientierung zu verlieren. Sie hasteten durch schier endlose Gänge, stiegen Treppen hinab, andere hinauf, schlichen durch mit Kartenschlössern gesicherte Türen und duckten sich unter Rezeptionstresen hinweg. Endlich blieb Miriam schwer atmend hinter einer Ecke stehen und lehnte sich mit dem Rücken an die Wand.

»Die letzte Tür auf der rechten Seite des Ganges, die mit dem Gorilla davor. Geh dort hinein und sieh dich um«, wisperte sie und sah Pepe mit glühenden Augen an.

»Was? Warum? Hör mal, Miriam, ich weiß nicht ...«

Blitzschnell packte Miriam Pepes Gesicht mit beiden Händen und zog es nah an sich heran. Pepe war überrascht von der Wut, oder auch Angst, die in ihr steckte.

»Geh dort hinein und sieh dich um«, wiederholte sie eindringlich.

»Aber was soll ich denn sagen? So wie ich aussehe!«

Miriam ließ ihn los und schaute an Pepe hinunter.

»Du hast recht.« Blitzschnell knöpfte sie ihren Kittel auf. »Zieh den über. Sag, es ist eine Routinekontrolle. Das kommt bestimmt gut an.«

Mit offenem Mund schaute Pepe zu, wie Miriam ihren Kittel abstreifte und ihn nackt zu ihm herüberreichte.

»Ich würde solange dein Hemd nehmen«, raunte sie, als Pepe nicht reagierte und sie nur weiter anstarrte.

»Natürlich«, entgegnete er endlich und zog das Hemd aus. Es reichte ihr geradeso bis über die Pobacken. Dagegen spannte der Kittel um Pepes Schultern. Die obersten Knöpfe bekam er nicht zu. Einem flüchtigen verschlafenen Blick im Dunkeln würde die Verkleidung eventuell standhalten können. Mehr aber auch nicht.

»Beeil dich!«, trieb Miriam ihn an und gab ihm einen Schubs.

»Okay.« Pepe atmete tief durch, straffte seinen Körper und schritt um die Ecke.

Nur vor einer Tür stand ein Stuhl. Wie vor dem Krankenzimmer des Majors. Er war leer. Hatte Miriam nicht von einem Aufpasser gesprochen? Pepe stockte, sah sich um, lief dann weiter. Er wollte die ganze Aktion so schnell wie möglich hinter sich bringen. Warum hatte Miriam ihm nicht einfach mitgeteilt, wer sich in dem Raum befand und was sie von ihm erwartete? Vor der Zimmertür blieb Pepe stehen und überlegte, ob er anklopfen sollte. Taten das Ärzte oder Pfleger, die mitten in der Nacht für eine Routinekontrolle vorbeikamen? Wohl eher nicht. Also packte er die Klinke, drückte sie herunter und betrat das Krankenzimmer.

Das grelle Licht traf Pepe völlig unvorbereitet. Ebenso die Faust eines breitschultrigen Kerls, der mehr als einen Kopf größer und anderthalbmal so breit war wie er. Der Mann schlug blitzschnell zu, so, als ob er jemanden erwartet hatte. Pepe hatte Glück, dass er relativ kurz war. So traf der Schlag nicht den Solarplexus, sondern prallte auf sein Brustbein. Das war zwar schmerzhaft, nahm ihm aber nicht augenblicklich das Bewusstsein. Trotzdem taumelte er durch die Wucht des Faustschlags zurück, bis er gegen die gegenüberliegende Korridorwand stieß. Sofort war der Große hinter ihm her und holte erneut zu einem mächtigen Schwinger aus. Pepe duckte sich unter der brathähnchengroßen Faust hindurch und spürte einen kalten Luftzug an seiner Glatze vorbeizischen. Er wollte sich eben wieder aufrichten und die Initiative ergreifen, als ein Knie mit voller Wucht gegen sein Kinn krachte. Pepe hob ab. Er wurde rückwärts von den Füßen gerissen, schlug so heftig mit dem Kreuz und schließlich dem Kopf auf, dass er befürchtete, ein Loch in den Fußboden geschlagen zu haben. Der Aufprall drückte ihm die Luft aus der Lunge. Sternchen flimmerten vor seinen Augen und Pepes Sichtfeld engte sich langsam weiter ein. Außerdem schmeckte er Blut.

Hilflos, wie ein Maikäfer auf dem Rücken liegend, sah Pepe zu, wie sich der Große grinsend und breitbeinig über ihm aufstellte. Sein Kopf ging anscheinend direkt in den Rumpf über, ohne Hals. Der Riese hob den rechten Fuß. Mit Stiefeln dieses Ausmaßes war er gut geeignet, um im Hochsommer die obligatorischen Waldbrände im Berliner Umland auszutreten. Im Moment stand er jedoch kurz davor, Pepe auszulöschen. Obwohl der sich krampfhaft bemühte, auf die Beine zu kommen, gehorchte sein Körper nicht. Er versuchte, sich mit den Ellbogen nach oben zu drücken, brach aber jedes Mal zitternd zusammen. Noch immer bekam er nicht genügend Luft, hatte das Gefühl, seine Lunge stünde in Flammen.

Plötzlich sah er aus dem Augenwinkel einen Schatten. Miriam! Sie schoss um die Ecke und rannte auf den Großen zu. Mit einem gewaltigen Satz landete sie auf seinem Rücken. Sie hätte ebenso gut eine Litfaßsäule anspringen können. Der Kerl bewegte sich keinen Millimeter. Aber er stutzte. Das verschaffte Pepe die Luft, die er brauchte. Nur einen Wimpernschlag, bevor der Kampfstiefel des Großen auf sein Gesicht traf, rollte sich Pepe zur Seite. Miriam klammerte sich weiterhin auf dem Buckel des Kerls fest. Ihre nackten Beine reichten kaum um seinen ölfassdicken Rumpf herum. Aus Pepes Perspektive sah es so aus, als ob der Kerl zwei Köpfe hatte. Wie vor nicht ganz einer Stunde im Bett, machte Miriam sich auch jetzt ihre Medizinkenntnisse zunutze. Pepe sah, wie sich ihre Finger in eine bestimmte Stelle am Hals des Mannes pressten. Und tatsächlich fing der unvermittelt an zu wanken und schlug wie in Zeitlupe mit seinen Händen nach hinten aus. Allerdings verhinderte sein breites Kreuz, dass er Miriam traf. Bodybuilder standen auf Kriegsfuß mit der Yoga-Übung Gomukhasana, bei der man sich hinter dem Rücken an den Händen fasste. Das Grinsen war längst aus der Visage des Großen verschwunden. Er stöhnte und japste nach Luft. Auf dem Boden hockend sah Pepe fasziniert zu, wie das Gesicht des Mannes langsam blau anlief.

»Machst du noch mit?«, rüttelte Miriam ihn mit schriller Stimme auf.

Der Aufruf riss Pepe aus seiner Erstarrung. Mühsam stand er auf, musste sich am Türrahmen abstützen, da beständig helle Lichtflecke in seinen Augen tanzten. Aber auch der Große schien nach Miriams Aufforderung seine letzten Kräfte zu mobilisieren. Er straffte seinen Körper, schüttelte sich und rammte sie mit voller Wucht rücklings gegen die Wand. Sein Hinterkopf hämmerte Miriams Schädel wie eine Abrissbirne gegen die Ziegelmauer. Das Geräusch war fürchterlich. Pepes Großeltern hatten eine Vorrichtung im Hühnerstall, mit der sie Knochen in kleine, mundgerechte Stücke zerbrachen. Genauso hatte sich der Aufprall angehört.

Als hätte ihr plötzlich jemand die Hauptsicherung herausgedreht, wich mit einem Schlag jegliches Leben aus Miriam. Sie rutschte vom Buckel des Großen herunter und landete krachend auf dem einsam im Flur stehenden Stuhl. Ihre Arme fielen kraftlos herunter, der Kopf sank ihr auf die Brust und sie blieb sitzen, als wäre sie nach einem harten Arbeitstag unversehens eingeschlafen.

Der Große blieb von Miriams Würgegriff zum Glück nicht unbeeindruckt. Hustend stützte er sich vornübergebeugt mit einer Hand auf seinem Knie ab, fasste sich mit der anderen an den Hals. Mit herausgestreckter Zunge versuchte er röchelnd, so viel Luft wie möglich in seine Lungen zu pressen.

Das war Pepes Chance. Er holte aus wie zu einem spielentscheidenden Fußballelfmeter, zielte auf den Kopf des Großen. Der reagierte spät, leider nicht zu spät. Er drehte sich im letzten Moment zur Seite, sodass Pepes Fuß den Kopf verfehlte und nur den baumdicken Oberarm des Mannes erwischte. Zudem trug er nicht seine zehenverstärkten Motorradstiefel, sondern Turnschuhe. Der Tritt hinterließ somit keinen bleibenden Eindruck. Obwohl der Knochen eines normalen Mitteleuropäers sofort sauber in zwei Teile zerbrochen wäre. Nicht so bei dem muskelbepackten Arm des Großen. Der schien den Treffer gar nicht richtig mitbekommen zu haben. Zu allem Überfluss ließ sein eigener Schwung Pepe ins Taumeln geraten. Er rutschte an dem Großen vorbei, drehte ihm unbeabsichtigt den Rücken zu, kam erst vor dem Treppenaufgang zu stehen, den sie eben heraufgestiegen waren.

Ehe er sich umdrehen konnte, raubte ihm eine Schmerzexplosion den Atem. Von der linken Niere ausgehend rollte eine Feuerwalze durch seinen Oberkörper, zwang Pepe auf die Knie. Der Große schien Gleiches mit Gleichem vergelten zu wollen und holte seinerseits zu einem Tritt aus. Er trug allerdings Stiefel mit Stahlkappe. Ein Kopftreffer würde das Ende bedeuten, zumindest dauerhafte Schäden nach sich ziehen.

Was der Große nicht ahnen konnte, war, dass Pepe im Laufe der Jahre gelernt hatte, mit Schmerzen umzugehen. Der Nierentreffer hatte ihm bei Weitem nicht so zugesetzt, wie es zu erwarten gewesen war. Kaum war der Fuß des Großen in der Luft, schnellte Pepe nach oben, tauchte unter dem heranfliegenden Bein hindurch, sodass es auf seiner Schulter zu liegen kam. Ruckartig richtete er sich auf. Der Breitschultrige schaute ihn plötzlich verdutzt mit weit aufgerissenen Augen an. Für einen Augenblick schien die Zeit stillzustehen. Dann fing Pepe an zu schieben. Die Augen seines Gegenübers wurden größer, dass es fast an ein Wunder grenzte, dass sie nicht aus ihren Höhlen fielen. Auf einem Bein hüpfend stemmte er sich gegen Pepes Druck, versuchte, weg von der Treppe zu kommen. Wie eine Windmühle ruderte er mit den Armen, ächzte und stöhnte. Schon näherte sich sein Stiefelabsatz dem Ende der ersten Stufe.

»Bitte!«, flehte er mit brüchiger Stimme und verschränkte sogar verzweifelt seine Hände.

Pepe hielt inne, schaute zu der auf dem Stuhl zusammengesunkenen Miriam. Nein, keine Gnade. Er stieß das Bein mit Wucht nach oben. Der Große wurde ausgehoben. Pepe hatte ihm so viel Schwung mitgegeben, dass er sich wie ein Zirkusartist in der Luft überschlug. Ähnlich einem herunterfallenden Marmeladenbrot landete auch er auf der Oberseite. Mit dem Kopf voran schlug er auf dem nächsten Treppenpodest auf und blieb regungslos liegen. Pepe schaute ihm zitternd hinterher, ehe er an sich heruntersah. Er hatte Miriams Doktorkittel komplett durchgeschwitzt. Das würde ihr bestimmt nicht gefallen.

»Miriam!«

Obwohl jede Faser seines Körpers sich dagegen wehrte und sich nach Ruhe sehnte, drehte sich Pepe hastig um und rannte zu ihr hinüber. Vorsichtig hob er Miriams Kopf, fühlte nach einem Puls. Sie lebte, atmete schwach, aber gleichmäßig. Von weiter hinten, den Flur hinunter, waren Stimmen zu hören. Es grenzte fast an ein Wunder, dass bis jetzt noch niemand alarmiert worden war. Allerdings waren kaum fünf Minuten vergangen, seit Pepe versucht hatte, das geheimnisvolle Krankenzimmer zu betreten. Was nun?

Entschlossen ging Pepe in die Knie, zog Miriam über die Schulter, auf der er eben das Bein des Großen balanciert hatte und richtete sich auf. Ihr Oberkörper hing auf seinem Rücken, das für diesen Zweck zu kurze Hemd entblößte ihren Po. Halbherzig versuchte Pepe, den Stoff etwas tiefer zu ziehen, ließ es dann aber bleiben. Hoffentlich fand er den Weg zurück zum Zimmer des Majors.

8

Das Krankenhaus war ein verdammtes Labyrinth. Schnell lief Pepe die Treppe hinunter und stieg über den Großen hinweg. Nur kurz kam ihm der Gedanke, Erste Hilfe zu leisten. Doch die sich nähernden Stimmen wurden lauter und Miriam lag schwer auf seiner Schulter. Der Aufruhr konzentrierte sich auf die Etage über ihnen. Nein. Sie kamen näher. Plötzlich flammte die Hauptbeleuchtung auf. Fast reflexartig schlüpfte er in das nächstliegende Zimmer. In dem Raum war es stockfinster. Pepe legte innen sein Ohr an die Tür und hörte schwere, schnelle Schritte vorbeieilen. Als sie auf seiner Höhe waren, hielt er die Luft an und atmete erst aus, als sie den Raum passiert hatten.

»Ist die für mich?«, fragte flüsternd eine Stimme aus der Dunkelheit.

»Nein!«, antwortete Pepe genauso leise und zottelte, obwohl er faktisch seine Hand nicht vor Augen sehen konnte, wieder an dem Hemd herum, um Miriams Kehrseite zu bedecken.

»Schade!«

Den Rest des Rückweges blieben sie unbehelligt. Ohne zu zögern betrat Pepe das Krankenzimmer des Majors und legte Miriam vorsichtig auf dem Fußboden ab. Sie kam langsam zu sich. Blinzelnd schlug sie ihre haselnussbraunen Augen auf und fragte: »Und?«

»Was und?«

»Hast du ihn gesehen?«

»Wir brauchen jetzt wohl erst mal einen Doktor!«

»Warum? Bist du krank?« Miriam stützte sich auf ihre Ellenbogen.

»Ich nicht, aber du! Du warst ohnmächtig, hast einen mächtigen Schlag auf den Hinterkopf abbekommen!«

»Das erhöht das Denkvermögen. Mir geht es gut«, winkte Miriam ab und tastete trotzdem ihren Schädel ab. »Eine Beule, nichts weiter.«

»Es hat ordentlich gerumst!«

»Weich mir nicht aus! Hast du ihn gesehen?«, fragte Miriam laut und richtete sich vollständig im Bett auf.

Pepe schaute zum Major hinüber. Der lag unbeeindruckt in seinem Bett und gab keinen Mucks von sich.

»Ja«, antwortete er schließlich.

»Und?«

»Und was?«

»Was ist mit Alberola, Zamboni und Elsner?«

»Was soll mit denen sein?« Pepe rieb sich angestrengt über seine Wange.

»Das hätte ich nicht von dir gedacht! Brauchst du ein Kopfgeld? Ich habe Freunde, die bereit sind, Geld in die Hand zu nehmen! Wir müssen unbedingt handeln. Ich verstehe nicht, dass du zögerst!«, schrie Miriam und sprang auf. Ihre Wangen färbten sich feuerrot. Sie hatte ihre Hände zu Fäusten geballt und zitterte am ganzen Körper.

»Der Pepe, den ich kannte, hätte keine Sekunde gezögert«, fauchte sie, drückte sich an ihm vorbei und schlug die Tür so fest zu, dass die Zahnbürste im Becherglas nebenan in der Badnische auf und ab hüpfte. Frankfurt blieb totengleich liegen.

Pepe verharrte eine volle Minute regungslos. Er horchte in seinen geschundenen Körper hinein. Noch immer pulsten kleine Schmerzwellen von dem schweren Nierentreffer durch seinen Unterleib. Auch im Hinterkopf pochte es. Unter seinen tastenden Fingern spürte er eine gehörige Beule. Alles in allem hatte er den Kampf recht gut überstanden. Was man von seinem Gegner wohl nicht behaupten konnte. So wie der mit dem Kopf voran gelandet war, konnte er sich gut und gerne das Genick gebrochen haben. Mit dem Problem würde er sich beschäftigen, wenn es auf ihn zukam. Natürlich war der Körper des Großen über und über mit Pepes DNA bedeckt. Aus der Nummer würde er sich nicht herausreden können. Aber Miriam würde bestätigen, dass er in Notwehr gehandelt hatte. Viel wichtiger war jetzt, sich mit dem geheimnisvollen Patienten des Krankenzimmers zu beschäftigen.

Pepe hatte zwar nur einen flüchtigen Blick erhascht, bevor er buchstäblich aus dem Zimmer geprügelt worden war, er war sich jedoch sicher, wen er dort gesehen hatte: Brigadegeneral a.

D. Hasso von Hartmann, einen der höchstdekorierten Soldaten der Bundeswehr. Von Hartmann war unter anderem Träger des Ehrenkreuzes für Tapferkeit. Die Auszeichnung war ihm aufgrund seines heldenhaften Einsatzes während eines unter dem Radar der Öffentlichkeit ausgetragenen Scharmützels verliehen worden. Der Kampf hatte in den Nachwehen des Karfreitagsgefechtes stattgefunden. Damals, Ostern 2010 in Afghanistan, waren deutsche Fallschirmjäger in einen Hinterhalt der Taliban geraten. Wie hart die Kämpfe an diesem denkwürdigen Tag gewesen waren, ließ sich unter anderem am Munitionsverbrauch ablesen. Die vierunddreißig Bundeswehrsoldaten hatten in neun Stunden über fünfundzwanzigtausend Schuss abgefeuert. Drei Fallschirmjäger verloren ihr Leben.

Von Hartmann führte eine nachgelagerte Aufklärungsmission, die ebenfalls unter Feuer geriet. Details der Operation waren bis heute unter Verschluss. Doch der General hatte einen solchen Eindruck hinterlassen, dass ihm der Bundespräsident im Nachgang das Ehrenkreuz verliehen hatte. Von Hartmann nahm die Ehrung im Rollstuhl sitzend entgegen. Als einer der wenigen Überlebenden des Scharmützels war er bei Weitem nicht ungeschoren davongekommen.

Und nun strebte er das dritthöchste Amt der Bundesrepublik Deutschland an. Nach seinem gesundheitsbedingten Ausscheiden aus der Bundeswehr hatte er die DVP, die Deutsche Volkspartei gegründet und viele ehemalige Kameraden um sich geschart. Der Ex-General war noch immer eng mit der aktiven Truppe vernetzt. Umso seltsamer war es, dass er nicht in einem Bundeswehrkrankenhaus, sondern in dieser Erfurter Klinik behandelt wurde. Hasso von Hartmann wusste sich als Mann des Volkes zu präsentieren, was über alle Schichten hinweg äußerst gut ankam. Er sprach Missstände offen an, scheute sich nicht, politisch heikle Themen direkt beim Namen zu nennen. Komplizierte Schachtelsätze ohne Inhalt waren nicht sein Ding. Er konnte Sachverhalte in einfachen Worten erklären, dadurch in einer Einfachheit darstellen, die die Wahrheit oft verschleierte. Damit stand er US-amerikanischen Präsidenten und britischen Premierministern in nichts nach.

Obwohl die Welt der Bundeswehr klein war, kannte Pepe von Hartmann nicht persönlich. Doch sein Ruf eilte ihm voraus. Der General war eine Legende in der Truppe. Und nicht nur da. Seine Beliebtheitswerte hatten bereits wenige Tage nach der Bekanntgabe seiner Kandidatur schwindelerregende Höhen erreicht. Mittlerweile glaubten selbst die größten Zweifler daran, dass er eine reelle Chance hatte, aus der kommenden Wahl als Sieger hervorzugehen und der nächste Bundeskanzler der Bundesrepublik Deutschland zu werden. Allerdings hatten viele auch panische Angst davor. Dr. Miriam Quinn offensichtlich ebenfalls.

Den Brigadegeneral a. D. mit Franco, Mussolini oder gar Hitler zu vergleichen, fand Pepe hingegen mehr als überspitzt. Ja, von Hartmann wollte das Militär stärken und modernisieren, die Rüstungsausgaben erhöhen. Dabei schwebten ihm keine übertriebenen Summen vor. Er machte sich lediglich dafür stark, dass unter den NATO-Partnern vereinbarte Ziel von zwei Prozent des Bruttoinlandsproduktes einzuhalten, eventuell leicht zu überschreiten. Aktuell war man mit knapp anderthalb Prozentpunkten weit davon entfernt.

Die gegenwärtige Ausrüstung der Truppe war dem Ex-General ebenfalls ein Dorn im Auge. Dem konnte Pepe nur zustimmen. Dass sich Soldaten im Auslandseinsatz schusssichere Westen von Verbündeten beschafften, da ihre eigenen nicht sicher genug oder zu schwer waren, war ja wohl ein Witz. Wenn von Hartmann mit seiner charismatischen Stimme gegen den Streit in der Koalition über die Bewaffnung von Drohnen oder den Hickhack über die Beschaffung eines neuen Sturmgewehres wetterte, konnte man sich seiner Logik nur schwer entziehen.

War es wirklich so schlimm, wenn der Ex-General auf die Einhaltung von internationalen militärischen Zusagen pochte und dementsprechend verlangte, die Soldaten auch adäquat auszurüsten? Eine starke, moderne Armee musste noch lange nicht dafür genutzt werden, einen Krieg vom Zaun zu brechen.

Miriam musste sich irren. Sie war paranoid, von linken Medien auf das falsche Gleis gesetzt worden. Oder nicht? Was sollte er nur tun? Vor allem da die Anfrage, den Personenschutz des Generals bei einem Wahlkampfauftritt in Eisenach zu übernehmen, unbeantwortet auf ihn wartete. In diesem Augenblick wünschte sich Pepe nichts sehnlicher, als dass Frankfurt aus dem Koma aufwachen würde und die Zügel in die Hand nahm. Aber der Major tat ihm diesen Gefallen nicht. Er lag in seinem Bett und starrte an die Decke. War da ein hämisches Grinsen in seinem Gesicht?

Nach einem letzten Blick auf seinen Vorgesetzten öffnete Pepe geräuschlos die Tür und stutzte. Cem saß auf dem Stuhl vor Frankfurts Zimmer und wirkte nicht weniger überrascht.

»Ich hätte auch nicht geglaubt, dass Sie Ihren Posten verlassen haben«, sagte er.

»Nein«, entgegnete Pepe. »Habe mich nur persönlich von dem Wohlergehen des Majors überzeugt. Unter den gegebenen Umständen, meine ich. Sie übernehmen wieder?«

»Ja.«

»Gut, dann sehen wir uns morgen in der Kaserne.«

»Okay«, antwortete Cem und fügte an: »Sie tragen einen Arztkittel.«

»Ich weiß«, bestätigte Pepe.

»Ist das vielleicht Ihr Hemd? Es hat über der Stuhllehne gehangen.«

»Ist es.«

Pepe nahm das Kleidungsstück entgegen und fragte sich, ob Miriam tatsächlich völlig nackt durch das Krankenhaus gelaufen war. Ohne ein weiteres Wort ließ er Cem allein. Während er über die abgedunkelten Korridore in Richtung Ausgang ging, hoffte er, Dr. Quinn nicht über den Weg zu laufen. Natürlich hatte sie recht. Wenn Franco, Mussolini und Hitler hätten rechtzeitig aufgehalten werden können, wäre der Welt viel Leid erspart geblieben. Aber was, wenn sie sich nicht als die Irren herausgestellt hätten, die sie im Nachhinein waren? Dann wäre es eiskalter Mord gewesen. Und ob nicht ein weitaus schlimmerer Irrer an ihrer Stelle an die Macht gekommen wäre, konnte ebenfalls niemand wissen.

Froh, an der frischen Luft zu sein, atmete Pepe tief durch. Die Nachtluft hatte sich angenehm abgekühlt. Entfernt roch es nach Regen. Kurz nach Mitternacht war die Thüringer Landeshauptstadt zur Ruhe gekommen. Nur vereinzelt waren Fußgänger unterwegs, die mit hochgezogenen Schultern eilig auf dem Heimweg waren. Eine hell erleuchtete Straßenbahn rumpelte vorbei. Bis zur nächsten Haltestelle war es nicht weit. Doch Pepe war zu aufgedreht, um jetzt in die Kaserne zurückzukehren.

Die Gedanken überschlugen sich in seinem Kopf. Wie ging es wohl dem Leibwächter? Hatte er den Sturz überlebt? Lag Miriam richtig mit ihrer Forderung, von Hartmann auszuschalten? Was würde Beate sagen, wenn sie erfuhr, dass er Dr. Quinn als Turngerät gedient hatte? Und welche Rolle spielte Bo? Wenigstens zum letzten Punkt musste Pepe weitere Informationen einholen. Spontan fiel ihm der Oberkellner ein, der Bo faktisch jeden Wunsch von den Lippen abgelesen hatte und sie ohne Zweifel näher zu kennen schien. Zu Fuß würde er eine halbe Stunde bis zum Hotel Krämerbrücke brauchen. Genug, um den Kopf freizukriegen und pünktlich zum Feierabend des Obers eintreffen.

Pepes Kalkulation ging auf. Er traf in dem Moment am Hotel ein, in dem der Oberkellner ins Freie trat. Ohne die strenge Dienstuniform sah er bedeutend jünger aus, hatte etwas Verwegenes an sich. Entfernt erinnerte er an einen Piraten, der gegen seinen Willen die Augenklappe, den Schulterpapagei und sein Holzbein abgelegt hatte. Nur ein großer Ohrring, der im Restaurant noch nicht da gewesen war, und seine zu einem Zopf geflochtenen langen Haare verrieten seine wahre Freibeuterberufung. Wieso fiel ihm der Name des Schauspielers nicht ein? Die Ähnlichkeit war in der Tat verblüffend. Im Schätzen des Alters war Pepe nie ein Meister gewesen. Er vermutete, dass der Ober näher an der vierzig als an der fünfzig war, ohne sicher zu sein. Als ob er nichts anderes erwartet hätte, lief der Mann auf Pepe zu, hob schon von Weitem die Hand.

»Wer hätte das gedacht?«, sagte er. »Gehofft ja, aber nicht daran geglaubt!«

»Woran?«, fragte Pepe überrascht zurück.

»Dass du hier draußen auf mich wartest. Seit ...« Der Ober sah theatralisch auf eine Armbanduhr, die die Größe einer Untertasse hatte und fuhr fort: »Seit über vier Stunden! Hätte ich das gewusst, hätte ich eher Feierabend gemacht!«

Nicht nur das vertraute Du und der intime Ton ließen Pepe stutzen.

»Ich wollte ...«, setzte er an.

»Mich näher kennenlernen? Kein Problem«, unterbrach ihn der Kellner. »Meine Freunde nennen mich Johnny. Weißt schon, wegen Fluch der Karibik.«

Wusste Pepe nicht. Er glaubte nicht an Flüche und Magie, spätestens, seitdem er es mit einem modernen Hexenzirkel zu tun gehabt hatte.

»Jetzt schau nicht so verdattert«, plauderte Johnny weiter. »Vielleicht halten mich einige auch nur für einen Deppen.« Er hakte sich bei Pepe unter. »Komm, ich weiß ein Plätzchen, an dem wir uns ungestört unterhalten können.«

Pepe ließ sich tatsächlich mitziehen. Während Johnny unentwegt redete, über das Wetter, über Häuser, Läden und Kneipen, die sie passierten, insbesondere über deren Besitzer, über die bevorstehende Wahl und den aussichtsreichen Kandidaten General von Hartmann, den er zum einen bewunderte, der ihm zum anderen aber gehörig Angst machte, schaltete Pepe auf Durchzug. Seine Gedanken kreisten erneut um den Leibwächter und um Dr. Miriam Quinn. Es wäre wohl am besten, wenn er sich selbst anzeigte. Gleich als Erstes am nächsten Morgen.

»Wir sind da!«, sagte Johnny plötzlich und blieb unvermittelt stehen.

Pepe befreite sich von seinem Arm und schaute an dem

verfallen ausschauenden Gebäude nach oben. Die Gründerzeitvilla hatte definitiv schon bessere Zeiten gesehen. An vielen Stellen schaute das blanke Mauerwerk durch den löchrigen Putz, Fensterläden hingen trostlos in den Angeln und ehemals prächtige Stuckarbeiten wiesen tiefe Krater auf. Es wirkte fast so, als hätte das Haus eben erst einen Angriff mit schweren Maschinengewehren überstanden.

»Was ist das?«, fragte Pepe.

»Ein Geheimtipp. Zutritt nur für Eingeweihte!«

Ein Geheimtipp wofür? Um von einem Dachziegel erschlagen oder im Hinterhof vergewaltigt zu werden?

Johnny ließ sich von Pepes misstrauischem Gesichtsausdruck nicht bremsen. Mit Nachdruck stieß er die schwere Holztür auf, von der großflächig die Farbe abblätterte. Sofort drang Musik aus dem dunklen Flur, der nach einer Mischung aus Weihrauch, Marihuana, Erbrochenem und Urin stank.

»Also ich geh dann rein«, sagte Johnny ungeduldig, da Pepe wie eine Panzersperre auf dem Bürgersteig stehen blieb.

Sollte er dem Kellner folgen? Wenn der Ausflug nicht vollkommen für die Katz sein sollte, ja. Pepe schaute sich ein letztes Mal um. Sie waren allein, die Straße gespenstisch verlassen, nicht ein Fenster erleuchtet. Nur jede zweite Straßenlaterne funktionierte. Eine flackerte so hektisch, dass sie wohl jeden Moment den Dienst quittieren würde. Fast erwartete Pepe, einen Grasball über den Asphalt hüpfen zu sehen. Eine Geisterlandeshauptstadt. Der Regengeruch hatte sich verstärkt. Fielen bereits die ersten Tropfen? Pepe streckte seine Handfläche dem dunklen Nachthimmel entgegen. Tatsächlich. Ein feiner Wasserfilm legte sich auf seine Finger.

Mit einem leichten Schulterzucken betrat er schließlich den Hauseingang. Schummerlicht erhellte den Flur nur stellenweise, fiel auf leere Flaschen, alte Zeitungen, zerfetzte Werbeprospekte. Anderer, schwer zu beschreibender Unrat bedeckte den Fußboden vollflächig. Wie ein Storch stelzend bewegte sich Pepe an der Wand entlang. Hier und da raschelte es. Mäuse oder gar Ratten fühlten sich in ihrer Nachtruhe gestört. Wieder bereute es Pepe, keine Waffe dabeizuhaben. Nagetiere konnte er auf den Tod nicht ausstehen. Mit schnellen, hohen Schritten lief er den Korridor entlang, auf die lauter werdende Musik zu. Nach wenigen Metern knickte der Durchgang nach links und sofort nach rechts ab und Pepe fand sich in einem überdachten Innenhof wieder. Und in einer anderen Zeit. Anstatt in einer Ruine in der Erfurter Innenstadt stand er plötzlich in einem eleganten Salon, der auf der Titanic nicht fehl am Platz gewirkt hätte. Große Kristallkronleuchter warfen warmes Licht auf hohe Zimmerpalmen, Sofas, Chaiselongues, ausladend gepolsterte Sessel und reich gedeckte Tische. Zwischendrin tummelten sich Dutzende Menschen, angeregt in Gespräche vertieft. Einige tanzten eng umschlungen auf einer polierten Parkettfläche zu angenehmer Jazzmusik. Live gespielt.

»Na bitte, geht doch«, sagte Johnny und fasste Pepe erneut am Arm. »Lass uns etwas trinken gehen. Carlos serviert einen sensationellen Absinth!«

Vor allem in Afghanistan hatte Pepe schon einige, außergewöhnliche Getränke zu sich genommen. Ob Absinth darunter war, daran konnte er sich beim besten Willen nicht erinnern. Dementsprechend neugierig kletterte er neben Johnny auf einen der Barhocker. Als Carlos, der bis auf die Glatze ohne Schwierigkeiten als Johnnys Zwilling hätte durchgehen können, kunstvoll einen Tortenheber über einem mit mystischen Gravuren versehenen Kelch legte, einen Zuckerwürfel darauf drapierte und diesen mit einer klaren Flüssigkeit übergoss, war sich Pepe endgültig sicher, dass er hier und jetzt Neuland betrat. Der Zuckerwürfel zerfloss, tropfte in das Glas und das vormals giftgrüne Getränk nahm eine milchige Farbe an. Johnny fasste sein Glas mit spitzen Fingern, betrachtete den Inhalt im Licht einer flackernden Kerze und nickte schließlich zufrieden.

»Lass uns anstoßen. Und dann verrätst du mir, warum du hier bist. Schwul bist du ja wohl nicht wirklich, oder?«

Pepe hatte seinen Kelch ebenfalls vorsichtig gegriffen und

roch mit gerümpfter Nase an der Flüssigkeit. Erst mit einiger Verzögerung verarbeitete sein Gehirn das Gehörte.

»Schwul?«, fragte er perplex zurück.

Statt zu antworten deutete Johnny mit einer ausladenden Handbewegung in den Wintergarten. Pepe folgte der Geste und stutzte. Nur Männer. Keine Frauen. Ehe er sich weiter wundern konnte, stieß Johnny an sein Glas.

»Cheers!«

»Cheers«, echote Pepe und stürzte seinen Absinth in einem Zug hinunter.

»Und?«, fragte Johnny, der an seinem Kelch nur genießerisch genippt hatte.

»Geht so.«

»Schön. Ich wollte eigentlich wissen, warum du mir aufgelauert hast?«

»Bo.«

»Busch?«

»Die Frau, mit der ich im Restaurant war. Ich kenne ihren Nachnamen nicht. Ihr scheint allerdings sehr vertraut miteinander zu sein«, entgegnete Pepe und griff hastig nach seinem wieder gefüllten Glas. Beim zweiten ließ er sich mehr Zeit. Schmeckte gar nicht so schlecht.

»Apropos Name. Wie heißt du überhaupt?«, wich ihm Johnny aus.

»Pepe.«

»Wirklich?«

»Nein, Fuchs. Pepe S. Fuchs.«

»Wofür steht das S?«

»Für ...«

»Wer fragt hier nach Bo?«, unterbrach ein drahtiger Mittdreißiger in teurem Anzug die Fragerunde. Pepe musterte den Mann von oben bis unten. Auf dem Barhocker sitzend waren sie etwa gleich groß. Obwohl sein Gesicht etwas verschwommen wirkte, was wahrscheinlich an dem vielen Alkohol und dem wenigen Schlaf lag, war nicht zu übersehen, dass er es ernst meinte. Der Meinung war wohl auch Johnny. Wie zufällig glitt er von seinem Hocker herunter und schob sich zwischen Pepe und dessen Widersacher.

»Nur eine Unterhaltung unter Freunden«, versicherte er und hob beschwichtigend die Hände.

Kurz zogen sich die Augen des Mittdreißigers zu Schlitzen zusammen. Erst fixierte er Johnny, dann Pepe. Schließlich stieß er hervor: »Das will ich euch auch geraten haben!«

Ob mit Absicht oder zufällig postierte er sich so, dass Pepe das Schulterhalfter unter seinem Jackett sehen konnte. Danach drehte er sich um und tauchte in der Masse der Feiernden unter.

»Wer war das denn?«, fragte Pepe.

»Keine Ahnung«, antwortete Johnny zu schnell. »Wir trinken aus und gehen!«

9

Ein röchelndes Geräusch riss Pepe aus dem Schlaf. Es klang, als würde ein kettenrauchender Asthmatiker ausgiebig abhusten. Er öffnete erst das linke Auge, dann das rechte und sah nichts außer einem strahlend weißen Bettdeckengebirge. Außerdem war etwas mit seinem Kopf nicht in Ordnung. Im Inneren seines Schädels waren winzige Bergmänner mit Presslufthämmern auf der Suche nach Bodenschätzen. Der Krawall, den der Asthmatiker veranstaltete, war hier keine Hilfe. Erst als Pepe beide Handballen fest auf seine Augen drückte, wurde der Schmerz erträglicher. Doch noch immer sah er nichts. Das bauschige Federbett drückte auf seinen Brustkorb und erst nach einigen kräftigen Schlägen hatte Pepe freie Sicht auf die Quelle des merkwürdigen Geräusches. Durch einen offenen Durchgang war eine Küchenzeile zu erkennen. Mit einem Kaffeevollautomaten. Davor stand Johnny in einem zu kurzen Bademantel, aus dem seine nackten Beine hervorschauten.

»Sieh an, wer endlich wach ist!«, sagte der grinsend und fing gekonnt eine Scheibe Toast aus der Luft, die der Toaster energisch emporgeschleudert hatte. »Gerade rechtzeitig. Frühstück ist gleich fertig.«

Pepe ließ seinen Kopf zurück ins Kopfkissen sinken und schloss die Augen. Wie war er hierhergekommen? Krampfhaft versuchte er, sich an das Ende des gestrigen Abends zu erinnern. Sie hatten dieses grüne Zeugs getrunken. Eine Menge davon, wenn er von dem pelzigen Geschmack auf seiner Zunge und den Bergmännern in seinem Kopf ausging. In dem Hinterhof. In dem Hinterhof voller schwuler Kerle. Pepe stutzte. Ruckartig hob er die Bettdecke an, warf einen Blick darunter und ließ sie stöhnend wieder fallen. Er war nackt.

»Keine Sorge, es ist nichts passiert«, beteuerte Johnny schmunzelnd und kam mit einem vollgepackten Tablett aus der Küche. »Jedenfalls nichts, was du nicht wolltest.«

Pepe stöhnte erneut auf und das nicht nur, weil ihn der Nierentreffer des Kerles aus dem Krankenhaus plötzlich höllisch schmerzte.

»Hab nur Spaß gemacht. Weißt du nicht mehr? Wir sind auf dem Heimweg in einen massiven Regenguss geraten. Du warst nass bis auf die Knochen. Ich habe deine Sachen gewaschen und in den Trockner getan. Sie liegen dort drüben. Fein säuberlich zusammengelegt.«

Pepe folgte Johnnys Finger. Tatsächlich. Auf einem großen Sessel lagen sein Hemd, die Hose und obendrauf die Boxershorts und Socken. Das bewies noch gar nichts. Möglichst unbemerkt kniff er seine Pobacken zusammen und entspannte sie wieder. Nichts. Auch nicht beim zweiten Mal. Jetzt wusste er, wie sich Beate während ihrer gemeinsamen Rennsteigwanderung gefühlt haben musste. Doch wie zum Teufel war er nur an diesen kompletten Filmriss geraten? Hatte Johnny ihm etwas in den Drink gemixt? Durch die Presse geisterten ja laufend die wildesten Geschichten, was einem auf einer Party so alles widerfahren konnte. Ein Regenschauer? Er musste hier raus! Wie spät war es eigentlich? Wenn er nach der Helligkeit ging, die das Zimmer durch das hohe Fenster flutete, zu spät. Er musste so schnell wie möglich zurück zur Kaserne.

»Vielen Dank für die Mühe«, sagte Pepe hastig, schlug die Decke zurück und sprang aus dem Bett. Nur mit voller Willenskraft widerstand er dem Impuls, seine Blöße mit beiden Händen zu bedecken. Stattdessen lief er zum Sessel hinüber und angelte sich seine Unterhose vom Haufen. Nur kurz überlegte er, ob er Johnny lieber seine Vorder- oder besser seine Rückseite zuwenden sollte. Am Ende postierte er sich seitwärts und verhedderte sich fast, als er in die Boxershorts stieg. In Rekordzeit zog er Hose und Hemd über, stopfte die Socken in die Hosentasche und schlüpfte barfuß in die Schuhe.

»Willst du nicht wenigstens einen Kaffee trinken?«, fragte Johnny, der die ganze Zeit wie eine Kellner-Statue mit dem Tablett in der Hand Pepe beim Anziehen zugesehen hatte.

»Nein, vielen Dank! Ich bin bestimmt viel zu spät dran«, antwortete Pepe, obwohl er keinen blassen Schimmer hatte, wie viel Uhr es war. »Beim nächsten Mal!«

Er sprintete förmlich zur Wohnungstür und hoffte inständig, dass sie nicht abgeschlossen war. War sie nicht. Erleichtert schlug Pepe sie hinter sich zu und stürmte auf die Straße. Im Rennen nestelte er sein Handy aus der Hosentasche. Keine entgangenen Anrufe.

Erst als er sich eine Stunde später umgezogen und in Uniform hinter dem Schreibtisch des Majors in der Kaserne Platz genommen hatte, kam Pepe einigermaßen zur Ruhe. Allerdings nur kurz. Keine zwei Minuten später betrat Cem den Raum.

»Was ist denn jetzt schon wieder?«, schnauzte Pepe.

Sofort nahm Cem Haltung an und berichtete zackig: »Befehl von ganz oben, Herr Oberfeldwebel. Wir müssen den Personenschutzauftrag für den Brigadegeneral a. D. Hasso von Hartmann übernehmen!«

»Scheiße!«, fluchte Pepe und hieb kräftig auf den Tisch. Die Stifte in der Schreibtischtasse klapperte heftig gegeneinander.

Cem stand noch immer im Achtung und versuchte nicht zu blinzeln. Personenschutz für den Mann, auf den Dr. Miriam Quinn sozusagen ein Kopfgeld ausgesetzt hatte. Wollte das Schicksal ihn verhöhnen?

»Kennen Sie den Brigadegeneral Hasso von Hartmann?«, fragte Pepe langsam.

»Nicht persönlich.« Stocksteif stand Cem vor dem Schreibtisch und bemühte sich, Pepes Blick nicht auszuweichen. Der musterte ihn durchdringend. Und schweigend.

»Rühren!«, befahl Pepe endlich und Cem entspannte sich.

»Warum ist es plötzlich so dringend?«, wollte Pepe wissen.

»Anscheinend ist der Leibwächter des Generals ausgefallen. Wohl für länger.«

»Wie geht es ihm?«, fragte Pepe schnell und biss sich sofort auf die Zunge. Mit einem Mal hatte er den nächtlichen Kampf wieder vor Augen. Inklusive der Kopfüberlandung auf dem Treppenabsatz.

»Ganz gut. Eine Querschnittslähmung ist natürlich kein Zuckerschlecken.«

»Der Leibwächter ist gelähmt?«

So eine Scheiße! Das bedeutete mindestens schwere Körperverletzung, wenn nicht gar versuchter Totschlag.

»Was?«

Cem schaute Pepe an, als hätte der eben gefragt, warum der Kampfpanzer Leopard 2 fluguntauglich war. Erst nach einer kurzen, irritierten Pause fuhr er langsam fort: »Von Hartmann sitzt im Rollstuhl. Keine Ahnung, was mit dem Leibwächter ist. Vielleicht hat er nur einen Schnupfen. Aber wenn Sie wollen, kann ich das in Erfahrung bringen.«

»Nein, auf keinen Fall«, unterbrach ihn Pepe rüde. »Was ist unser Auftrag?«

»Wir sollen eine Rede des Generals absichern. In Eisenach. Es ist alles durchgeplant und bis ins Kleinste aufgeschrieben. Von Hartmann überlässt nichts dem Zufall. Sie sollen die Leitung vor Ort persönlich übernehmen«, antwortete Cem.

Pepe verschränkte die Arme vor der Brust und legte den Kopf in den Nacken.

»Wer bewacht aktuell den Major im Krankenhaus?«

»Feldwebel Gehricke«, antwortete Cem und bekam rote Ohren.

Pepe hatte die junge Frau nur flüchtig getroffen. Sie hatte einen kompetenten Eindruck gemacht, obwohl sie eher wie ein Laufstegmodel aussah. Das war wahrscheinlich auch der Grund, warum sich Cem plötzlich brennend für seine Fußspitzen interessierte. Da lief wohl etwas zwischen den beiden. Egal.

»Gut. Gibt es Neuigkeiten zum Gesundheitszustand des Alten?«, fragte Pepe weiter.

»Unverändert. Nach Aussage des behandelnden Arztes wird das wohl noch mindestens zwei Tage so anhalten.«

Wieder schwieg Pepe für einen Moment. Dann fasste er einen Entschluss.

»Bringen Sie mir die Unterlagen«, verlangte er. »Ich fahre heute nach Eisenach und schaue mir den Einsatzort an. Sie halten hier die Stellung und passen ja auf, dass Major Frankfurt unbehelligt bleibt, verstanden?«

»Jawohl, Herr Oberfeldwebel!« Cem salutierte, verließ das Büro und legte dreißig Sekunden später einen dicken Ringordner auf dem Schreibtisch ab. Dann salutierte er erneut und ließ Pepe allein im Büro zurück.

Der sammelte sich einen Moment, bevor er den Ordner mit spitzen Fingern aufschlug und anfing, die Unterlagen zum Auftritt des Ex-Generals zu studieren. Der Bundestags-Wahlkampf trat langsam in die heiße Phase ein. Von Hartmann und sein Team hatten einen großen Auftritt an historisch bedeutsamer Stätte geplant. Federführend war ein gewisser Dr. Busch. Er schien den Wahlkampf des Generals zu managen. Seine Rede am Fuße des Eisenacher Burschenschaftsdenkmals sollte ein Höhepunkt in der Werbetour des ehemaligen Brigadegenerals werden.

Dass sich gegenüber der Wartburg auch die Langemarck-Gedenkstätte, das Gefallenen-Ehrenmal der Deutschen Burschenschaften befand, war sicherlich kein Zufall, sondern Kalkül in der Platzwahl von Hartmanns gewesen. Obwohl das pathetische Relief, das an Langemarck in Flandern und damit eine der verlustreichsten Schlachten des Ersten Weltkrieges erinnern sollte, längst zerschlagen war, übte das Ehrenmal noch immer eine ungebrochene Anziehungskraft auf die Anhänger des Mythos aus. Patriotische Pflichterfüllung ohne Rücksicht auf das eigene Leben, das war genau die Botschaft, die der Ex-General in vielen seiner Reden transportierte. Und weswegen ihn Dr. Miriam Quinn am liebsten sofort umgebracht hätte. Dass Pepe nun für seinen Schutz sorgen sollte, würde ihr bestimmt nicht gefallen. Aber ein Befehl war nun mal ein Befehl.

Zwei Stunden später lehnte er sich erschöpft in seinem Stuhl zurück. Von Hartmann hatte tatsächlich das kleinste Detail bedacht und für jedes nur erdenkliche Szenario eine Gegenmaßnahme vorgesehen. Überraschend war für Pepe, dass nur wenige Zuschauer vor Ort sein würden. Nur ausgewählte Gäste waren zugelassen. Der Ex-General hatte die Veranstaltung als große Medienshow geplant. Zeitgleich würde seine Rede auf fast allen sozialen Kanälen live übertragen werden und auch die freie Presse würde mit mehreren Fernsehteams zugegen sein. So wollte von Hartmann mit einem Schlag Millionen Menschen erreichen, mitreißen und zu seinen Gefolgsleuten und Wählern machen. Seit Wochen wurde bereits auf allen Wegen für dieses Ereignis geworben. An Pepe allerdings bisher vorbei, da er weder bei Facebook, Instagram, Twitter oder Friendster angemeldet war.

Von Hartmann dagegen war omnipräsent. Und er würde seinen Followern ein gigantisches Spektakel bieten. In comichaften Skizzen sah Pepe Fackelträger, Flaggen, Männer und Frauen in uniformähnlichen Anzügen. Miriam hatte wohl doch nicht ganz unrecht. Die Inszenierung erinnerte stark an die Auftritte der Nazis 1933. Schnell schob Pepe den Gedanken beiseite und konzentrierte sich auf seine eigentliche Aufgabe, den Schutz des Ex-Generals.

Von der Öffentlichkeitswirksamkeit hatte der den Platz perfekt gewählt. In puncto Sicherheit war er hingegen ein Albtraum. Das Eisenacher Burschenschaftsdenkmal war praktisch von allen Seiten zugänglich. Neben der offiziellen Zufahrtstraße, die sich durch das Eisenacher Villenviertel bergan schlängelte, führten mehrere Feld- und Wanderwege den Berg hinauf. Direkt gegenüber dem mächtigen Kriegerdenkmal lag ein Wäldchen, das nicht nur ausreichend Deckung für eventuelle Attentäter bot, sondern auch beste Fluchtmöglichkeiten.

Obwohl von Hartmanns Leute ein detailliertes Sicherheitskonzept erarbeitet hatten, war Pepe davon überzeugt, dass sich dieses sofort in Rauch auflösen würde, wenn es tatsächlich zu einem Angriff kam. So war das nun mal mit geflissentlich vorbereiteten Plänen. Die meisten überstanden den ersten Feindkontakt nicht. Nachdem Pepe intensiv Umgebungsskizzen, den Stadtplan und die Satellitenbilder studiert hatte, war für ihn klar, dass er Hilfe brauchte. Hierfür kam nur eine Person infrage. Und bei der hatte er noch etwas gut.

Mühsam quälte sich Pepe aus dem Bürostuhl hoch. Sein ganzer Körper war steif und besonders die Niere, die den heftigen Schlag des Leibwächters abbekommen hatte, meldete sich schmerzhaft bei jeder Bewegung. Aber das würde vergehen. Sicherheitshalber hatte er bei seiner Ankunft in der Kaserne zwei Schmerztabletten eingeworfen. Von dem starken Zeug. Er musste mehr auf seinen Körper achten. Auf Dauer konnte das so nicht weitergehen. Und um Pepes Psyche war es nicht viel besser bestellt. Wenn er nicht bald ernsthaft an seiner Work-Life-Balance arbeitete, würde er wohl über kurz oder lang in der Klapse landen. Und dort alte Bekannte treffen. Wahrscheinlich saß der Blogger, den er auf der Jagd nach der Mumie unabsichtlich dort hineingebracht hatte, noch immer in einem gepolsterten Zimmer und versteckte sich vor dem chinesischen Geheimdienst. Eine Pause würde Pepe und seinem geschundenen Körper guttun. Oder wenigstens eine etwas gemächlichere Vorgehensweise.

»Dann mache ich gleich mal den Anfang«, sagte er laut und sah sich sofort erschrocken um, ob ihn jemand gehört hatte. Aber es war niemand in der Nähe.

Eine Stunde später setzte Pepe seinen Helm auf, startete sein Dienstmotorrad, fuhr zur Hauptstraße vor und wandte sich nach Westen. Bevor er einen Gefallen in der Provinz einforderte, wollte er sich das Areal um das Burschenschaftsdenkmal, auf dem der Wahlkampfauftritt des Generals über die Bühne gehen sollte, mit eigenen Augen ansehen. Obwohl es über die Autobahn bedeutend schneller gegangen wäre, wählte Pepe die Bundesstraße für die Fahrt nach Eisenach. Bis Gotha war die Straße perfekt und langweilig ausgebaut. Doch nach der Residenzstadt kam tatsächlich Fahrfreude auf. Der mächtige Boxermotor brummte sonor unter ihm und der Große Inselsberg wurde majestätisch in der Ferne von der Nachmittagssonne angestrahlt. Beim Blick über die hügelige Landschaft konnte man sich fast in der Toskana wähnen. In der gewaltigen Bahnunterführung in Mechterstädt kratzte Pepes rechtes Knie leicht über den Asphalt und er musste einen Freudenjuchzer unterdrücken.

Der Berufsverkehr in der Wartburgstadt kam erst langsam ins Rollen, als Pepe sich den Weg durch die Innenstadt bahnte. Nur kurz überlegte er, einen Abstecher zur Hohen Sonne, einem Wanderparkplatz am Rennsteig zu machen. Dort hinauf führte ein Kurvengeschlängel, das jedem Motorradfahrer das Herz höher schlagen ließ. Trotz der zu erwartenden positiven Auswirkungen auf seinen Stresspegel ließ er es bleiben und bog pflichtgetreu in das Südviertel, das große, zusammenhängende Eisenacher Villengebiet ab. Pepe hatte keinen Blick für die über einhundert denkmalgeschützten Gebäude und interessierte sich nicht für Spätklassizismus, Bauhaus oder Jugendstil. Was ihn jedoch überraschte, war die Ansammlung von Polizeifahrzeugen auf dem kleinen Parkplatz unterhalb des Burschenschaftsdenkmals. Er fuhr bis an eine Flatterbandabsperrung heran und fragte den nächsten Beamten bei laufendem Motor: »Was ist denn hier los?«

Der Mann musterte Pepe von oben bis unten. Eigentlich waren sie Kollegen. Nur dass sich Pepes polizeilicher Zuständigkeitsbereich strikt auf das Militär beschränkte und er im zivilen Leben keinerlei Befugnisse hatte. Viele Streifenbeamten wussten seine Uniform und die Armbinde mit der Aufschrift Feldjäger nicht zuzuordnen. Oft wurde er mit einem Förster verwechselt.

»Es gab einen Farbanschlag«, antwortete der Polizist endlich und zeigte mit dem Daumen über seine Schulter, ohne sich umzusehen. »Das ganze Denkmal ist eingesaut worden. Kein schöner Anblick. Wahrscheinlich linkes Gesocks, das vor dem Auftritt des Generals Stunk machen möchte.«

»Ach was.« Pepe schüttelte ungläubig den Kopf. »Darf ich mich mal umsehen?«

»Na ich weiß nicht.« Der Beamte drehte sich zum Tatort um. »Da müsste ich erst die Chefin fragen.«

Pepe stutzte. »Kommissarin Beate Jäger?«

»Genau die.«

»Alles klar. Die kennt mich«, sagte Pepe, schaltete den Motor aus und stieg ab. Oder sollte er besser wenden und Fersengeld geben? Nach einem Moment des Zögerns bückte er sich unter dem Absperrband hindurch und lief die Straße zum Denkmal hinauf. Falls der Polizist ihn aufhalten wollte, gab er sich keine besondere Mühe.

Oben auf dem Plateau wimmelte es nur so vor Leuten. Die meisten trugen weiße Ganzkörperanzüge mit aufgezogenen Kapuzen und Schutzbrillen. Fotos wurden gemacht, Fußspuren dokumentiert, Proben genommen. Dazu gab es reichlich Gelegenheit. Die mächtigen Säulen, auf denen die Kuppel des Kriegerdenkmals ruhte, waren mit rosa Farbe beschmiert. Neben extremistischen Parolen waren an verschiedenen Stellen anscheinend nur wahllos Spraydosen geleert worden. Und mitten in dem ganzen Durcheinander stand Kommissarin Jäger und machte sich Notizen. Pepe hatte sie seit ihrer Runst, der gemeinsamen Wanderung über den Rennsteig, nicht wiedergesehen und bekam urplötzlich einen trockenen Mund. Ganz kurz erschien Dr. Miriam Quinn vor seinem geistigen Auge. Nackt. Schnell schob er das Bild beiseite und näherte sich Beate mit glühendem Gesicht.

»Hallo, Frau Kollegin«, begann er unbeholfen.

»Pepe!« Überrascht fiel sie ihm spontan um den Hals, ließ ihn aber sofort los, als sie merkte, wie sich mehrere Köpfe nach ihnen umdrehten. »Was machst du denn hier?«

»Ich bin dienstlich unterwegs. Muss die Rede des Brigadegenerals von Hartmann nächste Woche absichern«, gab Pepe bereitwillig Auskunft, nun doch froh, dass er geblieben und nicht ausgerissen war.

»Von dem Nazi?«, Beate ging automatisch einen Schritt zurück.

»Hasso von Hartmann ist kein Nazi«, widersprach Pepe halbherzig.

»Wie du meinst. Hasso. Schöner Name ...«, sagte Beate spitz und fügte nach einer kleinen Pause an: »... für einen Hund.«

Darauf wusste Pepe nichts zu erwidern.

»Warum hast du dich denn nicht gemeldet?«, fragte Beate und sah Pepe mit stechendem Blick an.

»Ich ... Na ja, so früh am Tag. Ich dachte, du wärst beschäftigt. Bist du ja auch. Und ich muss gleich weiter, hab einen langen Tag vor mir.«

»Aha. Dann viel Spaß dabei!« Beate drehte sich abrupt um und lief zu einem Kriminaltechniker hinüber, der anscheinend etwas gefunden hatte. Er fuchtelte mit beiden Armen wild in der Luft herum. Plötzlich schien sie es sich anders überlegt zu haben und kam zurück.

»Ein dienstliches Thema haben wir auch noch offen! Ich melde mich und du gehst gefälligst ran!«, presste sie zwischen zusammengekniffenen Lippen hindurch und machte sofort wieder kehrt.

Pepe sah ihr hinterher. Seine Wangen brannten. Sie sollten sich mal aussprechen. So richtig. Nicht heute. Nachdem er tief durchgeatmet hatte, schaute er sich genauer um. In der Realität war der Platz für einen Personenschützer ein größerer Albtraum als auf dem Papier. Schon in unmittelbarer Nähe des Denkmals gab es unzählige Verstecke für einen Heckenschützen, ganz zu schweigen von den vielen Dachfenstern und Balkonen der prächtigen Villen unterhalb des Plateaus, von denen der Platz vor dem Burschenschaftsdenkmal perfekt, aber auch unbemerkt einsehbar war. Pepe hatte genug gesehen. Er überlegte, sich von Beate zu verabschieden, die sich angeregt mit den Männern in den weißen Anzügen unterhielt, ließ es bleiben, winkte nur unbestimmt in ihre Richtung und kehrte zu seinem Motorrad zurück.

Langsam ließ er die BMW den Berg hinunterrollen und las mit zusammengekniffenen Augen die Straßennamen und Hausnummern rechts und links der Straße. Als er die richtige Nummer gefunden hatte, hielt er an und drehte sich um. Das Kriegerdenkmal war noch immer gut zu sehen, wirkte mit seiner schlachtschiffgrauen Fassade selbst aus der Entfernung aggressiv und bedrohlich. In einer Woche würde sich alles entscheiden.

Pepe gab Gas. Mit durchdrehendem Hinterrad, leicht schlingernd, schoss das Motorrad davon.

10

Erst am frühen Abend hielt Pepe an. Mit steifen Beinen ließ er die BMW auf den Seitenständer fallen und stieg mühsam ab. Er hatte länger gebraucht als beabsichtigt. Die unzähligen Baustellen auf der Autobahn hatten ihn ungeplant eingebremst. Wenn er nicht mehrmals das Blaulicht benutzt hätte, das nur militärischen Zwecken vorbehalten war, wäre er wahrscheinlich wesentlich länger unterwegs gewesen. Während der Fahrt hatte sein Gehirn versucht, die vielen Informationen zu verarbeiten, die in den letzten Tagen auf ihn eingestürmt waren. Frankfurts Unfall, der wahrscheinlich keiner war, Miriam Quinns Bitte, einen Politiker zu töten, den er eigentlich vor Attentaten schützen sollte, der Zustand des Mannes, den er die Treppe hinuntergeworfen hatte und nicht zuletzt der Auftrag der Drillinge, ihren Hund wiederzubeschaffen. Viel schlauer war er nicht geworden. Aber er hatte für sich beschlossen, die Dinge nacheinander anzugehen. Und ganz oben auf der Liste stand, sich so gut wie möglich auf Hasso von Hartmann vorzubereiten. Deswegen war er hier. Obwohl er die Höchstgeschwindigkeit der BMW voll ausgereizt hatte, war es zu spät geworden, um heute noch nach Erfurt zurückzukehren. Mit einem kurzen Anruf meldete sich Pepe beim Oberstabsgefreiten Cem ab und musterte das Anwesen vor ihm mit Sicherheitsabstand.

Wie bei seinem ersten Besuch vor einer gefühlten Ewigkeit stand das große Hoftor, das in das Innere eines Dreiseitenhofes führte, weit offen. Mittlerweile war deutlich zu sehen, dass auf dem Bauernhof bessere Zeiten angebrochen waren. An vielen Stellen war brüchiges Mauerwerk ersetzt, neue Balken in morsches Fachwerk eingezogen worden. Der Hof hatte ein sauberes Pflaster bekommen, nur die Ränder und Ecken mussten nach wie vor fertiggestellt werden. Inzwischen machte das Haupthaus einen viel wohnlicheren Eindruck als damals. Pepe musste direkt seine Augen abschirmen, so sehr blendete ihn die tief stehende Abendsonne, zurückgeworfen von der frisch geweißten Fassade.

Pepe stülpte seinen Helm auf den Seitenspiegel des Motorrades. Dann zog er mit schwitzigen Fingern den Reißverschluss seiner Lederjacke auf und betrat das Gehöft. Obwohl die Gefahr längst vorüber sein sollte, zog er automatisch den Kopf ein, als er die Schwelle überschritt. Eigentlich sollte hier kein Scharfschütze mehr auf ihn lauern, aber manche Dinge gruben sich tief in Pepes Unterbewusstsein ein und hatten ihm schon einige Male das Leben gerettet. Auch jetzt zitterten die feinen Härchen in seinem Nacken, als befürchteten sie drohendes Unheil.

»Keinen Schritt weiter!«

Augenblicklich blieb Pepe stocksteif stehen.

»Beine spreizen, die Hände weit neben den Körper, sodass ich sie sehen kann!«

Pepe gehorchte sofort. Feine Schweißtröpfchen bildeten sich an seinen Schläfen. Sollte wirklich ein Präzisionsgewehr auf ihn gerichtet sein, durfte er nicht zögern. Er hatte bereits erlebt, wozu der vermeintliche Schütze in der Lage war. Nur die Augen bewegend versuchte Pepe zu erkennen, von wo ein Gewehrlauf auf ihn zielte. Da er direkt in die untergehende

Sonne starrte, sah er praktisch gar nichts. So, wie es ein Profi vorausgesehen haben würde. Helle, gelbe Flecken tanzten vor Pepes Augen und eine einzelne Schweißperle rollte über seine Stirn, an der Nase herunter, bis er ihn mit der Zunge von seinen Lippen holte. Irgendwo quietschte eine Tür in rostigen Angeln. Langsam wurden ihm die Arme schwer. Trotzdem zwang er sich, sie weit neben sich zu halten. Hatte sich hinter seinem Rücken etwas bewegt? Waren das Schritte, die sich fast unhörbar näherten? Plötzlich schlangen sich zwei kräftige Arme um seinen Hals und ehe er reagieren konnte, wurde ihm ein fetter Kuss auf die Wange gedrückt.

»Pepe! Was für eine Freude! Warum hast du nicht angerufen? Ich hätte dir einen Kuchen gebacken!« Nach jedem Wort küsste ihn Conny Richter. »Wenn du nicht gewesen wärst, dann ...«

»Dann wäre ich vielleicht bis heute bei der Bundeswehr«, fiel ihr Lars Richter, Connys Bruder, mit verkniffenem Gesicht ins Wort. Als wäre er vom Himmel gefallen, stand er plötzlich direkt vor ihnen, sein Scharfschützengewehr locker über der Schulter.

»Das glaube ich nicht, bei dem, was du abgezogen hast«, entgegnete Pepe.

Kurz schien Richters Gesicht sich zu verfinstern, ehe ein strahlendes Lächeln hervorbrach.

»Ich weiß, ich weiß. Habe doch nur einen Spaß gemacht, wollte dich ein wenig foppen.« Er lachte und streckte Pepe die Hand hin. »Bin nur immer noch vorsichtig, wenn ich jemanden in Uniform sehe.«

Erleichtert schüttelte Pepe ihm die Hand.

»Einen Moment dachte ich, du meinst es wirklich ernst.«

»Dann wärst du längst tot«, antwortete Richter und jede Fröhlichkeit verschwand für eine Millisekunde aus seiner Stimme.

Das glaubte Pepe sofort. Wenn der ehemalige Scharfschütze es tatsächlich auf ihn abgesehen hätte, würde er jetzt in seinem eigenen Blut auf dem frisch gepflasterten Hof liegen. Aber genau deswegen hatte er ja die lange Fahrt in die Provinz auf sich genommen.

»Komm mit ins Haus«, unterbrach Conny Richter die beiden. »Wir haben uns ja so lange nicht gesehen! Was treibt dich eigentlich in unser Mokchen?« Sie hakte sich bei Pepe ein und zog ihn mit sich.

»Irgendwie glaube ich nicht, dass es ein Freundschaftsbesuch ist«, grummelte Richter, zog das Hoftor zu und folgte ihnen.

Sie saßen sich am Küchentisch gegenüber. Auch hier hatte sich viel verändert. Die Einrichtung war neu, der Fußboden abgeschliffen und fachgerecht versiegelt worden.

»Ich brauche deine Hilfe«, gestand Pepe ohne Umschweife und sah zu, wie Conny Kaffeebohnen in eine Handmühle füllte.

»Wen soll ich erschießen?«, fragte Lars Richter zurück und Pepe war sich nicht sicher, ob er das scherzhaft meinte. Er hatte Richters Akte studiert und kannte die Anzahl seiner bestätigten Abschüsse. Allerdings hatte er damals in Afghanistan mit einem klaren Befehl unter dem Schutz eines internationalen Mandats gehandelt.

»Du sollst niemanden erschießen«, winkte Pepe ab. »Ich hätte nur gern deine Meinung.«

Pepe breitete eine Detailskizze des Eisenacher Burschenschaftsdenkmals auf dem Tisch aus und beschrieb seinen bevorstehenden Personenschutzauftrag. Er legte Umgebungskarten dazu, erklärte den Zeitplan, markierte Flucht- und Rettungswege. Ab und an stellte Richter eine Zwischenfrage. Zwanzig Minuten später lehnte sich Pepe auf dem Küchenstuhl zurück und stellte die Frage, wegen der er den weiten Weg auf sich genommen hatte: »Wo würdest du dich postieren, wenn du das Ziel erledigen müsstest?«

Richter ließ sich mit der Antwort Zeit. Immer wieder zog er eine Karte zu sich heran, studierte ein Foto der Anlage und öffnete schließlich eine App auf seinem Handy, um sich Satellitenaufnahmen der Umgebung anzuschauen.

»Ohne vor Ort gewesen zu sein, ist es schwer, den optimalen Standort zu ermitteln«, sagte er endlich. »Mit dem jetzigen Informationsstand sehe ich zwei Möglichkeiten. Das generelle Problem ist, dass der Attentäter bergan schießen müsste. Nicht unmöglich, aber eine Herausforderung. Das Wäldchen direkt gegenüber dem Rednerpult bietet sich an, ebenso wie der Balkon einer der Villen linker Hand. Einige Dachfenster sehen gleichfalls vielversprechend aus.«

Zu dem Schluss war Pepe auch gekommen. Er hatte noch einen weiteren Grund, Lars Richter in seiner neuen Heimat aufzusuchen.

»Kannst du mir zeigen, wie man damit richtig umgeht?«, fragte er und zeigte dabei auf das Präzisionsgewehr, das neben der Spüle an die Wand gelehnt stand. »Ich möchte ein Gefühl dafür bekommen, was der Schütze sieht, worauf er achtet.«

»Du weißt schon, dass man dafür jahrelanges Training braucht? Das ist kein Rummelplatzluftgewehr, mit dem du mal schnell eine Blume schießt, um eine Freundin zu beeindrucken«, entgegnete Richter mit zusammengekniffenen Augen.

»Selbstverständlich. Ich möchte mir nur einen kleinen Eindruck verschaffen.«

»Okay«, gab Richter gedehnt zurück. »Dann sollten wir schnell aufbrechen, bevor die Sonne vollständig verschwunden ist.«

Pepe presste den Kolben des Gewehrs an seine Schulter und starrte das auf den Stamm der Kiefer gezeichnete Gesicht durch das Zielfernrohr an. Er sah den Baum so nah, dass er versucht war, ihn mit den Händen zu greifen. Dabei war er mehr als einhundert Meter entfernt. Lars Richter lag neben ihm auf dem sandigen Waldboden und beobachtete den imaginären Feind durch seinen Feldstecher.

»Konzentriere dich auf die Atmung«, sagte er leise, ohne das Fernglas abzusetzen. »Atme normal, nicht übertrieben, durch die Brust.«

»Durch die Brust?«

»Durch die Brustatmung legst du dir einen Sauerstoffvorrat im Körper an.«

»Aha.«

»Jetzt machst du drei Bauchatemzüge, wirst eins mit dem Ziel, hältst den Atem an, spürst den Widerstand des Abzugshebels und drückst ab.«

Der Schuss dröhnte ohrenbetäubend durch den Wald. Vögel flatterten erschrocken davon. Ein kleines Echo verlief sich zwischen den Bäumen, rollte in die apokalyptische Grube hinunter, in der sich gigantische Maschinen in die Erde fraßen und pausenlos Braunkohle aus ihr herausrissen.

»Daneben«, stellte Richter trocken fest. »Du verziehst nach rechts.«

»Ich glaube, er hat sich bewegt«, gab Pepe zurück.

»Noch mal!«

Auch der zweite Schuss verfehlte sein Ziel.

»Die Kiefer ist viel zu weit entfernt«, beschwerte sich Pepe, hob den Kopf und versuchte blinzelnd zu erkennen, wo die Kugel wohl eingeschlagen war.

»Du bist nicht bei der Sache!«

Lautlos und geschmeidig, wie eine Katze, sprang Richter auf, entriss Pepe das Gewehr und feuerte viermal kurz hintereinander im Stehen. Erst passierte nichts und Pepe wollte gerade einen höhnischen Kommentar abgeben. Dann knirschte es auf einmal durchdringend. Pepe griff nach dem Feldstecher und suchte das Ziel. Richters Kugeln hatten eine saubere Linie quer durch das aufgemalte Gesicht gezogen. Die obere Hälfte des Baumes sackte von oben nach. Äste schlugen aneinander, brachen. Die Kiefer neigte sich wie in Zeitlupe zur Seite und stürzte krachend zu Boden.

»Die Kiefer ist nicht viel zu weit entfernt«, schnarrte Richter, lehnte das Gewehr vorsichtig an einen Baum und sammelte die leeren Patronenhülsen ein. »Wen sollst du eigentlich sichern, dort in Eisenach am Fuße des Denkmals?«

»Brigadegeneral a. D. Hasso von Hartmann«, antwortete Pepe, während er staunend durch das Fernglas auf die gefällte

Kiefer starrte. Er hatte zwar schon viel von den Fähigkeiten der Scharfschützen gehört, aber mit eigenen Augen Zeuge einer solchen Demonstration zu sein, war eine ganz andere Sache. Kein Wunder, dass diese Leute in Krisengebieten weit mehr als Sprengfallen gefürchtet wurden. Ein gut getarnter Heckenschütze mit ausreichend Munition und Lebensmitteln versorgt, konnte für mehr Opfer als eine Autobombe sorgen.

Als Richter neben ihm plötzlich erstarrte, nahm Pepe den Feldstecher herunter.

»Was ist?«, fragte er.

»Nichts!«, blockte Richter hart ab. Die Muskeln hinter seinen Wangenknochen traten deutlich hervor.

»Kennst du den General?«

Richter schwieg. Er steckte die Patronenhülsen in die Hosentasche, schulterte das Gewehr und machte sich auf den Rückweg zum Auto.

Mehrmals musste sich Pepe am Armaturenbrett abstützen. Richter jagte den Kleinwagen wie ein Rallyepilot den sandigen Waldweg entlang. Mit aufheulendem Motor rutschte das Fahrzeug durch Kurven, grub sich mit den Vorderrädern ein, um im letzten Moment an einer nahe stehenden Tanne vorbeizuschrammen.

»Hast du heute noch etwas vor?«, fragte Pepe und kniff entsetzt die Augen zu, als sie ungebremst mit einem spektakulären Sprung auf die Hauptstraße einbogen. Die Federung schlug voll durch und Pepes Zähne hart aufeinander.

Richter antwortete nicht. Wie ein ferngesteuerter Roboter beschleunigte er, bis die Nadel des Drehzahlmessers in den roten Bereich ausschlug, schaltete und trat wieder voll auf das Gaspedal. Nur gut, dass sie in dieser gottverlassenen Gegend Deutschlands allein auf der Straße waren. Weite, mehr als mannshohe Maisfelder schossen an ihnen vorbei und Pepe wähnte sich in einem verrückten Videospiel. Als endlich das Ortseingangsschild auf sie zugeflogen kam, trat Richter mit beiden Füßen auf das Bremspedal. Die Warnlampe des Antiblockiersystems flackerte hektisch auf, als hätte sie einen

Herzanfall. Von dem war auch Pepe nicht mehr weit entfernt. Unbewusst hatte er sich mit beiden Händen in seinen Sitz gekrallt und es würde fast an ein Wunder grenzen, wenn nicht zehn tiefe Löcher im Bezug zurückblieben.

»Ich brauche jetzt einen Schnaps«, sagte Richter unvermittelt und ließ das Auto vor der Kneipe des kleinen Ortes ausrollen. »Kommst du mit?«

Vorsichtig löste Pepe seine Finger aus dem Sitzpolster und wischte sich mit dem Ärmel Schweiß von der Stirn.

»Was?«, schrie er zurück. Über seinen dröhnenden Herzschlag hinweg hatte er die Frage nicht verstanden.

»Wir gehen was trinken. Keine Sorge, Lola ist nicht da. Man munkelt, sie hat sich einen reichen Kerl geangelt.«

»Was?«, fragte Pepe erneut und sah zu, wie Richter ausstieg. Erst dann realisierte er, wo sie waren. Die Schenke war sein erster Anlaufpunkt gewesen, als er seinerzeit nach dem fahnenflüchtigen Lars Richter gesucht hatte. Hier hatte er Lola kennengelernt, später auch in biblischem Sinne. Keine halbe Stunde, nachdem er damals seinen Fuß über die Schwelle gesetzt hatte, musste der erste Krankenwagen gerufen werden. Hoffentlich würde das heute besser laufen.

Pepe atmete tief durch und stieg aus. Die ausgetretenen Stufen hinauf kam ihm ein großer Kerl entgegen, der sich darauf konzentrierte, sich im Gehen eine Zigarette anzuzünden. Sein mächtiger Bizeps spannte sich vor Anstrengung und ließ eine frisch verheilte Narbe deutlich hervortreten. Sie stießen zusammen. Pepe machte einen Ausfallschritt und prallte heftig gegen die offen stehende Eingangstür, der Große stolperte gegen Richters Kleinwagen und hinterließ eine sichtbare Delle in der Tür.

»Hat dir einer ins Gehirn geschissen oder was? Dir stehen wohl die Zähne zu eng?«, brüllte der Große, warf die abgeknickte Zigarette zu Boden, trampelte darauf herum, als stünde sie lichterloh in Flammen. Erst dann wandte er sich mit geballten Fäusten zu Pepe um. Und plötzlich blitzte der Funke des Wiedererkennens über sein Gesicht. Automatisch fasste er sich an seine Oberarmnarbe, zog die Schultern hoch und stammelte: »Bitte entschuldigen Sie. Ich habe Sie nicht gesehen!«

Ohne eine Antwort abzuwarten, machte er kehrt und lief die Straße hinunter, als wollte er den Olympiatitel im 20-km-Gehen gewinnen. Pepe schaute ihm noch einen Moment nach, bevor er Richter in die Schenke folgte.

Drinnen herrschte eine biergeschwängerte Lautstärke, die im ersten Augenblick in den Ohren schmerzte. Um einen runden Tisch saßen etwa ein Dutzend Männer unterschiedlichen Alters, die angeregt über die Weltpolitik im Allgemeinen und die Lage Deutschlands im Besonderen diskutierten. Richter hatte sich auf einen Hocker an die Theke gesetzt und kippte bereits den ersten Schnaps hinunter. Pepe stellte sich neben ihn und bekam sofort ebenfalls ein Glas.

»Du kennst ihn, richtig?«, wiederholte er seine Frage von vorhin. »Du kennst Brigadegeneral Hasso von Hartmann?«

Als er vor nicht allzu langer Zeit auf der Jagd nach Richter gewesen war, hatte Pepe sich eingehend mit der Akte des ehemaligen Scharfschützen beschäftigt. Er und von Hartmann hatten zur gleichen Zeit in Afghanistan gedient. Pepe würde es nicht wundern, wenn Richter in den Nachwehen des Karfreitagsgefechtes unter dem direkten Kommando des Generals gestanden hatte. Der Teil von Richters militärischem Lebenslauf war großzügig geschwärzt und als streng geheim eingestuft worden.

»Ja, ich kenne den Brigadegeneral Hasso von Hartmann.« Richter spuckte jedes Wort einzeln aus, als bereite es ihm Schmerzen, die Silben über seine Lippen kommen zu lassen.

»Wirklich, du kennst von Hartmann? Persönlich?«, schaltete sich der Mann hinterm Tresen ungefragt ein und schenkte Richter nach. »Das ist mein Mann. Aufräumen wird der in Deutschland. Der bringt die Republik wenigstens auf Vordermann! Hey, Leute, unser Lars ist dicke mit dem nächsten Kanzler!«

Zwölf Köpfe drehten sich zu ihnen um. Mehrere Männer sprangen jubelnd von ihren Stühlen, prosteten sich mit überschwappenden Biergläsern zu.

»So einer hat uns gefehlt!«

»Der weiß genau, was getan werden muss!«

»Mit von Hartmann am Ruder müssen wir uns nicht mehr verstecken!«

»Ein bisschen extrem ist der schon, oder?«

Plötzlich wurde es still im Raum. Stuhlbeine scharrten über das abgewetzte Parkett. Im Nu war der, der es gewagt hatte, seine Bedenken gegen den General zu äußern, von seinen Trinkkumpanen umringt. Unwillkürlich machte sich Pepe bereit, lockerte seine Schultern, öffnete und schloss die Finger.

»Lass gut sein.« Richter legte Pepe seine Hand auf die Schulter. »Die machen das unter sich aus. Wir sollten lieber verschwinden. Der Willi müsste jeden Moment wieder reinkommen. Der wird sich bestimmt an dich erinnern.«

»Hat er«, antwortete Pepe. »Aber bei dem Tempo, was er draufhatte, ist er bestimmt längst in der Kreisstadt.«

Auf Richters fragenden Blick zuckte Pepe nur mit den Schultern.

Sie fuhren schweigend zurück zum Bauernhof. Die Sonne war untergegangen und erste Sterne zeigten sich am Himmel.

»Conny hat dir die Kammer hergerichtet. Ich geh ins Bett«, sagte Richter kurz angebunden, stieg aus und verschwand im Haus.

Pepe blieb einige Sekunden im Hof stehen und bestaunte das Firmament. In Erfurt war ihm seltsamerweise eine solche Sternenfülle nie aufgefallen. Zu viel Fremdlicht verschmutzte dort die Atmosphäre. Erst hier wurde ihm bewusst, wie unendlich das Universum, wie klein die Menschheit und ihre Probleme dagegen waren.

»Schön, nicht?«

Conny hatte sich unbemerkt genähert. Dieses Mal schlang sie nicht ihre Arme um Pepes Hals, obwohl er das Gefühl hatte, dass sie dies gern getan hätte. Sie stand ganz nah neben ihm, sodass er ihre Wärme spüren, ihren Körper riechen konnte.

»Weißt du, ich habe mich nie richtig bedankt, für damals«, fuhr sie mit heiserer Stimme fort und kam noch näher. Ihre

Körper berührten sich. Als er Connys Hand auf seinem Po fühlte, sprang Pepe zur Seite, als hätte er einen Stromschlag mit einem Viehtreiber bekommen.

»Ich werde dann mal ins Bett gehen«, stammelte er. »Muss morgen früh raus.«

Ohne eine Antwort abzuwarten oder Conny anzusehen, lief Pepe zum Haus hinüber, stürmte direkt in sein Gästezimmer und schloss die Tür hinter sich ab. Zweimal.

11

Am nächsten Morgen machte sich Pepe in aller Herrgottsfrühe aus dem Staub. Ohne sich von den Richters zu verabschieden. Vielleicht war der Ausflug doch keine gute Idee gewesen. Aber er konnte die Zeit nicht zurückdrehen. Um nicht noch mehr verbrannte Erde zu hinterlassen, beschloss Pepe, Beate schnellstmöglich aufzusuchen. Sobald das Dorf der Richters außer Sichtweite war, hielt er an und wählte ihre Nummer.

»Pepe!«, hörte er nach sechsmaligem Klingeln eine verschlafene Stimme aus dem Lautsprecher. »Mann! Weißt du, wie spät es ist?«

»Nein«, antwortete Pepe wahrheitsgemäß.

»Kurz vor sechs. An einem Sonntag!«

Mist. Dass Sonntag war, hatte er irgendwie gar nicht auf dem Schirm.

»Entschuldige bitte«, entgegnete er kleinlaut. »Ich dachte nur, dass du ein wichtiges Thema hast. Du warst so aufgebracht am Denkmal.«

»Aufgebracht?«

»Eher stinksauer.«

»Das kommt der Sache langsam näher.«

»Ich könnte nachher vorbeikommen, um zu reden.«

»Nachher?«

Pepe ging im Kopf die Strecke durch, die er nach Eisenach zurücklegen musste.

»So in vier Stunden«, schlug er vor.

»Und dafür rufst du mich mitten in der Nacht an?«

»Ja.«

»Okay.« Beate gähnte herzhaft. »Wir können gemeinsam Mittag essen. Beim Italiener auf dem Karlsplatz. Nur wundere dich nicht, mein Vater und Carola mit ihrer Bande werden ebenfalls dort sein.«

»Gut«, wollte Pepe bestätigen, doch Beate hatte schon aufgelegt. Natürlich hätte er lieber allein mit Beate gegessen. Aber er mochte ihren Vater. Erst vor Kurzem waren sie gemeinsam auf Schatzsuche gewesen. Nicht nur im geheimnisumwitterten Jonastal, sondern auch mitten in Eisenach. Die Familie Holm war ihm im Laufe der Zeit zu richtigen Freunden geworden, obgleich ihm jeder Einzelne manchmal ordentlich auf den Wecker gehen konnte, fast so, als wären sie tatsächlich blutsverwandt.

Da er einmal sein Telefon in der Hand hatte, rief er Cem an, um sich nach der aktuellen Lage zu erkundigen. Der nahm das Gespräch bereits an, als das erste Rufzeichen nicht ganz verklungen war.

»Sind Sie schon oder noch auf?«, fragte Pepe ohne Begrüßung.

»Teils, teils!«, brüllte Cem gegen lärmende Hintergrundgeräusche an. Für Pepe klang es, als wäre der Oberstabsgefreite in einer Hammerschmiede.

»Sind Sie im Krankenhaus?«

»Nein, Feldwebel Gehricke hat übernommen. Ich bin in der Werkstatt.«

»In der Werkstatt?«

»Es steht ein wichtiges Rennen bevor. Ich denke, ich kann den Fall damit in den nächsten Tagen abschließen.«

»Ja, ja«, blockte Pepe ab. »Was macht der Major?«

»Keine Veränderung. Er ...«

Pepe legte auf. Bevor er sein Motorrad startete, musste er an die vielen gemeinsamen Fälle denken, die er und Major Frankfurt gelöst hatten und bei denen er sich immer hundertprozentig auf seinen Chef verlassen konnte. Hoffentlich kam der Alte bald auf die Beine. Einen besseren Vorgesetzten konnte sich Pepe nicht vorstellen. Mit einer düsteren Vorahnung ließ er den Motor an und machte sich auf den Rückweg.

Der Biergarten des italienischen Restaurants gegenüber der ehrwürdigen Eisenacher Nikolaikirche war gut besetzt. Dichte Baumkronen spendeten Schatten und hielten die Mittagshitze fern. Pepe quetschte sein Dienstmotorrad zwischen zwei parkende Geländewagen und hoffte, dass die Stadtpanzer seine BMW beim Ausparken nicht zermalmen würden. Ein weiterer Verlust wäre Major Frankfurt nur schwer zu vermitteln. Falls der wieder aufwachen würde. Nein, wenn er wieder aufwachen würde.

Pepe nahm den Helm ab und begutachtete sich im Seitenspiegel. Gesicht und Glatze hatten eine Rasur nötig, tiefe Augenringe zeugten von zu wenig Schlaf. Das Monokelhämatom hatte sich nahezu vollständig aufgelöst. Ansonsten war er einigermaßen vorzeigbar. Hoffte er zumindest. Der Biergarten wurde von einer Hecke abgeschirmt und Pepe musste sich auf Zehenspitzen stellen, um darüber hinwegsehen zu können.

»Onkel Pepe, hier sind wir!«, kreischte sofort eine Mädchenstimme auf. Kurz darauf kam Angelika Holm, Beates Nichte, um die Ecke geflitzt und packte Pepe an der Hand. Wie alt sie jetzt wohl sein musste? Zehn, elf? Wohl etwas älter als die Deutschmann-Drillinge und bedeutend jünger als die Mädchen, die er in Cems Begleitung am Schnellrestaurant getroffen hatte. Für so etwas hatte Pepe kein Auge.

Bereitwillig ließ er sich zum Familientisch ziehen. Alle waren sie gekommen. Helmut Jäger, Beates Vater, mit dem er vor nicht allzu langer Zeit auf Expedition im Truppenübungsplatz Ohrdruf gewesen war, Carola und Frank Holm, denen er in Frankreich aus der Patsche geholfen hatte, als sie dem Mythos von Rennes-le-Château nachgespürt hatten, und natürlich Beate. Angelika lotste ihn direkt auf den freien Stuhl neben ihr. Sie sah fantastisch aus. Ihre türkisfarbenen Augen blitzten erfreut und sie lächelte breit von einem Grübchen zum anderen. Wie üblich waren ihre kurzen blonden Haare etwas durcheinander. Pepe hatte noch immer nicht herausgefunden, ob das ein besonderer Style oder nur Zeitnot war. Unbeholfen reichte er ihr zuerst die Hand, dann den anderen. Sie schienen sich aufrichtig zu freuen, ihn wiederzusehen. Fragen flogen hin und her, durcheinander, sodass kaum etwas zu verstehen war. Pepe antwortete artig, erkundigte sich seinerseits nach dem jeweiligen Befinden und war froh, als der Kellner kam, um seine Bestellung aufzunehmen.

»Nimm das Steak! Ist echt gut hier«, riet ihm Frank Holm und Pepe folgte seinem Rat.

»Tante Bea hat gesagt, dass du nächste Woche auf Hasso von Hartmann aufpasst, den Nazi«, stellte Angelika fest, als der Kellner gegangen war.

»Er ist kein Nazi«, entgegnete Pepe schwach und stupste Beate in die Seite. »Er hat vielleicht etwas extreme Ansichten.«

»Ich finde ihn nicht verkehrt«, fuhr Frank Holm dazwischen. »Er spricht die Sachen offen an, nimmt kein Blatt vor den Mund.«

»Was denn für Sachen?«, regte sich Carola Holm auf. »Der hetzt doch nur die Leute auf und später gehen die los und beschmieren unser schönes Denkmal!«

»Seid ihr den Tätern auf der Spur?«, hakte Pepe an Beate gewandt schnell ein, froh, das Gespräch in eine andere Richtung lenken zu können.

»Nicht wirklich. Wir ermitteln in alle Richtungen.«

Eine Antwort, die Journalisten auf Pressekonferenzen erhielten. Als das Essen kam, rückte die Politik in den Hintergrund.

»Ach, ist es wirklich schon so spät? Dann müssen wir jetzt aber los!«, sagte Beates Schwester plötzlich, als die Kirchturmuhr neben ihnen anschlug.

Pepe war gerade damit beschäftigt, die letzten Krümel um seinen Teller zu jagen, als Carola unvermittelt aufsprang und ihren Mann am Ärmel zupfte.

»Echt? Wo müssen wir denn hin?«, protestierte der. »Ich hatte doch noch keinen Nachtisch!«

»Mann, Dad, du raffst absolut nichts! Mum will Onkel Pepe und Tante Bea allein lassen. Damit sie knutschen können«, belehrte Angelika ihren Vater und stand auf. »Los, Opa, weg hier!«

Carola bekam einen roten Kopf, allerdings nicht ganz so schlimm wie Beate.

»Außerdem kann Tante Bea so die Rechnung zahlen«, redete sich Carola schnell heraus und verabschiedete sich mit einer angedeuteten Umarmung von Pepe. Frank klopfte ihm auf die Schulter und zwinkerte ihm zu. Helmut Jäger schüttelte ihm beidhändig die Hand und Angelika Holm drückte ihm einen Kuss auf die Wange. Und urplötzlich waren er und Beate allein.

»Die sind wirklich nicht ...«, fing Beate an.

»So eine Bande ...«, sagte Pepe zeitgleich.

»Damit habe ich nichts zu tun, ich ...«, fuhr Beate fort.

»Eigentlich bin ich froh, dass sie weg sind«, winkte Pepe ab und wunderte sich im selben Augenblick, wie leicht und selbstverständlich ihm der Satz über die Lippen gekommen war. »So können wir ungehemmt über dein dienstliches Thema sprechen, meine ich«, schob er schnell nach und ärgerte sich im selben Moment darüber.

»Genau«, pflichtete Beate ihm bei. »Aber nicht hier. Wir gehen zu mir.« Und als Pepe leicht zusammenzuckte, ergänzte sie: »Zum Reden!«

Beates Wohnung lag mitten in der Eisenacher Fußgängerzone. Die mündete auf den Marktplatz, auf dem noch immer umfangreiche Sanierungsarbeiten im Gange waren. Erst vor Kurzem waren die Schäden beseitigt worden, die eine Bombe beim Sommergewinn verursacht hatte. Der Großbrand, von einem von Pepes Widersachern gelegt, hatte die Bemühungen allerdings größtenteils wieder zunichte gemacht. Pepe schüttelte die dunklen Gedanken ab und folgte Beate ins Treppenhaus. Mittlerweile war ihm ihre Wohnung so vertraut, als wäre sie sein zweites Zuhause. Wie üblich war sie nicht penibel sauber, dafür strahlte sie eine Gemütlichkeit aus, die Pepes Kasernenzimmer in Erfurt völlig abging. Zudem herrschte in der

Eisenacher Innenstadt mehr Trubel als auf dem abgeriegelten Militärgelände. An normalen, dienstfreien Sonntagen konnte es vorkommen, dass Pepe keiner Menschenseele über den Weg lief.

Er stellte sich ans Wohnzimmerfenster und schaute auf die geschäftige Fußgängerzone hinunter. Direkt gegenüber befand sich ein italienisches Restaurant mit Eisdiele. Alle Plätze waren belegt. Wartegrüppchen lauerten auf jeden potenziell frei werdenden Tisch, um sich wie Geier darauf zu stürzen, sobald ein Gast die Andeutung machte, sich zu erheben.

»Hast du etwa Hunger?«, fragte Beate und stellte ihre Handtasche auf dem Stubentisch ab.

»Nein, ich bewundere nur die Aussicht.«

»Alle wollen im Südviertel wohnen, bei den Schönen und Reichen. Aber ich fühle mich wohl hier. Schön zentral.«

»Nur mit Parken ist es schlecht«, maulte Pepe. Er hatte sein Dienstmotorrad am Biergarten stehen lassen, knapp zweihundert Meter Luftlinie entfernt.

»Stimmt«, bestätigte Beate und fing an, ihre Tasche auszupacken. Zuerst landete ihre Dienstpistole auf dem Tisch, kurz drauf ein Handy, ein Schminkspiegel und eine Haarbürste. Anscheinend war ihre Frisur also tatsächlich gewollt. Zum Schluss folgte Beates Teleskopschlagstock, den Pepe öfter in Aktion gesehen hatte, als ihm lieb war.

»Da ist es ja«, sagte sie und zog triumphierend ein Tablet hervor. »Die Thüringer Polizei geht jetzt mit der Zeit.«

Pepe pfiff bewundernd durch die Zähne. Er konnte froh sein, wenn ihm Major Frankfurt aus seinem knappen Budget einen neuen Notizblock zugestand. Wobei man Pepes Chef zugutehalten musste, dass er bereits sehr viel Geld für Motorräder hatte ausgeben müssen. Trotzdem. Sobald der Major wieder bei Sinnen war, würde Pepe ihn auf so einen Mini-Computer ansprechen. Beate stopfte den übrigen Kram zurück in die Tasche. Bis auf den Schlagstock, was Pepe etwas Unbehagen bereitete.

»Setz dich doch.« Sie zog einen Stuhl direkt neben sich.

Dann flogen ihre Finger über das Display und hielten erst still, als sie eine lange Aktennotiz gefunden hatten.

»Kennst du einen Kilian Verkerk?«, fragte sie.

»Nein«, antwortete Pepe, hatte dabei aber das unbestimmte Gefühl, dass er den Namen schon mal gehört oder gelesen hatte.

»Er war Soldat.«

»Toll. Aktuell dienen über 180.000 Soldaten und Soldatinnen in der Bundeswehr. Nicht mal die kennt irgendeiner alle namentlich. Und du fragst mich nach einem ausgeschiedenen! Keine Chance. Wie alt ist er denn und wann ist er entlassen worden?«

»Weiß ich nicht.« Mürrisch zog Beate die Schulter hoch und Pepe hatte den Eindruck, dass sie ihm nicht glaubte.

»Weswegen bist du denn hinter ihm her?«

»Ich möchte ihn nur befragen. Eine Frau ist verschwunden. Er könnte etwas wissen.«

»Über deine Kanäle findest du ihn nicht?«

»Nein. Er ist seit mehreren Tagen buchstäblich vom Erdboden verschwunden.«

»So ein Glückspilz«, murmelte Pepe. Er hatte bereits mehrfach mit dem Gedanken gespielt, sein bisheriges Leben einfach hinter sich zu lassen und irgendwo, wo ihn niemand kannte, neu anzufangen. So wie es diesem Verkerk anscheinend gelungen war.

»Was?«

»Nichts. Wie kommst du darauf, dass ich etwas herausfinden könnte?«

»Angeblich ist er in der Straßenrennszene unterwegs, wie auch viele Soldaten aus dem Erfurter Raum. Die Info habe ich von einem Gothaer Kollegen.«

»Lutz Putzmeister«, entfuhr es Pepe. Und auf einmal wusste er, warum bei dem Namen Verkerk etwas bei ihm klingelte. Major Frankfurt hatte ihn als Komplizen des Goldkettenmannes unterstrichen. Zufälle gab es manchmal. Oder etwa nicht?

»Verheimlichst du mir was?«, fragte Beate mit drohendem Unterton, der Pepe sofort zum Schlagstock schielen ließ.

»Natürlich nicht«, entgegnete Pepe schnell, ohne sie anzusehen. »Zeig mal.«

Er zog das Tablet zu sich herüber und studierte die Notizen. Liselotte Kohlhans war von ihrem Mann Karl-Friedrich als vermisst gemeldet worden. Bei ihnen half Kilian Verkerk vordergründig im Garten aus. Bisher war Herr Verkerk weder in seiner Wohnung, einem Neubaublock in Eisenach Nord, noch im Hause Kohlhans anzutreffen gewesen. Als Pepe die Adresse der vermissten Frau las, stutzte er.

»Ich denke, ich habe diesen Kilian tatsächlich schon mal gesehen«, sagte er.

»Wusste ich es doch!«

»Eine gute Freundin wohnt direkt nebenan.«

»Frederike Deutschmann. Bei der waren wir, die weiß von nichts.«

»Ich wette, sie war nicht sehr gesprächig.«

Jetzt war es Beate, die sich wunderte, Pepe scharf ansah, aber nichts erwiderte.

»Lass uns einen kleinen Ausflug machen«, schlug Pepe vor und stand auf.

»Woher dein plötzliches Interesse?«

»Ich würde Kilian Verkerk selbst gern einige Fragen stellen.«

»Zu welchem Thema?«

»Zu einem seiner Freunde. Mein komatöser Chef war wohl der Meinung, dass Herr Verkerk einen Besuch wert wäre.«

»Okay«, entgegnete Beate, stand ebenfalls auf und nahm wie selbstverständlich den Schlagstock vom Tisch. »Machen wir einen Ausflug.«

Pepe hatte sich noch immer nicht daran gewöhnt, dass Beate so ziemlich alle Wege in Eisenach zu Fuß erledigte. Doch schon nach den ersten Schritten war er froh darüber. Die Sonne schien, die Luft roch frisch, Vögel zwitscherten und die vielen Passanten schienen ausnahmslos gute Laune zu haben.

»Erinnert mich fast an unsere Runst«, sagte Pepe, als sie gemächlich nebeneinanderher schlenderten.

»Apropos«, entgegnete Beate, »ist alles wieder gut verheilt, da unten?« Ihr Kopf nickte in Richtung Pepes Körpermitte.

»Ja«, antwortete er und bekam rote Ohren. »Ich bin erst vor Kurzem fachmännisch untersucht worden.«

Sie liefen unter einem dichten Laubdach an der Hörsel entlang und schließlich die ansteigende Straße am Friedhof den Wartenberg hinauf. An jeder Straßenlaterne hing ein Wahlplakat. Auf allen prangte Hasso von Hartmann. Keines war ungeschoren davongekommen. Mal hatte ihm jemand eine Pinocchio-Nase angemalt, ein anderer ein Fadenkreuz auf die Stirn gezeichnet. Vampirzähne mit Blutstropfen, Elefantenohren und das obligatorische Hitlerbärtchen waren ebenfalls zu sehen. Anscheinend war der Ex-General in dieser Ecke der Stadt nicht sehr beliebt. Ob Dr. Miriam Quinn hier irgendwo in der Nähe wohnte? Sie hatte es tatsächlich todernst gemeint und wollte von Hartmann tot sehen. Dabei sprach der im Grunde nur offen aus, was so viele im Land nur zu denken wagten. Oder etwa nicht?

»Zuerst zu Frau Deutschmann oder zu Herrn Kohlhans?«, riss Beate Pepe aus seinen Grübeleien. Der merkte erst jetzt, dass sie angekommen waren. Ihn überfiel ein starkes Déjà-vu, als er zum ersten Stock hinaufsah. Schaute jemand vom Fenster der drei kleinen Schweinchen zu ihnen herunter?

»Zu Herrn Kohlhans, würde ich sagen.« Er stieß bereits die Tür zum Vorgarten auf. »Du klingelst und ich schau mich mal hinten im Garten um.«

Ehe Beate etwas erwidern konnte, lief Pepe an ihr vorbei und um das Haus herum. Die tiefe Grube, in der er bei seinem letzten Besuch wahrscheinlich auf Kilian Verkerk und Karl-Friedrich Kohlhans getroffen war, hatte sich in einen prächtigen Gartenteich verwandelt. Obwohl an den Rändern hier und da die Folie durchschaute und viele Pflanzen noch nicht komplett angewachsen waren, machte er bereits einen sehr professionellen Eindruck. In der Teichmitte sprudelte eine kleine Fontäne, die Pepe unwillkürlich an seine Bootsverfolgungsjagd in Malchow denken ließ. Ansonsten war der Garten leer. Die um eine verrostete Feuerschale drapierte Sitzecke sah aus, als hätte sie schon länger niemand benutzt. Bevor Pepe einen Blick auf das Nachbargrundstück, zu Frederike, werfen konnte, wurde er durch zornige Wortfetzen alarmiert. Anscheinend war Karl-Friedrich Kohlhans zu Hause und nicht viel besser drauf, als zu Pepes letztem Besuch.

Mit einem Schlag änderte sich der Tonfall. Jemand schrie auf. Dumpfe Schläge hallten herüber. Sofort sprintete Pepe los, hechtete um die Ecke und stieß gegen eine vermummte Person. Pepe strauchelte, wurde von seinem eigenen Schwung seitwärts gerissen. Er prallte auf die grob verputzte Hauswand. Mit dem Gesicht voran. Fast einen halben Meter schrappte er mit der Wange über die Wand, ehe er sich abfangen konnte. Schwer atmend fiel er auf die Knie und befühlte vorsichtig seine brennende Backe. Im selben Moment kam Beate aus dem Haus gestürzt, den Schlagstock in der Hand.

»Hast du ihn?«, rief sie Pepe zu.

»Was?«

»Kilian Verkerk. Hast du ihn?«

»Nein. Er ist da lang!« Pepe rappelte sich mühsam auf und zeigte die Straße hinunter.

Verkerk rannte am Friedhof entlang den Berg hinab. Wie eine Olympiasprinterin spurtete Beate los und folgte ihm. Ohne nach links oder rechts zu sehen, querte sie die abschüssige Straße. Bremsen quietschten, ein Motor kreischte schauderhaft. Der zugehörige Kleinwagen verfehlte sie haarscharf, rammte beim Ausweichen eine kleine Verkehrsinsel und blieb hilflos darauf hängen. Wieder heulte der Motor auf. Weißer Dampf zischte aus der Motorhaube. Alle vier Räder hingen hilflos in der Luft, die vorderen zwei drehten sich verzweifelt. Benzingeruch breitete sich langsam, aber stetig aus. Erst jetzt kam Pepe in Gang. Während er den Kleinwagen passierte, hob er entschuldigend die Schultern. Doch die ältere Dame hinter dem Steuer schien ihn nicht wahrzunehmen. Die Hände um das Lenkrad verkrampft starrte sie mit offenem Mund stur geradeaus, wie auf einem Gemälde von Munch. Verkerk und Beate waren in der Zwischenzeit rechts um die nächste Ecke verschwunden. Pepe setzte hinterher. Und stieß auf der

Rückseite einer privaten Kapelle fast mit Beate zusammen. Sie hing mit den Fingerspitzen an der Krone der Friedhofsmauer und versuchte, sich hochzuziehen. Ohne zu zögern und voller Adrenalin packte Pepe mit verschränkten Händen ihren rechten Fuß und gab ordentlich Schwung. Anscheinend hatte er ihr Gewicht gehörig überschätzt. Beate schoss nach oben, als hinge sie an einem Bungeeseil, das auf volle Länge gedehnt worden war und sich zornig wieder zusammenzog. Wie ein Volleyball bei einer Schmetterangabe flog sie über die Mauer und Pepe hörte sie auf der anderen Seite dumpf aufschlagen.

»Alles okay bei dir?«, rief er erschrocken.

»Hmpf!«

»Warte, ich komme!«

Obwohl Pepe schon mindestens zehn Jahre keine Eskaladierwand auf einer Sturmbahn mehr überwunden hatte, zögerte er keine Sekunde. Er ging fünf Schritte zurück, bis mitten auf die Straße, um genügend Anlauf zu haben, lehnte sich weit nach hinten und erstarrte. Keine zwei Meter weiter entfernt befand sich ein Durchgang. Das Tor stand weit offen.

12

Pepe setzte trotzdem zum Sprung über die Mauer an, obwohl sein Blick zu dem offenen Durchgang wanderte. Sein vom Absinth geschädigtes Gehirn brauchte einen Moment, um seinen Körper zu dem offenen Eingang umzuleiten. Schaffte es jedoch gerade noch rechtzeitig. Mit der Schulter an dem Mauerende kratzend und weit vorgerecktem Kinn rannte er auf die andere Seite. Nur kurz stoppte er an der Stelle, an der Beate aufgeschlagen sein musste. Ein erdiger Geruch lag in der Luft, wie bei einem frisch umgepflügten Acker. Ihre Silhouette hatte sich tief in einen frisch ausgehobenen Erdhaufen eingedrückt. Irgendwie machte ihn der Anblick an. Sogar Beates Gesichtszüge waren zu erkennen. Sie schien den Sturz ohne größere Schäden überstanden zu haben. Auf jeden Fall war sie nicht liegen geblieben. Ebenso wenig in der tiefen Grube neben dem Haufen. Die wartete weiterhin auf ihren Bewohner.

Erleichtert arbeitete sich Pepe tiefer in die Anlage vor. Der Friedhof war eine ruhige, grüne Oase inmitten der Wartburgstadt. Ehrwürdige Laubbäume schirmten den Gottesacker nicht nur vor der Sonne, sondern auch vom städtischen Verkehrslärm ab. Eine erhabene Ruhe lag über dem Areal, die Pepe regelrecht zwang, ehrfürchtig langsamer zu werden. Nur noch in einem leichten Trab lief er den Hauptweg entlang, vorbei an prächtig gestalteten Grabanlagen, kleinen Mausoleen, Marmorstatuen und einem Feld mahnender Soldatengräber.

Die weißen Kreuze jagten ihm einen leichten Schauer über den Rücken. Nur allzu oft war er in letzter Zeit dem Tod von der Schippe gehüpft. Wenn er so weitermachte, würde es nicht mehr lange dauern und sein Name würde ebenfalls auf einem Grabstein verewigt sein. Ob an dem jemand regelmäßig Blumen ablegte? Nur nicht daran denken.

Etwas schneller lief Pepe weiter. Die wenigen Besucher, die an den letzten Ruhestätten geliebter Menschen in Erinnerungen versunken verharrten, schüttelten missbilligend den Kopf, als er an ihnen vorbeijoggte. Für gute Manieren hatte er keine Zeit. Beate war in Gefahr. In welche Richtung waren sie nur verschwunden? Ständig schwenkte Pepe seinen Kopf hin und her, ging auf Zehenspitzen, um über die langen Reihen an Grabsteinen hinwegsehen zu können. Keine Spur von Beate oder von Verkerk.

Ein Schrei! Pepe erstarrte, drehte den Kopf, versuchte, die Quelle zu orten. Da, er war aus Richtung der eindrucksvollen Friedhofskapelle gekommen, die auch in den schottischen Highlands nicht fehl am Platze gewirkt hätte. Pepe rannte los. Querfeldein. Wie ein Hürdenläufer setzte er über Grabsteine, Hecken und Büsche hinweg. Was wohl die Kopfschüttler von vorhin dazu sagen würden? Endlich! Vor einem kleinen Mausoleum hatte Beate den Flüchtigen gestellt und in die Enge getrieben. Ihr Schlagstock war auf volle Länge ausgefahren und zitterte leicht auf und ab.

Ein Adrenalinschub befeuerte Pepe. Er beschleunigte. Noch hundert Meter. Für den schnellsten Mann der Welt etwa zehn Sekunden. Nicht für Pepe. Sein Herz schien mittlerweile keinen Platz in seinem Brustkorb zu haben. Es schlug dagegen, als wollte es jeden Moment ausbrechen. Schweiß rann ihm in die Augen. Während er wie in Zeitlupe näher kam, ging Verkerk zum Angriff über. Den linken Arm schützend über seinen Kopf haltend, ging er auf Beate los. Die zögerte keinen Augenblick und schlug zu. Es hätte ein perfekter Nierentreffer werden können. Doch Verkerk hatte den Hieb vorausgesehen. Er drehte sich in Beates Arm hinein, klemmte den Schlagstock unter seiner Achsel fest und rammte ihr seinen Ellenbogen mitten ins Gesicht. Sie hob rückwärts ab, als hätte ihr jemand mit einem Teppich den Boden unter den Füßen weggerissen. Pepe spürte die Erschütterung, die ihr Aufprall verursachte.

Keine fünf Meter mehr. Seine letzten Reserven motivierend beugte er sich nach vorn und rammte Verkerk wie ein wütender Stier einen Torero. Er hob ihn aus und gemeinsam krachten sie gegen die stählerne Tür der gemauerten Grabkammer hinter ihnen. Die Türflügel gaben augenblicklich nach, schwangen nach innen. Verkerk ließ sich fallen und Pepe stolperte über ihn hinweg, schlug hart mit dem Kopf auf einer Grabplatte auf. Dann wurde es dunkel.

Das änderte sich nicht, als Pepe die Augen endlich wieder aufriss. Er hatte keinen Schimmer, ob er für zehn Sekunden oder eine Stunde weggetreten gewesen war. Wenigstens wusste er sofort, wo er sich befand. Lebendig begraben in einem Mausoleum. Sich auf der kalten Steintafel in seinem Rücken abstützend rappelte er sich auf. Und stürzte fast erneut. Der Boden unter seinen Füßen schwankte. Mit ausgestreckten Armen tastete er sich in die Richtung vor, in der er die Tür vermutete. Erst jetzt bemerkte er einen schmalen Lichtstreifen, der zwischen den Türhälften zu sehen war. Vorsichtig drückte er mit beiden Händen dagegen. Verriegelt.

Im Film wurden Türen oft mit der Schulter aufgestoßen. Keine gute Idee. Im wahren Leben hielten die stand und die komplizierten Knochen, Sehnen und Muskeln gaben nach und verhalfen zu einem mehrwöchigen Krankenhausaufenthalt. Besser, man trat kräftig mit dem Fuß dagegen, vor allem, wenn man schwere Motorradstiefel trug. Pepe machte sich locker, holte aus und trat mit einem Kampfschrei zu. Kurz bevor seine Stiefelsohle auf die Tür traf, schwang die auf. Aus den Augenwinkeln sah Pepe Beate neben dem Eingang stehen, mit ihrem Schlagstock in der Hand, der wohl bis eben noch den Zugang verriegelt hatte. Er schoss an ihr vorbei, mitten in eine Besuchergruppe hinein, die schreiend auseinanderstob.

»Was ist denn mit denen?«, fragte Pepe schwer nach Luft japsend.

»Ich denke, die haben nicht mit einem blutüberströmten Untoten gerechnet, der brüllend aus einem Mausoleum gestürmt kommt«, entgegnete Beate.

»Blutüberströmt?«

»Dein Gesicht. Du wärst die Zierde in jedem Horrorfilm.«

Vorsichtig betastete Pepe seine Wangen und betrachtete neugierig seine Fingerspitzen. Blut, Schweiß und Dreck.

»Ich bin vorhin die Kohlhans-Fassade entlanggeschrammt. Und dass ich mit dem Schädel voran auf den Grabstein da drin geprallt bin, hat wohl auch nicht geholfen«, entgegnete Pepe. »Wo ist Verkerk?«

»Abgehauen«, antwortete Beate mit hängenden Schultern. Sie schaute nicht viel besser aus, als er sich fühlte. Erdreste vom Mauersturz waren über ihren ganzen Körper verteilt. Ihr Gesicht sah aus, als hätte sie sich militärische Tarnfarbe hineingerieben. Außerdem war die Seite stark gerötet, an der sie Verkerks Ellenbogen erwischt hatte. Vielleicht bekam sie ein blaues Auge. Nicht das erste in dem bisherigen Fall.

»Das ist wohl nicht unser Tag heute.«

»Ich brauche jetzt einen Schnaps«, bestätigte Beate. »Nicht weit von hier ist ein kleines Café. Hervorragendes Essen zu vernünftigen Preisen.«

»Ob die uns in dem Zustand reinlassen?«

»Klar. Ich kenne den Chef.«

»Vorher noch mal zum Kohlhans. Wieso hat der sich nicht gemeldet, dass Verkerk bei ihm ist? Schließlich geht es um seine verschwundene Frau!«

»Vielleicht ist Verkerk erst kurz vor uns aufgetaucht, hat ihn überrascht?«, vermutete Beate und schob den Teleskopschlagstock zusammen, sodass er von Weitem wie ein dicker Kugelschreiber aussah.

»Finden wir es heraus.«

Etwas wackelig auf den Beinen verließen sie den Friedhof. Dieses Mal durch den Haupteingang. Beinahe hätte Pepe nach ihrer Hand gegriffen, zuckte in der letzten Sekunde rechtzeitig zurück.

»Was ist eigentlich im Haus vorgefallen?«, wollte Pepe wissen. »Ich habe erst wütende Stimmen, dann einen Schrei gehört und daraufhin bist du ins Freie gerannt, als würde dir der Schlüpfer brennen.«

»Ich hatte gleich das Gefühl, dass etwas nicht stimmt«, entgegnete Beate, während sie zusah, wie ein gelber Transporter den Kleinwagen von der Verkehrsinsel auf seine Ladefläche zog. Dabei quietschte das verunfallte Fahrzeug jämmerlich, als würde es ihm Schmerzen bereiten, so ruppig geborgen zu werden. Die Besitzerin hielt sich krampfhaft beide Ohren zu, was sie jedoch nicht davon abhielt, lautstark auf die Fahrerin des Gelben Engels einzureden. Bis sie Beate sah. Sofort klappte der Frau der Unterkiefer nach unten, wie in Zeitlupe hob sich ihr rechter Arm und mit zitterndem Zeigefinger deutete sie herüber. Als Beate Anstalten machte, auf die Kleinwagenfahrerin zuzugehen, zog Pepe sie sanft, aber bestimmt weiter.

»Dafür haben wir jetzt keine Zeit«, flüsterte er. »Was hattest du für ein Gefühl? Warum hast du gedacht, dass etwas nicht stimmt?«

»Ich kann es nicht genau beschreiben«, sagte Beate, während sie die Unfallszene mit verdrehtem Hals nicht aus den Augen ließ. Die Kleinwagenfahrerin schimpfte noch immer und zeigte unentwegt in ihre Richtung. »Ich sollte mich wenigstens entschuldigen, oder?«

»Später! Erzähl von Kohlhans!«

»Also, er hat die Tür aufgemacht, als ich ihm meinen Ausweis gezeigt habe. Gefühlt etwas widerwillig. Dann gab es einen Tumult aus dem Keller.«

»Dem Keller?«

»Ja. Kohlhans hat gebrüllt, dass die Polizei da ist. Daraufhin kam Verkerk die Treppe heraufgerannt, hat den Alten brutal aus dem Weg gestoßen und mich auch. Ich konnte lediglich meinen Schlagstock ziehen und bin hinterher. Den Rest kennst du ja.«

»Merkwürdig. Mal sehen, wie sich der Herr des Hauses dazu äußert!«

Kohlhans schien wenig erfreut zu sein, erneut Besuch zu bekommen. Erst beim dritten Klingeln öffnete er die Tür einen Spalt und ließ sich ein weiteres Mal Beates Ausweis zeigen, obwohl er ihn vor knapp einer Stunde bereits inspiziert hatte. Er bat sie nicht herein, was wohl nicht nur an ihrer zerschundenen und blutigen Erscheinung lag.

»Haben Sie meine Olle endlich gefunden?«, fragte er und es klang, als hoffte er, dass es nicht so war. Pepe versuchte das Alter des Mannes zu schätzen. Es fiel ihm nicht leicht. Kohlhans hatte eine hohe Stirn, über die er seine etwas zu langen, schlohweißen Haare zu kämmen versucht hatte. Seine Augen wirkten hinter dicken Brillengläsern winzig und irgendwie verschlagen. Dass er seine vermisste Ehefrau als Olle bezeichnete, machte ihn nicht wirklich sympathischer.

»Nein. Wir haben einige Fragen zu Herrn Verkerk«, antwortete Beate.

»Den kleinen Scheißer, den Sie eben haben entwischen lassen?«

»Genau, zu dem.«

Beate blieb erstaunlich gelassen. Obwohl Pepe die verräterische Zuckung bemerkte, die charakteristisch für ihren Griff zum Schlagstock war.

»Was wollte er hier und warum haben Sie uns nicht informiert?«, fragte sie scharf.

Kohlhans schaute sofort auf seine Schuhspitzen und strich sich nachdenklich über seinen gewaltigen Bauch.

»Er wollte etwas abholen, was angeblich ihm gehört. Aber das stimmt nicht.«

»Und warum haben Sie nicht bei der Polizei angerufen und ihn gemeldet?«

»Alles ging so schnell. Ich hatte keine Gelegenheit.«

Gefühlt war das die erste, nicht gelogene Aussage des gesamten Gesprächs.

»Haben Sie mittlerweile eine Idee, wo sich Herr Verkerk aufhalten könnte, wo er wohnt?«, bohrte Beate weiter nach.

»Nein.«

Wieder wäre die Nadel eines Lügendetektors wohl ruhig geblieben. Beate schien am Ende zu sein. Sie machte einen Schritt zurück und Kohlhans zog die Tür bereits zu. Im letzten Moment stellte Pepe seinen Fuß dazwischen.

»Was gehört denn angeblich Herrn Verkerk, was er so dringend zurückhaben möchte?«, fragte er.

Kohlhans winzige Augen wurden noch kleiner.

»Nichts weiter. Unwichtiges Zeug. Einen ..., einen ... Werkzeuggürtel. Er braucht wohl unbedingt einen Werkzeuggürtel. Dabei hat er zwei linke Hände. Mit lauter Daumen.«

»Einen Werkzeuggürtel?«

»Ja«, bestätigte Kohlhans schnell. »Aber der gehört mir!«

Jetzt ging auch Pepe die drei Eingangsstufen hinunter und hörte die Tür hinter sich laut ins Schloss fallen.

»Hier ist was oberfaul!«, räumte er ein.

»Du suchst wohl tatsächlich nach dem blöden Köter?«

»Was?«

»Ich habe nichts gesagt«, antwortete Beate und hob die Hände.

»Aber ich«, klang Frederikes Stimme aus dem offenen Nachbarfenster herüber. »Wie seht ihr denn überhaupt aus? Wie die Schweine! Und dreckig seid ihr auch noch!«

Freddy fing über ihren eigenen Witz lauthals an zu lachen. Früher hatte sie ein Alkoholproblem gehabt. Anscheinend war sie einem mittelschweren Rückfall erlegen. Außerdem schien sie den verlorenen gegangenen Familienhund genauso wenig zu vermissen wie Karl-Friedrich Kohlhans seine Ehefrau.

»Ich mach nur Spaß. Wollt ihr nicht reinkommen und euch etwas sauber machen? Wer ist eigentlich deine kleine Freundin?«

»Sie ist nicht ...«, begann Pepe und biss sich schnell auf die Zunge. »Das ist Kommissarin Beate Jäger. Sie ermittelt im Fall deiner verschwundenen Nachbarin.«

»Oh Mann, das ist echt ein Ding«, entgegnete Freddy. »Ihr habt bislang keine Spur von der Lilo?«

»Vielleicht sollten wir uns besser drinnen unterhalten«, schlug Beate vor und nickte möglichst unauffällig zum Küchenfenster der Kohlhans' hinüber, hinter dem eiligst ein Kopf in Deckung ging.

»Immer rein mit euch. Das Badezimmer hat zwei Waschbecken«, erklärte Frederike, als sie mit Schwung die Haustür geöffnet hatte. »Ich mach in der Zwischenzeit eine Flasche Wein auf.«

»Ist nicht nötig, wir können nicht lange bleiben«, wehrte Pepe ab.

»Keine Widerrede. Geh dich waschen!«

»Ich zuerst«, bestimmte Beate und verschwand im Bad.

»Wo sind denn die Schweinchen?«, fragte Pepe in die entstehende Stille hinein, bevor die peinlich werden konnte.

»Bei Oma.«

Schon wieder.

»Ich brauchte etwas Zeit für mich.«

»Okay.«

»Komm mir nicht so! Erst sich monatelang nicht blicken lassen und dann Vorwürfe machen! Du hast mir nicht vorzuschreiben, wie ich meine Kinder zu erziehen habe, du nicht! Denk lieber daran, dass du ihnen versprochen hast, den Hund zu finden. Und? Wie sieht es aus damit? Dachte ich mir. Niente! Nur leere Worte! Und am Ende bleiben uns allenfalls Tränen und Geschrei!«

»Beate, bist du so weit?«, rief Pepe in Richtung Badezimmer.

»Ich kann die Lilo ganz gut verstehen, dass sie sich aus dem Staub gemacht hat. Der alte Kohlhans ist genauso ein Stoffel, wie du einer bist. Allerdings würde ich ihm durchaus zutrauen, dass er sie umgebracht hat. Denn ein Miststück konnte sie auch manchmal sein. Garstig war sie schon. Vor allem, wenn sie einen intus hatte. Was gar nicht so selten war. Glaubt man nicht.«

Pepe glaubte mittlerweile alles und wollte nur so schnell wie möglich raus.

»Und ihr Gartenhelfer erst. Richtig unheimlich war der. Wie der unseren Hund angehimmelt hat. Hat aber eine gute Figur. Der Gärtner, nicht der Köter. Wenn der mit freiem Oberkörper Rasen gemäht hat, mein lieber Herr Gesangsverein. Im ersten Moment hatte ich für Liselotte gehofft, dass sie mit ihm durchgebrannt ist. Er war nämlich lange nicht da. Bis heute. Da hat er plötzlich wie ein Berserker beim Karl an die Tür geklopft. Schade, dass er postwendend abgehauen ist. Der hätte bestimmt etwas mit mir getrunken. Ich bin doch noch ganz gut in Schuss oder etwa nicht?«

Freddy hob ihr T-Shirt hoch, entblößte einen flachen Bauch und die Ansätze nackter Brüste. Dann drehte sie Pepe ihren Po hin, den eine eng sitzende Jeans besonders betonte.

»Beate, wir müssen jetzt wirklich los«, sagte der. »Ich warte inzwischen draußen!«

»Es gibt nicht sehr viele Männer, die mich von der Bettkante schubsen würden.«

Pepe rannte die Eingangstreppe hinunter, durch das Gartentor hindurch und setzte über die Straße. Erst auf der anderen Seite blieb er stehen und drehte sich um. Gerade rechtzeitig, um Freddy die Tür zuschlagen, Beate auf den Bürgersteig treten und sofort mit einem beachtlichen Hechtsprung rückwärts wie ein Profihochspringer über die nächste Hecke schnellen zu sehen. Nur dadurch entkam sie einem japanischen Sportwagen, der in Höchstgeschwindigkeit die schmale Gasse hinunterjagte. Mit qualmenden Reifen bremste er an der nächsten

Straßenkreuzung, bog ab und beschleunigte sofort wieder mit aufheulendem Motor.

»Das war knapp!«, rief Beate, während ihr Kopf wie der eines Erdmännchens über die Hecke lugte. »Jetzt brauche ich wirklich einen Schnaps. Hast du dir das Kennzeichen gemerkt?«

»Kennzeichen? Nein«, stotterte Pepe und wusste nicht, wo er zuerst hinschauen sollte. Zu Beate, die sich zwischen Heckenpflanzen und Gartentor zurück auf den Gehweg zwängte, zu Kohlhans, der neugierig hinter seinem Küchenfenster stand, oder in die Richtung, in der der Sportwagen verschwunden war.

»Na du bist mir ja ein toller Polizist. Keine Sorge, wir kriegen das Schwein. Ich kenne da jemanden, der in der Szene ziemlich gut Bescheid weiß. Aber erst morgen. Jetzt gehen wir einen trinken.«

Das kleine Café war gut besucht. Die junge Kellnerin, eine sympathische Blondine mit selbstbewusstem Gang, wuselte durch die Reihen und trug Teller mit verführerisch riechenden Gerichten umher, sodass Pepe das Wasser im Munde zusammenlief. Sein Magen meldete sich lautstark. Hatte er heute überhaupt schon etwas gegessen? Doch der erste Gang führte ihn auf die Toilette. Im Spiegel erschrak er vor sich selbst. Ein Wunder, dass ihn Frederike überhaupt erkannt hatte. Ein Indianer auf dem Kriegspfad hätte nicht angsteinflößender bemalt sein können. Das Blut in seinem Gesicht war bereits getrocknet, die tiefen Kratzer verkrustet. Dazu war sein Veilchen vom Kampf mit dem Goldkettenmann schimmernd zu erkennen. Wenigstens hielten sich die Schmerzen in Grenzen. Hoffentlich blieb das so, wenn das Adrenalin seinen Blutkreislauf verlassen hatte. Das kalte Wasser tat gut, weckte Pepes Lebensgeister. Trotzdem hätte er sich jetzt am liebsten hingelegt und zwei bis acht Stunden geschlafen.

»Mit dir wird es echt nicht langweilig«, platzte Beate heraus, als sich Pepe ihr gegenübersetzte. Sie hielt ihm ein großes Schnapsglas hin.

»Ich bin mit dem Motorrad da«, entgegnete der vorsichtig und nahm das Glas trotzdem entgegen.

»Das brauchst du heute nicht mehr.«

Pepe schluckte und vermied es, Beate in die Augen zu sehen. Für eine Millisekunde sah er stattdessen Miriam vor sich. Nackt und verschwitzt.

»Motorrad? Da fällt mir einer ein«, meldete sich ein bärtiger Kerl vom Nachbartisch und holte Pepe in die Gegenwart zurück. Er stieß ihn derb in die Rippen. »Sagt ein Motorradfahrer zum anderen: ›Ich habe Probleme mit meinem Seitenständer.‹ ›Ach was. Warste schon beim Urologen?‹«

Pepe versuchte, den Mann zu ignorieren und prostete Beate zu.

»Runter damit!«

Der Witzbold hatte anscheinend nicht gemerkt, dass er störte. »So ist gut!«, rief er. »Kennste den? Bestellt einer eine Runde Schnaps und rennt nach jedem Glas nach draußen und brüllt: ›Das Grüne nach oben.‹ Fragt der Kellner nach der dritten Runde, was das soll. Meint der: ›Ich habe draußen einen Trupp Ostfriesen. Die pflanzen Bäume.‹«

Dieses Mal wich Pepe dem Rippenstoß aus und stand kurz davor, dem Mann die Finger zu brechen. Beate holte ihren Schlagstock aus der Tasche und legte ihn demonstrativ auf den Tisch.

»Oh, die werte Ehefrau weiß sich zu wehren«, grinste der Bartträger. »Da fällt mir noch einer ein. Sagt der Mann: ›Ich habe heute einige Zeit am Grab meiner Frau verbracht, sie glaubt tatsächlich, es wird ...‹«

Die Pointe ging in den strafenden Worten des Lokalinhabers unter. »Lass mal die Leute in Ruhe, Kurt!«, wies er ihn zurecht und klopfte dem Witzbold auf den Rücken. Und an Beate gewandt: »Der Stammtisch in der Ecke ist gerade frei geworden. Wenn ihr mehr Privatsphäre haben wollt.«

»Danke, gern«, antwortete sie. »Bring uns doch bitte zwei Räuberbrote und die Flasche.«

Beate hielt ihr leeres Schnapsglas hoch, um sicherzugehen, dass der Chef verstand, welche Flasche sie meinte.

»Was hatte das eigentlich mit dem Hund auf sich?«, wollte sie von Pepe wissen.

»Dem Hund?«

»Tu nicht so. Ich habe euer Gespräch bis ins Badezimmer gehört.«

Pepe bearbeitete seine Finger, als würde er Brot kneten.

»Ich habe Frederikes Mädchen versprochen, ihren Hund zu finden«, rückte er endlich mit der Sprache heraus.

»Hast du nicht!«

»Habe ich wohl. Und sogar ein Kopfgeld dafür bekommen.«

»Na da werden die Kleinen ja schlimm enttäuscht sein. Und warum bist du so urplötzlich abgehauen? Ich konnte Frau Deutschmann noch gerade so eine Visitenkarte in die Hand drücken.«

»Bevor du beinahe überfahren wurdest.«

»Ja, bevor ich beinahe überfahren worden bin. Also, was war da los?«

Ehe Pepe etwas erwidern konnte, kam das Essen. Steak auf Brot mit Rührei, Zigeunersoße, Schinken und Grillwürstchen hatte er noch nie in dieser Kombination gegessen. Es schmeckte ausgezeichnet und bildete eine gute Grundlage für die nächste Schnapsrunde. Beate schien heute durstig zu sein. Sie aßen und tranken und redeten über ihre bisherigen Fälle. Besonders amüsierten sie sich über ihren Ausflug in einen Saunaklub, in den sie bei der Jagd nach modernen Hexen geraten waren. Pepe bekam sofort rote Ohren, als er an Beate in ihrem Latexoutfit dachte. Auch sie wechselte ihre Gesichtsfarbe und ließ ihre Fingerspitzen unbewusst an dem Stiel ihres Schnapsglases auf und ab gleiten, sodass es Pepe zunehmend heißer wurde. Nur ihr Beziehungsstatus kam nicht zur Sprache. So verging der Abend wie im Flug, bis der Chef anfing, die Stühle hochzustellen.

»Weißt du, Pepe, wir müssen uns mal intensiv unterhalten«, lallte Beate mit schwerer Zunge, stand auf und plumpste sofort wieder auf ihren Stuhl zurück.

»Ich dachte, das tun wir«, wunderte sich Pepe und rieb sich

über seine juckenden Striemen im Gesicht. Dabei wiederholte er im Geiste: Nicht kratzen! Nicht kratzen! Nicht kratzen!

»Genau. Nur nicht darüber, was mit uns beiden eigentlich los ist«, fuhr Beate fort und versuchte, den Riemen der Handtasche über ihren Kopf zu ziehen, ohne sich dabei zu strangulieren. Für Pepe sah es nicht so aus, als ob sie damit Erfolg haben würde.

»Ha, jetzt hat er Angst«, prustete Beate los, sprang auf und rammte Pepe ihren Zeigefinger in die Brust. »Muss er doch nicht!«

13

Als sie vor Beates Haustür standen, wusste Pepe nicht mit Sicherheit, wie sie dorthin gekommen waren. Unscharf war die Umgebung an ihm vorbeigezogen, verborgen hinter einem milchigen Schleier. Die frische Luft hatte wie ein Schlag ins Genick gewirkt und Pepes Gleichgewichtssinn war ordentlich durcheinandergeraten. Er hatte Mühe, sich auf den Beinen zu halten, lehnte mit der Schulter an der Hauswand und schaute Beate zu. Ihr ging es anscheinend nicht viel besser. Sie umklammerte ihren Schlüssel mit beiden Händen und visierte mit einem zugekniffenen Auge das Türschloss an.

»Wenn sich die Erde dreht, muss irgendwann das blöde Schlüsselloch hier vorbeikommen«, nuschelte sie.

Pepe stieß sich plötzlich von der Wand ab, als erschreckte ihn der Gedanke, auf einer rotierenden Kugel zu stehen. Er postierte sich mitten in der Fußgängerzone, wie eine Trauerweide im Wind. Dabei hatte er jetzt die Arme vor der Brust verschränkt und versuchte krampfhaft, das Gleichgewicht zu halten. Die Eisenacher Innenstadt war zu dieser späten Stunde wie ausgestorben. Nicht mal Katzen trauten sich auf die Straße. Nirgends brannte ein Licht. Halt. An der Einmündung zum Karlsplatz blitzte hektisches Blaulicht herüber, das von den hohen Fassaden der Einkaufsmeile zurückgeworfen wurde. Die eindringlichen Lichtblitze machten Pepe nervös.

Unschlüssig und unruhig schaute er in die Richtung, kniff die Augen zu, riss sie wieder auf und beobachtete erneut Beate. Sie war, mit der Zungenspitze im Mundwinkel, fast am Ziel. Ein Streifenwagen raste beinahe lautlos, aber mit Höchstgeschwindigkeit am Ende der Gasse vorbei. Dann ein zweiter. Pepe nahm sie nur als blaue Lichtblitze wahr. Irgendetwas war doch dort im Gange? Magisch angezogen marschierte er los, nur unter größter Anstrengung einen einigermaßen geraden Kurs haltend. Nur einmal streifte er leicht einen Papierkorb.

Als er schwer atmend auf den Karlsplatz hinaustrat, schlug ihm eine ungewöhnliche Hitzewelle entgegen. Im Schatten des ehrwürdigen Lutherdenkmals brannten mehrere Fahrzeuge in einem höllischen Inferno. Und mittendrin sein Motorrad. Erst blieb Pepe versteinert stehen, im nächsten Augnblick rannte er los. Im Laufen zerrte er seinen Schlüssel aus der Jacke. Auf dem Platz wimmelte es nur so vor Leuten. Feuerwehrmänner, Polizisten, Rettungssanitäter, Schaulustige. Pepe drängelte sich grob an ihnen vorbei. Hektische Betriebsamkeit herrschte an allen Ecken und Enden. Trotzdem war es unheimlich still, wie um die Gäste des angrenzenden Nobelhotels nicht in ihrem Schönheitsschlaf zu stören. Nur die Flammen fauchten, als wären sie lebendig, als kämen sie direkt aus dem Maul eines Drachen. Was zu Eisenach passen würde, da die Drachenschlucht nicht weit entfernt war. Sich mit dem Unterarm gegen das Feuer schützend zwang Pepe sich an die BMW heran. Der Vorderreifen brannte bereits lichterloh. Teile der Verkleidung waren geschmolzen und liefen wie Zuckerguss an dem Motorrad herunter. Nicht mehr lange und der Benzintank würde Feuer fangen. Er musste sich beeilen.

»Hey, Sie da, verlassen Sie sofort den Gefahrenbereich!«, brüllte ein Feuerwehrmann von hinten. Seine Kameraden hatten mittlerweile mehrere Schläuche ausgerollt und tauchten den Brandherd in einen Wassernebel.

Pepe ignorierte sowohl den Befehl als auch die Dusche. Mit

nervösen Fingern entriegelte er den Seitenkoffer der BMW und griff zu. Gerade noch rechtzeitig. Zum einen wurde er von starken Händen brutal nach hinten gerissen, zum anderen explodierte der Motorradtank in einem Feuerball. Pepe hob ab, als hätte ihn ein Pferd vor die Brust getreten. Er wurde hoch in die Luft geschleudert, sah das Chaos unter sich in Zeitlupe kleiner werden. Dann raste er auf die Erde zu. Wie ein Stabhochspringer, der nach einem Stabbruch die Matte verpasste, schlug er hart auf dem Rasen zu Luthers Füßen auf. Ihm blieb die Luft weg. Obwohl er sich krampfhaft bemühte, bekam er keinen Sauerstoff in die Lungen. So etwas hatte er zuletzt bei seinem unfreiwilligen Abgang von dem Ausflugsdampfer ›Etta von Dangast‹ unter Wasser erleben müssen. Panisch riss Pepe den Mund weit auf. Ein stechender Schmerz rollte durch seinen Brustkorb. Ihm wurde schwarz vor Augen. Sollte das das Ende sein? Nein! Mit einem fürchterlichen Hustenanfall drehte Pepe sich zur Seite. Am ganzen Körper zitternd begann seine Lunge wieder zu funktionieren. Tränen schossen in seine Augen.

»Das war knapp! Alles okay bei Ihnen?«

Pepe musste blinzeln, um den Fragesteller zu erkennen. Ein Polizist. Er kniete neben ihm.

»Der Notarzt ist gleich da«, fuhr der beleibte Beamte fort, als Pepe nicht antwortete. »Das waren linke Zecken, mit Sicherheit. Seitdem bekannt ist, dass Herr von Hartmann vor unserem Burschenschaftsdenkmal sprechen wird, drehen alle durch. Erst die Schmierereien und jetzt das hier. Schade um das schöne Motorrad. Was machen Sie eigentlich hier, Herr Kollege?«

»Urlaub«, antwortete Pepe spuckend und richtete sich mühsam auf. Den hockenden Polizisten als Stütze nutzend drückte er sich nach oben. Er wischte sich mit dem Ärmel übers Gesicht ehe er einen Blick zu seiner BMW wagte. Von der war lediglich ein rauchendes Häuflein übrig. Major Frankfurt würde nicht begeistert sein. Wenn er denn wieder zu sich kam.

»Was haben Sie denn da in den Fingern?«

Pepe schaute erst den Polizisten an, dann seine Hände. Er hielt die Geldsocke umklammert, die ihm die kleine Lisa als

Kopfgeld für ihren Hund überreicht und die er aus dem Motorradkoffer gerettet hatte.

»Nichts weiter«, winkte Pepe ab, steckte die Socke in die Jackentasche und stapfte über den vom Löschwasser aufgeweichten Rasen davon. Der gute Wille, die Nachbarschaft nicht zu wecken, war vergebens gewesen. Sämtliche Fenster, die zum Karlsplatz hinausgingen, waren hell erleuchtet. Hinter jedem stand mindestens ein Gaffer mit einem Handy, der die Szene filmte. Das Feuer war mittlerweile unter Kontrolle und hatte nicht auf Wohnhäuser übergegriffen. Trotzdem war der Sachschaden beträchtlich, da einige teure Sportwagen der gut betuchten Hotelgäste ein Raub der Flammen geworden waren.

Das Adrenalin hatte Pepes Kopf ein wenig klarer werden lassen. Bedeutend sicherer auf den Beinen ließ er das Durcheinander hinter sich und kehrte zu Beates Wohnung zurück. Die hatte sich in der Zwischenzeit anscheinend Zutritt verschafft. Pepe drückte auf den Klingelknopf und wartete. Nichts. Auch nicht beim zweiten und dritten Versuch. Den Kopf weit in den Nacken gelehnt ging er drei Schritte zurück und starrte zu Beates Wohnzimmerfenstern hinauf. Kein Licht.

»Verdammt!«, fluchte Pepe laut und überlegte, sie auf ihrem Handy anzurufen. Dann dachte er an den Zustand, in dem er sie zurückgelassen hatte. Wahrscheinlich schlief sie längst tief und fest. Im Osten deutete sich bereits der Sonnenaufgang an. Nach einem letzten Blick zuckte Pepe mit den Schultern und machte sich zu Fuß auf in Richtung Bahnhof.

Es klingelte an der Wohnungstür. Beate zog ihr Kissen über den Kopf und drehte sich um. Es läutete erneut. Nur kurz hob sie den Kissenbezug und schielte zu ihrem altmodischen Radiowecker hinüber. Drei Uhr in der Früh. Das konnte ja wohl nicht wahr sein! Welcher Idiot störte sie denn mitten in der Nacht? Obwohl ihr Unterbewusstsein handeln wollte, kam es durch den Alkoholnebel in Beates Gehirn nicht hindurch. Irgendetwas übersah sie! Beim dritten Klingeln stand sie endlich auf und lief mit ausgestreckten Armen im Dunkeln ins Wohnzimmer, um zu schauen, welcher Blödmann so hartnäckig störte. Ein stechender Schmerz raste ihr Bein hinauf, als sie mit der großen Zehe an einem Stuhlbein hängen blieb. Plötzlich lichtete sich der Nebel etwas. Pepe! Verdammt! Langsam kam die Erinnerung wieder. Wieso war er denn nicht mit hinaufgekommen? Schließlich hatte sie ihm doch angeboten, bei ihr zu übernachten! Erst jetzt fiel ihr auf, dass sie noch komplett angezogen war, bis auf Schuhe und Socken. Während sie nach unten sah, wurde ihr urplötzlich speiübel und sie schaffte es knapp bis zur Toilette.

Obwohl sich Beate am Morgen am liebsten krankgemeldet hätte, siegte ihr Pflichtgefühl. Die Stadt war in hellem Aufruhr. Der Brandanschlag mitten in der City, hatte alle Eisenacher alarmiert. Die Telefone auf dem Polizeirevier standen keine Minute still. Ständig wurden verdächtige Beobachtungen gemeldet, Nachbarn denunziert und Ermittlungsratschläge gegeben. Besonders Hasso von Hartmanns Gegner gerieten ins Visier. Beates Chef versuchte den Ansturm so gut wie möglich unter Kontrolle zu bringen und hatte sie angewiesen, die Spurensicherung vor Ort persönlich zu überwachen.

»Wir müssen jetzt Flagge zeigen, Frau Jäger!«, hatte er bestimmt und sie zum ersten Mal, seitdem sie sich überraschenderweise in einem Saunaklub getroffen hatten, direkt angesehen. »Und wir dürfen uns keine Fehler erlauben! Die gesamte deutsche Presse hat uns unter Beobachtung!«

»Jawohl, Chef«, hatte Beate enthusiastisch geantwortet und kurz darauf die bereits dritte Kopfschmerztablette eingeworfen. Nun war sie froh, an der frischen Luft sein zu können, und sah zu, wie Männer und Frauen in weißen Ganzkörperanzügen um die noch immer rauchenden Fahrzeugwracks durch einen dicken weißen Schaumteppich krochen und nach Hinweisen auf die Brandstifter suchten. Als Beate Pepes Motorrad unter den Trümmern erkannte, meldete sich ihr Hinterkopf laut pochend. Wenn sie sich nur erinnern könnte, was gestern

Abend geschehen war! Es gab nur eine Möglichkeit, das herauszufinden.

Sie ließ es läuten, bis Pepes Mailbox ansprang. Statt einer persönlichen Nachricht plärrte sie die elektronische Standardstimme an und leierte die angerufene Telefonnummer herunter.

»Dann eben nicht!«

»Was sagen Sie?«, fragte der junge Kriminaltechniker, mit dem Beate schon öfter zusammengearbeitet hatte. Ein langer, schlaksiger Kerl, dessen Arme ständig in Bewegung waren und bei dem sie das Gefühl hatte, dass er in sie verschossen war. Sie versuchte sich krampfhaft an seinen Namen zu erinnern. Zuletzt hatte er den Sprengstoffanschlag untersucht, bei dem ein Motorrad auf dem Eisenacher Verkehrslandeplatz Kindel in die Luft geflogen war. Fahrer und Maschine waren damals in winzig kleine Stücke zerfetzt worden, sodass die Reste in mehreren Wassereimern abtransportiert werden mussten. Wenigstens gab es hier und heute keinen Personenschaden zu beklagen. Oder etwa doch?

»Gibt es Opfer, Herr ...«

»Ostermeier.«

Richtig! Und außerdem wollte sie sich nach der Straßenrennszene erkundigen, da sie gestern beinahe überfahren worden wäre. Langsam, aber sicher kehrte Beates Erinnerung zurück.

»Nein, keine Opfer, soweit wir das bisher sagen können«, fuhr Ostermeier fort, als Beate nicht weiter auf seinen Nachnamen reagierte. »Allerdings scheinen die Täter keine Neulinge zu sein. Sie haben die Heckscheibe eines Porsche eingeschlagen, wahrscheinlich mit einem Beil, und einen Molotowcocktail hineingeworfen. Sobald die Flammen auf den Benzintank übergreifen, gibt es praktisch kein Halten mehr.«

»Also war das Motorrad nicht das erste Ziel?«

»Das Motorrad? Nein, warum?«

»Weil es eine Bundeswehrmaschine ist. So etwas wirkt auf gewisse Elemente wie ein rotes Tuch. Vor allem, wenn unsere Theorie stimmt und der Brandanschlag Linksextremisten zuzuordnen ist.«

Pawolski, Beates Chef, hatte sich am Morgen lang und breit darüber ausgelassen, dass die Brandstiftung mit an Sicherheit grenzender Wahrscheinlichkeit mit dem bevorstehenden Wahlkampfauftritt des Ex-Generals Hasso von Hartmann zu tun hatte. Und er hatte beteuert, dass er alles in Bewegung setzen würde, um dem nächsten Kanzler der Bundesrepublik Deutschland einen würdigen und sicheren Empfang in der Wartburgstadt zu bereiten. Schließlich wäre er einer, der gerade solchen Elementen entschieden entgegentreten und sie in ihre Schranken weisen würde. Unter von Hartmann würden die Sicherheitsbehörden endlich wieder die ihnen zustehende Beachtung, personelle Aufstockung und die finanziellen Mittel bekommen, die sie überfällig verdienten und früher einmal gehabt hatten. Auf wann sich dieses Früher bezog, hatte Pawolski nicht näher ausgeführt. Beate war sich allerdings sicher, dass er die Zeit vor 1989 gemeint hatte.

»Okay«, entgegnete der Kriminaltechniker. »Allerdings ist ein Kraftrad nicht viel schwerer anzuzünden als ein Personenkraftwagen. Aber wer steckt schon in den verqueren Gehirnen dieser Terroristen?«

Terroristen! Das Wort sollte besser nicht die Runde machen.

»Wir gehen von einer politisch motivierten Brandstiftung aus, nicht von Terrorismus!«, belehrte ihn Beate scharf.

»Und wo ist da der Unterschied?«

Beate winkte ab und ließ Ostermeier stehen. Sie stellte sich etwas abseits und versuchte erneut, Pepe zu erreichen. Wenn er schon nicht privat mit ihr sprechen wollte, war er zumindest Opfer in ihrer aktuellen Ermittlung. Wie zuvor erreichte sie nur die Mailbox.

»So ein Blödmann!«

Wütend schmiss Beate ihr Telefon zurück in die Handtasche. Das war typisch für ihn. Wenn der Herr Oberfeldwebel Hilfe, eine Information oder nur einen Schlafplatz brauchte, dann war sie gut genug. Wenn sie ihn hingegen um einen kleinen Gefallen bat, wie nähere Informationen über Kilian Verkerk herauszurücken, machte sich der feine Herr rar. Na warte! Sie kam hervorragend ohne ihn zurecht. Vor allem jetzt, da sie eine neue Spur hatte. Verkerk schien in der illegalen Straßenrennszene unterwegs zu sein. Und in genau der hatte Beate einen Insider. Sie wusste zwar nicht, wie der auf sie reagieren würde, aber im Moment war sie genau in der richtigen Stimmung, um das herauszufinden.

»Wir sind hier fertig.«

»Wie bitte?«

»Alle Spuren sind gesichert. Endlich«, wiederholte der Kriminaltechniker Ostermeier. »Ist ja auch schon spät. Und Sie sehen ziemlich mitgenommen aus.«

»Was sehe ich?«, zischte Beate genervt. Unwillkürlich verkrampften sich ihre Hände zu Fäusten.

»Nein, so habe ich das nicht gemeint«, stotterte Ostermeier und bekam hektische Flecken im Gesicht, die sogar durch seine weiße Schutzhaube hindurch leuchteten. »Ich wollte fragen, ob ich etwas zu Ihrer Entspannung beitragen kann.«

»Zu meiner Entspannung? Und was schwebt Ihnen da so vor?«

Wie von allein fand Beates rechte Hand den Weg zu ihrem Schlagstock in der Handtasche.

»Ein kleines Abendessen. Und vielleicht einen Jasmintee.«

Beate war versucht, die Feuerwehr an den Tatort zurückzurufen. Ostermeiers Kopf glühte jetzt so sehr, dass sie befürchtete, er würde seinen Overall jede Sekunde in Brand setzen und wie eine menschliche Fackel in Flammen aufgehen. Allerdings hatte er tatsächlich recht. Es war spät geworden und sie hatte den ganzen Tag noch nichts gegessen. Vor allem da sie Angst gehabt hatte, eine feste Mahlzeit nach dem Alkoholkonsum der letzten Nacht nicht in sich behalten zu können. Ganz langsam lösten sich ihre Finger vom Schlagstock.

»Beim nächsten Mal vielleicht«, antwortete sie, statt ihm eins über den Schädel zu geben, »weil ich gleich eine Verabredung habe.«

Das war nur teilweise gelogen. Beate hatte nämlich vor, sich mit jemandem zu treffen, obwohl der Betreffende noch nichts davon wusste.

»Der Glückliche!«
»Wie bitte?«
»Äh, nichts. Viel Spaß!«

Ostermeier stob davon, als würde sein Kittel in der Tat in Flammen stehen. Beate sah ihm kurz hinterher und machte sich zu Fuß auf zu ihrem vorgeschobenen Date. Als sie sich dabei ertappte, wie sie in einer Schaufensterspiegelung ihre Frisur prüfte, blieb sie abrupt stehen. Was stimmte denn nur nicht mit ihr? Sie wollte doch nur einige dienstliche Informationen einholen. Auf rein freundschaftlicher Basis. Selbst wenn sie sich einen Kartoffelsack übergestreift hätte, sollte das keinen Unterschied machen. Hatte sie aber nicht. Stattdessen trug sie eine Bluse mit zu tiefem Dekolleté und eine Jeans, mit der sie ihr Vater als Teenie nicht hätte aus dem Haus gehen lassen. Das war jetzt nicht mehr zu ändern.

Schnellen Schrittes lief sie weiter. Etwas außer Puste erreichte sie das mehrgeschossige Mietshaus, in dem sie vor nicht allzu langer Zeit als Dauergast verweilt hatte. Wie üblich war die schwere Haustür nur angelehnt. Eigentlich unverantwortlich, wenn man bedachte, wie sich die Brandstiftungen in letzter Zeit in der Gegend gehäuft hatten. Unfassbar, dass oft in den engen Hausfluren abgestellte Kinderwagen angezündet wurden. Beate drückte die Tür mit der Schulter auf und trat ein. Der Korridor war angenehm kühl. Die sommerliche Abendsonne und ihr hohes Tempo hatten sie ins Schwitzen gebracht. Nicht nur deswegen verharrte sie einen Augenblick, bevor sie die Treppen hinaufstieg. Durch einen unglücklichen Zufall wohnte ihre Schwester Carola im selben Haus. Ihr wollte sie im Moment am allerwenigsten über den Weg laufen und sich erklären müssen. Sie schien Glück zu haben.

Eine unheimliche Stille lag über dem alten Gebäude. Wahrscheinlich aßen alle gerade zu Abend. Was keine schlechte Idee war. Wie aufs Stichwort grummelte Beates Magen. Das nahm sie als Startsignal. Die Zielperson wohnte eine Etage unter ihrer Schwester. Während sie den Finger auf dem Klingelknopf hatte, schaute sie ängstlich nach oben. Hatte da eben eine Tür geschlagen? Ihr Schwager war kein begnadeter Handwerker, dementsprechend lautstark musste man die klemmende Wohnungstür zuwerfen, damit sie sicher ins Schloss fiel. Schritte! Sie drückte fester auf den Knopf.

»Ist ja gut! Meine Fresse, ich komme ja!«, rief jemand von drinnen. Kaum schwang die Tür auf, warf sich Beate über die Schwelle, direkt in die Arme von Paul Hundertmark, ihres Ex-Freundes. Ihre Wange streifte seinen stachligen Dreitagebart und sofort lief ein heißes Kribbeln durch ihren Körper.

»Na wer kann das denn anders sein. Kommissarin Beate Jäger. Für eine Hausdurchsuchung mit Leibesvisitation müsste ich vorher einen richterlichen Erlass sehen«, sagte Paul lachend und hielt sie weiter fest.

Unwillkürlich musste Beate an ihr letztes Zusammentreffen denken. Auch damals war er sehr zungenfertig gewesen.

»Nein, also ja, ich hätte da nur ein paar Fragen«, antwortete sie und befreite sich aus Pauls Armen. Erst jetzt fiel ihr auf, dass er eine Schürze trug. Außerdem schien er in letzter Zeit etwas Sport getrieben zu haben. Die Bündchen seines T-Shirts spannten sich um einen beeindruckenden Bizeps. Der erreichte zwar nicht ganz Pepes Dimensionen, war allerdings nicht weit davon entfernt. Bei der Frisur war es ähnlich. Zurzeit waren es nur Geheimratsecken, aber der Weg bis zur Glatze war anscheinend nicht mehr weit.

»Was hast du denn auf dem Herzen?«, fragte Paul und zog die Tür hinter sich zu. Er blieb in dem schmalen Flur stehen und schaute verstohlen auf seine Armbanduhr.

»Bittest du mich nicht rein?«, fragte Beate.

»Doch natürlich.« Paul drückte sich an ihr vorbei und lief voraus in Richtung Wohnzimmer.

»Hast du etwas zu essen da? Ich sterbe fast vor Hunger. Mann, riecht das gut aus der Küche. Bäckst du etwa?«

Beate folgte nicht ihrem Ex-Freund, sondern den verführerischen Gerüchen, die ihr Magen erneut mit einem lautstarken Knurren kommentierte.

»Nur so zum Spaß«, antwortete Paul schnell und griff Beate

am Arm, um sie mit sich zu ziehen. Die Berührung fühlte sich gut an. Er hatte von jeher warme, kräftige Hände und kundige Finger gehabt. Wieder lief ein kleiner Schauer durch Beates Körpermitte. Dennoch war ihr Hunger größer. Sie entwand sich sanft aus Pauls Griff und bog in die Küche ab. Dort stand eine große Schüssel auf dem Tisch, randvoll gefüllt mit aromatisch duftenden Plätzchen. Instinktiv langte sie zu.

»Die sind echt gut«, lobte sie schmatzend, während sich kleine Kekskrümel über ihre Mundwinkel verteilten. »Süß und gleichzeitig herzhaft. Mit einer Kräuternote. Das Rezept musst du mir unbedingt geben.«

Beate war zwar keine Leuchte in der Küche, aber einmal im Jahr backte sie mit ihrer Nichte Angelika Weihnachtsplätzchen. Vielleicht konnten sie dieses Mal eine neue Mischung ausprobieren.

»Besser nicht«, spöttelte Paul und schaute genervt auf seine Uhr. »Wolltest du mich nicht etwas fragen?«

Beate stutzte. Wollte sie? Tatsächlich. Die Plätzchen waren wirklich fantastisch. Sie steckte sich gleich zwei auf einmal in den Mund und setzte sich auf den Küchentisch, mitten hinein in ein Mehlbett. Langsam ließ der Hunger nach. Sie fühlte sich besser, viel besser. Und zu Paul hingezogen. Wie er so dastand, mit der Schürze um. Was wäre, wenn er nur die trug? Wieder rollte eine Hitzewelle durch ihre Körpermitte.

»Beate?«

»Was?«

»Deine Frage!«

»Ja! Kilian!«

»Kilian?«

Paul hatte schon immer kurze Beine gehabt. Fast so wie Pepe. Aber nicht alles war kurz. Wenn auch nicht ganz so lang wie bei Pepe. Gut, mit dem konnte in der Beziehung eh kaum jemand mithalten. Jetzt wurde ihr noch heißer. Sie knöpfte die obersten zwei Knöpfe ihrer Bluse auf.

»Kilian Verkerk.«

Beate blinzelte angestrengt. Irgendwie verschwamm Pauls

Gesicht vor ihren Augen. Dachte er angestrengt nach? Oder überlegte er, was er antworten sollte, ohne sie zu verärgern? Das sollte er nämlich besser nicht tun. Dann würde sie ihn rucki zucki aufs Kreuz legen. Drüben, in seinem großen, weichen Bett.

»Verkerk the berserk.«

»Du kennst ihn?«

»Ja.«

Ein kleiner Stromstoß fuhr durch Beate. Sie setzte sich gerade hin und aß zwei weitere Kekse.

»Wo kann ich ihn finden?«

»Jetzt? Keine Ahnung.« Paul zuckte die Schultern und prüfte erneut die Uhrzeit.

»Mist!« Beate sackte in sich zusammen.

»Aber ich weiß, wo er übermorgen Nacht sein wird.«

»Wo?«, rief Beate, sprang vom Tisch und wirbelte dabei eine Mehlwolke auf.

»Versprich mir, dass ich anonym bleibe!«

Beate stellte sich ganz dicht vor Paul und sah ihm tief in die Augen. Sie konnte seine Hitze spüren und öffnete einen weiteren Knopf.

»Selbstverständlich, Pauli«, säuselte sie und wollte ihm über die Wange streicheln. Doch Paul hielt ihre Hand fest.

»Mit dem ist nicht zu spaßen!«, warnte er eindringlich. »Sie nennen ihn nicht umsonst den Berserker!«

»Ist klar!«

Beates Zunge fühlte sich plötzlich an, als wäre sie auf die doppelte Größe angeschwollen. Sie hatte Mühe, Worte deutlich auszusprechen.

»Übermorgen. Mitternacht. An der Fantasie. Es wird ein Rennen geben. Zur Hohen Sonne und wieder zurück. Verkerk wird dort sein. Und jetzt solltest du besser gehen!«

»Warum?«

In Beates Ohren klang es eher wie Wumm. Im selben Moment klapperte es an der Wohnungstür. Schlüssel schlugen gegen die Klinke. Die Tür wurde aufgestoßen und mit Schwung zugeworfen.

»Hi Paul! Bist du bereit? Ich ja! Meine Nippelpiercings sind frisch poliert. Ich bin komplett enthaart und hinten schön gedehnt«, rief jemand aus dem Wohnungsflur. »Ich hoffe, du hast mir ein paar Kekse übrig gelassen. Das Hasch war nicht billig!«

»Der Preis ist gerechtfertigt, das Zeug ist gut«, dachte Beate. Erst dann klappte ihr Unterkiefer nach unten und sie realisierte, was sie eben in sich hineingestopft hatte. Auf leeren Magen. Bevor sie sich aufregen konnte, bog eine junge Frau um die Ecke. Beate musste blinzeln, um ein scharfes Bild zu bekommen. Was bei dem Anblick nicht schwer war. Die Frau war etwas kleiner als Beate, dafür mindestens zehn Jahre jünger, wahrscheinlich nicht mal alt genug, um nach Erwachsenenstrafrecht verurteilt zu werden. Sie trug ein Oberteil, das wie aufgemalt wirkte, sodass die angesprochenen Piercings deutlich zu sehen waren, vor allem, da sie weit vom Oberkörper abstanden. Unwillkürlich sah Beate an sich herunter und verglich ihre Oberweite. Die Hälfte, wohlwollend geschätzt.

»Wer ist denn sie?«, fragte die Frau, gab Paul einen herzhaften Klaps auf den Po und musterte Beate nicht unfreundlich.

»Eine Bekannte. Sie wollte gerade gehen«, antwortete Paul schnell und wusste anscheinend nicht wohin mit seinen Händen.

»Muss sie doch nicht«, lenkte die Frau ein und leckte sich über die Lippen. »Ist nämlich schon zu lange her. Nur wir Mädchen wissen, was wir Mädchen brauchen, was?«

Dieses Mal war es nicht nur ein leichter Schauer. Beate bekam kurz weiche Knie. Damals, mit Simone Rukka ..., schnell schob sie den Gedanken beiseite.

»Äh, nein, heute nicht«, sagte sie stattdessen, hielt ihre offene Bluse mit der linken Hand zu und schob sich an Paul vorbei. »Vielen Dank für das Angebot, ich komme vielleicht später darauf zurück.«

Schneller als Beate die Wohnung betreten hatte, stürmte sie hinaus. Die frische Luft tat ihr gut, brachte etwas Klarheit in ihren Kopf zurück. Haschkekse! Nichts wie nach Hause.

14

»Es ist noch keine Besuchszeit. Ich darf Sie bitten, zu gehen!«

Bo schaute den Soldaten abschätzend an, der sie entfernt an den jungen Sean Connery erinnerte. Anscheinend wusste er nicht, mit wem er es zu tun hatte. Er hatte sich vor der Tür zu Roger Frankfurts Krankenzimmer aufgebaut und versperrte ihr den Zugang. Sicher eine Vorsichtsmaßnahme von Fuchs. Mit dem kleinen Oberfeldwebel würde sie sich früher oder später wohl ernsthaft auseinandersetzen müssen. Zwei Männer drängten sich für diesen Job geradezu auf. Sie war sich nicht sicher, wer der geeignetere für diese Aufgabe war.

»Ist schon gut, ich habe eine Sondergenehmigung«, antwortete sie und griff zielstrebig nach der Türklinke hinter dem Rücken des Mannes.

»Diese Information liegt mir nicht vor. Ich muss Sie bitten, zu den regulären Besuchszeiten wiederzukommen!«

Bo spürte, wie ihr Blutdruck stieg. War sie denn ausschließlich von Idioten umgeben? Anscheinend musste sie hier ein für allemal klarstellen, wer der Boss war.

»Herr Oberstabsgefreiter, geben Sie den Durchgang frei, oder Sie werden es den Rest Ihrer jämmerlichen Karriere bereuen!«

Das war keine Übertreibung. Sie hatte das bereits mehrfach erlebt. Hinterher war das Geschrei immer groß gewesen. Aber alle Unbelehrbaren waren sehenden Auges in ihre eigene Katastrophe gelaufen.

»Ich sage es jetzt zum dritten Mal: Gehen Sie oder ich werde Sie entfernen!«

Was für ein Sturkopf. Selten hatte jemand Bo so die Stirn geboten. Kurz ging sie ihre Optionen durch. Gewalt anzuwenden, kam nicht infrage, obwohl es ihr in den Fingern juckte. Trotz der frühen Stunde liefen zu viele Zeugen durch die Krankenhausflure. Ihr blieb nur eine Möglichkeit.

»Nun gut, Sie haben es nicht anders gewollt«, zischte sie und ließ die Türklinke los. Dann steuerte sie einen kleinen

Aufenthaltsbereich am Ende des Korridors an und wählte im Gehen eine Telefonnummer. Es dauerte keine zehn Minuten, bis sie zu ihrem gewünschten Gesprächspartner durchgestellt worden war. Das Handy in der ausgestreckten Hand kehrte sie zu dem störrischen Oberstabsgefreiten zurück, ein zynisches Grinsen nur unter größter Anstrengung unterdrückend.

»Hören Sie gut zu!«, trumpfte sie auf und hielt dem Militärpolizisten das Telefon hin.

»Soldat?«, dröhnte eine schneidige Stimme aus dem Lautsprecher.

»Jawohl?«

Sehr gut. Bo registrierte mit Genugtuung, dass die Stimme des Oberstabsgefreiten merklich Sicherheit eingebüßt und sich eine Falte zwischen seinen Augenbrauen gebildet hatte.

»Hier spricht Oberstleutnant Vogler vom Kommando Feldjäger in Hannover. Hiermit befehle ich Ihnen, den Anweisungen Frau Dr. Buschs Folge zu leisten. Haben Sie verstanden?«

»Jawohl Herr Oberstleutnant!«

Sean Connery hatte jetzt sogar Haltung angenommen, als ob der Stabsoffizier persönlich vor ihm stehen würde. Anscheinend wollte er eine Frage stellen, doch Vogler hatte bereits aufgelegt. Es war von unschlagbarem Vorteil, die richtigen Leute zu kennen. Und wenn einer richtig war, dann der Ex-General und Frühaufsteher Hasso von Hartmann. Es hatte nicht viel Überredungskunst bedurft und er hatte seine Verbindungen bis zur Führung der Militärpolizei der Bundeswehr spielen lassen.

»Ich habe es Ihnen ja gleich prophezeit. Aber, wer nicht hören will, muss fühlen«, sagte Bo mit vor Hohn triefender Stimme und betrat Frankfurts Krankenzimmer.

Hinter der Tür blieb sie kurz stehen. Rogers Anblick machte sie traurig. Obwohl er aussah, als würde er tief und friedlich schlafen, wusste sie, dass es nicht so war. Den großen starken Mann so verletzlich unter der dünnen Bettdecke liegen zu sehen, löste gemischte Gefühle in ihr aus. Und einen Flashback. Mit festen Schritten, fast aufstampfend wie zu einer Militärparade, lief sie zu Frankfurts Bett hinüber, zog einen Stuhl neben sein Kopfende und setzte sich. Dann packte sie seine Hand, als wollte sie ihn im Armdrücken schlagen und war mit einem Schlag zurück in Primošten. Sie sah, wie Rogers jüngeres Ich furchtlos den angreifenden Messerstecher k. o. schlug. Als ob er sie hören konnte, fing sie an, zu erzählen.

Die Insel machte mir Angst. Ich lief in den dunklen todesstillen Gassen umher und wurde das Gefühl nicht los, dass mir jemand folgte. Immer wieder sah ich das hassverzerrte Gesicht des Mannes, der ohne jeden Zweifel bereit war, zu töten. Nicht nur einen Feind, sondern auch einen Kameraden. Was machte der Krieg nur aus den Menschen? Sie verkamen zu Tieren, folgten niedersten Instinkten, entzogen sich aller Verantwortung, flohen vor jedweder Gerichtsbarkeit. Und kamen damit durch.

Mir wurde schlecht. Ich musste mich an der nächsten Häuserwand abstützen und übergeben. Krämpfe schüttelten mich, die Welt drehte sich, der Boden schwankte, als ob die malerische Insel von einem schweren Erdbeben erschüttert oder von einem Marschflugkörper getroffen wurde. Auf schlotternden Beinen schleppte ich mich vorwärts. Meine Hand hielt das Messer umklammert, das mir meine Vermieterin mitgegeben hatte. Keine Ahnung, wie es dahin gekommen war. Es gab mir etwas Sicherheit. Obwohl ich erst vor wenigen Minuten gesehen hatte, dass der Schein trog. Einem trainierten Gegner gegenüber nutzte die kleine Klinge nichts. Im Gegenteil. Schlimmstenfalls provozierte sie einen Verteidigungsangriff.

Ein Keuchen ließ mich innehalten. Die feinen Härchen in meinem Nacken sträubten sich. Bis zu den Zehenspitzen lief eine Gänsehaut an mir herunter. Zitternd presste ich mich in einen Torbogen, spürte die rohen Natursteine in meinem Rücken. Sie strahlten noch etwas Wärme ab, die die heiße Mittelmeersonne tagsüber in sie hineingepresst hatte. Bewegte sich dort hinten ein Schatten? Oder mehrere? Nicht schon wieder! Einen weiteren Übergriff würde ich nicht verkraften. Was war nur aus mir geworden, aus der selbstbewussten, starken Frau, die Deutschland vor nicht ganz drei Tagen verlassen hatte, um die Welt ein Stückchen besser zu machen? Ein wimmernder, ängstlicher Feigling?

»Nein!«, brüllte ich in die Nacht. Eine Katze rannte miauend davon. In Richtung Hafen. Ich folgte ihr. Schnellen Schrittes, mich ständig umsehend. Das Gefühl, verfolgt und beobachtet zu werden, war stärker denn je.

Am nächsten Morgen erwachte ich mit rasenden Kopfschmerzen. Das Bettlaken war schweißfeucht. Obwohl das Fenster die ganze Nacht sperrangelweit offen gestanden hatte, war die Luft in meiner Kammer zum Schneiden dick. Nur mühsam war ich in der Lage, mich aufzurichten. Jeder Muskel meines Körpers schmerzte, als hätte ich letzte Nacht schwere, körperliche Arbeit verrichtet.

Ein Klopfen an meiner Tür ließ mich aufschrecken. Bevor ich etwas erwidern konnte, trat meine Vermieterin ein. Sie hielt eine dampfende Suppenschüssel in ihren knorrigen Händen. Vorsichtig stellte sie sie auf dem Schreibtisch am Fenster ab und sah mich besorgt an. Erst jetzt raffte ich die Decke zusammen, um mich zu bedecken. Ganz gegen meine sonstige Gewohnheit hatte ich nackt geschlafen. Meine Kleider lagen im gesamten Zimmer verstreut, als wäre ich ein übellauniger Teenager.

Nach einem letzten, traurigen Blick verließ mich die Alte, noch stärker gebeugt als sonst. Ich ließ mich mit geschlossenen Augen zurück ins Bett fallen und versuchte zu rekapitulieren, was letzte Nacht vorgefallen war. Nach fünf Minuten gab ich auf. Eine schwarze, unheilvolle Leere herrschte in meinem Kopf, die ich trotz größter Anstrengung nicht durchdringen konnte. Der verführerische Duft der Suppe ließ mich keinen klaren Gedanken fassen. Als ich die Schüssel bis auf den Grund leer gelöffelt hatte, ging es mir bereits besser. Eine kurze Katzenwäsche mit dem kalten Wasser aus der Waschschüssel tat sein Übriges. Ich brauchte frische Wäsche, da meine Sachen ebenfalls trieften. Anscheinend war ich nachts in einen heftigen Regenguss geraten. Zum Glück hatte ich etwas für Notfälle im Rucksack. Der Koffer lag im Auto. Ich würde ihn im Laufe des Tages holen. Oder sollte ich einsteigen, den Motor starten und erst in der Heimat anhalten? Nein! Aufgeben war keine Option! Nicht nachdem, was ich durchgemacht hatte, um hierher zu gelangen.

Endlich war ich geistig und körperlich so weit wiederhergestellt, um meine Arbeit aufnehmen zu können. Schließlich war ich nicht nach Primošten gekommen, um Urlaub zu machen, sondern um eine Reportage über die hier stationierten Militärpolizisten zu schreiben.

Einem unbestimmten Impuls folgend lief ich geradewegs zum Hafen. Schon von Weitem sah ich, dass etwas nicht in Ordnung war. Dutzende Militärfahrzeuge parkten durcheinander, ein schwer bewaffnetes Patrouillenboot war an der Kaimauer vertäut. Soldaten liefen hektisch umher, Sturmgewehre im Anschlag. Ich war noch gute fünfzig Meter entfernt, da richtete einer der Männer seine Waffe auf mich und brüllte: »Stehen bleiben! Die Hände so, dass ich sie sehen kann!«

Zuerst wollte ich einfach weitergehen. Kein Reporter, der etwas auf sich hielt, ließ sich so schnell einschüchtern. Aber dann erkannte ich in dem Soldaten, den Mann, den du, Roger, am Abend zuvor niedergeschlagen hattest. Sofort riss ich die Arme in die Höhe. Ich konnte nicht deuten, ob er mich ebenfalls erkannt hatte. Auch nicht, ob das ein Grund war, nicht oder gerade deswegen zu schießen.

»Lass gut sein, Waldi, die gehört zu mir!«

Ich weiß nicht, ob du dich an diesen Moment erinnerst. Ich war jedenfalls unendlich froh, dich wiederzusehen.

»Was ist denn hier los?«, fragte ich dich.

»Versprichst du, nichts darüber zu schreiben? Zumindest so lange nicht, bis wir etwas klarer sehen?«

»Natürlich!«, versprach ich schnell und meinte es wirklich so.

»Verträgst du Blut?«

»Ich denke schon.«

Vor nicht ganz achtundvierzig Stunden hatte ich mehr davon gesehen, als mir lieb gewesen war.

»Dann komm mit.«

»Das kannst du nicht machen! Die Schlampe hat hier nichts zu suchen!«, protestierte der Soldat und hielt weiterhin sein Gewehr auf mich gerichtet. Seine Augen machten mir Angst. Sie leuchteten so hasserfüllt und zornig, dass ich den Schuss fast hören, die tödliche Kugel auf mich zurasen sehen konnte.

»Kann ich und werde ich«, hattest du ruhig geantwortet und den Lauf seiner Waffe nach unten gedrückt.

Bo hielt inne. Hatte Roger ihr eben die Hand gedrückt, oder hatte sie sich das nur eingebildet? Angeblich waren schon etliche Komapatienten plötzlich aufgewacht, wenn beruhigend auf sie eingeredet worden war und Dinge aus der Vergangenheit zu ihnen durchgedrungen waren. Frankfurts Gesicht jedoch blieb unverändert. Er atmete gleichmäßig und ruhig. Seine riesige Hand lag regungslos zwischen Bos Fingern. Also fuhr sie fort.

»Wir haben eine Leiche. Sie ist übel zugerichtet worden. Mit einem Messer.«

Plötzlich waren meine Kopfschmerzen zurück. Ich konnte kaum mit dir Schritt halten. Wir liefen an der Bar vorbei, durch eine schmale Gasse, kaum weit genug für dein breites Kreuz. An deren Ende, zwischen hoch wucherndem Unkraut, stinkenden Müllsäcken und einem Berg zerbrochener Weinflaschen stand ein einsamer Scheinwerfer, der grelles Licht auf einen nackten Körper warf.

»Das ist die Frau, die gestern von dem Soldaten von eben angegriffen worden ist«, stellte ich seltsam emotionslos fest.

Neben den Schnitten an ihrem Oberkörper, die ich schon kannte, da sie ihr bereits am Abend in der Bar zugefügt worden waren, war nun auch ihr Gesicht von Stichen und tiefen Fleischwunden entstellt. Ein Ohr fehlte ganz. Außerdem sah es so aus, als hätte der Täter versucht, sie zu skalpieren. Vielleicht war ihm mittendrin die Kraft ausgegangen oder er war gestört worden. Die Kopfhaut war nur zu einem Drittel abgezogen und hing wie ein schlampig befestigtes Toupet herab. Sie entblößte eine rohe, blutige Masse darunter. Das war zu viel. Ich erbrach die Suppe in einem heißen Schwall.

»Tut mir leid«, stammelte ich mit Tränen in den Augen, während ich mir mit dem Arm über den Mund wischte.

»Meine Schuld«, hattest du geantwortet. »Ich hätte dich nicht herbringen dürfen.«

»Es geht mittlerweile«, versicherte ich schnell. »Gibt es bereits Verdächtige? Wieso läuft der Kerl von gestern Nacht noch frei herum und hat sogar eine geladene Waffe in der Hand?«

»Er hat ein Alibi.«

»Bestimmt.«

»Und kein Motiv.«

»Ha!«

Ja, ich war enttäuscht. Schwer enttäuscht. Arbeitete so die Militärpolizei? Wenn einer aus ihren eigenen Reihen ein Verbrechen verübt hatte, wurde er gedeckt?

»Wir gehen verschiedenen Spuren nach«, hattest du dich entrüstet. »Auf die Frau, Milena, zweiundzwanzig, waren mehrere Leute nicht gut zu sprechen. Zum einen Konkurrentinnen beim Kampf um die Gunst meiner Kameraden. Sie sahen es nicht gern, dass Milena vor allem bei Offizieren Erfolg hatte.«

»Wie du einer bist!«, unterbrach ich dich wütend.

»Ja, wie ich einer bin! Aber wir hatten nichts miteinander!«

Ich wollte deinen Beteuerungen glauben. Die Blutspur, die Milenas nackte Brüste gestern Abend auf deinem Oberarm hinterlassen hatten, ging mir trotzdem nicht aus dem Kopf.

»Denkst du wirklich, dass eine Frau zu so etwas fähig wäre«, rief ich außer mir und deutete mit zitterndem Zeigefinger auf das blutige Bündel zu unseren Füßen, ohne hinzusehen. »Nie und nimmer! Konkurrentinnen, dass ich nicht lache!«

»Wir haben eine zweite Vermutung. Die hat mit dem geheimen Einsatz zu tun, von dem unsere Spezialkräfte eben zurückgekommen sind und dessen Erfolg sie gefeiert haben.«

»Was war das für ein Einsatz?«

»Darüber darf ich nicht sprechen.«

»Schöne Ausrede.«

»Ich kann dir nur so viel verraten, dass Milena den entscheidenden Tipp gegeben hat, was den Aufenthaltsort eines gesuchten Kriegsverbrechers angeht.«

»Milena. Morgens verpfeift sie einen Landsmann und abends geht sie mit dessen Mördern feiern?«

»Ich habe nicht gesagt, dass es einen Toten gab.«

»Natürlich nicht!«

Die letzten Worte spuckte ich fast in deine Richtung. Dann ließ ich dich einfach stehen. Als ich aus der Gasse heraus war, sog ich frische Luft in meine Lungen. An der Leiche hatte ich nur durch den Mund geatmet, um den schrecklichen Geruch nach Tod und Verwesung nicht wahrnehmen zu müssen. Ich lief direkt dem Soldaten in die Arme, den ich der Tat verdächtigt hatte.

»Verpiss dich hier bloß!«, schnauzte er mich an. »Du hast ja eben gesehen, was kleinen Mädchen geschehen kann, die allzu neugierig oder zu aufmüpfig sind.«

Ich sah den Mann lange an. Er war etwas größer als ich. Drahtig, mit kantigem, vorstehendem Kinn und dichten Augenbrauen. Selbst ohne das Sturmgewehr in seiner Hand hätte er mir Angst eingeflößt. In seinem Gebaren lag etwas Wildes. Als ob er sich nur unter unmenschlichen Anstrengungen unter Kontrolle halten konnte, um nicht seinen geheimsten Wünschen und Gelüsten freien Lauf zu lassen. Was, wenn Alkohol oder Drogen die Schutzmauer einrissen? Ich beschloss, dem vermeintlichen Alibi des Mannes auf den Zahn zu fühlen.

»So war das in jenen Tagen«, sagte Bo laut und ließ Frankfurts Hand los. »Und jetzt sitze ich hier an deinem Bett. Wer hätte das damals gedacht.«

Durch die geschlossene Zimmertür drang Gemurmel. Bo konnte die einzelnen Worte nicht verstehen, hörte aber an der Tonlage, dass es sich nicht um einen lockeren Abendplausch handelte. Wahrscheinlich stand ein weiterer Besucher vor der Tür, der von dem Oberstabsgefreiten daran gehindert wurde, den kranken Major aufzusuchen.

Bo stand schnell auf, schob den Stuhl zurück an seinen Platz.

Sie stellte ihre Handtasche auf dem Nachttischchen neben Frankfurts Bett ab, öffnete sie und wühlte darin herum. Als sie endlich gefunden hatte, wonach sie suchte, flog die Tür auf. Männer stürzten ins Zimmer. Einer fiel krachend zu Boden, während ein anderer nach seinem Kopf trat, ihn knapp verpasste. Bo schrie auf, raffte ihre Tasche, kletterte über Frankfurts Bett und sprang an der kämpfenden Gruppe vorbei. Sie schaffte es nicht. Der Oberstabsgefreite hatte sich wieder aufgerappelt. Bo stand hinter ihm. Er traf sie beim Ausholen mit dem Ellenbogen am Kinn. Klappernd schlugen ihre Zähne aufeinander. Sie sah Sternchen, schmeckte Blut, taumelte rückwärts, stieß hart gegen die Wand. Ihre Knie gaben nach, sie rutschte hilflos nach unten, plumpste derb auf den Hintern. Schmerz schoss ihre Wirbelsäule entlang.

Der Mann, für den der Treffer eigentlich bestimmt war, hatte mehr Glück. Er wich dem Schlag aus, klemmte die Hand des Soldaten unter seiner Achsel fest und schlug mit furchtbarer Wucht von oben herab zu, als wollte er mit der bloßen Hand einen Betonblock in zwei Hälften spalten. Bo hörte Knochen brechen. Das Geräusch jagte ihr einen Schauer über den Rücken. Der Soldat stöhnte auf, schaffte es trotz der höllischen Schmerzen, die er unzweifelhaft erleiden musste, sich zu befreien und dem Angreifer mit einem Fußtritt die Beine wegzureißen.

Bo hatte noch keinen klaren Blick auf den anderen Mann werfen können. Allerdings krachte er nun genau vor ihr zu Boden, fing sich gekonnt ab, blieb nur für den Bruchteil einer Sekunde liegen. Ihre Augen trafen sich für einen kurzen Moment. Erkennen flackerte auf. Schon sprang er wieder hoch, ging erneut auf den Soldaten los. Mit gezielten Faustschlägen bearbeitete er dessen verletzten Arm. Der Soldat versuchte sich wegzudrehen, die Schläge mit seiner gesunden Seite zu parieren. Dumpf dröhnten die Treffer durch den Raum, begleitet von keuchendem Stöhnen. Die beiden reagierten so schnell, dass Bo Mühe hatte, ihre Bewegungen zu verfolgen. Langsam verließen den Obergefreiten die Kräfte. Die Schmerzen forderten ihren

Tribut. Nach jedem gekonterten Schlag krümmte er sich tiefer, konnte schon länger keinen eigenen Angriff mehr setzen. Sein Gegner spürte, dass er die Oberhand gewann, tänzelte einen Schritt zurück und holte zu einem entscheidenden Tritt gegen den Kopf des Soldaten aus.

Sein Fuß war bereits in der Luft, als plötzlich ein weiterer Mann in den Raum gerannt kam. Mit der Schulter rammte er den Angreifer, lenkte dessen Schwung um. Sein Kampfstiefel traf die Leichtbauwand und hinterließ ein klaffendes Loch im Gipskarton. Wütend zog er seinen Fuß heraus und wandte sich seinem neuen Gegner zu. Bo hatte den sofort erkannt. Auf dem Boden sitzend schob sie sich an der Wand entlang in Richtung Tür, blieb außerhalb des Sichtfeldes der kämpfenden Männer. Fuchs, kein anderer war der dritte Mann, hatte sich jetzt den Stuhl gegriffen, auf den Bo bis eben gesessen hatte und hielt ihn wie einen Schutzschild vor sich. Auch der Soldat hatte sich wieder etwas erholt. Fast wie in Zeitlupe tastete seine gesunde Hand nach dem Pistolenhalfter und öffnete den Sicherheitsverschluss. Bevor er die Waffe ziehen konnte, verschwand der Angreifer mit einem hohen Satz über Bo hinweg. Die rappelte sich auf und rannte in die entgegengesetzte Richtung, in der Hoffnung, nicht erkannt worden zu sein.

15

Pepe hatte die Straßenbahn genommen – zwangsläufig. Um die Verlustmeldung seiner BMW etwas aufzuschieben, hatte er sich entschlossen, Cem im Krankenhaus aufzusuchen und sich auf den neuesten Stand bringen zu lassen. Außerdem hatte er Restalkohol in sich und hielt es für keine gute Idee, als Interimschef mit einer Fahne in der Kaserne aufzutauchen.

Als er die Tür zu Frankfurts Zimmer offen stehen und den leeren Stuhl davor sah, hatte er sofort ein ungutes Gefühl gehabt. Soweit er den Oberstabsgefreiten Cem bisher kennengelernt hatte, würde der nicht ohne triftigen Grund seinen

Posten verlassen. Also war er losgestürmt und hatte gerade noch rechtzeitig eingreifen können. Jetzt stand Cem neben ihm, straffte sich und wurde, während er seine Hand zum militärischen Gruß nach oben riss, vor Schmerzen ohnmächtig. Er schlug so laut auf dem Boden auf, dass Pepe befürchtete, die ganze Etage würde geweckt werden. Sogar zum Major schielte er hinüber, doch der rührte sich nicht. Nur kurz stockte Pepe, dann übernahmen die antrainierten Routinen. Er beugte sich zu Cem hinunter, rüttelte an seinen Schultern und sprach ihn lautstark an: »Hallo, können Sie mich hören?«

Cem reagierte nicht. Pepe drehte ihn auf den Rücken, überstreckte Cems Kopf und hielt sein Ohr direkt über dessen Ohr, während er den Brustkorb des Oberstabsgefreiten genau im Auge behielt. Cem atmete! Mit geübten Griffen drehte Pepe ihn in die stabile Seitenlage und machte sich auf die Suche nach einem Arzt. Selbst in dem Krankenhaus dauerte es länger als gedacht.

Zwei Stunden später verweilte Pepe erneut an einem Krankenbett. Dieses Mal bei Cem.

»Wie geht es Ihnen?«, fragte er und rutschte auf dem harten Stuhl hin und her. Er war schon von Natur aus nicht für sozialen Small Talk geschaffen. Und nun war er auch noch der Vorgesetzte des Oberstabsgefreiten, der mit einem bis zur Schulter geschienten Arm vor ihm lag und sich krampfhaft bemühte, trotz allem Haltung zu bewahren.

»Den Umständen entsprechend«, antwortete Cem knapp. »Wer ist beim Major?«

»Feldwebel Gehricke.«

»Sie hat doch frei. Wegen eines wichtigen, privaten Termins.«

»Jetzt nicht mehr.«

Cem drehte den Kopf zur Seite und erwiderte nichts.

»Haben Sie den Angreifer erkannt?«

»Nein!«, blockte Cem ab, ehe Pepe die Frage zu Ende gestellt hatte.

»Aber ich. Er heißt Kilian Verkerk.«

Cem vermied es, Pepe direkt anzusehen. Der zog seinen Stuhl näher an Cems Bett, beugte sich zu ihm herüber und blaffte ihn mit schneidender Stimme an: »Wenn Sie nicht sofort mit der ganzen Wahrheit herausrücken, sorge ich dafür, dass Sie den Rest Ihrer Dienstzeit allenfalls den Verkehr regeln. Und zwar auf dem Truppenübungsplatz Ohrdruf. Verstanden?«

»Jawohl, Herr Oberfeldwebel!«

»Dann los!«

Cem mühte sich in eine nahezu aufrechte Sitzposition. Einarmig strich er die Decke über seinen Beinen glatt und holte tief Luft.

»Kilian Verkerk ist der Grund, warum mich Major Frankfurt in die Straßenrennszene eingeschleust hat.«

Das hatte sich Pepe bereits gedacht. Nicht umsonst hatte der Major den Namen in der Akte des mit Gold behängten Igor Fischer unterstrichen.

»Sie kennen sich also!«

»Ja.«

»Hat er Sie deswegen oder trotzdem verprügelt?«

»Er hat mich nicht verprügelt!«, protestierte Cem und wurde rot im Gesicht.

»Sieht für mich aber ganz so aus«, entgegnete Pepe und zeigte mit einem Kopfnicken auf Cems geschienten Arm. Der schluckte daraufhin hörbar und schwieg.

»Haben Sie deshalb nicht gleich die Waffe gezogen, weil Sie sich kannten?«

»Ich war überrascht, ihn im Krankenhaus zu sehen. Und ihm ging es nicht anders. Als er mich in Uniform gesehen hatte, ist er sofort auf mich losgegangen. Wie ein Berserker.«

Sie sahen sich einen Moment lang schweigend an. Cem hielt Pepes stechendem Blick stand.

»Warum ist der Alte an ihm interessiert?«, wollte der als Nächstes wissen.

»Das hat er mir nicht anvertraut.«

Pepe schaute Cem mit zusammengekniffenen Augen an. Im Laufe der Zeit hatte er ein Gespür dafür entwickelt, wann ihn ein Gegenüber anlog und wann nicht. Bei Cem versagten seine Antennen.

»Was hat Frankfurt genau von Ihnen verlangt?«, bohrte Pepe weiter.

»Ich sollte mich möglichst unauffällig an Kilian dranhängen. Seinen Freundes- und Bekanntenkreis erfassen, jeden Kontakt zu Personen innerhalb der Bundeswehr melden.«

»Gab es solche Kontakte?«

»Nicht dass ich wüsste. Verkerk ist ein Einzelgänger. Mit niemandem ist er wirklich gut befreundet. Aber er wird von allen respektiert, da er unheimlich schnell Autofahren kann. Hängt wohl damit zusammen, dass er vor nichts und niemandem Angst hat. Außerdem fürchten viele seine Aussetzer. Sie nennen ihn Verkerk the Berserk. Allerdings nur, wenn er nicht dabei ist.«

»Haben Sie einen solchen Aussetzer jemals miterlebt?«

»Vorhin.«

Richtig. Und Pepe auch. Wenn er nicht rechtzeitig erschienen wäre, hätte Verkerk Cems Kopf als Fußball benutzt und ihm weitaus größere Schäden zugefügt als den gebrochenen Arm. Verkerk und Frankfurt hatten eine gemeinsame Vergangenheit, daran bestand für Pepe kein Zweifel. Allerdings war der Major bedeutend älter, konnte sogar sein Vater sein. Halt! War das des Rätsels Lösung? Verkerk als verloren geglaubter Sohn? Hatte Bo nicht davon gesprochen, welche Wirkung Frankfurt als junger Leutnant auf die Frauen gehabt hatte? Es passte trotzdem nicht in das Bild, das Pepe von seinem Chef hatte. Er würde sich als Nächstes Verkerks Akte besorgen. In ihr musste der Schlüssel liegen. Damit war klar, wer den Major ins Koma befördert hatte. Und heute war Verkerk zurückgekehrt, um Frankfurt den Rest zu geben. Gut, dass Cem auf seinem Posten gewesen war. Nur eine Frage blieb offen.

»Warum haben Sie Bo Busch zum Major durchgelassen?«

Obwohl sie sich alle Mühe gegeben hatte, unerkannt zu verschwinden, war sie Pepe auf den ersten Blick aufgefallen.

»Die kleine, dicke Frau?«

»So klein ist die gar nicht.«
»Das war ein direkter Befehl.«
»Ein Befehl?«, stutzte Pepe. »Von wem?«
»Oberstleutnant Vogler.«
Pepe pfiff durch die Zähne. Vogler war zwar nicht der oberste Chef aller Feldjäger, aber höchstens zwei Köpfe davon entfernt. Wer oder was hatte den veranlasst, einem kleinen Oberstabsgefreiten einen direkten Befehl zu erteilen? Die Sache wurde immer verworrener. Weit auf dem Stuhl zurückgelehnt starrte Pepe an die Decke. Im Moment konnte er keinen klaren Gedanken fassen. Eines war sicher: Er musste erneut mit Bo Busch sprechen. Doch vorher würde er Johnny einen Besuch abstatten. Durch seinen überstürzten Aufbruch beim letzten Mal hatte Pepe nicht halb so viele Informationen bekommen, wie er sich gewünscht hatte. Dabei schien der Kellner gut informiert zu sein.
»Es wird ein Rennen geben.«
Grübelnd hatte Pepe Cems Worte gehört, ohne sie zu verstehen.
»Wie bitte?«
»Morgen. Mitternacht. In Eisenach. Ein Straßenrennen. Verkerk wird dort sein.«
»Verlässlich?«
»Ziemlich. Er ist einer der besten und schnellsten Fahrer. Auf ihn wird gewettet. Da ist viel Geld in Umlauf. Daher gibt es recht zahlungskräftige Zuschauer. Auf das Ereignis habe ich hingearbeitet. Ich bin davon überzeugt, dass dort die Bundeswehrverbindungen offensichtlich werden, hinter denen der Major her ist.«
»Gegen wen wird er fahren?«
Cem strich über seine Bettdecke, als wollte er sie mit der bloßen Hand ausgehfein bügeln.
»Gegen wen wird er fahren?«, wiederholte Pepe seine Frage und stand auf.
»Gegen mich.«
»Scheiße!«

»Ja, Scheiße.«

»Geht das mit dem Arm?«

»Auf keinen Fall!«

»Was passiert, wenn Sie nicht antreten?«

»Dann muss ich den gesamten Einsatz aufbringen und die Wetter auszahlen. Außerdem wird das Ganze natürlich abgesagt und die Spur wird kalt.«

»Scheiße!«, fluchte Pepe.

»Ja, Scheiße«, stimmte ihm Cem erneut zu.

»Und wenn Sie nicht zahlen?«

Die Frage war dämlich, das wusste Pepe selbst.

»Das ist keine Option. Niemand zahlt nicht und lebt unbehelligt weiter. Irgendwann zahlen alle.«

»Wie läuft das ab?«

»Wie läuft was ab?«

»Das Rennen.«

Cem schien kurz nachdenken zu müssen. Er kratzte sich mit seiner gesunden Hand am Hinterkopf.

»Die Kontrahenten treffen sich auf einem Parkplatz. Meist bleiben sie in ihren Fahrzeugen sitzen, lassen die Motoren ein- oder zweimal aufheulen, damit sich die Spieler einen Eindruck verschaffen können«, begann er schließlich schleppend zu erzählen, wurde jedoch mit der Zeit sicherer. »Auf Signal des Spielleiters hin beginnt eine große Digitaluhr rückwärts zu laufen. Innerhalb von fünf Minuten müssen alle Wetten platziert werden. Springt die Uhr auf null begeben sich die Fahrzeuge zur Startlinie. Die Strecke wird gesperrt und sobald die Posten grünes Licht geben, lässt eine junge Dame einen BH fallen und es geht los. Vollgas.«

»Keine weiteren Regeln?«

»Nein. Der Erste, der die kombinierte Start- und Ziellinie überquert, hat gewonnen.«

Jetzt war es Pepe, der sich am Kopf kratzte. Er wischte sich mit der flachen Hand über seinen rasierten Schädel, bevor er fragte: »Und Verkerk wird auf jeden Fall dort sein?«

»Hundertprozentig.«

»Gut, dann fahre ich.«

»Wie bitte?«

Cem starrte Pepe an, als hätte der eben verkündet, Bundeskanzlerin werden zu wollen.

»Können Sie denn Autofahren?«, fragte er nach einer kurzen Pause vorsichtig.

»Selbstverständlich!«

Cems Mundwinkel bildeten ein Fragezeichen.

»So schwer kann das ja nicht sein«, schob Pepe nach.

Daraufhin schlug Cem seine sorgfältig glatt gestrichene Zudecke zurück und schwang die Beine aus dem Bett.

»Wo wollen Sie denn hin?«, fragte Pepe und wusste nicht, ob er Cem anfassen und zurückdrücken sollte oder nicht. Er war aufgesprungen und hielt seine Handflächen in Cems Richtung, als ob er ihn durch pure Willenskraft aufhalten könnte.

»Wir machen eine Fahrstunde«, sagte der. »Mal schauen, was Sie draufhaben.«

»Erst ziehen Sie sich etwas an«, insistierte Pepe. In letzter Zeit hatte er zu viele halb nackte Männer gesehen.

»Ich fürchte, dabei benötige ich etwas Hilfe«, entgegnete Cem und hielt seinen geschienten Arm hoch. Pepe legte den Kopf in den Nacken, verdrehte die Augen, griff aber zu. Gerade als er vor Cem kniete und versuchte, dessen Hosenschlitz zu schließen, wobei seine Zunge jeder Bewegung seiner Finger folgte, ging die Tür auf.

»Oh, Entschuldigung, ich wollte nicht stören«, stotterte eine Frauenstimme, die Pepe vertraut vorkam. »Pepe? Bist du das?«

Verdammt. Miriam. Dr. Miriam Quinn. Sie war abrupt stehen geblieben, als wäre sie in flüssigen Beton getreten.

»Ja«, antwortete Pepe gedehnt und schob schnell nach: »Es ist nicht das, wonach es aussieht. Der Oberstabsgefreite hat nur etwas Hilfe gebraucht.«

»Ja«, fiel Cem Pepe ins Wort. »Aber ich kann es jetzt auch allein zu Ende bringen.«

»Davon bin ich überzeugt«, erwiderte Miriam und stemmte ihre Fäuste so heftig in die Hüften, dass ihre Brüste einen heftigen Satz auf und ab machten.

»Ich warte dann draußen«, beeilte sich Cem zu sagen und stapfte mit offenen Schnürsenkeln und nur halb angezogener Uniformjacke nach draußen. Als er die Tür hinter sich geschlossen hatte, baute sich Miriam vor Pepe auf.

»Hast du es dir in der Zwischenzeit überlegt?«, zischte sie drohend.

»Was?«, fragte Pepe scheinheilig zurück, um Zeit zu gewinnen.

»Die Sache mit Hasso von Hartmann natürlich!«, erwiderte Miriam laut und kam noch näher. Pepe konnte ihr Parfüm riechen. Und eine kleine Schweißnote. Die Morgenvisite forderte sie anscheinend sehr. Ihre Wangen glühten, die Augen funkelten. Unweigerlich musste er an ihr letztes Treffen denken und versuchte, sich schnell wieder abzulenken.

»Leute, die im Hintergrund bleiben möchten, haben Geld zugesagt. Viel Geld. Gezahlt wird nach erfolgreichem Abschluss«, fuhr Miriam fort.

Pepe musste schmunzeln. Vielleicht sollte er Cem zurückholen. Da er an dem Rennen offensichtlich nicht teilnehmen konnte, käme ihm das viele Geld gerade recht. Und dazu musste er nur einen Finger, den Abzugsfinger, krümmen.

»Was gibt es denn da zu grinsen?«, fuhr Miriam ihn an. »Wir meinen es ernst! Verdammt ernst! Du weißt, dass ich in Afghanistan war. Die vielen Toten und Verwundeten, die verstümmelten Kinder haben mir gereicht. Für mehr als ein Leben. Das Letzte was ich möchte, ist, dass ein Kriegstreiber in Deutschland an die Macht kommt. Hasso von Hartmann stürzt uns alle ins Verderben!«

Pepe hob beide Hände und ging auf Abstand.

»Miriam, ich kann unmöglich jemanden erschießen, nur weil er vielleicht in Zukunft etwas tun könnte, was dir nicht gefällt«, wehrte er energisch ab. »Ich bin Polizist!«

»Es wäre ja nicht das erste Mal!«, antwortete sie am ganzen Körper zitternd.

Damit hatte sie recht. Leider. In seiner Dienstzeit hatte er schon einige Leben genommen, allerdings immer in Notwehr und nie kaltblütig. Und erst recht nicht für ein Kopfgeld. Jeder Tote lag schwer auf seiner Seele. Manchmal sah er ihre Gesichter in seinen Träumen.

»Wir sind noch nicht fertig miteinander!«, sagte Miriam schließlich, als Pepe nicht reagierte. Sie machte auf dem Absatz kehrt, riss die Tür auf und rannte fast aus dem Krankenzimmer. Pepe wurde ebenfalls wütend. Was war denn nur los mit ihr? Sie hatte einen Eid geschworen, den Menschen zu helfen und wollte nun einem das Leben nehmen? Sollte sie es doch selbst tun! Ein Kopfgeld! In welchem Jahrhundert lebten sie denn? Verrücktes Weibsstück!

»Alles in Ordnung?«, fragte Cem, um den Türrahmen schielend.

»Alles bestens. Lassen Sie uns eine Testfahrt machen.«

Cems Auto stand auf dem obersten Parkdeck der Klinik. Es glänzte in der aufgehenden Sonne, als wäre es frisch aus dem Laden gerollt. Pepe betrachtete das Fahrzeug von allen Seiten, ehe er den Zündschlüssel entgegennahm.

»Das ist ein Skoda«, stellte er überrascht fest. Der riesige Schriftzug quer über die Fahrertür war nicht zu übersehen.

»Ein Fabia R5 evo.«

»Sollte ich beeindruckt sein?«, fragte Pepe, als er Cems verträumten Gesichtsausdruck sah. Er hatte das Gefühl, dass der Oberstabsgefreite sein Auto am liebsten in den Arm genommen hätte. In den gesunden auf jeden Fall.

»Allerdings. Dieses Fahrzeug startet in der Rallye-Weltmeisterschaft. Allrad. Sportfahrwerk. Knapp dreihundert PS bei nur 1200 Kilogramm Gewicht«, spulte Cem die Fakten herunter und strich nun tatsächlich über das grün, weiß und schwarz lackierte Auto und ließ seine Fingerspitzen über den Heckspoiler gleiten.

»Okay.« Pepe entriegelte das Auto mit der Funkfernbedienung.

Cem ging langsam zur Beifahrerseite, öffnete zärtlich die Tür und ließ sich mit einem schmerzhaften Aufstöhnen in den engen Schalensitz fallen. Sein verletzter Arm schlug erst gegen den Überrollkäfig, dann gegen die Kopfstütze und am Ende auf das Armaturenbrett. Letztendlich half die Schwerkraft und Cem angelte mit verkniffenem Gesicht den Gurt und schnallte sich an. Obwohl Pepe fit war, hatte er nicht weniger Mühe, sich hinter das Lenkrad zu zwängen. Cem glich von der Statur eher einem Jockey, Pepe dagegen einem zu kurz geratenen Gewichtheber.

»Ist das ein Kindersitz, oder was?«, beschwerte er sich und versuchte, seinen massigen Körper einigermaßen bequem in der engen Sitzschale unterzubringen.

»Für guten Seitenhalt in schnellen Kurven«, belehrte Cem ihn. »Denn Kurven kann er, der Fabia.«

»Aha.« Pepe trat zwei-, dreimal auf alle Pedale, ehe er den Startknopf drückte. Nichts passierte. Er versuchte es erneut. Das Radio begann zu dudeln.

»Sie müssen die Kupplung treten und danach auf den Knopf drücken«, wies Cem ihn an und drehte die Lautstärke herunter.

Tatsächlich. Der Motor sprang scheppernd an. Das Geräusch klang, als ob ein Sack gefüllt mit rostigen Kettengliedern unter der Haube eingelagert war.

»Ist der kaputt?«

»Nein, getuned.«

»Aha. Wo ist denn hier der Rückwärtsgang?«, wollte Pepe als Nächstes wissen und ruckelte an dem Schalthebel hin und her.

Sachte legte Cem seine Hand auf Pepes.

»Er hat ein sequenzielles Getriebe«, sagte er sanft. »Geschaltet wird, indem man den Hebel nur nach vorn oder nur nach hinten bewegt. Der Rückwärtsgang wird über diesen Schalter freigegeben.«

»Freigegeben?«

Cem nickte und Pepe betätigte den Schalter. Dann ließ er die Kupplung kommen. Der Skoda machte einen Satz, als wäre er von einem Riesen als Fußball benutzt worden. Der Motor jaulte kurz auf und erstarb.

»Der Schleifpunkt kommt aber früh«, wunderte sich Pepe, während sich Cem mit seiner gesunden Hand im Sitz verkrallte.

»Sind Sie sicher, dass wir das machen wollen?«, fragte er vorsichtig. »Das Auto ist sauteuer und hat kaum Kilometer drauf.«

»Natürlich«, antwortete Pepe, startete den Motor erneut und trat aufs Gaspedal. Das Auto schoss nach hinten, schrammte haarscharf unter einem schräg montierten Stützpfeiler hindurch und raste rückwärts über eine schmale Rampe, die zwei Parkhaushälften miteinander verband.

Cem schrie auf, als hätte er sich die Finger in der Tür geklemmt. Pepe stimmte ein, überrascht von der Kraft des Turbomotors. Mit einem gewaltigen Satz hob der Fabia ab, verlor Bodenkontakt mit allen vier Rädern, bevor er hart auf dem Nachbardeck aufschlug. Pepe riss das Lenkrad herum. Der Skoda drehte sich kreischend, nur knapp leiser als Pepe und Cem, mit durchdrehenden und qualmenden Reifen einmal um sich selbst und kam erst zum Stehen, als Pepe sich mit beiden Füßen gegen das Bremspedal stemmte. Im gleichen Augenblick schnellte Cem nach vorn, erreichte endlich den Start-/Stoppknopf und rammte seinen Finger drauf. Der Motor starb ab.

»Sind Sie wahnsinnig?«, brüllte Cem, obwohl im Innenraum längst wieder Ruhe eingekehrt war. Wie Nebel waberte verbrannter Gummi als Rauchschwaden über die Windschutzscheibe. »Ein Wunder, dass die Rampe nicht eingekracht ist! Sie haben ja wohl komplett einen an der Waffel! Was für ein Zufall, dass Sie mein Auto nicht geschrottet haben. Ganz zu schweigen davon, dass wir jemanden hätten überfahren können. Sind Sie vollkommen irre, oder was? Das gibt es doch nicht! Verdammte Scheiße, verdammte!«

Pepe ignorierte die Tirade. Er öffnete vorsichtig die Tür und sah sich um.

»Perfekt eingeparkt«, stellte er fest. »Genau zwischen den Strichen.«

Cem kam viel schneller aus dem Wagen, als er hineingekommen war. Er musste sich mit der gesunden Hand auf dem

Fahrzeugdach abstützen, während er weit nach vorn gebeugt schwer durchatmete. Pepe befürchtete, dass der Oberstabsgefreite sich jeden Moment übergeben würde. Eine volle Minute verging, ehe er sich einigermaßen im Griff hatte.

»Ich habe eine andere Idee«, sagte Cem schließlich, bedeutend ruhiger. »Steigen Sie aus, ich fahre.«

»Geht das denn, mit Ihrem Arm?«

»Auf jeden Fall besser, als wenn Sie am Steuer sitzen.«

16

Bo hatte den Tag über laufend auf ihr Handy gestarrt. Seltsamerweise hatte es keinen Mucks von sich gegeben. Niemand hatte angerufen. Kein Oberfeldwebel Pepe S. Fuchs, der sie zu dem Vorfall im Krankenhaus befragen wollte, kein verunsicherter Mitarbeiter, der neue Instruktionen benötigte, kein Hasso von Hartmann, der aufgrund der letzten Ereignisse seine Wahlchancen schwinden sah. Sie hätte sich also entspannt zurücklehnen können. Tat sie aber nicht. Eine innere Unruhe trieb sie um, die kaum auszuhalten war. Nicht eine Minute konnte Bo still sitzen. Sie lief durch die vier Zimmer ihrer Erfurter Altbauwohnung wie eine zu lange eingesperrte Bärin. Dass die Zeit in Primošten plötzlich wieder präsent war, tat ihr nicht gut. Überhaupt nicht gut.

Der Teekessel pfiff. Bo goss heißes Wasser über eine Wildkräutermischung und nahm die dampfende Tasse mit ins Wohnzimmer. Zum x-ten Mal sah sie auf die Uhr. In weniger als einer Stunde würde sie sich mit Hasso treffen. Sie sah dem Termin mit gemischten Gefühlen entgegen. Eigentlich wollten sie nur die letzten Details vor dem großen Auftritt des Ex-Generals am Eisenacher Burschenschaftsdenkmal durchgehen. Doch Bo war sich sicher, dass sie unangenehme Fragen würde beantworten müssen. Wenn es hart auf hart kam, würde sie das Handtuch werfen. Es gab keine Alternative. Falls ihre Vergangenheit Hassos Kandidatur schaden könnte, würde sie aus seinem Team ausscheiden. Es wäre nicht das erste Opfer, das sie bringen würde und bei Weitem nicht das schwerste.

»Bo, meine Liebe, komm setz dich«, empfing Hasso von Hartmann sie zwei Stunden später in seiner Wahlkampfzentrale.

Er rollte hinter seinem Schreibtisch hervor und deutete auf ein breites Sofa. Der Ex-General strahlte noch immer militärische Härte aus. Er war drahtig, gebräunt, mit klugen, freundlichen Augen unter buschigen Brauen. Seine Miene konnte sich allerdings in Bruchteilen einer Sekunde in eine angsteinflößende Maske verwandeln. So wie jetzt eben.

»Wird Primošten zum Problem?«, fragte er drohend und ließ seinen Rollstuhl direkt neben ihren Beinen gegen die Couch stoßen. Das Sofa ruckte, der Schlag übertrug sich auf Bos Körper.

»Nein«, log sie und rutschte etwas beiseite.

Von Hartmann sah sie scharf an. »Wir sind fast am Ziel«, sagte er mit kalter Stimme. »Die Umfragewerte gehen weiter nach oben.«

»Ich weiß.«

»Die linke Presse wartet nur darauf, dass wir einen Fehler machen. Sie wühlen im Dreck. Wir müssen sicher sein, dass sie nichts finden!«

»Werden sie nicht.«

»Ich bewundere deinen Optimismus, kann ihn jedoch nicht teilen«, entgegnete von Hartmann und rollte zu seinem Schreibtisch hinüber. Dort drückte er den Knopf einer altmodischen Gegensprechanlage.

»Jawohl, Herr General?«

»Kommen Sie her, sofort!«

Kaum hatte von Hartmann ausgesprochen, flog die Tür auf und ein athletischer Mittdreißiger in einem teuren Anzug betrat das Büro. Arthur Tetzlaff, Hassos neuer Leibwächter und Mädchen für alles. Bo hatte ihn noch nie leiden können, fürchtete sich sogar vor ihm. Außerdem vermutete sie schon länger, dass die beiden mehr als nur ein dienstliches Verhältnis miteinander hatten. Seit der eigentliche Bodyguard des Ex-Generals krankheitsbedingt ausgefallen war, wich Tetzlaff praktisch nicht mehr von der Seite seines Chefs. Und er machte keinen Hehl daraus, dass er sie ebenfalls nicht ausstehen konnte. Anscheinend sah er sie als Bedrohung. Nichts konnte falscher sein.

»Erzählen Sie von dem Kellner«, forderte von Hartmann ihn auf.

»Der redet«, warnte Tetzlaff. »Mit diesem kleinen Oberfeldwebel von den Feldjägern zum Beispiel.«

»Worüber?«, fragte Bo und spürte, wie ihr warm wurde.

»Über Sie.«

»Das ist kein Problem«, entgegnete sie schnell.

»Da bin ich anderer Meinung«, unterbrach sie von Hartmann unwirsch. »Kümmer dich darum, oder ich werde es tun! Wäre nicht das erste Mal, dass ich die Dinge selbst in die Hand nehme!«

»Soll ich, Herr General?«, bot sich Tetzlaff an, während sich seine Wangen vor freudiger Erwartung rosa verfärbten. Er rieb sich die Hände, als würde er eine Pflegelotion auftragen.

»Pfeif deinen Bluthund zurück«, entgegnete Bo und sprang auf. »Ich habe die Situation völlig unter Kontrolle!«

Tetzlaffs Körper straffte sich. Seine Hände erstarrten urplötzlich und ballten sich schließlich zu Fäusten. Mit seinem vorgereckten Kopf sah er so aus, als wollte er sich jeden Moment auf Bo stürzen. Von Hartmann beobachtete beide genau, schien es auf eine direkte Konfrontation ankommen lassen zu wollen. Dann rollte er doch zwischen Bo und Tetzlaff.

»Okay, aber sobald ich das Gefühl habe, die Sache läuft aus dem Ruder, übernehme ich«, entschied er. »Wir sind ein Team, haben gemeinsam so viel erreicht. Das können wir kurz vor dem Ziel nicht wegwerfen! Vergesst eure Befindlichkeiten und reißt euch am Riemen!«

Mit einem Nicken schickte er Tetzlaff aus dem Raum. Bo war froh, dass er weg war. Sie wollte etwas sagen, verkniff es sich im letzten Moment.

»Er ist ein guter Mann«, räumte von Hartmann ein und wechselte das Thema. »Für Eisenach ist alles vorbereitet?«

»Selbstverständlich«, antwortete Bo und ärgerte sich über die Frage. Zog Hasso etwa ihre berufliche Kompetenz infrage? Bisher hatte sie den Wahlkampf des Ex-Generals ohne jeden Fehler organisiert. Sie war der Dreh- und Angelpunkt gewesen. Alles lief über ihren Schreibtisch, sie kümmerte sich um jedes Detail. Von Hartmann kannte nicht einmal die Hälfte der Probleme, die sie ihm bisher vom Hals geschafft hatte. Ehe sie den Ex-General daran erinnern konnte, ging die Bürotür erneut auf und ein Mann betrat den Raum ohne anzuklopfen. Obwohl Bo ihn noch nie persönlich getroffen hatte, erkannte sie ihn sofort. Zwar trug er heute zivil, trotzdem schrie jede Faser seines Körpers Militär. Oberbootsmann Candy Schulze bewegte sich wie jemand, den ein starker Muskelkater plagte. Er ging leicht gebückt, die Augen in seinem blassen Gesicht wurden von tiefschwarzen Augenringen umrahmt.

Als er Bo sah, blieb er mit der Türklinke in der Hand stehen und schaute zu von Hartmann hinüber. Der nickte nur kurz. Also schloss Schulze die Tür hinter sich, lief zum Schreibtisch des Ex-Generals hinüber und legte seine schwere Aktentasche darauf ab, als würde das Büro ihm gehören. Seine Unverfrorenheit machte Bo wütend, sorgte aber auch für eine fiebrige Erregung. Schulze arbeitete für den Militärischen Abschirmdienst, den Geheimdienst der Bundeswehr. Dass der mit MAD abgekürzt wurde, war oft mehr Omen statt Nomen. Doch der heutige, unangekündigte Besuch, selbstsicher und übernächtigt, konnte nur eines bedeuten: Es gab Neuigkeiten aus Afrika.

»Oberbootsmann, welch gelungene Überraschung«, empfing von Hartmann den Gast und konnte oder wollte die freudige Erwartung in seiner Stimme nicht unterdrücken.

»Herr General«, entgegnete Schulze und deutete eine Verbeugung an. »Ich wollte Sie über die neuesten Entwicklungen persönlich informieren. Und da mir zu Ohren gekommen ist, dass Sie in letzter Zeit einige Sicherheitsprobleme hatten, habe ich den direkten Weg vorgezogen. Schließlich können wir es uns nicht erlauben, dass eine gegnerische Gruppe von unserem Vorhaben Wind bekommt.«

»Sicherheitsprobleme?« Von Hartmanns gute Laune hatte sich schlagartig verflüchtigt.

»Ich rede von Ihrem zusammengeschlagenen Leibwächter. Man hat die Täter noch nicht gefunden, richtig?«

Jetzt musste Bo schmunzeln. Nach ihren Informationen war der große starke Mann von einer zierlichen Frau und einem kleinen Mann überwältigt worden. Seine Aussagen waren bisher nur recht vage gewesen, da er sich an Einzelheiten kurz vor seiner Ohnmacht nicht mehr erinnern konnte – oder wollte. Leider hatten die Sicherheitskameras im Krankenhaus kein klares Bild aufgezeichnet. Nur flüchtig war ein merkwürdiges Pärchen zu sehen gewesen, wobei es so aussah, als trüge der Mann seine Partnerin auf der Schulter durch die Krankenhausflure. Für einen winzigen Augenblick wurde ihr nacktes Hinterteil auf Video gebannt. Leider waren die Aufnahmen zu unscharf, um eine Identifikation zu ermöglichen. Trotzdem hatte Bo einen unbestimmten Verdacht, wer darauf zu sehen war.

»Ich hoffe, diese Unannehmlichkeiten nehmen keinen Einfluss auf Ihre Wahlkampagne«, fuhr Schulze fort. Als wäre er hier zu Hause, fing er an, seine Tasche auszupacken. Er stellte einen transportablen Beamer auf den Schreibtisch und schloss seinen Laptop an. Dann zog er die Vorhänge vor dem hohen, zweiflügligen Fenster zu. Während er zur Schaltereinheit neben der Tür hinüberging, redete er weiter: »Wir haben viel in Sie investiert, Herr General. Daran muss ich Sie natürlich nicht erinnern. Viele einflussreiche Leute bauen darauf und setzen große Hoffnungen in Sie. Bislang fließen die Spendengelder unbeeindruckt. Sollte sich hingegen andeuten, dass Sie etwas verbergen, etwas unter den Teppich kehren wollen, was unseren Sieg gefährden könnte und wir dadurch am Wahltag tatsächlich scheitern ...«

Schulze machte eine kurze Pause, ließ seine Finger über dem Schalter schweben, der eine an der Decke befestigte Leinwand nach unten fuhr.

»Dass Sie einen Teil der Wahlkampfgelder in Afrika investiert haben, könnten einige Beteiligte sicherlich verschmerzen«, fuhr er schließlich fort. »Aber was denken Sie, was passiert, wenn Sie wegen irgendeiner Lappalie nicht gewählt und die Hoffnungen unserer Rüstungsindustrie enttäuscht werden? Noch ist Deutschland der viertgrößte Waffenexporteur der Welt. Wir liegen sogar vor den Chinesen. Doch die linke Politik der letzten Jahre macht es unserer Industrie immer schwerer, ihre Produkte an den Mann zu bringen. Denken Sie nur an die gestoppten Waffenlieferungen nach Saudi-Arabien. Patrouillenboote, Flugzeuge, Hubschrauber, Lastkraftwagen. Waren im Wert von beinahe einer halben Milliarde Euro. Einfach in den Wind geschlagen. Und das alles wegen eines toten Journalisten. Dann der katastrophale Zustand unserer Ausrüstung. Nur etwa siebzig Prozent unseres Hauptwaffensystems sind einsatzbereit. Und selbst die sind veraltet.«

»Das reicht«, donnerte von Hartmann dazwischen, sodass Bo erschrocken zusammenzuckte. Sie hatte den Ex-General schon lange nicht mehr seine Stimme erheben hören. »Wir haben die Situation vollständig unter Kontrolle, nicht wahr, Dr. Busch?«

»Ja, haben wir«, bestätigte Bo, vermied es dabei tunlichst, Schulze anzusehen. Stattdessen inspizierte sie ihre Schuhspitzen. Sie würde wohl oder übel eine schwerwiegende Entscheidung treffen müssen.

»Und zu Afrika habe Sie mich ja wohl überredet«, fuhr von Hartmann in scharfem Ton fort.

»Das habe ich«, bestätigte der Oberbootsmann. »Und heute bin ich hier, um über unsere Fortschritte zu berichten.«

Mit diesen Worten schaltete er das Licht aus und lief im Halbdunkel sicher zu seinem Laptop.

»Gestern Nacht sind unsere Spezialkräfte einem Erfolg versprechenden Hinweis nachgegangen«, sagte er und startete ein Video, das großformatig auf der Leinwand wiedergegeben wurde.

Die Aufnahme begann mit einem Hubschrauberüberflug

über eine braune, wüstenähnliche Landschaft. Der Helikopter flog so tief, dass seine Rotorblätter schwere Staubfahnen aufwirbelten. Am Horizont kamen Hütten in Sicht. Unzählige, dicht an dicht gedrängte Lehmhäuser, die sich farblich kaum von der Erde abhoben, auf der sie standen. Der Hubschrauber stieg höher und ließ langsam das gesamte Ausmaß der Siedlung erkennen. Je weiter er sich dem Kern der Stadt näherte, desto höher und moderner wurden die Gebäude, wuchsen aber kaum über fünf Etagen hinaus. Jetzt waren auch einzelne grüne Bäume und Büsche zu erkennen, die wie Leberflecke auf brauner Haut wirkten. Eine große zweispurige Straße zog sich wie eine Lebensader durch das Häusermeer. Auf ihr wimmelte es nur so vor Fahrzeugen aller Art.

»Wo ist das?«, fragte von Hartmann, da der Überflug kein Ende zu nehmen schien.

»Ouagadougou«, antwortete Schulze.

»Und das ist wo?«

»Burkina Faso. Ist die Hauptstadt«, merkte Bo an und biss sich sofort auf die Zunge. Von Hartmann konnte es auf den Tod nicht ausstehen, wenn er der Einzige in einem Raum war, der etwas nicht wusste.

»Was machen wir in Burkina Faso?«, fragte er sofort gereizt weiter. »Unsere Truppen stehen doch in Mali!«

»Burkina Faso grenzt an Mali«, präzisierte Schulze. »Wir folgen dem angesprochenen Tipp. Der Überflug hat bereits letzte Woche stattgefunden. Als Aufklärungsmission. Gestern Nacht sind wir dann rein.«

»Was heißt, wir sind rein?«, fragte Bo. Was sie absolut nicht gebrauchen konnte war, dass von Hartmann in eine illegale Aktion deutscher Soldaten in einem afrikanischen Land involviert war. Der Einsatz in Mali war durch ein internationales Mandat gedeckt. Eine private Aufklärungsmission in einem Nachbarstaat auf keinen Fall.

»Sie werden es gleich sehen«, entgegnete Schulze und öffnete eine zweite Videodatei.

Erneut begann der Film mit einem Hubschrauber. Dieses

Mal war der schwach beleuchtete Innenraum zu sehen, offensichtlich von der Helmkamera eines Soldaten aufgenommen. Fünf weitere Männer tauchten in seinem Sichtfeld auf. Sie trugen Wüstenuniformen ohne Hoheitszeichen, Sturmmasken, die ihre Gesichter verbargen. Außerdem waren sie schwer bewaffnet, mit Gewehren der neuesten Generation.

Obwohl es stockdunkel war, flog der Helikopter tiefer als im ersten Video. Aufgeschreckte Tiere stoben von fahler Notbeleuchtung angestrahlt davon. Immer wieder waren dumpfe Schläge zu hören, wenn aufgewirbelte Steine oder fliehende Vögel auf die Karosserie trafen. Die Männer sprachen kein Wort. Einige hatten den Kopf zurückgelehnt und die Augen geschlossen, anderen überprüften ihre Waffen. Die Piloten auf den Vordersitzen checkten in regelmäßigen Abständen ihre Instrumente.

Obgleich die Bilder eintönig wirkten, spürte Bo, wie ihre Anspannung mit jeder verstrichenen Sekunde stieg. Die Vorahnung, dass die Situation jeden Moment eskalieren würde, ließ ihre Finger kribbeln. Dann brach die Hölle los. Unvermittelt peitschten Schüsse durch die Nacht. Die Maschine wurde mehrfach getroffen. Ein Alarm heulte auf. Der Hubschrauber schüttelte sich wie ein wildes Tier im Todeskampf. Männer wurden von ihren Sitzen gerissen. Einer schlug mit dem Gesicht voran hart auf einen Feuerlöscher und blieb regungslos liegen. Das Licht fiel vollständig aus. Nur noch Umrisse waren schemenhaft zu erkennen. Jemand schrie. Wieder krachten Schüsse, schlugen dumpf in den Hubschrauber ein. Leuchtspurgeschosse jagten am Fenster vorbei, verpassten den Helikopter nur knapp. Die Sirene wurde lauter. Die Schreie auch. Unerträglich.

Bo hielt sich die Ohren zu. Plötzlich flackerte eine Lampe auf. Der Soldat mit der Helmkamera kroch über den schwankenden Hubschrauberboden zur Schiebetür. Er zog sich hoch, riss die Tür auf, klappte ein schweres Maschinengewehr nach draußen. In einer fließenden Bewegung fand sein Daumen den Sicherungsschalter, legte ihn um und sofort fingen die sechs

Läufe an, sich zu drehen und spien einen Feuerhagel in die Nacht hinaus. Mit dem Geräusch einer elektrischen Kettensäge zerpflügten dreitausend Geschosse pro Minute den Boden unter ihnen, bis sie ihr Ziel fanden, ein von prall gefüllten Sandsäcken eingeschlossenes Schützennest. Die Bordkanone des Hubschraubers zerfetzte die Anlage in tausend Stücke.

Nur Sekunden später setzte der Helikopter neben den rauchenden Trümmern der Verteidigungsanlage auf. Die Soldaten sprangen heraus und bewegten sich zielstrebig auf eine große dunkle Lagerhalle zu. Bo musste schlucken, als sie sah, wie die Männer scheinbar unbeeindruckt über grässlich entstellte Leichname hinwegstiegen. Kurz vor den Toren der Halle wurde die Gruppe langsamer. Auf ein Zeichen hin schwärmten die Soldaten aus, gingen in die Knie und sicherten die Umgebung mit Sturmgewehren im Anschlag. Zwei scherten schließlich aus, unter ihnen der Kameramann. Sie betraten die Halle, gebückt, wachsam, in kontrollierten Bewegungen.

Die Kamera wechselte auf Infrarot. Es dauerte einen Moment, bis sich Bo an den merkwürdigen Grünton der Aufnahme gewöhnt hatte. Die Lagerhalle war leer. Man konnte die Enttäuschung der Männer an ihrer Körpersprache erkennen. Die Spannung schien aus ihnen zu weichen. Eine Kiste tauchte in einer Ecke auf. Auf einer Seite prangten die Buchstaben ICRC. Die Box war offen. Der Soldat mit der Kamera schaute hinein, hob etwas auf und hielt es ins Bild. Ein Hundert-Dollar-Schein. Dann brach die Aufnahme ab.

Einen Moment blieb es still in von Hartmanns Büro. Der Ex-General rollte zum Fenster und zog die Vorhänge wieder auf.

»ICRC steht für Internationales Komitee vom Roten Kreuz«, stellte er fest.

»Ja«, bestätigte Schulze.

»Wie viele Behälter sollten in der Lagerhalle stehen?«

»Achtundzwanzig.«

»Gesamtwert?«

»Etwa fünfhundert Millionen Dollar.«

Bo bekam einen trockenen Mund.

»Und wir sind hier keinem Schwindel aufgesessen?«, fragte sie vorsichtig.

»Mit Sicherheit kann man das nicht sagen«, antwortete Schulze und fing an, seine Technik abzubauen.

»Wer hat Kenntnis von der Aktion?«, wollte von Hartmann wissen.

»Wir drei und die acht Männer aus dem Hubschrauber.«

»Sind die zuverlässig?«

»Selbstverständlich. Ich habe sie handverlesen.«

»Gab es Verluste?«

»Eine Gehirnerschütterung und ein Oberarmbruch, nichts Schlimmes.«

»Der Hubschrauber?«

»War gemietet und kaskoversichert. Wird irgendwann ausgebrannt gefunden werden.«

»Was hat uns die Aktion gekostet?«

»Zwei Millionen. Plus, minus.«

»Wie geht es weiter?«

»Wir folgen der Spur, gehen weiteren Hinweisen nach. Vorsicht ist geboten. Wir sind nicht die Einzigen auf Großwildjagd. Die Konkurrenz ist groß und schreckt vor nichts zurück.«

»Die Wahl ist in sechs Wochen.«

»Ich weiß«, entgegnete Schulze und verließ stillschweigend das Büro.

Von Hartmann saß noch immer am Fenster und schaute auf die Erfurter Innenstadt hinaus.

»Wir müssen die Wahl gewinnen!«, stieß er nachdenklich hervor. »Sonst begräbt uns das einstürzende Kartenhaus in einer tödlichen Lawine unter sich.«

Bo verließ das Büro ohne ein weiteres Wort. Sie war froh, als sie wieder an der frischen Luft war. In tiefen Zügen atmete sie die sich abkühlende Sommerluft ein, fast so wie damals, als sie aus der Gasse mit Milenas Leiche hinausgetreten war. Trotzdem blieben die nagenden Gedanken. Sie durfte sich jetzt nicht verrückt machen lassen, sondern musste einem klaren Plan folgen. Auf der Liste der abzuarbeitenden Punkte stand

Johnny ganz oben. Den geschwätzigen Kellner zum Schweigen zu bringen, bevor Tetzlaff zu drastischen Mitteln griff, hatte oberste Priorität.

17

Cem hatte die Fahrt über keinen Ton von sich gegeben. Er lenkte mit links und wenn er schalten musste, griff er ebenfalls mit der linken Hand unter seinem geschienten Arm hindurch, um an den Schaltknüppel zu gelangen. Pepe hatte mehrfach zu einer Erklärung angesetzt, es dann im letzten Moment gelassen. Was sollte er auch sagen? Dass er keine Leuchte am Steuer eines vierrädrigen Fahrzeuges war, hatte Cem ohnehin mitbekommen. Aber das lag nur an mangelnder Übung. Mit etwas Training, da war sich Pepe sicher, würde er mühelos die Führerscheinprüfung erneut bestehen. Obwohl er sich recht gut an den panischen Gesichtsausdruck seines Fahrlehrers erinnern konnte, den der schon aufsetzte, wenn Pepe nur in die Nähe seines Autos kam. Allerdings sah er ein, dass es wahrscheinlich für ein ernsthaftes Autorennen tatsächlich nicht reichen würde. Sie brauchten einen anderen Ersatzfahrer. Cem schien hingegen nicht alle Hoffnung verloren zu haben. Dementsprechend neugierig war Pepe auf die Idee des Oberstabsgefreiten.

»Das ist nicht Ihr Ernst«, wehrte er nach Worten ringend ab, als sie vor dem Kraftfahrzeug standen, das Cem für Pepe ausgesucht hatte. »Damit soll ich gegen Verkerk antreten und verhindern, dass Sie sich über beide Ohren verschulden?«

»Haben Sie eine bessere Idee?«

Pepe kratzte sich am Hinterkopf. Nein, die hatte er nicht.

»Sie sollten sich etwas mit dem Fahrzeug vertraut machen«, riet Cem. »Viel Zeit bleibt allerdings nicht mehr.«

Das wusste Pepe selbst.

Noch eine Stunde bis Mitternacht. Beate sah beständig auf die fluoreszierenden Zeiger ihrer Armbanduhr. So wie Paul zwei Abende zuvor. Schnell schüttelte sie den Gedanken an ihren Ex-Freund ab. Auch den an das Angebot seiner lüsternen Gespielin.

»Bist du nervös, Mädchen?«, fragte Lutz Putzmeister und hieb ihr derb auf den Oberschenkel. Sie saßen sich in einem zivilen Van gegenüber, abseits geparkt in einem Waldweg, von dem der Besucherparkplatz vor der Fantasie, einer Ausflugsgaststätte am Stadtrand von Eisenach, trotz der Dunkelheit im und außerhalb des Kleinbusses gut einzusehen war. Zusätzlich wurde ein Livebild von einer versteckten Überwachungskamera übertragen. Putzmeisters Gesicht glühte im Schein des Monitors.

»Musst du doch nicht. Onkel Lutz ist ja da. Zusammen werden wir das Kind schon in den Brunnen schubsen«, fuhr er fort.

Beate rieb sich über ihren brennenden Schenkel und zwang sich, nicht zum Schlagstock zu greifen. Sie hatte gleich geahnt, dass es keine gute Idee war, mit Putzmeister gemeinsam in den Einsatz zu gehen. Aber ihr Chef hatte darauf bestanden. Die beiden kannten sich von früher.

»Dass Pawolski sich noch immer nicht hat zur Ruhe setzen lassen«, plapperte Putzmeister weiter, als hätte er Beates Gedanken gelesen. »Er redet nämlich seit Ewigkeiten davon, einen Brennholzverleih aufmachen zu wollen. Bäume gibt es ja wirklich genug hier im Wald.«

Der Gothaer Kommissar war von Pawolski informiert worden, dass ein illegales Straßenrennen angekündigt worden war. Und da er in dem Verkehrsunfall mit Fahrerflucht ermittelte, dem Pepes Vorgesetzter zum Opfer gefallen war, hatte er darauf bestanden, mit von der Partie zu sein. Wenn er wenigstens bei den Uniformierten weiter die Straße herauf warten würde. Ob sie ihm diesen Vorschlag unterbreiten sollte? Wahrscheinlich vergeudeten sie hier eh nur ihre Zeit, denn bis jetzt hatte sich nicht ein potenzieller Raser blicken lassen. Auf dem kleinen Parkplatz standen drei Wohnmobile. Deren Besatzungen hatten Tisch und Stühle vor ihren Fahrzeugen aufgebaut und genossen den milden Abend bei Kerzenschein und Wein. Der Verkehr auf der in Wurfweite befindlichen Bundesstraße war fast vollständig zum Erliegen gekommen. Perfekte Voraussetzungen für ein romantisches Beisammensein zu zweit oder für ein Straßenrennen.

Die Uhr im Cockpit zeigte eine Viertelstunde bis zum Treffpunkt an. Das würde knapp werden. Pepe hatte den gesamten Nachmittag damit verbracht, sich an das Fahrzeug zu gewöhnen, das Cem ihm besorgt hatte. Und es zu tarnen. Da es während einer Razzia im Erfurter Clanmilieu beschlagnahmt worden war, konnte es durchaus sein, dass es im Originalzustand erkannt werden würde. Also hatten sie es mit unzähligen Stickern beklebt, offensichtliche Teile getauscht und ihm schweren Herzens Schrammen und Kratzer verpasst. Pepe hatte eigentlich gehofft, einen Wagen mit Automatikgetriebe vorzufinden. Auf dem Klinikparkdeck war sein Gefühl für die Kupplung das größte Problem gewesen. Neben der Koordination von Gas- und Bremspedal und der Übersicht beim Lenken. Aber so war es auch okay. Obwohl es sich auf den ersten Blick verrückt anfühlte, konnte es vielleicht wirklich funktionieren. Cem war ein Blitzmerker, schnell in seinen Entscheidungen und scheute sich nicht, Risiken einzugehen. Wenn Pepe es sich ehrlich eingestand, war der Türke eine jüngere Ausgabe von ihm selbst, nur mit mehr Haaren.

Endlich kam die Autobahnausfahrt. Pepe bremste spät, schrammte hart am Randstreifen vorbei. Das Stabilitätsprogramm hatte Mühe, das Fahrzeug auf der Straße zu halten.

Es war nie gut, der Erste zu sein und warten zu müssen. Damit verschaffte man seinem Gegner einen psychologischen Vorteil. Die Sekunden vor dem Start konnten sich endlos dehnen, die Gedanken überschlugen sich und die Konzentration war dahin. Daher konnte sich Kilian Verkerk eines seiner seltenen Lächeln nicht verkneifen, als er kurz nach Mitternacht auf den Parkplatz vor dem Eisenacher Ausflugslokal Fantasie rollte. Cems Skoda stand mitten auf dem Platz, großspurig und selbstsicher wie sein Fahrer. Doch dieses Mal würde der Türke den Kürzeren ziehen, daran bestand für Kilian kein Zweifel. Niemand kannte die Strecke so gut wie er. Selbst mit verbundenen Augen würde er die Ziellinie als Sieger überqueren.

In Schrittgeschwindigkeit ließ er seinen Polo die Anfahrt entlangrollen. Kieselsteine knirschten unter den breiten Reifen. Die Seitenscheiben hatte er entfernt, um Gewicht zu sparen. So konnte er die frische Nachtluft tief in seine Lungen pressen. Neben dem Skoda des Türken waren nur wenige Schaulustige gekommen. Die meisten würden das Rennen online verfolgen. Fischer hatte die Veranstaltung perfekt organisiert. Neben stationären Webcams an den neuralgischen Punkten der Strecke würden zwei Drohnen ständig in der Luft sein. Obwohl Verkerk zweifelte, dass es den Spielzeugen gelingen würde, mit den Rennwagen mitzuhalten. Sein Polo sah zwar von außen recht unscheinbar aus, verfügte jedoch über Allradantrieb und hatte knapp dreihundert PS unter der Haube. In kundiger Hand auf kurviger Strecke war der Polo nahezu unschlagbar.

Kilian hielt direkt neben dem Fabia seines Konkurrenten, Fahrerseite an Fahrerseite. Es dauerte einige Sekunden, ehe der Türke seine Scheibe herunterfuhr.

»Kilian«, begrüßte ihn Cem knapp. Verkerk nickte nur zurück. Dann öffneten sich zeitgleich die Türen der drei Wohnmobile, deren Besatzungen auf dem Wanderparkplatz zu übernachten schienen. Einer der Bewohner stützte sich auf Krücken, um ein dick bandagiertes Knie zu entlasten. Trotzdem hingen um seine medizinische Halskrause unzählige Goldketten, ohne deren Gewicht das Knie sicherlich besser dran gewesen wäre. Ihm folgte ein kleinerer Kerl, der sich bewegte, als hätte er Hämorriden. Außerdem hatte er ein gewaltiges Horn mitten auf der Stirn, von dem seine Augen magisch angezogen schienen. Der Kleine schielte wie ein Brunnenputzer.

Igor Fischer humpelte an die beiden Wagen heran. Er machte Anstalten, sich zwischen die Autos zu schieben, ließ es aber. Er war dafür einfach zu breit.

»Es kann also losgehen«, folgerte er und hätte sich am

liebsten die Hände gerieben, wenn nur die Krücken nicht gewesen wären.

»Fast«, entgegnete Cem und drehte seinen geschienten Arm so, dass der Dicke ihn sehen konnte. »Ich kann leider nicht fahren.«

»Somit gehört mir der Sieg. Und das Preisgeld«, trumpfte Verkerk trocken auf und begann, seinen Fünfpunktgurt zu lösen. Er hatte sich eh gewundert, dass Cem mit seinem lädierten Arm hier aufgetaucht war. Schließlich hatte er den Knochen unter seinem Schlag knacken und brechen hören. Noch mehr verblüffte es ihn, dass ihn nicht ein Sondereinsatzkommando empfangen hatte. Dass der Türke im Krankenhaus Wache geschoben hatte und darüber hinaus Militärpolizist war, hatte ihn total überrascht. Wenn er nur einen Moment weniger gezögert hätte, wäre es vorbei gewesen. Cem würde dann nicht hier neben ihm stehen, sondern zwei Meter unter der Erde liegen. Doch dem war nicht so. Leider. Wenigstens hatte er den Sieg des Rennens so gut wie in der Tasche und seinen Auftrag, den Major betreffend, würde er anschließend zu Ende bringen.

»Ich habe einen Ersatzfahrer«, sagte Cem leise, aber laut genug, dass ihn Fischer hören konnte.

»Das ist nicht zulässig!«, protestierte Verkerk. Was bildete sich der Türke eigentlich ein? Konnte hier jeder machen, was er wollte?

»Doch, ist es«, widersprach ihm Fischer. »Es muss gefahren werden. Die Wetten sind platziert, der Onlinewarteraum platzt aus allen Nähten. Heute Nacht machen wir Geld.«

Der Bildschirm war zu klein. Beate beugte sich weit nach vorn, um die einzelnen Personen auf dem Parkplatz besser erkennen zu können. Putzmeister ging es nicht besser. Sein Gesicht war dicht neben ihrem, sodass sich ihre Wangen fast berührten. Sein Atem stank nach Knoblauch, mit einer Note Weißbier.

»Schau, Mädchen, es geht los!«, rief Putzmeister aufgeregt und fasste Beate ans Knie. »Was soll denn das bloß für ein komisches Rennen sein? Ein Polo und ein Skoda? Dass ich nicht lache. Die können ja froh sein, wenn sie den Berg hinauf nicht verdursten!«

»Das sind WRCs!«, sagte der hochgewachsene Beamte mit dem Magnum-Schnurrbart vom Beifahrersitz und konnte dabei seine Begeisterung kaum verbergen.

»Was für Dinger?«

»World Rallye Championship Rennwagen. Die haben mal so richtig Power!«

»Ach«, lästerte Putzmeister und lehnte sich zurück, »das sind allenfalls Spielzeugautos!«

»Die Wohnmobile gehören dazu«, stellte Beate fest und atmete, nachdem Putzmeister auf Abstand gegangen war, wieder durch die Nase. Sofort schnellte der Gothaer Kommissar nach vorn.

»Den Dicken kenn ich«, tönte er. »Das ist Igor Fischer. Den haben wir schon länger auf dem Kieker! Wegen Hehlerei und so. Er lässt Autos klauen, ausschlachten und vertickt die Ersatzteile. Vielleicht ist das doch keine verschwendete Zeit hier, was, Mädchen?«

Er knuffte Beate in die Seite. Die schloss kurz die Augen und hielt die Luft an. Wenn Putzmeister so weitermachte, konnte sie für nichts garantieren.

»Was ist denn nu los?«

Nur widerwillig öffnete Beate ihre Augen, um zu schauen, was ihren Kollegen so erstaunen ließ. Ein Motorrad kam dröhnend auf den Platz gefahren. Sie kannte sich zwar mit Zweirädern nicht aus, aber bereits auf den ersten Blick war zu erkennen, dass das Krad nicht von der Stange war. Der Fahrer ließ im Stand den Motor hochdrehen, worauf eine grellblaue Flamme aus dem Auspuff unterhalb der Schwinge schoss.

Natürlich war Pepe unpünktlich, hoffte allerdings, nicht gänzlich zu spät zu sein. Er hatte die Ducati durch die fast menschenleere Eisenacher Innenstadt gejagt, trotzdem traf er erst Viertel nach zwölf am Startplatz ein. Schon von Weitem sah er Igor Fischer, der wie eine zu kurz geratene Litfaßsäule vor zwei Rennautos stand. Trotz seiner schweren Verletzungen schien er nicht auf seinen obligatorischen Goldbehang verzichten zu können.

Pepe bog in den schmalen Schotterweg ein, der von der Bundesstraße auf den Wanderparkplatz führte. Noch hatte er sich nicht komplett an die schwere Maschine gewöhnt. Unabsichtlich ließ er den Vierzylindermotor aufheulen und sah im Rückspiegel eine Feuerlanze wie aus einem Flammenwerfer aus dem Auspuff schießen. Cem hatte vorgeschlagen, das erbeutete Motorrad als fahrbaren Untersatz im Rennen gegen Verkerk zu nutzen. Auf zwei Rädern kam Pepe bedeutend besser und schneller zurecht. Allerdings hatte die Ducati Streetfighter V4 mit über zweihundert PS fast doppelt so viel Leistung wie seine Dienst-BMW und wog dazu nur etwa die Hälfte. Dabei schaute sie grimmig wie ein zum Angriff bereiter Raubvogel aus ihren Scheinwerfern. Um den ursprünglich feuerroten Lack zu überdecken und ihr Aussehen zu verschleiern, hatten Cem und Pepe sie über und über mit Aufklebern bepflastert, die sie sich aus der Abteilung Rekrutenwerbung geliehen hatten: Bundeswehr, Karriere mit Zukunft. Bundeswehr, wir dienen Deutschland. Bundeswehr, Gas, Wasser, Schießen. Bundeswehr, Mali ist nur einmal im Jahr.

Pepe war erst dagegen gewesen. Schließlich konnte man sich kaum offensichtlicher als Angehöriger der Streitkräfte outen. Cem hatte gekontert, dass Verkerk mittlerweile längst wusste, dass er Soldat war und sich so nicht wundern würde, wenn der Ersatzfahrer ebenfalls Bundeswehrangehöriger war. Also hatte Pepe mit den Schultern gezuckt und trug jetzt sogar seinen grauen Dienstmotorradanzug, komplett mit Deutschlandfahne und Rangabzeichen.

»Ein Motorrad!«, stellte Fischer irritiert fest. Er schaute erst zu Cem, dann zu Kilian, als Nächstes zu Pepe und wieder zu Cem.

»Ja, ein Motorrad«, bestätigte Cem und hoffte inständig, dass sich Pepe an das Skript hielt und seinen Helm nicht abnahm. Er hatte keine Ahnung, was passieren würde, wenn Igor den Mann erkannte, der ihm zu seinen Krücken verholfen hatte.

Als Pepe an sein Helmvisier griff, wollte er schon den Motor starten und abhauen. Doch Fuchs öffnete das Visier nur einen Spalt, wahrscheinlich, um frische Luft zu bekommen. Er konnte sich gut vorstellen, dass der Oberfeldwebel im Moment extrem nervös war und buchstäblich Blut und Wasser schwitzte. Cem war sich selbst nicht sicher, ob ihr Plan aufgehen würde. Aber Pepe auf der Ducati war die einzige Chance, die sie gegen Verkerk hatten. Als Autofahrer war Fuchs eine totale Niete. Hoffentlich schlug er sich auf zwei Rädern besser. Natürlich kannte Cem die Geschichten, die über Oberfeldwebel Fuchs und seinen Verschleiß an Motorrädern in Umlauf waren. Die konnten unmöglich wahr sein. Niemand hatte so viel Pech, oder stellte sich so dämlich an.

»Das ist nicht zulässig!«, beschwerte sich Verkerk.

Fischers Augen verengten sich zu Schlitzen. Er humpelte näher an das Motorrad heran und musterte den Fahrer von oben bis unten. Sein Blick blieb an Pepes Schulterklappen und den merkwürdigen Aufklebern auf der Maschine hängen. Er schien etwas sagen zu wollen und wurde vom schielenden Yussuf in dem Augenblick daran gehindert.

»Die Followerzahlen gehen durch die Decke«, rief der aufgeregt, wobei er sein Tablet in die Höhe reckte und sofort wieder herunternahm, um die aktuelle Entwicklung weiter verfolgen zu können. »Anscheinend ist das genau das, was die Leute sehen wollen! Auto gegen Motorrad! Das hat sonst keiner!«

Fischer blieb einen Moment neben Pepe stehen, ehe er sich zu Verkerk umwandte.

»Das Rennen startet in zehn Minuten«, ordnete er betont ruhig an, bevor er seinen massigen Körper zurück zum Wohnmobil hievte.

Der Motorradfahrer war Pepe, das war für Beate trotz Helm und Lederanzug offensichtlich. Seine Statur hätte sie unter Tausenden erkannt. Was machte der hier? Erst reagierte er nicht auf ihre Anrufe und dann tauchte er mir nichts, dir nichts bei einem illegalen Straßenrennen auf. Sie schaute möglichst unauffällig zu Putzmeister hinüber, nicht sicher, ob der Kommissar Pepe ebenso erkannt hatte. Es sah nicht so aus.

»Sie stellen sich auf! Schau, Mädchen, sie fahren auf die Straße!«

Dieses Mal hielt sich Beate bewusst außer seiner Reichweite, um nicht geschubst, gekniffen oder getätschelt zu werden. Mangels Alternativen schlug sich Putzmeister auf seinen eigenen Schenkel.

»Los, raus hier!«, rief er als Nächstes und zerrte die Schiebetür auf. Geistesgegenwärtig riss Beate ihre Hand nach oben und schaltete die Lampe der Innenraumbeleuchtung aus. Trotzdem flackerte die kurz auf. Mit angehaltenem Atem starrte Beate auf den Überwachungsbildschirm. Waren sie entdeckt worden? Es sah nicht so aus. Unbeeindruckt versammelten sich die Anwesenden auf der Bundesstraße, auf der eine leicht bekleidete junge Frau mit einer Sprayflasche eine Startlinie aufsprühte. Exakt auf Höhe des Ortseingangsschildes. Das Licht der letzten Straßenlaterne reichte geradeso bis dorthin.

Putzmeister hatte mittlerweile den parallel zur Bundesstraße verlaufenden Wanderweg erreicht und hetzte ihn wie ein angeschossenes Wildschwein entlang, bis er in der Dunkelheit aus Beates Sichtfeld verschwand. Sie hörte ihn länger schnaufen, als dass sie ihn sah. Wenn sie den Kommissar nicht unter Kontrolle brachte, konnte der die ganze Aktion gefährden. Noch war keine Straftat verübt worden. Bis auf die Sachbeschädigung durch das Beschmieren der Straße mit Farbe. Hierfür drohten allenfalls fünf Euro Geldstrafe. Sie mussten Verkerk auf frischer Tat ertappen, am besten, während er andere Verkehrsteilnehmer gefährdete. Beate seufzte, schnappte sich ihre Handtasche mit dem Schlagstock und rannte Putzmeister hinterher.

Schweißtropfen liefen Pepe über das Gesicht. Am liebsten hätte er sich den Helm vom Kopf gerissen, um frische Luft zu bekommen. Nun war es zu spät. Er hatte die Ducati exakt vor der Startlinie geparkt und wärmte den großen Motor mit kurzen Gasstößen auf. Die Kupplung rasselte wie ein Sack voller Schrauben. Am Nachmittag waren Cem und er alle elektronischen Helferlein durchgegangen, die das Motorrad bot. Eines konnte jetzt Gold wert sein. Mit seinen behandschuhten Fingern aktivierte Pepe die Startkontrolle. Ein Licht im Wald links neben ihm blitzte auf und blieb einen Moment lang auf seiner Netzhaut hängen. Schnell schüttelte er den Lichtpunkt ab. Er musste sich konzentrieren. Eine der jungen Frauen, die Pepe bereits von ihrem Zusammentreffen am Schnellrestaurant kannte, die Rothaarige, hob einen BH in die Höhe, der aufgrund der schieren Größe wohl nicht ihr eigener war. Pepe zog die Kupplung, legte den ersten Gang ein und drehte den Gasgriff auf Anschlag. Der Motor der Ducati brüllte auf, als könnte er es nicht erwarten, in die Schlacht zu ziehen. Neben ihm jaulte Verkerks Polo. Im direkten Vergleich klang das Geräusch eher jämmerlich. Der Büstenhalter verharrte über dem Kopf der jungen Dame. Sie schaute konzentriert zu Fischer hinüber, der über ein Funkgerät mit mehreren Posten, die entlang der Strecke bis den Berg hinauf zum Wendepunkt warteten, verbunden war. Jetzt nickte er. Die Straße war frei und abgesperrt. Der BH sauste blitzartig zu Boden und Pepe ließ die Kupplung bei anliegendem Vollgas kommen. Das Motorrad stürmte nach vorn, als wäre es von einem Katapult abgeschossen worden.

Obwohl Kilian das Gaspedal bis zum Bodenblech durchgetreten hatte, raste ihm die Ducati davon, als hätte er die Handbremse noch angezogen. Unglaublich, wie das Motorrad beschleunigte. Wütend rammte er einen Gang nach dem anderen ins Getriebe, trotzdem wurde der Abstand zur Ducati immer größer. Als er das Sechziger-Schild passierte, das die Besucher der berühmten Drachenschlucht vor dem Verkehr schützen sollte, hatte die Tachonadel seines Polo die einhundertzwanzig längst passiert. Das Motorrad war schon in maximaler Schräglage um die erste Kurve gebogen und hinter einer steilen Felswand aus Kilians Sichtfeld verschwunden. In Verkerks Gehirn hatte sich der gleißende Lichtschein des Bremslichtes eingebrannt.

Erst schoss das Motorrad brüllend an Beate vorbei. Obwohl die Straße durch eine dichte Baumreihe vom Wanderweg abgeschirmt wurde, traf sie die Abwärme des Hochleistungsmotors wie ein heißer Windstoß. Sekunden später folgte der Polo, die gesamte Straßenbreite ausnutzend. Seine grellen Scheinwerfer durchschnitten die Dunkelheit und warfen groteske Schatten in den Wald. Beate hoffte inständig, dass keine unbeteiligten Verkehrsteilnehmer in Mitleidenschaft gezogen wurden. Es war ein Fehler gewesen. Sie hätten die ganze Bande vor dem Start einkassieren sollen, frische Tat hin oder her. Wenn Pepe etwas passierte, würde sie sich das wohl nie verzeihen können. Obwohl er selbst schuld war, der Idiot.

Zwei Schritte weiter prallte sie auf Putzmeister und riss ihn fast von den Beinen. Der übergewichtige Kommissar stützte sich vornübergebeugt auf seinen Knien ab und atmete so schwer, als hätte er mit Beate auf dem Rücken die Weltmeisterschaft im Ehefrauentragen gewonnen.

»Sie ... sind ... los!«, japste er.

»Ich weiß.«

»Nicht ... mit ... mir!«

»Okay.«

Die erste Kurve kam schneller, als Pepe denken konnte. Er hatte sich am Start krampfhaft am Lenker der Ducati festhalten müssen, um durch die wahnwitzige Beschleunigung nicht abgeworfen zu werden. Schon sah er sich rechts in die Leitplanke einschlagen, drunter hindurchrutschen und sich einen Arm oder Bein oder beides abreißen. Mindestens. Panisch griff er in die Bremse. Das Motorrad verzögerte fast noch brachialer, als es beschleunigte. Spielerisch stieg das Hinterrad der Ducati in die Höhe, sodass Pepe dieses Mal beinahe vornüber von der Maschine purzelte. Das grau glänzende Leitplankenband kam im Licht seines Scheinwerfers weiter auf ihn zugerast. Zitternd riss er das Motorrad zur Seite, hängte sich tief neben die Verkleidung und schrammte, sich fest mit dem Knie auf dem Asphalt abstützend, um die erste Kurve. Haarscharf streifte das Hinterrad an der bröckelnden Straßenkante entlang. Kleine Gummibrocken lösten sich vom Reifen und flogen in alle Richtungen davon.

Pepe schwitzte intensiver. Der Helm schien ihm zu klein zu werden. Jeder Muskel seines Körpers zitterte vor Anspannung. Aber langsam fand er seinen Rhythmus, ließ sich voll auf die Ducati ein. Spät bis in den Scheitelpunkt der Kurven hineinbremsen, tief abwinkeln, früh wieder aufrichten und mit abhebendem Vorderrad Vollgas geben. Nach zwei, drei Kurvenkombinationen geriet Pepe in einen regelrechten Rausch. Fast instinktiv spürte er den Verlauf der Straße, war nicht auf den bebenden Lichtkegel des Scheinwerfers angewiesen. Nackte Felsen, Büsche und Bäume huschten links und rechts vorbei, ohne dass er sie wahrnahm. Auch das infernalische Kreischen des Motors direkt unter ihm und die Gluthitze, die die Maschine abstrahlte, blendete er vollständig aus, spürte anhand der Vibrationen, wann er schalten musste, noch ehe ihn ein greller Blitz aus dem Cockpit dazu ermahnte.

Langsam holte Kilian auf. Mit vier angetriebenen Rädern driftete er schneller durch die Wechselkurven als das Motorrad vor ihm. Wenn er zu wirklichen menschlichen Emotionen fähig gewesen wäre, hätte er wohl so etwas wie Respekt vor der Leistung seines Gegners empfunden. So spät in eine Kurve hineinzubremsen und danach voll zu beschleunigen, zeugte von außergewöhnlichem Mut und Können. Aber nun gelangte er in den Teil der Strecke, der wie maßgeschneidert für sein Rallye-Auto war. Meter um Meter kam er der Ducati näher. Und schon hing er direkt hinter dem Motorrad. Über ihnen registrierte er eine der Drohnen. Sie schwebte so tief, als klebte sie auf dem Helm seines Kontrahenten.

Verkerk streckte den Mittelfinger in Richtung der Kamera, bevor er einen Gang hinunterschaltete und Vollgas gab. Nur Millimeter, bevor seine Stoßstange das Hinterrad der Ducati traf, kippte die in eine beängstigende Schräglage zur Seite und wich ihm mit durchdrehendem Reifen wild schlingernd aus.

Blaugraue Rauchwolken stiegen auf, verbrannter Reifengummi, der wie Nebel über dem Asphalt waberte. In der nächsten Linkskurve stach Kilian rücksichtslos neben das Motorrad. Sie berührten sich. Der dumpfe Schlag übertönte sogar die Motorengeräusche. Die Ducati wurde durchgeschüttelt, das Hinterrad keilte aus, der Fahrer wurde hoch aus dem Sattel geschleudert, hielt sich allerdings krampfhaft am Lenker fest und schaffte es tatsächlich, wieder hart im Sattel zu landen. Der kurze Augenblick reichte Kilian. Er passierte das Motorrad und schoss auf die Gerade zu, die zum Wendepunkt führte. Alle vier Räder malten fette schwarze Striche auf den frisch asphaltierten Parkplatz, als Kilian den Polo einen perfekten Kreis driften ließ. Dann gab er erneut Vollgas. Von nun an führte die Strecke denselben Weg zurück bis zur Ziellinie. Ein Kinderspiel.

»Was haben Sie denn vor?«, fragte Beate entgeistert als sie sah, wie Putzmeister auf allen vieren durch den Straßengraben kroch.

»Das wirst du schon sehen, Mädchen«, antwortete der schwer atmend. »Das wirst du schon sehen. Ich habe nicht umsonst bei der Verkehrspolizei angefangen, damals, unter Honnie.«

Endlich hatte es der beleibte Kommissar geschafft und stellte sich breitbeinig mitten auf die Straße, direkt hinter der letzten Kurve, die die Bundesstraße nach Eisenach hineinführte. Auf der gegenüberliegenden Seite zweigte ein Waldweg in Richtung Drachenschlucht ab. Beate konnte im schwachen Sternenlicht nur Schemen erkennen. Sie waren längst außer Sichtweite der Zuschauer des Startbereiches. Aus den Bergen klang dumpf Motorengeräusch herüber. Ihr wurde mehr als mulmig, wenn sie daran dachte, dass auf einem der Fahrzeuge Pepe saß und sein Leben riskierte. In diesem Moment wurde ihr bewusst, wie sehr sie ihn in ihr Herz geschlossen hatte. Sie würde es ihm sagen. Wenn sie die Geschichte heil überstehen würden, dann ... Plötzlich flammte ein Leuchtstab auf.

»Was zum ...«, fluchte Beate überrascht. Fast sah es so aus, als hätte Putzmeister ein Laserschwert gezündet. Auf den zweiten Blick erkannte sie jedoch den schwarz-weißen Regulierstab der Volkspolizei der DDR. Putzmeister hielt ihn mit angewinkeltem Arm senkrecht nach oben, während er die andere Hand nach vorn streckte. Das würde nicht gut ausgehen.

Pepes Herz raste, schlug schneller, als sich die Kurbelwelle seines Motorrades drehte. Nur mit unverschämtem Glück hatte er nach dem Rempler die Ducati wieder unter Kontrolle bekommen. Verkerk hatte mittlerweile einen guten Vorsprung herausgefahren. Trotzdem gab sich Pepe nicht geschlagen. Er riss das Visier auf, um frische Luft zu bekommen und seinen glühenden Kopf zu kühlen und drehte den Gasgriff auf Anschlag. Vor ihm rutschte Verkerk über alle vier Räder mit quietschenden Reifen quer in den Rastplatz hinein, der als Wendeschleife diente. Mit qualmenden Reifen drehte sich der Polo einmal um sich selbst und kam direkt auf Pepe zugeschossen. Zwischen Seitenspiegel und Lenkerende hätte kein Blatt Papier gepasst, als sie aneinander vorbeijagten. Auch Pepe wendete quasi auf der Stelle, mit durchdrehendem Hinterrad und nahm die Verfolgung auf. Jetzt war er es, der seinem Vordermann wie ein Schatten im Nacken hing.

Den letzten Kilometer hätte Kilian mit geschlossenen Augen fahren können, so oft war er den Berg bereits hinuntergerast. Und jedes Mal hatte er seinen Gegner besiegt. Wie auch heute. Das Motorrad war zwar dicht hinter ihm, aber er fuhr Schlangenlinien, blockierte jede Überholmöglichkeit ohne Rücksicht auf Verluste. Jetzt waren es nur noch zwei Kurven, bis sie auf die letzte Gerade einbogen, die nach Eisenach hineinführte. Hier musste er vorne sein, mit etwas Abstand, um die ungeheure Beschleunigung der Ducati kontern zu können. Es sah gut aus. Verkerk erlaubte sich ein kleines Lächeln und schaute in den Rückspiegel. Erst jetzt nahm das Motorrad die letzte Kehre. Knie und Ellenbogen des Fahrers kratzten über die

Straße. Es würde nichts nützen. Kilian, den sicheren Triumph vor Augen, blickte nach vorn und verriss panisch das Lenkrad.

»Komm nur!«, rief Putzmeister und hob seinen Arm höher.

Beate sah hektisch springende Lichtkegel um die Felsspitze zucken, die die Bundesstraße umrunden musste, ehe sie zur Zielgeraden wurde. Das Motorengeräusch wurde lauter und kam rasend schnell näher. Und der verrückte Putzmeister stand mitten auf der Straße und würde unweigerlich zermalmt werden. Das würde hässlich enden. Der Papierkram war schon bei einer kleinen Papierschnittwunde im Dienst unerträglich. Ohne nachzudenken sprang Beate über den Straßengraben und eilte auf Putzmeister zu. Im gleichen Bruchteil einer Sekunde bog Verkerks Rennwagen um die Kurve. Beate kniff die Augen zusammen, wollte den Aufprall nicht mit ansehen. Doch Verkerk hatte unglaubliche Reflexe. Sein Wagen schleuderte haarscharf an Putzmeister vorbei, hob an der schräg verlaufenden Leitplanke ab, die am Abzweig zur Drachenschlucht aus dem Boden wuchs.

Als ob ein Film in Zeitlupe lief, drehte sich der Polo in der Luft einmal um seine Längsachse, segelte zwischen zwei Eichen hindurch und krachte in das Bächlein, das über Jahrtausende eine tiefe Schlucht ins Eisenacher Gestein geschnitten hatte. Sofort verdampften große Teile des Baches fauchend am heißen Motorblock des Polo. Rauchsäulen stiegen auf, als wäre der Drache aus der gleichnamigen Schlucht zum Leben erwacht.

Beate riss die Augen wieder auf, sah Putzmeister immer noch auf der Straße stehen und Pepes Motorrad auf ihn zurasen. Auch der reagierte schnell, allerdings etwas langsamer als Verkerk. In einer gewaltigen Schreckbremsung blockierte das Vorderrad der Ducati. Das Heck schoss in die Höhe. Fast sah es so aus, als könnte Pepe das Motorrad unter Kontrolle bringen. Sein Helm war nur wenige Zentimeter von Putzmeisters Kopf entfernt. Doch dann rutschte der Vorderreifen der Ducati in ein Schlagloch. Die Maschine wurde schlagartig ausgehoben, schleuderte hoch in die Luft. Wild mit Armen und Beinen rudernd wurde Pepe aus dem Sattel geworfen. Das Motorrad blieb in einer Baumkrone hängen. Pepe landete hart auf dem Straßenbelag. Der Schlag dröhnte so laut, dass Beate fürchtete, dass er sich jeden Knochen gebrochen haben musste. Damit nicht genug, hatte er noch so viel Schwung in sich, dass er fast ungebremst weiter über den Asphalt schlitterte, direkt auf die scharfkantigen Leitplankenstützen auf Beates Straßenseite zu. Sie hatte schon einige Unfallopfer gesehen, die an solchen Pfosten wichtige Körperteile verloren hatten. Das durfte nicht sein!

Mit einem gewaltigen Hechtsprung stürzte sich Beate in Pepes Richtung. Bevor sein Körper auf die Leitpranke traf, bekam sie seinen Arm zufassen und klammerte sich mit allem, was sie hatte, daran fest, rammte ihre Hacken in den Untergrund und lenkte ihn um. Wie auf einer Hochgeschwindigkeitswasserrutsche rasten nun beide über den Straßenbelag und darüber hinaus. Pepes Helm traf den Pfosten des Verkehrsschildes, das vor querenden Fußgängern warnte. Wie ein Glockenschlag begleitete sie das Echo des Aufpralls, als ihre Rutschpartie in einem dreckigen Tümpel endete. Mit einem lauten Platscher trafen sie auf die Wasseroberfläche und Beate bildete sich ein, ein lautes Zischen zu hören. Krampfhaft stieß sie sich mit den Beinen ab, um den Kopf über Wasser zu halten. Erst jetzt wurde ihr bewusst, dass sie noch immer Pepes Arm umklammert hielt. Und das war gut so. Es wäre kein Wunder, wenn der harte Kopftreffer ihn ausgeknockt hätte. Hastig tastete sie nach seinem Helm, bekam ihn endlich zu packen und zog ihn nach oben. Wasser lief aus dem offenen Visier, als hätte jemand ein Goldfischglas ausgekippt. Erst konnte sie nichts erkennen, dann fiel plötzlich ein Lichtschein in Pepes Gesicht. Der musste blinzeln und sah sie mit offenem Mund an.

»Meine Rede. Wie damals, bei der Verkehrspolizei«, sagte Putzmeister in Beates Rücken. Er hielt jetzt seinen Regulierstab wie eine Fackel und leuchtete das Wasserloch aus.

18

Die sich aufstellenden Härchen in Bos Nacken waren ein untrügliches Zeichen. Auf ihren siebten Sinn hatte sie sich auch damals in Primošten schon verlassen können und jetzt warnte er sie mit aller Macht. Sie wurde erneut verfolgt. Und das alles war Hassos Schuld. Er hätte sich nicht auf diesen Schulze einlassen sollen. Natürlich waren viele seiner Unterstützer beim Militär. Aber sich deswegen dazu verleiten zu lassen, Wahlkampfgelder für diese hirnverbrannte Afrika-Expedition herauszuschleudern! Wie konnte man nur so bescheuert sein! Was hatte sie damals diskutiert, geschimpft, gedroht! Keiner hatte auf sie gehört. Und jetzt war der Schlamassel da! Ein geschrotteter Hubschrauber, mehrere verletzte Soldaten und zwei Millionen Euro im Wüstensand versenkt. Und dabei war das nur ein Desaster von vielen, das sie aktuell versuchen musste, unter dem Teppich zu halten. Wenn Hasso von Hartmann nur die Hälfte von dem wüsste, was sie für ihn tat, würde er sie mit anderen Augen ansehen. Und vor allem Tetzlaff wie einen Hund verjagen.

Bo lief schnellen Schrittes durch die Erfurter Altstadt. Dabei blieb sie mehrfach an Schaufenstern jäh stehen, tat so, als würde sie die Auslage bewundern, stattdessen versuchte sie, in der Spiegelung etwaige Verfolger zu erkennen. Die junge Frau mit dem Kinderwagen war jetzt schon zehn Minuten an ihr dran. Ob sie eine Maschinenpistole unter dem dicken Kissen verbarg? Ihrer fiesen Visage mit den eng stehenden Augen war alles zuzutrauen. Oder der alte Mann mit dem Hund. Es würde Bo nicht überraschen, wenn der lockige Pudel unter seiner Hundeweste Sprengstoff trug und der Großvater bereits den Daumen auf dem Auslöser hatte. Am offensichtlichsten war jedoch der Straßenmusiker mit seiner nervigen Geige. Bo wäre jede Wette eingegangen, dass sich auf der Innenseite seiner Jacke ein ganzer Satz Wurfmesser verbarg.

Wieder blieb sie an einem Geschäft stehen. Ein großes Warenhaus, mit mehreren Ein- und Ausgängen. Lässig strich sich Bo eine Strähne aus dem Gesicht, lief zwei Schritte, tat, als ob sie stolperte, bückte sich nach einem vermeintlich offenen Schnürsenkel und scannte ihre Umgebung möglichst unauffällig. Der Hundemann war verschwunden, die Kinderwagenfrau und der Messerwerfer noch nicht. Ein letztes Mal prüfte Bo die frisch gebundene Schleife, dann stieß sie sich ab wie eine Hundertmeterläuferin beim Olympiafinale. Mit der Schulter voran rammte sie sich durch eine Rentnerinnengruppe, die die Hände voller Einkaufstaschen in ganzer Breite, aufgeregt durcheinander schnatternd, das Kaufhaus verließ. Sich nicht um die keifenden und stürzenden Frauen kümmernd, rannte Bo weiter, geradewegs eine Rolltreppe hinauf. Im ersten Stock bog sie schnurstracks in Richtung Toiletten ab, nur um kurz vorher in einen wartenden Fahrstuhl zu springen und ins Erdgeschoss zu fahren. Dort lief sie durch eine Seitentür ins Freie und machte erst hinter der nächsten Ecke in einem tiefen Hauseingang halt. Schwer atmend lehnte sie sich an eine dreckige Ziegelwand und beobachtete die vorbeieilenden Passanten. Der Musiker war nicht unter ihnen. Dafür die Frau mit dem Kinderwagen. Sie leckte genüsslich an einem Eis, hielt es in regelmäßigen Abständen ihrem vorgetäuschten Maschinenpistolen-Sprössling hin. Dann war auch sie vorbei. Bo wartete gute fünf Minuten, ehe sie sich aus ihrer Deckung traute.

Auf dem letzten Stück bis zu Johnnys Wohnung behielt sie ihre Vorsicht bei, wechselte oft die Richtung, bog erst im letzten Moment in Nebenstraßen oder hetzte über Ampelüberwege, obwohl die Lichtzeichen bereits auf Rot geschaltet hatten. Als sie bei Johnny ankam, war sie sich ziemlich sicher, alle Verfolger abgeschüttelt zu haben. Während sie den Klingelknopf durchgehend drückte, sah sie sich bewusst weiter nach allen Seiten um.

»Ja doch!«, plärrte eine verärgerte Stimme aus der Gegensprechanlage.

»Ich bin es. Lass mich rein!«, kommandierte Bo in scharfem Ton.

Als zwei Sekunden verstrichen, wollte sie bereits erneut klingeln. In dem Augenblick summte der Türöffner und sie trat die schwere Tür mit dem Fuß auf.

Sie saßen sich gegenüber. Bo auf der Couch und Johnny in einem Ohrensessel, den er entweder von seinem Großvater geerbt oder vom Sperrmüll geklaut hatte.

»Was willst du hier?«, fragte er, nachdem ihm das Schweigen sichtlich unangenehm geworden war. Er trug einen Jogginganzug, der sein sonst piratenartiges Aussehen etwas verwässerte.

»Möchtest du mir nicht etwas anbieten?«, fragte Bo zurück. Sie fühlte sich in Johnnys sicheren vier Wänden bedeutend wohler. Sie war nicht das erste Mal hier. Trotzdem wirkte die Einrichtung erneut überraschend und fremdartig auf sie. Zum Teil sah es tatsächlich wie in der Kapitänskajüte eines Freibeuters aus. Ein bunter Papagei im Käfig oder ein frei laufendes Äffchen mit einem roten Fes auf dem Kopf hätte sie nicht groß überrascht.

»Einen Tee?«

»Ja bitte.«

Johnny stand so schnell auf, dass er nicht verbergen konnte, froh zu sein, auf Abstand gehen zu können. Doch Bo tat ihm den Gefallen nicht. Sie folgte ihm in die Küche.

»Wir haben schon lange nicht mehr miteinander geredet«, sagte sie und strich ihm über die Wange. Der zuckte zusammen, als würden ihre Finger glühen oder unter Strom stehen.

»Ja«, antwortete er knapp.

»Weißt du, du warst der Erste, dem ich von Primošten erzählt habe«, fuhr Bo fort und legte ihren Kopf an Johnnys Schulter.

Der verkrampfte zusehends, stand stocksteif mit dem Wasserkocher in der Hand vor dem Spülbecken.

»Nur die ganze Geschichte, die kennt keiner«, sagte Bo plötzlich, stieß sich von Johnny ab, sodass er einen großen Schwapp Wasser verschüttete. Sie lief hinüber zum Küchenfenster, starrte einen Moment hinaus, musterte die Spaziergänger drei Stockwerke unter ihr. War das wieder der Alte mit dem Sprengstoffhund? Selbst auf Zehenspitzen konnte sie ihn nicht genau erkennen.

»Damals bin ich auch verfolgt worden«, fuhr sie gedehnt fort, schaute dem Mann mit dem Hund hinterher, bis er um die nächste Ecke verschwunden war und drehte sich zu Johnny um. »Ich habe mich stets aus eigener Kraft in Sicherheit gebracht. Und mir ein gutes Leben aufgebaut. Ein wirklich gutes Leben. Natürlich war es nicht immer leicht. Opfer mussten gebracht werden, Dinge getan, an denen andere zerbrochen wären. Aber nicht ich. Ich bin dadurch nur stärker geworden. Und sieh nur, wie weit ich es gebracht habe! Wenn alles nach Plan läuft, werde ich Teil der kommenden Bundesregierung! Allerdings nur, wenn die alten Geschichten das bleiben, was sie sind. Vergangene und längst vergessene Erinnerungen!«

»Ja«, entgegnete Johnny mit unsicherer Stimme, während er den Wasserkocher auffüllte. Er kramte hektisch in einer Schublade. »Ich habe Brennnesseltee.«

»Das ist alles so lange her«, murmelte Bo gedankenverloren.

Erneut stellte sie sich auf ihre Zehenspitzen, um den Hauseingang sehen zu können. War da nicht eben ein Zweimannteam hineingehuscht? Es wäre Tetzlaff durchaus zuzutrauen, dass er jemanden engagiert hatte, um Johnny zum Schweigen zu bringen. Der Schnösel würde sich bestimmt nicht selbst die Hände schmutzig machen. Ach, wahrscheinlich hatte sie sich getäuscht.

»Und trotzdem sollte nicht über die Vergangenheit geredet werden. Vor allem nicht zu Fremden und noch weniger, wenn die vom Militär sind!«, fuhr Bo leise fort.

»Ich habe mit niemandem gesprochen«, beteuerte Johnny. »Ich weiß ja im Grunde gar nichts.«

»Dann werde ich dir alles erzählen.«

»Das musst du nicht!«

Der Wasserkocher fauchte und spritzte. Mit zuckenden Fingern versuchte Johnny, an den Ausknopf zu kommen.

Kochende Tröpfchen landeten auf seiner Handfläche. Leise fluchend lutschte er hastig darauf herum.

»Irgendjemandem muss ich mich anvertrauen, sonst platze ich. Die letzten Wochen haben Dinge an die Oberfläche gespült, die ich seit Langem vergessen geglaubt hatte. Ich schlafe kaum eine Nacht mehr durch, wälze mich im Bett umher, werde von Albträumen gequält. Außerdem ist es gut, wenn ich mein Wissen teile, falls mir etwas zustößt.«

»Etwas zustößt?«

Johnny goss Wasser in zwei Teetassen, plemperte dabei über den Rand. Die Teebeutel in seinen Fingern tanzten nervös auf und ab, wie kleine epileptische Marionetten.

Bo ging zurück ins Wohnzimmer. Fast schien sie über den Fußboden zu schweben, bewegte sich mit ausgebreiteten Armen, als würde sie gleich eine Ballettdrehung vollführen. Vor dem Sofa blieb sie kurz stehen, tanzte tatsächlich eine halbe Pirouette und setzte sich auf ihren alten Platz. Johnny balancierte die Tassen auf einem Tablett. In ihnen wogte der Tee wie die Nordsee bei Sturmflut. Er hatte einen Teller mit Discounter-Keksen dazugestellt, die bereits mehr als eine Dusche abbekommen hatten und langsam durchweichten. Johnny stellte das Tablett mitten auf den Tisch und setzte sich in seinen Sessel, wobei er vorn an der Kante hocken blieb, mit steifem, durchgedrücktem Kreuz.

»Milena hieß sie«, sagte Bo und griff sich eine Tasse. »Das schlimm zugerichtete Opfer, damals in Primošten.«

Johnny bewegte sich keinen Millimeter. Statt ihn zu trinken, sah er zu, wie sein Tee abkühlte, die aufsteigenden Dampfschwaden immer dünner wurden und sich schließlich auflösten. Bo schien ihn gar nicht mehr wahrzunehmen. Sie war zurück auf dem Balkan.

Leutnant Frankfurt hatte versucht, mich aus den Ermittlungen um die ermordete Milena herauszuhalten. Das konnte man ihm ja nicht verdenken, denn ich war als Reporterin vor Ort. Und nichts konnte die Bundeswehr weniger gebrauchen als schlechte Publicity. Aber da kannte er mich schlecht. Ich heftete mich an die Fersen des Soldaten, der laut Roger ein Alibi für die Tatzeit hatte, obwohl er Milena unmittelbar vor der Tat mit einem Messer übel zugerichtet hatte.

Waldi wurde der Mann von seinen Kameraden gerufen. Waldi, weil er Hasso hieß. Hasso von Hartmann. Er gehörte einer Spezialeinheit an. Über den Zweck ihres Aufenthaltes in Primošten gab es nur Gerüchte. Davon jedoch reichlich. Und in jedem steckte ein Fünkchen Wahrheit. Ich löcherte jeden deutschen Soldaten, der mir über den Weg lief. Machte auf naives kleines Mädchen, setzte meinen Charme ein, geizte nicht mit Reizen, ließ Hoffnungen aufkeimen, versprach Dinge, an die ich bisher nicht einmal im Traum gedacht hatte. Dass ich mich dadurch mehrfach Übergriffen ausgesetzt sah, hatte ich mir natürlich selbst zuzuschreiben. Und leider war das auch keine neue Erfahrung für mich. Was es nicht besser machte, eher schlimmer. Genau wie das Gefühl, ständig beobachtet, verfolgt und überwacht zu werden.

Am Ende hatte ich ein recht genaues Bild von dem, was die Spezialeinheit auf den Balkan geführt hatte. Eine Menschenjagd. Was für eine Story. Hasso und seine Männer hatten den Auftrag, einen als Kriegsverbrecher gesuchten serbischen Offizier aufzuspüren und möglichst festzunehmen, damit er in Den Haag vor Gericht gestellt werden konnte. In der Nacht zuvor hatten sie ihn gefunden. Und ausgeschaltet. Das Feuergefecht hatte über eine Stunde angedauert. Was zu viel Adrenalin in den Blutbahnen von Soldaten anrichten konnte, hatte ich am eigenen Leib gespürt. Die Männer waren high, mussten Dampf ablassen, kannten keine Grenzen. Dass Milena dabei als Kollateralschaden geendet war, konnte ich mir nur allzu gut vorstellen. Und das machte mich wütend. So rasend, dass ich mich im direkten Gespräch mit von Hartmann vergaß. Er saß an demselben Tisch in der Hafenbar wie am Vorabend, trug eine Sonnenbrille, hatte die Hände hinterm Kopf verschränkt und sah mich mit einem kalten Lächeln an.

»Geben Sie es doch einfach zu!«, brüllte ich ihn an. Ich stand zitternd vor Wut vor ihm, hielt mich mit beiden Händen an dem kleinen Tisch fest, um mich davon abzuhalten, ihn zu ohrfeigen. »Sie wollen Karten gespielt haben? Mit Ihren Kameraden? Wer es glaubt! Eine Krähe hackt der anderen kein Auge aus!«

»Sie können es glauben oder nicht«, antwortete von Hartmann gelassen. »Es ist auf jeden Fall die Wahrheit.«

Er machte eine Pause, nahm die Brille ab und sah mich mit seinen eisblauen Augen an.

»Ich mochte Milena«, sagte er leise nach einer unendlich lang scheinenden Pause. Seine Stimme brach und eine einzelne Träne rollte über seine Wange. »Nie hätte ich ihr etwas angetan.«

Das haute mich buchstäblich um. Meine Knie wurden weich, ein schwarzer Schleier legte sich über meine Augen und hätte mich Roger nicht aufgefangen, der unbemerkt an unseren Tisch getreten war, wäre ich wohl an Ort und Stelle auf das grobe Pflaster gestürzt. Die beiden Männer kümmerten sich rührend um mich. Roger wedelte mir frische Luft zu, während Hasso eine Wasserkaraffe kommen ließ, mir ein Glas eingoss und gleichzeitig sein Baumwolltaschentuch befeuchtete und es mir auf die Stirn legte. Wie von Zauberhand war meine ganze Wut verflogen. In meinem Inneren schmolz ein kantiger Eisblock und mit einem Mal glaubte ich ihm. Ich glaubte Hasso von Hartmann, dass er Karten gespielt und nicht Milenas Brüste in Fetzen geschnitten hatte. Die Trauer in seinem Blick war genauso wie die Träne echt gewesen. Er war unschuldig. Ich hatte seine harte Schale geknackt und den weichen Kern offengelegt.

Bald darauf schlug das Schicksal erneut unerbittlich zu. Ein Boot näherte sich, praktisch lautlos. Außer Roger und Hasso waren keine weiteren Soldaten in der Bar. Es war noch zu früh, obwohl es wahrscheinlich nichts geändert hätte. Ich schaute überrascht zu, wie von Hartmann fast lautlos zu Boden glitt. Roger stutzte ebenso, schnellte herum und stellte sich sofort schützend vor mich. Im Nu waren wir von sechs oder sieben Männern umringt. Ausgemergelte Gestalten in ausgewaschenen Uniformen, die in jüngster Vergangenheit zu den wechselnden Armeen des Balkan gehört hatten. Nur ihre Waffen waren neu. Selbst ich als Laie sah, dass sie gut gepflegt und oft benutzt worden waren. Schnellfeuergewehre mit polierten Holzgriffen, aus denen gebogene Magazine herausragten.

Die Männer schrien durcheinander. Worte prasselte auf mich ein. Worte, die ich nicht verstand. Viele Konsonanten, kaum Vokale. Der Tonfall verriet, dass sie es ernst meinten. Einer lud theatralisch sein Gewehr durch und setzte Hasso den Lauf ins Genick. Ich konnte sein Gesicht nicht sehen, spürte aber, dass ein Zittern durch seinen Körper lief. Wieder hatte er seine Hände hinter dem Kopf verschränkt. Dieses Mal nicht lässig in der Sonne sitzend, sondern hilflos auf dem Bauch liegend. Roger wollte ihm zu Hilfe eilen, doch ein großes Messer mit gezackter Klinge an seiner Kehle hielt ihn zurück. Augenblicklich wurden mir die Knie weich. Ein stechender Bauchschmerz durchzuckte mich und ich stand kurz davor, mich zu übergeben.

»Lasst die Frau gehen«, sagte Roger scharf, obwohl ihm das Messer bereits einen tiefen Schnitt zugefügt hatte. Ein feines Blutrinnsal floss seinen Hals hinab. Als ob die Männer nur darauf gewartet hätten, nahmen mich zwei in die Mitte, packten mich grob an den Armen. Der eine war klein, hatte dunkle, tief liegende Augen. Ihm fehlten beide Schneidezähne und er schien keinen Moment stillhalten zu können. Sein Kamerad war ein großer, schwerfälliger Kerl. Er hatte Oberarme dicker als meine Schenkel, einen mit einem dichten Haarteppich überzogenen Oberkörper, breiter als ein Ölfass. In manchen Nächten spüre ich die Finger der beiden noch immer und wache schweißgebadet auf.

Sie zogen mich mit sich. Meine Füße schleiften über das Pflaster. Ich hatte in dem Moment jegliche Kontrolle über meinen Körper verloren. Dafür funktionierten meine Sinne fast übermenschlich. Ich konnte kalten Zigarettenrauch riechen, der die Männer umgab. Sie dünsteten Alkohol aus allen Poren, den ich sogar unterscheiden konnte. Kroatischer Slibowitz, serbischer Rakija, russischer Wodka. Meine Ohren vernahmen, wie kleine Steine unter den mit groben Nägeln behauenen Stiefelsohlen zu Staub zermahlen wurden. Und ich sah, wie sich die Pupillen des Mannes weiteten, der sein Gewehr in Hassos Nacken drückte. Jeden Augenblick würde er den Abzug betätigen. Ich wollte schreien, doch meine Stimmbänder waren wie gelähmt, brachten keinen einzigen Ton hervor. Für einen kurzen Moment stand die Zeit still. Es fühlte sich an, als hätte der liebe Gott auf die Pause-Taste gedrückt. Dann schaltete er in schnellen Vorlauf. Ich wurde hochgehoben und brutal hinter die Sitze des Schnellbootes geworfen.

Da ich die Bar nicht mehr sehen konnte, warteten meine Ohren auf den Mündungsknall. Er kam nicht. Stattdessen sprangen alle Männer zurück ins Boot, der Motor heulte brüllend auf und wir flogen förmlich über das Wasser davon. Der Bootsrumpf schlug hart auf die Wellen auf. Die Schläge übertrugen sich eins zu eins auf meinen Körper. Wenn ich versuchte, mich aufzurichten, drückte mich einer der Männer mit seinem Stiefel zurück auf den Boden. Wieder wollte ich brüllen, sie zur Rede stellen, Pressefreiheit einfordern. Bevor die Worte überhaupt über meine Lippen kamen, gestand ich mir ein, wie unsinnig das sein würde. Nicht nur, weil meine Entführer wahrscheinlich keine Silbe verstanden hätten, sondern weil es ihnen egal gewesen wäre. Wie lange die Fahrt dauerte, kann ich im Nachhinein nicht mehr sagen. Sie kam mir wie eine Ewigkeit vor. In meinem Kopf malte ich mir bereits die grausamsten Dinge aus, die mir gleich widerfahren würden. Doch es kam bei Weitem schlimmer.

»Wo willst du hin?«, fragte Bo und zeigte mit ihrem Finger auf Johnny, als hätte sie einen Revolver in der Hand.

»Ich, na, ich wollte Tee nachkochen. Ich habe Durst.« Johnnys Antwort kam so leise, dass sie kaum zu verstehen war.

»Du bleibst sitzen! Das ist wichtig, hörst du! Was ich dir gleich erzähle, wird dir klarmachen, dass es besser ist, keine unwahren Geschichten über Hasso von Hartmann zu erzählen.

Nicht im Wahlkampf und auch nicht danach! Er hat Freunde. Einflussreiche Freunde. Sie haben viel investiert. Und sie sind zu allem fähig!«

Bo schaute zum Fenster, als fürchtete sie, dass gleich ein Spezialkommando hindurchstürzen würde. Oder eine Handgranate.

»Aber ich muss auf die Toilette!«

Johnny wich Bos stechendem Blick aus, stand tapfer auf und stolperte ins Bad. Zehn Minuten später setzte er sich wieder auf die Sesselkante, mit geröteten Augen und hörte Bo mit zusammengekniffenen Lippen weiter zu.

Das Boot hielt an einem einsamen Felsenstrand. Erst hinterher erfuhr ich, dass er zu einer kleinen Insel im Norden von Primošten gehörte. Über einen wackligen Holzsteg schleppten mich dieselben beiden Männer zu einer aus groben Felssteinen erbauten Hütte. Die war winzig, bestand nur aus einem einzigen Raum. Das Dach war halb eingefallen, sodass freundliche Sonnenstrahlen hindurchfielen, direkt auf eine blutverschmierte Matratze. Daneben stand ein stabiler, im Boden verankerter Holzstuhl, an dem mehrere Lederriemen befestigt waren. Den rostigen Wassereimer und die Lkw-Batterie registrierte ich erst auf den zweiten Blick. Vielmehr suchte ich nach einem möglichen Fluchtweg. Das Loch in der Decke war zu hoch, selbst wenn ich auf die Lehne des Stuhles steigen würde. Armdicke Gitter versperrten das einzige Fenster, das an sich nicht groß genug war, um hindurchzusteigen. Als die Männer lachend die schwere Tür hinter uns zuzogen und mit einem massiven Riegel verschlossen, löschten sie jede Hoffnung in mir aus.

Sie redeten aufgeregt miteinander. Obwohl ich sie nicht verstand, wurde mir aus ihren Gesten und dem erhitzten Getue klar, dass sie diskutierten, wer der Erste sein durfte. Panisch riss ich mich los, versuchte, mit meinen Fingernägeln ihre Gesichter zu zerkratzen. Der Kleine war zu schnell und der Massige verpasste mir so eine heftige Ohrfeige, dass ich ein halbes Rad schlug und bäuchlings auf der stinkenden

Matratze landete. Sofort war der Kleine über mir. Er setzte sich auf meinen Hintern und ich hörte, wie der Stoff meines Kleides zerriss. Dann kratzte eine Messerspitze über meinen Rücken, zerschnitt meinen BH und wanderte tiefer. Mit einem unmenschlichen Triumphschrei riss er mir den Slip vom Leib. Mein Körper bäumte sich auf. Ich wand mich, schlug aus, hatte keine Chance. Schorfige Finger suchten nach meinen Brüsten, kniffen hinein, drückten und pressten sie. Ich bereitete mich auf das Schlimmste vor.

Plötzlich dröhnten Faustschläge gegen die Tür. Eine kommandierende Stimme brüllte etwas. Augenblicklich ließ der Kleine von mir ab, sprang auf, nahm Haltung an. Sein Kumpan zog den Riegel zurück und ich sah aus dem Augenwinkel, dass er zehn Zentimeter geschrumpft zu sein schien. Während der Kleine seinen Hosenstall schloss, öffnete der Dicke die Tür. Ein Mann trat ein, blieb auf der Schwelle stehen. Er trug eine prächtige Uniform, über und über mit Orden behängt, die im schmalen Streifen Sonnenlicht, das durch die kaputte Decke fiel, golden glänzten. Sein nicht unfreundliches Gesicht wurde von einem breiten, gewachsten Schnurrbart dominiert. Ich drehte mich um, blieb auf der Matratze sitzen und versuchte, so gut wie möglich, meinen Körper mit den Resten meines Kleides zu bedecken.

»Entschuldigen Sie meine Männer«, sprach er mich in sorgfältigem Deutsch an. Er redete beinahe akzentfrei, drückte sich sehr gewählt aus. Dankbarkeit übermannte mich in einer warmen Woge. Ich wollte etwas antworten, doch er unterbrach mich mit einem Handzeichen.

»Aber Sie müssen verstehen, dass wir uns in einer schwierigen Lage befinden.«

Ich nickte, nackt und zitternd auf dem Boden sitzend.

»Ihre Landsleute haben uns angegriffen, besetzen unsere Heimat, nehmen sich Rechte und Freiheiten heraus, als wären sie unsere Herren. Das können wir natürlich nicht hinnehmen.«

Wieder stimmte ich mit einem Nicken zu und versuchte, aufzustehen. Der Offizier sagte etwas zu seinen Leuten, worauf die mir auf die Beine halfen. Fast hätte ich mich bei ihnen bedankt. Sie führten mich hinüber zu dem Stuhl. Während ich mich setzte, legten sie die groben Riemen um meine Arme und Beine und nahmen mir das Kleid weg. Fast zärtlich zwang der Kleine meine Füße in den Eimer mit eiskaltem Wasser.

»Nun sind sie allerdings einen Schritt zu weit gegangen«, fuhr der Offizier fort. »Erst ermorden sie General Rusu und dann ...« Die Stimme brach ihm kurz, er räusperte sich zweimal und ergänzte: »Und dann meine Tochter Milena.«

Kaum war der Satz heraus, zogen sich meine Eingeweide zusammen. Ich zog, zerrte und riss wie von Sinnen an meinen Fesseln, schrie dabei, als hätte ich glühende Eisen im Körper stecken. Doch noch war es nicht so weit.

»Ich weiß, dass Sie den Mörder kennen. Sie sind in der Nähe des Tatortes gesehen worden«, sprach der Offizier in ruhigem Ton weiter. »Und ich weiß, dass Sie uns bald alles erzählen werden.«

Er befahl seinen Männern etwas. Das schmierige Grinsen, das sich über ihre Gesichter legte, war schlimmer als alles, was ich bisher erlebt hatte. Der Kleine zog die Batterie hinter dem Stuhl hervor und positionierte sie so, dass ich sie gut sehen konnte. Sein Kumpan wühlte in einem Jutesack, der mir bisher gar nicht aufgefallen war. Seine fleischigen Hände holten ein Kabelbündel hervor, das entfernt an eine verhedderte Weihnachtsbaumbeleuchtung erinnerte. Doch dieses hatte mehr freie Enden. An zweien waren rostige Krokodilklemmen befestigt.

Der Offizier trat zwei Schritte zurück, verschränkte die Arme auf seinem Rücken und sah zu, wie der Dicke versuchte, die Kabel zu entwirren. Laufend funkte ihm der Kleine dazwischen. Bis es seinem Kameraden zu viel wurde und er ihm die Drähte und Leitungen überließ. Stattdessen kramte er erneut in dem Sack und förderte ein Holzbrett zutage, auf dem diverse Dreh- und Kippschalter montiert waren. Diese waren fein säuberlich mit Steckerbuchsen verbunden. Das Ganze sah wie eine erfolgreich absolvierte Übungsaufgabe eines Elektrikerazubis im ersten Lehrjahr aus. Ein dickes Kabel hing an dem Brett herunter. Der Dicke klemmte es an die Pole der großen Batterie. Eine Gänsehaut überfiel meinen gesamten Körper. Wieder riss ich an den Riemen, schrie, versuchte den Wassereimer umzutreten, in denen meine Füße steckten. Meine Blase meldete sich so mächtig zu Wort, dass ich den Harndrang kaum unterdrücken konnte.

»Ich weiß doch gar nichts!«, brüllte ich, ruckte auf dem Stuhl hin und her, als würde ich unter Strom stehen. Aber der Teil folgte erst noch.

»Johnny! Wehe, du hältst dir die Ohren zu! Wehe!«

»Ich will das nicht hören! Ich kann das nicht hören!«, rief Johnny, presste sich beide Hände auf die Ohrmuscheln und kniff die Augen zu.

»Du musst!«, antwortete Bo kalt und fuhr fort.

Dem Kleinen glühten die Wangen vor Aufregung. Vorfreude spornte ihn dermaßen an, dass er in Rekordzeit das erste Knäuel entwirrt hatte. Mit geübten Handgriffen schloss er die eine Seite das Kabels an die Steckerleiste auf dem Holzbrett an und ließ die Krokodilklemmen, eine in jeder Hand, vor meinem Gesicht auf- und zuschnappen.

»Sagen Sie es mir!«, hörte ich den Offizier hinter dem Rücken des Kleinen. »Sagen Sie mir, wer General Rusu und meine Tochter auf dem Gewissen hat und ich halte meine Leute zurück.«

»Ich weiß es nicht!«, schrie ich zurück und brüllte vor Schmerz auf, als sich die metallenen spitzen Klauen der Klemme um meine Nippel schlossen. Ich japste nach Luft, zuckte in den Riemen, als hätte ich einen epileptischen Anfall. Und als ich schon glaubte, den Schmerz wegatmen zu können, drehte der Dicke an einem der Schalter. Früher hatten wir als Kinder unsere Zungen an die Kontakte von Flachbatterien gehalten und uns über das leichte Kribbeln erschrocken. Jetzt fuhr ein Stromstoß durch meinen Körper, der jeden Muskel zusammenzog, mich dermaßen durchrüttelte, dass ich mir beinahe die Zunge abbiss. Es fühlte sich an, als würde meine Haut komplett in Flammen stehen. Meine Hände verkrampften sich um die Lehne des Stuhles, sodass mehrere Fingernägel abbrachen.

Als der Dicke den Strom endlich abstellte, sah ich ihn fast dankbar an. Ich rutschte in dem Stuhl nach unten, während sich meine Blase dampfend entleerte. Das schien den Kleinen noch mehr aufzugeilen. Er hatte in der Zwischenzeit ein weiteres Kabelbündel entwirrt und an das Holzbrett angeschlossen. Jetzt schaute er den Offizier erwartungsvoll an. Der trat ganz nah an mich heran, vermied es sorgsam, mit seinen polierten Schuhen in die Urinpfütze zu treten, beugte sich zu mir herunter und wiederholte seine Frage: »Wer hat General Rusu und meine Tochter getötet?«

»Ich weiß es nicht«, versicherte ich leise, kaum hörbar und bereitete mich auf den nächsten Stromstoß vor. Gleichzeitig sickerte die Gewissheit in mich ein, dass ich mir die nächtlichen Verfolger wohl doch nicht eingebildet hatte. Der Offizier verharrte einen Moment vornübergebeugt, dann richtete er sich auf, schüttelte den Kopf und drehte sich um. Ehe ich etwas sagen konnte, um ihn eventuell aufzuhalten, schritt er aus der Tür und warf sie hinter sich zu.

Die Zeit blieb für eine Millisekunde stehen, danach kam Bewegung in die beiden zurückgebliebenen Männer. Sie redeten aufgeregt aufeinander ein, wie Kinder am Weihnachtsabend, kurz bevor die Geschenke ausgepackt wurden. Ich schrie, was sie nur noch mehr anzuspornen schien. Der Kleine hielt nun das andere Ende seines Kabels in die Höhe. An ihm war ein fleckiger stumpfer Metalldorn befestigt, nur wenig kleiner als eine grüne Gurke. Auf ein für mich nicht erkennbares Zeichen hin packten die beiden meine Knie und drückten mir die Schenkel auseinander. Der Kleine rammte den Metallpflock in mich herein, wobei ihm Speichel wie Geifer aus den Mundwinkeln rann. Er blieb vor mir hocken und schaute interessiert zu. Meine Schreie mussten bis auf dem fernen Festland zu hören gewesen sein.

Erst als der Dicke einen Kippschalter auf seinem Brett umlegte, stand ich kurz davor, ohnmächtig zu werden. Hatte ich vorhin geglaubt, mein Körper stünde in Flammen, so fühlte es sich jetzt an, als würde ich in ein Säurefass getaucht werden, wobei mir vorher die Haut abgezogen worden war. Wie lange der Strom floss, kann ich im Nachhinein nicht sagen. Wimpernschläge dehnten sich zu Stunden.

Als der Dicke den Strom wieder abstellte, schaute ich ihn mit verquollenen Augen an, registrierte, wie seine Zunge lüstern über seine Lippen leckte und sah zu, wie sein Kopf in einer Blutwolke explodierte. Erst danach hörte ich den Schuss. Der Kleine hockte noch immer vor meinem Stuhl. Mit großen Augen sah er zu, wie sein Kamerad ohne Kopf in sich zusammenfiel. Er brauchte einen Moment, um zu begreifen, was geschehen war. Schließlich sprang er auf, rannte zur Tür, wobei er darauf achtete, außerhalb des Fensters zu bleiben, durch das die Kugel ihr Ziel gefunden hatte. Vor dem Eingang verharrte er, zog sein Messer aus dem Gürtel, ging in die Knie und öffnete die Tür einen Spalt. Zwei Geschosse fetzten durch die Lücke, auf der Höhe, auf der die Brust eines normalen Mannes gewesen wäre. Durchgehendes Maschinengewehrfeuer setzte ein. Der Kleine blieb erstaunlich ruhig. Er drückte die Tür zu, schob den Riegel vor und kam zu mir herüber. Mit einer unheimlichen Gelassenheit stellte er sich hinter mich und drückte mir die Messerspitze gegen die Halsschlagader. Dann warteten wir.

Die Zeit verging quälend langsam. Das Stakkato der Schüsse außerhalb der Hütte nahm nicht ab. Fast unbeweglich ruhte die Messerspitze an meinem Hals. Mein Herzschlag ließ sie leicht erzittern. Mit einem Schlag wurde es still. Bis auf das Gesumme der Fliegen, die sich bereits über die blutigen Überreste des Dicken hermachten.

Etwas krachte hinter mir. Eine Gestalt fiel durch das Loch in der Decke, landete kurz hinter meinem Peiniger. Der wirbelte herum, verpasste mir dabei einen tiefen Schnitt an der Kehle. Nur mit schmerzhaft verdrehtem Hals konnte ich sehen, was hinter mir vorging. Hasso hatte sich von oben abgeseilt und rang mit dem Kleinen. Beim Sturz hatte er anscheinend seine Pistole verloren. Sie lag direkt neben meinem Eimer und doch unendlich weit entfernt. Hasso versuchte, sein Messer zu erreichen, es aus der Scheide an seinem Gürtel zu ziehen. Aber der Kleine ließ ihn keinen Moment zur Ruhe kommen. Immer wieder griff er an, stieß mit seinem Dolch zu, verpasste Hasso tiefe Schnitte an Unterarmen und in Hüfthöhe. Er blutete, wurde schwächer, hechtete schließlich mit einem verzweifelten Satz an meinem Stuhl vorbei und zur Tür. Mit letzter Kraft riss er den Riegel zurück und stürzte ins Freie.

Der Kleine folgte ihm, wollte ebenfalls nach draußen und traf auf Leutnant Frankfurt. Roger verpasste ihm einen derart harten Schlag, dass ich das laute Brechen der Nase hören konnte. Mein Peiniger wurde von den Füßen gerissen, knallte hart auf den Rücken und rutschte über den Boden, bis er mit dem Kopf gegen meinen Eimer stieß. Er wollte sich schnell aufrappeln, doch plötzlich bekam ich meine Füße nach oben. Was ich während der gesamten Folter nicht geschafft hatte, gelang mir nun fast mühelos. Mit aller Kraft hob ich den Eimer auf und ließ ihn mit voller Wucht auf den Schädel des Kleinen niederprallen. Jäh rollten seine Augäpfel nach hinten und er blieb regungslos liegen.

Roger war mit zwei langen Schritten bei ihm. Erst entwand er ihm das Messer und fühlte seinen Puls. Seine Miene verriet nicht, ob der Kleine noch lebte, wohl aber seine Sorge um mich. Mit wütenden Schnitten durchtrennte er meine Fesseln und zögerte, die Krokodilklemmen zu entfernen. Ich kam ihm zuvor. Der Anblick meiner blutenden, zerschundenen Nippel machte ihm sichtlich zu schaffen. Auch um den Metallpflock kümmerte ich mich selbst. Ich warf das blutverschmierte Ding in den Eimer, nahm Roger das Messer ab und rammte es dem Kleinen bis zum Heft in die Brust.

Roger zuckte kurz zusammen, nickte, zog seine Uniformjacke aus, half mir hinein und führte mich hinaus. Vor der Hütte herrschte ein heilloses Durcheinander. Von Kugeln zersiebte Leichen mit grässlich verdrehten Gliedern lagen umher, dazwischen vor Schmerzen brüllende Verletzte. Auch Deutsche. Roger schien das nicht zu kümmern. Er packte sein Scharfschützengewehr, das neben der Tür lehnte und zog mich zu einem wartenden Boot. Darin saß Hasso, zusammengekauert und ließ sich von einem Kameraden notdürftig seine Schnittwunden versorgen. Er vermied es, mich direkt anzusehen. Trotzdem war ich ihm unendlich dankbar, dass er mein Martyrium beendet hatte.

Bo hielt inne. Im Geist weit entfernt saß sie zusammengekrümmt auf der Couch und starrte vor sich hin.

»Ich verdanke ihm mein Leben«, sagte sie und sah Johnny mit einem Blick an, der ihn erschauern ließ. »Ich verdanke Hasso von Hartmann mein Leben.«

19

Nebeneinander krochen Pepe und Beate aus dem Tümpel. Wie die New Yorker Freiheitsstatue stand Putzmeister über ihnen.

»Abgehauen ist er«, ärgerte sich der. »Flink wie ein Waschbär. Hat sich aus dem Berg gemacht.«

»Wer?«, fragte Pepe, nachdem er sich den Helm vom Kopf gerissen hatte. Dabei schaute er Putzmeister nicht an, sondern suchte sein Motorrad. Auf der Straße lag es nicht.

»Verkerk natürlich. Bist du neu hier?« Putzmeister schüttelte den Kopf. »Unsere Leute sind hinter ihm her, aber der Mistkerl hat sich gekonnt in die Hecke geschlagen.«

Pepe blieb einen Moment auf dem Boden sitzen und hörte in seinen Körper hinein. Mit abebbendem Adrenalin kamen die Schmerzen, besonders an seinem Gesäß und am unteren Rücken. Vorsichtig tastete er im Licht von Putzmeisters Regulierstab die betreffende Stelle ab. Seine Lederhose war durchgescheuert, hatte die Schlitterpartie über den Asphalt nicht überstanden. Ebenso wenig seine Unterwäsche und die oberen Hautschichten. Pepe stöhnte kurz auf, als seine Finger auf rohes Fleisch trafen.

»Alles in Ordnung bei dir?«, fragte Beate. Sie lag lang ausgestreckt neben ihm und atmete schwer.

»Geht so. Und bei dir?«

»Mein Körper ist ein einziger blauer Fleck. Außerdem fühlt es sich an, als hätte ich streifenfreien Sonnenbrand.«

»Wir sollten für heute Feierabend machen. Wenn ich nur wüsste, wo mein Motorrad ist. Es war nur geliehen.«

»Feierabend klingt gut«, antwortete Beate und wies mit dem Zeigefinger nach oben.

Pepe legte den Kopf in den Nacken.

»Nicht wahr …«, murmelte er.

»Ich fürchte doch«, entgegnete Beate. Zwischen zwei mächtigen Ästen einer Eiche klemmte die Ducati fest. Ihr Scheinwerfer warf einen scharfen Lichtkegel in den Nachthimmel, als gehörte er zu einem Flugabwehrgeschütz.

»Das kommt davon, wenn man rast wie eine gesenkte Katze«, wetterte Putzmeister, der ebenfalls mit zurückgelegtem Kopf die Baumkrone inspizierte.

Pepe ballte die Fäuste, wollte etwas erwidern. Beate legte ihm beruhigend die Hand auf den Arm. Sie hatte wahrscheinlich recht. Sich aufregen brachte überhaupt nichts, vor allem nicht bei Putzmeister. Wenn er anstatt des Kommissars die Eiche zur Rede gestellt hätte, wäre das Ergebnis wohl gleich gewesen. Mühsam rappelte Pepe sich auf und hielt Beate seine Hand hin. Die griff zu und ließ sich von ihm auf die Füße ziehen.

Der Kollege mit dem Magnum-Schnurrbart fuhr sie bis vor Beates Haustür in der Eisenacher Fußgängerzone. Selbst die kurze Fahrt hatte ihre Knochen steif werden lassen. Wie Marionetten in den Händen eines ungeübten Puppenspielers quälten sie sich aus dem Kleinbus und anschließend die Treppen zu Beates Wohnung hinauf.

»Ich brauche jetzt eine heiße Wanne«, sagte sie und ging direkt ins Badezimmer. Während sie ihre triefenden Sachen abstreifte, bat sie Pepe: »Gieß uns inzwischen was Starkes ein.«

»Okay«, antwortete der und versuchte möglichst gleichgültig zu gucken, als sich Beate nackt über die Badewanne beugte und beide Wasserhähne voll aufdrehte.

»Aber tropf mir ja nicht die Bude voll! Schmeiß deine Klamotten mit auf den Haufen, wir kümmern uns hinterher darum!«

Hinterher?

»In Ordnung.«

Aus der Jacke kam er noch ganz gut heraus. Bevor er sie auf den Boden warf, fischte er sein Handy aus der Innentasche. Es gab keinen Mucks von sich. Mit spitzen Fingern legte er es auf den schmalen Badezimmerschrank und begann, seine Hose aufzuknöpfen. Das nasse Leder hatte sich fest an seine Beine gesaugt. Und als er an die aufgeriebenen Hautstellen kam, hätte er beinahe laut aufgeschrien. In der Badewanne türmte sich mittlerweile ein Schaumgebirge auf, in dem Beate mit einem großen Schritt verschwand.

»Ist das angenehm«, seufzte sie, als sie bis zum Kinn in das dampfende Wasser hineinrutschte.

Pepe brummte eine unbestimmte Antwort, während er seine zerfetzte Unterhose betrachtete. Darüber, wie er morgen aus dem Haus gehen sollte, würde er sich später Gedanken machen. Jetzt brauchte er etwas Starkes, um die Schmerzen wenigstens halbwegs zu betäuben. Barfuß tappte er durch Beates Wohnung. Seine Füße hinterließen nasse Abdrücke auf dem Laminat. In der Wohnstube stand ein üppig gefüllter Barschrank. Aus allen Flaschen fehlte mehr als ein Schluck. Pepe nahm jede einzelne in die Hand und prüfte im Dämmerlicht der durchs Fenster scheinenden Straßenlaterne das jeweilige Etikett. Gin. Rum. Wodka. Kräuterlikör. Doppelkorn. Weinbrand.

»Wird das heute noch etwas?«, rief Beate.

Pepe griff die Rumflasche am Hals. Im Gehen schraubte er den Deckel ab, ließ ihn achtlos fallen und nahm einen tiefen Schluck. Dick wie Honig ran der Alkohol mit einem leichten Brennen seine Kehle hinab und breitete sich gleichmäßig in seinem Magen aus.

»Wird ja auch Zeit«, moserte Beate und streckte eine Hand

durch den Badeschaumberg nach der Flasche aus. Pepe reichte ihr den Rum und stand unschlüssig und nackt neben der Wanne.

Beate trank ebenfalls direkt aus der Flasche. Zwei tiefe Züge. Danach richtete sie sich etwas auf und sagte: »Hier ist durchaus Platz für zwei!«

»Ich glaube nicht, dass das eine gute Idee ist.« Pepe griff sich die Flasche und trank einen so großen Schluck, dass er sich beinahe daran verschluckte.

»Der kleine Paco ist da wohl anderer Meinung«, entgegnete Beate.

Pepe schaute an sich herunter. Sie hatte recht. Den Namen hatte die verrückte Isa seinem besten Stück auf ihrer unlängst und geradeso glimpflich ausgegangenen Schatzjagd gegeben. Der Alkohol und fiebrige Begierde übertönten die Schmerzen, die das heiße Wasser auf Pepes aufgeschürften Hautstellen verursachte. Nach einigen Anfangsschwierigkeiten fanden sie schließlich den Weg ineinander, umschlossen sich mit den Beinen, lehnten sich jeder weit zurück und genossen ihre Zweisamkeit in sanften Wellen. Bis die Anspannung so groß wurde, dass sie sich in wilden Zuckungen entlud. Das Wasser schwappte über, sämtliche Dusch-, Pflege- und Badezusatzflaschen wurden vom Beckenrand gefegt. Schaumwolken wurden aufgewirbelt und waberten durch das Badezimmer.

Als Pepe am nächsten Morgen aufwachte, war die Betthälfte neben ihm leer. Er hob leicht den Kopf und ließ ihn gleich wieder zurück ins Kissen sinken. Wie spät mochte es wohl sein? Dem stechenden Schmerz hinter seinen Augen nach zu urteilen, war es viel zu früh. Vorsichtig hob Pepe die Bettdecke an. Er spürte die Bescherung, bevor er sie sah. Die nässende Schürfwunde hatte sich untrennbar mit dem Laken verbunden. Beate steckte den Kopf durch die Tür.

»Schön, dass du wach bist«, rief sie ihm fröhlich zu. »Frühstück ist gleich fertig. Außerdem bringt dir Frank ein paar Sachen vorbei.«

»Frank?«

»Mein Schwager. Mann, bist wohl doch noch nicht ganz bei Sinnen!«

Sie zog die Tür zu und ließ Pepe allein. Der richtete sich auf, zog kurz am Bettlaken, sodass es sich mit einem schmatzenden Geräusch von seiner nässenden Schürfwunde löste. Er stöhnte auf und wickelte es sich schließlich wie eine Tunika um seinen Körper. Jeder Schritt wurde zur Qual. Trotzdem schleppte sich Pepe tapfer in die Küche.

»Schick siehst du aus. Wie ein zu klein geratener, römischer Feldherr. Ich habe versucht, dein Handy zu trocknen«, empfing ihn Beate. »Mit Föhn und Reiskörner und so. Probier mal. Obwohl du es ja wahrscheinlich eh nicht brauchst. Mich hast du jedenfalls nie zurückgerufen!«

Trotz des berechtigten Vorwurfs lächelte sie. Pepe brummte eine unbestimmte Antwort und schielte zum Heizkörper hinüber, auf dem das Telefon lag. Am liebsten hätte er sich die vier Schritte zum Fenster und zurück gespart. Doch er hielt durch. Das Handy in der Hand ließ er sich schwer auf einen Stuhl fallen und schaltete es ein. Erst passierte nichts, dann leuchtete tatsächlich die Pinabfrage auf.

»Es funktioniert«, staunte er. Mehrere Meldungen tauchten auf, unter anderem Beates entgangener Anruf und einer von Johnny. Er hatte eine Nachricht auf seiner Mailbox hinterlassen. Den Lautsprecher auf voller Leistung hörte Pepe sie ab.

»Pepe! Ich brauche Hilfe! Bitte, kannst du herkommen? Jetzt? Es ist wirklich schlimm!«, war Johnnys aufgeregte Stimme zu hören, die so gar nicht zu dem relaxten Piraten passen wollte, den Pepe kennengelernt hatte. »Bo ist hier. Sie macht mir Angst! Behauptet, ich werde verfolgt und bin in Lebensgefahr. Ich weiß nicht, was ich tun soll. Das gibt es doch nicht. Ich hocke hier auf meinem eigenen Klo und trau mich nicht zurück ins Wohnzimmer. Sachen erzählt die, das glaubst du nicht. Komm bitte her, ja! Ich weiß nicht, an wen ich mich sonst wenden soll. Außerdem gibt es da etwas, was ich dir über Dr. Bo Busch unbedingt erzählen muss!«

Johnnys Stimme versank in Tränen und die Aufzeichnung brach ab.

»Wer war das denn?«, fragte Beate.

»Ein entfernter Bekannter.«

»Klang aber sehr vertraut. Von wann ist die Nachricht?«

Pepe prüfte die Anzeige. »Von gestern Nachmittag.«

»Na hoffentlich ist es nicht zu spät.«

»So ein Quatsch. Der übertreibt maßlos.«

»Das denke ich nicht. Der hat echt Schiss, das hört man sofort. Ruf ihn an!«

»Jetzt?«

»Ja, jetzt. Musst ja keinen Videoanruf machen.«

Am liebsten hätte Pepe die Nachricht ignoriert. Insgeheim musste er Beate zustimmen. Die Panik in Johnnys Stimme war durchaus echt. Er drückte auf Rückruf und wartete.

»Der Teilnehmer ist vorübergehend nicht verfügbar«, wiederholte Pepe die elektronische Ansage und legte auf. Kein gutes Zeichen.

»Du solltest nachsehen, was da los ist. Nur zur Sicherheit.«

Ehe Pepe etwas antworten konnte, klingelte es an der Tür. Beate sprang auf und lief zur Gegensprechanlage. Kurz darauf plärrte der Summer und zwanzig Sekunden später kam Angelika Holm, Beates Nichte, in die Wohnung gerannt.

»Ich habe die Sachen dabei. Für Onkel Pepe. Von Dad«, quasselte sie los. »Wird kaum passen, hat er gesagt, weil der Pepe ja so winzig ist. Warum hast du denn ein Bettlaken an, Onkel Pepe? Mum hat gemeint, dass du bestimmt wieder irgendeinen Unfug gemacht hast. Stimmt das?«

»Na ja ...«

»Und was hast du Tante Bea besorgt?«

»Wie bitte?«, fragte Beate und bekam rote Ohren.

»Ich war zwar längst aus der Tür, trotzdem habe ich gehört, wie Dad gesagt hat, dass er hofft, er hätte dir irgendetwas besorgt. Ordentlich. Weil du das wohl länger brauchen würdest.«

»Ich, also, wo sind denn die Sachen?«, unterbrach Pepe den Redefluss der Kleinen.

»Hier, in der Tasche. Ich habe eine Jogginghose und ein T-Shirt dabei«, antwortete Angelika und hielt stolz eine große Plastiktüte in die Höhe.

»Keine Unterwäsche?«, fragte Beate.

»Es geht auch so«, Pepe winkte ab, griff sich den Beutel und verschwand im Schlafzimmer.

Das Bettlaken erneut loszuwerden, fühlte sich an, wie ein überdimensionales Pflaster abzureißen und genauso klang es. Und er würde Beate wohl ein neues kaufen müssen. Die Blutflecken erinnerten Pepe stark an Major Frankfurts Gesicht im Profil. Ob das blutige Kunstwerk rückstandsfrei zu entfernen war, bezweifelte er stark. Dafür saß die Jogginghose schön locker. Es fiel nicht allzu sehr auf, dass er keine Unterwäsche trug. Mit dreifach hochgekrempelten Hosenbeinen waren sie nicht mehr zu lang. Dass die Motorradstiefel dazu mehr als albern aussahen, war nicht zu vermeiden.

Da Beate und ihre Nichte in heißen Diskussionen verstrickt waren, verabschiedete sich Pepe eilends und machte sich auf den Weg zum Bahnhof. Zum Glück musste er seinem Chef dieses Mal den erneuten Verlust eines Motorrades nicht erklären. Denn er war der Boss, wenn auch nur vorübergehend. Dass der Major bald wieder auf seinem Posten sein würde, stand für Pepe außer Frage. Und dann würde sich der ganze Schlamassel restlos aufklären.

Zu seiner Überraschung war er nicht der am merkwürdigsten angezogene Passagier in der Regionalbahn zurück nach Erfurt.

Der Wachtposten am Haupteingang der Henne Kaserne wunderte sich nicht mal mehr, dass Pepe erneut zu Fuß aufkreuzte. Ebenso wenig über seinen Aufzug. Pepe erwiderte den militärischen Gruß und begab sich schnurstracks zu seiner Stube. In Windeseile zog er sich um und lief zu Major Frankfurts Büro. Dass es jetzt übergangsweise seines war, konnte er fast nicht glauben. Schnell angelte er sich den Zündschlüssel zu Frankfurts Dienstmotorrad aus der Schreibtischschublade. Auf dem Weg zur Garage musste er an dem traurigen Rest seiner BMW vorbei. Die Jungs von der Instandhaltung hatten das verkohlte Wrack aus Eisenach geborgen und gut sichtbar auf dem Kasernenhof abgestellt. Pepe bildete sich ein, noch immer kleine Rauchsäulen aufsteigen zu sehen. Rasch schaute er woanders hin und hielt starr Kurs auf die große Fahrzeughalle. Frankfurts Motorrad stand gleich neben dem Tor. Sie glänzte frisch poliert wie üblich. Dafür sorgte schon der kriecherische Hauptfeldwebel, der den Fuhrpark leitete. Hoffentlich ließ der sich nicht blicken.

Im Gehen setzte sich Pepe den Helm auf und zog die Handschuhe an. Auf lange Erklärungen wollte er sich auf keinen Fall einlassen. Wenn Beate recht hatte, sollte er besser sofort nach Johnny sehen. Erst beim dritten Versuch bekam er den Schlüssel ins Zündschloss, schwang sich in den Sattel und startete den Motor. Der große Boxer brummte freudig auf, als ob ihn die lange Standzeit, während der Major im Krankenhaus lag, zu Tode gelangweilt hätte. Während Pepe gefühlvoll den ersten Gang einlegte, hörte er ein lautes Rufen hinter sich. Im Rückspiegel sah er den Fuhrparkleiter auf ihn zu tänzeln und wild mit den Armen fuchteln. Er erinnerte Pepe stark an einen russischen Balletttänzer. Ohne sich umzudrehen grüßte er lässig mit der linken Hand und gab dermaßen Gas, dass der Hinterreifen einen dicken schwarzen Streifen auf dem Hallenboden hinterließ.

Keine zwanzig Minuten später parkte Pepe das Motorrad auf dem Bürgersteig vor Johnnys Wohnung. Obwohl er sich nicht genau erinnern konnte, welche Fenster zu dessen Wohnzimmer gehörten, dazu war sein Aufbruch zu überstürzt gewesen, schaute er nach oben. Alles wirkte normal und friedlich. Keine verrutschten Gardinen, keine eingeschlagenen Fensterscheiben, kein Zettel mit aufgemaltem Hilferuf. Pepe nahm den Helm ab, löste den Sicherungsriemen seines Pistolenholsters.

Die Haustür war nur angelehnt, der Bereich rings um den Schließer zersplittert. Vorsichtig ließ Pepe seine Finger darüberstreichen. Die Holzsplitter waren bereits stark verwittert. Ja, die Tür war aufgebrochen und notdürftig repariert worden, mehrfach. Es war unmöglich zu bestimmen, wann zum letzten Mal.

Bevor Pepe das Treppenhaus betrat, rief er erneut Johnny zurück. Wieder erreichte er nur die Mailbox. Also drückte er die Haustür komplett auf und trat ein. Das Treppenhaus wirkte etwas heruntergekommen. Typisch für ein Mietshaus, in dem die Reinigung den Mietern auferlegt wurde. Das Tageslicht tat sich schwer, die verschmierten Fensterscheiben zu durchdringen. Am Fuß der Treppe blieb Pepe stehen, schaute und horchte nach oben. Das sich windende Geländer sah aus wie eine optische Täuschung, in der sich eine farbige Spirale in der Unendlichkeit verlor. Ansonsten war es unheimlich still. Obwohl das Gebäude renoviert worden war, hatte es seinen alten Charme, die dicken lärmschluckenden Wände und die doppelflügeligen Wohnungstüren behalten.

Langsam zog Pepe die Pistole aus dem Halfter und setzte seinen Fuß auf die erste Stufe. Dann schüttelte er den Kopf, steckte die Waffe weg und stieg polternd nach oben. Zwar hatte er schon viel erlebt, war oft unter Feuer geraten, mit Messern und Knüppeln angegriffen worden, allerdings äußerst selten in einer deutschen Großstadt. Beate hatte ihn mit ihren bösen Vorahnungen ganz verrückt gemacht. Wahrscheinlich schlief Johnny nach einer langen Nacht als Kellner und einem anschließenden Absacker in der Hinterhofbar tief und fest und hörte sein Telefon einfach nicht. Darüber hinaus hatte er bestimmt Gesellschaft und würde sich überaus freuen, dass Pepe, uniformiert und bewaffnet, bei ihm klingelte. Umkehren konnte er jetzt allerdings auch nicht mehr. Nicht, ohne sich vergewissert zu haben, dass es Johnny gut ging.

Ohne weiter nachzugrübeln, stieg er die Treppe hinauf. Und blieb alarmiert stehen, als er Johnnys Wohnungstür erreichte, die nur angelehnt war. Fast automatisch zog Pepe erneut seine Pistole und ging vor der Tür in die Hocke. Angestrengt horchte er in den Flur hinein. Stille. Seine Finger tasteten nach dem Schließblech. Im Gegensatz zur Haustür war es intakt. Mit der Fußspitze stieß Pepe die Tür auf und trat lautlos ein. Nur kurz überlegte er, Unterstützung anzufordern. Doch im Augenblick war er sehr knapp an Personal. Cem wäre mit seinem geschienten Arm keine große Hilfe und Feldwebel Gehricke schob Wache vor dem Krankenzimmer des Majors. Alles blieb wieder mal an ihm hängen.

Pepe nahm die Waffe hoch und arbeitete sich tiefer in die Wohnung vor. Obwohl er bei seinem letzten Besuch stark alkoholisiert gewesen war und Johnny fluchtartig verlassen hatte, war der Grundriss der Dreizimmerwohnung relativ gut in seinem Hirn hängen geblieben. Geradeaus gelangte er in das Wohnzimmer mit angrenzender Küche, von der das Schlafzimmer abging. Hinter der Eingangstür links lag die Toilette und rechts eine kleine Abstellkammer. Die Badezimmertür stand weit offen. Der Raum war leer. An die Kammer hielt Pepe nur sein Ohr und lief langsam weiter, als er nicht das kleinste Geräusch vernahm.

Je näher er dem Wohnzimmer kam, desto vorsichtiger wurde er. Plötzlich knarzte seine Lederjacke. Ohrenbetäubend laut. Mit klopfendem Herzen blieb er stehen, hielt die Luft an. Hatte sich vor ihm ein Schatten bewegt? Pepe wurde es unerträglich heiß. Feine Schweißtropfen bildeten sich auf seiner Stirn. Er traute sich nicht, sie wegzuwischen. Fast eine Minute verharrte Pepe unbeweglich. Die Pistole wurde schwer in seiner Hand. Dann atmete er tief ein und ging in kleinen Schritten weiter, von einer bösen Vorahnung getrieben.

Mit jedem Zentimeter, den er sich dem Wohnzimmer näherte, wurde ein übler Metallgeruch stärker. Am Ende des Korridors atmete er nur noch durch den Mund, um den aufsteigenden Brechreiz in den Griff zu bekommen. Vor dem Durchgang in die Wohnstube blieb er stehen, lehnte sich mit dem Rücken gegen die Wand, hob die Pistole neben seinen Kopf. Nachdem er dreimal tief durchgeatmet hatte, ließ er sich mit einem Ausfallschritt in den Raum fallen, ging auf ein Knie herunter und scannte über den Lauf der Waffe hinweg das Wohnzimmer ab.

Es war leer – bis auf Johnny, der in einer unglaublichen

Blutlache in seinem Sessel saß. Die Polster hatten sich vollgesogen und trotzdem hatte sich eine beachtliche Pfütze unter dem Möbelstück gebildet. Anscheinend war Johnny vollständig ausgeblutet. Seine Augen waren weit aufgerissen, genauso wie sein Mund. Man hatte ihm die Kehle durchgeschnitten. Sauber und professionell. Anders als bei seinem zerschundenen Oberkörper. Hier schien jemand, völlig außer Kontrolle, seiner unbändigen Wut freien Lauf gelassen zu haben. Tiefe Schnitte zogen sich über Johnnys Brust, hatten eine einzige grässliche offene Wunde hinterlassen, aus der sich weiße Rippen in einem quälenden Kontrast von der blutigen Fleischmasse abhoben.

Auf den ersten Blick sah es aus, als wäre Johnny von scharfen Krallen zerfetzt worden. Aber für Pepe stand außer Frage, dass hier ein Mensch am Werk gewesen war, und zwar ein ziemlich kranker. Obwohl Pepe schon schlimme Dinge gesehen hatte, vor allem in seiner Zeit in Afghanistan, bekam er weiche Knie und musste sich am Türrahmen abstützen. Er hatte Johnny nur kurz gekannt, trotzdem nahm ihn dessen Ende sehr mit. Und es machte ihn wütend. Da Pepe in seiner Karriere mit vielen Toten in Berührung gekommen war, konnte er den Todeszeitpunkt recht gut abschätzen. Der lag ungefähr einen halben Tag zurück. Das bedeutete, dass er etwa zwei Stunden nachdem er seine Nachricht auf Pepes Handy hinterlassen hatte, umgebracht worden war.

Je nachdem wie genau Pepes laienhafte Einschätzung des Zeitpunktes war, hatte Kilian Verkerk ein Alibi. Auf jeden Fall konnte er nicht Johnny in Erfurt verstümmelt haben und gleichzeitig ein Straßenrennen sechzig Kilometer entfernt gefahren sein. Pepe blieb noch einen Moment in der Tür stehen und sah sich um. Das Wohnzimmer war nicht durchwühlt worden. Auch der Flur sah nicht so aus, als hätte jemand etwas gesucht. Geld und Wertsachen waren anscheinend nicht das Motiv gewesen. Ein Verbrechen aus Leidenschaft passte eher zu den wütenden Fleischwunden. Der professionelle Kehlschnitt wiederum nicht. Ebenso wenig der verängstigte Anruf.

Langsam löste sich Pepe von Johnnys Anblick. Er zog ein

Baumwolltaschentuch aus seiner Hosentasche und wischte über den Türrahmen, an dem er sich eben abgestützt hatte. Dann ging er rückwärts durch den Flur bis zur Kammer, rieb hier über die Stelle, an die er sein Ohr gehalten hatte und zuletzt über das Schließblech der Wohnungstür. Auf dem Weg die Treppe hinunter zog er sein Handy aus der Tasche und wählte die Nummer von Feldwebel Gehricke.

20

»Herr Oberfeld?«, meldete sich Gehricke nach dem ersten Klingeln.

Pepe und Svenja Gehricke arbeiteten noch nicht allzu lange zusammen. Sie war erst vor Kurzem in seine Feldjägereinheit versetzt worden. Und hatte für Aufsehen gesorgt. Bis auf zwei Merkmale hätte sie durchaus als Laufstegmodel durchgehen können. Zum einen war sie mit 1,70 Meter etwas zu klein, zum anderen war ihre Oberweite ein wenig zu groß. Trotzdem verdrehte sie mit ihren grünen Augen und den feuerroten, meist zu einem Pferdeschwanz zusammengebundenen Haaren jedem Soldaten in der Kaserne den Kopf – bis sie den Mund aufmachte. Ihre Stimme klang, als ob Fingernägel über eine Schiefertafel kratzten. Zu Pepes Schulzeiten hatte sein Klassenlehrer damit immer für Ruhe gesorgt.

»Verlegen Sie den Major!«, ordnete Pepe knapp an, während er auf die Straße trat, sich nach allen Seiten umsah und schließlich zu seinem Motorrad lief.

»Wohin?«

Das mochte Pepe an Feldwebel Gehricke. Sie stellte keine sinnlosen Fragen, sondern konzentrierte sich auf das Wesentliche.

»Nicht am Telefon«, antwortete er. »Ich komme ins Krankenhaus.«

»Okay.«

Pepe war klar, dass er Gehricke damit keine leichte Aufgabe gestellt hatte. Schließlich war Major Frankfurt nicht in der Lage, sein Zimmer selbstständig zu verlassen. Mit den behandelnden Ärzten zu diskutieren, würde auch kein Spaß werden. Dazu die logistische Herausforderung, ein geeignetes Transportfahrzeug aufzutreiben, samt zugehöriger Besatzung. Pepe war sich sicher, dass der Feldwebel die Aufgabe lösen würde. Unteroffiziere der Bundeswehr waren sehr gut vernetzt. Im Prinzip hielten die den normalen Dienstbetrieb am Laufen. Kleine Gefälligkeiten untereinander waren eher die Regel als die Ausnahme. In Zeiten von knappen Budgets, defektem Gerät und Personalmangel kam es oft auf die Kreativität des Einzelnen an. Besser, man fragte nicht zu genau nach, um das fein gesponnene Netzwerk nicht zu zerreißen.

Obwohl Johnnys Wohnung in einer Seitenstraße lag, waren viele Fußgänger unterwegs. Wenn die Ermittlungen erst einmal angelaufen waren, war es nur eine Frage der Zeit, bis sich jemand an ein großes Motorrad mit Blaulicht direkt vor dem Hauseingang erinnern würde. Zwar nicht zur Tatzeit, trotzdem würde ein gründlicher Ermittler dem Hinweis nachgehen. Das konnte Pepe im Moment absolut nicht gebrauchen. Gut, dass er aktuell Chef der Feldjägereinheit war. So konnte er eingehende Gesuche steuern. Und verzögern. Wohl aber nicht in alle Ewigkeit. Solange er sich noch frei und unbehelligt bewegen konnte, wollte Pepe sichergehen, dass er in dem allgemeinen Durcheinander etwas klarer sah. Im Moment schien Bo Busch der Dreh- und Angelpunkt zu sein. Was mochte sie Johnny erzählt haben, was ihn so in Angst und Schrecken versetzt hatte? Und vor allem warum?

Wenn doch nur der Major wieder zu Bewusstsein kommen würde. Denn in einem Punkt war sich Pepe ziemlich sicher: Der Auslöser des Chaos lag in der Vergangenheit. Und in der hatte Frankfurt anscheinend eine zentrale Rolle gespielt. Er hätte ihn schon viel eher aus dem Krankenhaus holen sollen. Hoffentlich war es dafür nicht zu spät. Pepe stieg auf seine BMW, startete den Motor, schaltete das Blaulicht ein und raste mit abhebendem Vorderrad in Richtung Klinik davon.

Bereits von Weitem stach ihm der mächtige olivgrüne Unimog mit Kastenaufbau ins Auge. Das rote Kreuz in einem weißen Kreis auf seiner Seite war ebenso wenig zu übersehen. Neben dem Allradfahrzeug mit den mächtigen Geländereifen sahen die zivilen Rettungswagen geradezu winzig aus. Außerdem waren die auch nicht von bewaffneten Posten umringt.

Pepe fuhr bis dicht an den Militärkrankenwagen heran und parkte direkt vor dessen Motorhaube. Er wusste zwar, dass Gehricke gut war, doch was sie hier und heute in Rekordzeit vollbracht hatte, grenzte fast an Zauberei. Wo sie nur die bewaffnete Einheit so kurzfristig herbekommen hatte? Erst jetzt fielen Pepe die kobaltblauen Litzen über den Dienstgradabzeichen der Soldaten auf. Es waren Sanitäter. Ein Wunder, dass die ihre Gewehre richtig herum hielten. Normalerweise flickten sie eher Kameraden zusammen, als dass sie auf jemanden schossen. Trotzdem war Pepe über die Weitsicht von Feldwebel Gehricke froh. Johnnys Attentäter würde es sich wohl zweimal überlegen, ob er mit seinem Messer gegen Sturmgewehre antrat.

Gerade als er den Helm abgenommen hatte, rollten zwei Sanis eine Trage im Laufschritt heran. Sofort erkannte Pepe die große Gestalt des Majors unter dem bleichen Laken. Den Sanitätern folgte Svenja Gehricke, rückwärtsgehend, während sie mit ihrer charakteristischen Stimme auf zwei aufgebrachte Männer in weißen Kitteln einredete. Pepe konnte zwar die einzelnen Worte nicht verstehen, vermutete aber, dass die beiden den Major lieber in der Klinik behalten wollten. Der Ton wurde rauer. Feldwebel Gehricke wurde buchstäblich von den Weißkitteln in die Zange genommen. Als sich der größere der beiden an ihr vorbeidrücken und nach Frankfurts Trage greifen wollte, riss ihr der Geduldsfaden. Blitzschnell zog sie ihre Waffe, lud theatralisch durch und richtete den Lauf ruhig auf die Stirn des zweiten Pflegers.

»Der Major kommt mit mir!«, herrschte sie die Leute mit einer Stimme an, aus der jegliches Quietschen plötzlich verschwunden war. Jetzt rissen die bewaffneten Sanitäter ebenfalls ihre Gewehre herum und zielten auf die Krankenhausangestellten. Sofort reckten die ihre Arme so weit nach oben, als turnten sie die Yoga-Bergstellung. Erst als der Major sicher im Transporter untergebracht war, pfiff Gehricke ihre Männer zurück. Die Klinikärzte rannten noch immer mit erhobenen Händen zurück ins Gebäude. Ohne Zweifel würden sie die Polizei rufen. Feldwebel Gehricke schloss die Türen des Lasters, klopfte dagegen und kam, ihre Pistole in der Hand, auf Pepe zu.

»Wohin?«, fragte sie knapp.

»In die Kaserne. Möglichst unauffällig.«

Erst schaute Gehricke auf das riesige Allradfahrzeug, dann auf die bewaffneten Sanitäter, bevor sie erwiderte: »Jawohl, möglichst unauffällig.«

Zurück in der Henne Kaserne fühlte sich Pepe besser, jetzt, da er wusste, dass Major Frankfurt in Sicherheit war. Er saß auf dessen Stuhl, an dessen Schreibtisch, mit den Beinen auf der Tischplatte und starrte abwechselnd an die Decke und auf das Telefon des Majors. Bisher hatte es nicht geklingelt. Nicht wegen der erzwungenen Krankenhausentlassung und auch nicht wegen dem Mord an Johnny.

Feldwebel Gehricke saß ihm gegenüber. Sie zappelte unruhig auf dem Besucherstuhl hin und her und wusste anscheinend nicht wohin mit ihren Händen.

»Feldwebel?«, sprach Pepe sie an, ohne den Blick von der Decke zu nehmen.

»Ja?« Das Quietschen in Gehrickes Stimme war zurück.

»Sie fragen sich, ob es rechtens war, den Major aus der Klinik zu holen.«

Als Gehricke nicht antwortete, nahm Pepe die Füße vom Tisch, lehnte sich nach vorn und schaute sie scharf an. Sie wich ihm nicht aus. Allerdings konnte Pepe deutlich sehen, wie es in ihr brodelte. Ihre Wangen hatten sich rot verfärbt, konkurrierten mit der Farbe ihrer Haare. Die vielen kleinen Sommersprossen hoben sich deutlicher als sonst von ihrer Nasenspitze ab und ihre Lippen waren zu einer harten, schmalen Linie zusammengepresst.

»Sie haben nichts zu befürchten«, fuhr Pepe fort. »Sie haben auf meinen Befehl gehandelt. Und der Major ist, in seinem jetzigen Zustand, bei uns in guten Händen. Das haben mir die Sanis ausdrücklich versichert.«

Wieder reagierte Gehricke nicht. Außer, dass sich nun auch ihre Ohren dunkel verfärbten. Das linke mehr als das rechte.

»Hier ist etwas oberfaul«, redete Pepe weiter. »Und das hat mit der Vergangenheit des Alten zu tun. Alles hängt zusammen. Da bin ich mir sicher.«

»Was alles?«, platzte es nun doch aus Gehricke heraus.

»Frankfurts vermeintlicher Unfall, der Überfall auf ihn durch diesen Ex-Soldaten Verkerk, Bo Busch, Johnny ...«

»Johnny?«

Pepe winkte ab. Es war besser, wenn Gehricke nicht alle Details kannte. Er sprang auf, verschränkte die Arme hinter dem Rücken und lief in Frankfurts Büro auf und ab. Bis er direkt vor Gehricke stehen blieb und fragte: »Hat sich der Major in letzter Zeit merkwürdig verhalten?«

»Merkwürdiger als sonst, meinen Sie?«

»Ja!«

»Na ja, er hat mich vor Kurzem nach Freiburg geschickt. Zu Nachforschungen.«

»Ins Bundesarchiv?«, fragte Pepe erstaunt. Er wusste, dass sich dort Aktenberge zum deutschen Militär seit der Zeit der Reichsgründung stapelten.

»Ja. Ich sollte Unterlagen zu einem speziellen Vorfall in Primošten auftreiben. Allerdings hat er darauf bestanden, dass ich die Aufgabe vertraulich behandele.«

»Und haben Sie?«

»Die Sache vertraulich behandelt? Nein, ich habe es eben Ihnen erzählt.«

»Nein. Ich meine, haben Sie Unterlagen gefunden?«

»Ja, habe ich.«

Die Antwort hätte sich Pepe eigentlich denken können. Feldwebel Gehricke war akribisch in allem, was sie tat. Und meist erfolgreich.

»Und?«, fragte Pepe und beugte sich zu Gehricke herunter, sodass sich ihre Gesichter fast berührten. Sie roch nach Butterplätzchen, mit einer Spur Waffenöl. So froh, wie Pepe sonst war, wenn der Feldwebel nur wenige Worte in ihrer Quietschstimme über ihre Lippen brachte, umso mehr wünschte er sich jetzt, dass sie redete.

»Was und?«

Musste man der denn jeden Satz aus der Nase ziehen?

»Was stand drin, mein Gott noch mal?«

Pepe stand kurz davor, Gehricke an den Schultern zu packen und sie ordentlich durchzuschütteln. Aber zum einen hätte sie das durchaus als sexuelle Belästigung anzeigen können und zum anderen hatte er gehört, dass sie eine Nahkampfexpertin war. Also verkrampften sich seine Hände in der Luft, anstatt um ihren Hals.

»Ich habe die Akte nicht gelesen.«

Verdammt!

»Sie muss hier ja irgendwo sein. Der Major hat schließlich nie irgendwelche Dokumente mit nach Hause genommen.«

Himmel, sie hatte recht! Pepe griff über Gehricke hinweg nach dem Stifthalter, schüttete ihn aus und fischte Frankfurts Schubladenschlüssel aus dem Haufen. Im Nu hatten sie den gesamten Inhalt auf dem Schreibtisch ausgebreitet und prüften jedes Schriftstück ganz genau.

»Die Mappe ist nicht dabei«, stellte Gehricke fest, als sie sich bereits zum zweiten Mal durch den Haufen gearbeitet hatten. »Ein olivgrüner Schnellhefter mit etwa zwanzig Kopien.«

Pepe stützte sich mit beiden Händen schwer auf dem Schreibtisch ab und sah den Feldwebel mit gerunzelter Stirn an.

»Und selbst beim Kopieren haben Sie keinen Blick auf die Blätter geworfen?«, fragte er.

»Nicht meine Sicherheitsfreigabe. Ich habe nur die Aktennummer angegeben und zugesehen, wie ein Korporal die Mappe in einen Umschlag gesteckt und versiegelt hat.«

»Dann fordern wir die Dokumente eben erneut an!«

»Ich denke nicht, dass das klappt«, entgegnete Gehricke

vorsichtig. »Der Major musste sich separat identifizieren, um Zugriff zu erhalten. Keine Ahnung, was in den Papieren steht, aber es scheint recht toxisch zu sein.«

»Ja. So toxisch, dass man dafür tötet.«

»Wo kann er es versteckt haben?«

»Im Safe?«

Automatisch drehten sich ihre Köpfe zu dem Stahlschrank neben der Tür. In ihm wurden sensible Daten verwahrt, manchmal auch die Dienstwaffe des Majors und ab und zu eine gute Flasche Whiskey. Das Problem an dem Safe war jedoch, das praktisch jeder die Kombination kannte. Frankfurts Geburtstag.

»Probieren Sie es.«

Gehricke lief lautlos wie eine Katze zu dem Panzerschrank hinüber, bückte sich nach dem Tastenfeld und ließ ihre Finger darüberfliegen. Sie zog die Tür auf und Pepe versuchte aus der Ferne, an ihrem Hintern vorbeizusehen.

»Eine Flasche Schnaps, einige lose Blätter und eine Handgranate«, zählte Gehricke auf und schlug die Tür wieder zu.

Bis auf die Granate genau das, was Pepe erwartet hatte. Gedankenverloren räumte er die Stifte zurück in die zugehörige Aufbewahrungstasse. Zum Schluss hielt er Frankfurts Motorradschlüssel in Händen, der ebenfalls auf dem Tisch gelegen hatte. Geistesabwesend wollte er ihn in seine Tasche stecken, als er plötzlich innehielt.

»Was?«, fragte Gehricke.

»Kann das sein?« Pepe rannte plötzlich aus dem Büro, als hätte Gehricke den Splint der Granate gezogen.

Wenn es einen Platz gab, der sicherer als Frankfurts Büro war, dann die Seitenkoffer seines Dienstmotorrades. Näherte sich ein anderer als der Major der Maschine, kam sofort der Fuhrparkleiter herbeigeeilt und vertrieb jeden Eindringling. Aber Pepe war kein Fremder. Er war Frankfurts Vertreter, im Dienst und motorradtechnisch. Selbst der übergenaue Hauptfeldwebel schien das mittlerweile begriffen zu haben. Er schaute nur kurz aus der Tür seines Büros, als Pepe die Garage betrat, winkte ärgerlich ab und zog sich wieder zurück. Das

Schloss des Seitenkoffers der BMW klemmte etwas. Doch nach ein wenig Fummelei sprang der Deckel auf. Und tatsächlich lag der von Gehricke angesprochene Umschlag direkt obenauf. Bevor ihn Pepe sich unter die Jacke stopfte, schaute er sich um. Der Fuhrparkleiter duckte sich ertappt weg, als sich ihre Blicke trafen. Ansonsten war die große Garagenhalle verwaist. Vorsichtig schloss Pepe den Koffer und kehrte ins Büro zurück. Feldwebel Gehricke hatte sich nicht von der Stelle gerührt.

»Und?«, fragte sie.

Wortlos ließ Pepe den Umschlag auf den Schreibtisch fallen, mit dem Stempel ***Streng geheim!*** gut sichtbar nach oben.

»Dann geh ich mal besser«, sagte sie daraufhin und stand auf.

»Bleiben Sie«, entgegnete Pepe schärfer als beabsichtigt. »Wir gehen die Akte gemeinsam durch. Vielleicht fällt Ihnen etwas auf, worüber der Major gesprochen oder was er wie in Gedanken unabsichtlich erwähnt hat.«

»Ich weiß nicht. Die Klassifizierung ist recht eindeutig.«

»Sie bleiben! Das ist ein Befehl!«

»Jawohl, Herr Oberfeldwebel!«

Normalerweise legte Pepe nicht viel Wert auf die militärische Etikette. Aber die Situation war sehr speziell. Nicht nur, dass er jeden Moment damit rechnete, dass sein Telefon klingelte und er von der Kripo zu Johnny befragt wurde. Auch stand der Wahlkampfauftritt des Kanzlerkandidaten Hasso von Hartmann unmittelbar bevor. Und dass der Major keine hundert Meter von hier bewusstlos in einem Krankenbett lag, machte die Lage nicht unbedingt besser. Zusätzlich hatte sich Cem noch immer nicht gemeldet. Nach dem missglückten Straßenrennen hatte Pepe entschieden, dass der Oberstabsgefreite weiter und möglichst vorsichtig in der Straßenrennszene ermittelte. Da Verkerk ihn vor dem Rennen nicht bloßgestellt hatte, standen die Chancen gut, dass der junge Türke nicht komplett aufgeflogen war. Und wenn doch, würde Cem schon damit umgehen können. Oder besser: müssen. Sie brauchten jetzt vor allen Dingen Verkerks Aufenthaltsort.

Wenigstens in eine weitere Kammer des aktuellen Kartenhauses wollte Pepe selbst etwas Licht bringen. Am vielversprechendsten war aktuell die streng geheime Akte. Er zog den Schreibtischstuhl auf die andere Seite, stellte ihn direkt neben Gehrickes. Dann klappte er die Mappe auf und begann für einen schnellen Überblick durch die Seiten zu blättern. Hängen blieb er bei Tatortfotos. Eine junge Frau. Von unzähligen Messerschnitten gezeichnet. Ihre toten Augen schauten anklagend, selbst nach so langer Zeit.

»Wer ist das?«, fragte Gehricke.

Pepe blätterte eine Seite vor und las laut: »Milena Mikec.«

»Sie wurde schlimm zugerichtet. So etwas habe ich noch nicht gesehen.«

»Ich aber«, murmelte Pepe leise. »Vorhin erst.«

»Wo?«

»Nicht wichtig. Die Tatsache, dass sich die Bilder ähneln, allerdings schon.«

Pepe blätterte weiter. Viele Teile der Akte waren geschwärzt worden. Nur ein Name tauchte beständig auf.

»Hasso von Hartmann«, entfuhr es Gehricke erstaunt. »Was hat er denn damit zu tun?«

Im Schnelldurchlauf scannte Pepe die nachfolgenden Seiten und fasste das Gelesene laut zusammen: »Er war zum Zeitpunkt des Mordes an Milena Mikec in Primošten. Als Teil einer Spezialeinheit. Anscheinend haben sie Jagd auf Kriegsverbrecher gemacht. Unser Chef war auch vor Ort. Er hat Hasso verdächtigt.«

»Unser zukünftiger Kanzler ein Mörder?«

»Abwarten, bislang wurde er nicht gewählt.«

»War das Haus behindertengerecht?«

»Welches Haus?«

Pepe konnte Gehrickes Gedankensprüngen nicht folgen.

»Das, in dem Sie heute das Opfer gesehen haben. Das mit den vergleichbaren Verletzungen.«

Sofort erschien das endlos scheinende Treppenhaus vor Pepes geistigem Auge. Kein Fahrstuhl.

»Nein, war es nicht.«

»Na, somit scheidet Hasso von Hartmann wohl als Verdächtiger aus.«

Pepe antwortete nicht gleich. So kategorisch würde er den Ex-General nicht ausschließen.

»Vielleicht hatte er Helfer?«, fragte er mit Zweifel in der Stimme.

»Helfer? Sie meinen, jemand hat den Kanzlerkandidaten ins Haus getragen, damit der einen Mord verüben konnte und hat ihn anschließend herausgeschleppt? Sie können ihn nicht leiden, richtig?«

»Das spielt überhaupt keine Rolle«, entgegnete Pepe schroff und schlug die Mappe zu. »Fakt ist, dass unser Major den Mann damals als Verdächtigen eingestuft hat und der Fall schließlich ungelöst zu den Akten gelegt worden ist. So etwas kenne ich von Frankfurt überhaupt nicht! Sie etwa? Diese ganzen Schwärzungen. Die Sache stinkt, das rieche ich Meilen gegen den Wind. Hier wurde und wird etwas vertuscht. Und anscheinend ist es nach langer Zeit wieder wichtig geworden. Wichtig genug, um Menschen umzubringen, oder es zumindest zu versuchen.«

Ehe sich Pepe weiter in Rage reden konnte, wurde er vom Klingeln seines Handys unterbrochen.

»Ja!«, rief er grob ins Mikrofon, ohne zu prüfen, wer anrief.

»Ich freue mich ebenfalls, von dir zu hören«, maulte Beate.

Augenblicklich entspannte sich Pepe etwas. Er winkte Gehricke, dass sie gehen könne und sagte: »Entschuldige bitte! Wie geht es dir?«

»Alles gut. Warst du bei diesem Johnny?«

»Ja.«

»Und?«

»Er ist tot.«

Stille. Pepe hörte Beate schwer über den Lautsprecher atmen.

»Wie?«, fragte sie nach einer halben Ewigkeit.

»Messer.«

»Verdammt.«

»Ich habe es noch nicht gemeldet.«

»Verdammt!«, wiederholte sie sich. »Warum denn nicht?«

»Ich brauche im Moment etwas Freiraum. Vor allem wegen der morgigen Wahlkampfveranstaltung in Eisenach.«

»Dann sehen wir uns dort.«

»Gibt es etwas Neues zu Verkerk?«

»Der ist abgetaucht. Leider mussten wir auch die Gaffer vom Straßenrennen gehen lassen. Wir haben nichts in der Hand. Sie sind ja schließlich nicht gefahren.«

»Und Igor Fischer?«, entfuhr es Pepe.

»Igor Fischer ebenfalls.«

Das war nicht gut. Das war gar nicht gut. Der würde als Nächstes Cem in die Mangel nehmen, um ihm den entgangenen Wetteinsatz abzupressen.

»Pepe?«

Er hörte Beate nicht, hielt sein Telefon nur geistesabwesend in der Hand und überlegte, wie er den Oberstabsgefreiten aus der Schusslinie bringen konnte. Am besten wäre es wohl, wenn er ihn normal zum Dienst einteilte und mit zur schwergesicherten Wahlkampfveranstaltung nahm. Selbst mit einem Arm in der Schlinge konnte er sich nützlich machen.

»Ja!«, antwortete Pepe endlich, doch Beate hatte längst aufgelegt.

21

Bo war nervös. Sie zwang sich, sich nicht nach dem kleinen Oberfeldwebel umzuschauen, der irgendwo hinter ihr Posten bezogen hatte. Der Kerl sorgte dafür, dass sich ihre Nackenhaare aufstellten. Seit sie ihn kannte, ging alles den Bach hinunter. Nur nicht heute!

Bo kaute an ihren Fingernägeln, das hatte sie schon seit sie ein Teenager war nicht mehr getan. Zum wiederholten Mal stellte sie sich hinter das niedrige Rednerpult, das ihr bis zur

Hüfte reichte. Es war auf einer dicken Holzplatte montiert worden, sodass Hassos Rollstuhl stabil stand und er trotzdem etwas Bewegungsspielraum hatte. Er liebte es, wenn er in seinen Reden die Position wechseln und so den Eindruck von Dynamik vermitteln konnte. Vorsichtig klopfte Bo gegen das Mikrofon. Tausendfach verstärkt schallten ihr die Schläge aus Dutzenden Lautsprechern entgegen. Die Akustik hier oben am Eisenacher Burschenschaftsdenkmal war fantastisch. Aber darum ging es vordergründig gar nicht. Die Kulisse zählte.

Das fast neunzig Meter hohe Kriegerdenkmal, das zu Ehren der im Deutsch-Französischen Krieg gefallenen Burschen errichtet worden war, transportierte perfekt Hassos Botschaft von einem starken, wehrhaften Deutschland. Selbst jetzt bei Tageslicht hinterließen die mächtigen Säulen, die eine gigantische Krone trugen, einen bleibenden Eindruck. Der würde sich vielfach verstärken, wenn nach Sonnenuntergang die Feuerschalen angezündet wurden und die uniformierten Fackelträger in Stellung gingen. Dabei wollte Hasso im ersten Ansatz nicht nur die Anwesenden in seinen Bann ziehen. Hauptsächlich war seine Rede als mediales Event geplant. Sie würden live gehen. Auf allen Kanälen.

Um den Platz herum hatten sich bereits unzählige Fernsehstationen, Radiosender, Internetkanäle und sogar einige Zeitungsjournalisten postiert. Sie umlagerten die Bühne wie Heckenschützen, eifrig darauf bedacht, den besten Schuss abgeben zu können. Bo schaute auf ihre Uhr. Noch zwei Stunden.

Seit einem halben Tag hockte Lars Richter in seinem Versteck. Er hatte es sich so bequem wie möglich gemacht. Obwohl sein letzter Einsatz als Scharfschütze bereits Jahre zurücklag, steckten ihm die Abläufe bis heute in Fleisch und Blut. Im Vergleich zu früher fieberte er dem heutigen Einsatz allerdings regelrecht entgegen. Fast freute er sich, jemandem das Leben zu nehmen. Denn diesmal kannte er sein Opfer persönlich. Es war kein namenloser Terrorist, kein feindlicher Offizier, kein übergelaufener Geheimagent, die von Vorgesetzten aus strategischen Gründen zum Ziel erklärt worden waren. Heute war es anders. Heute war es persönlich. Denn wenn ein Mann eine Kugel in den Kopf verdient hatte, dann Hasso von Hartmann.

Als Pepe bei ihm aufgetaucht war, um sich zu informieren, wie Scharfschützen tickten, hatte er nicht glauben können, um wen es sich handelte. Ein Wink des Schicksals. Die Zeit der Rache war gekommen. Richter wusste von mehr als einem Dutzend Männern, die sich ihm, ohne zu zögern, angeschlossen hätten. Wenn sie nicht schon tot gewesen wären. Gefallen in Feindesland. Gefallen in Feindesland, weil General Hasso von Hartmann sie aus Eitelkeit und in grenzenloser Selbstüberschätzung ins Verderben geführt hatte. Deswegen lag er allein auf der erhöhten Plattform und wartete geduldig darauf, den finalen Schuss abgeben zu können. Dank Pepes Unterlagen hatte er sich perfekt vorbereiten können, hatte die Für und Wider jedes Verstecks gegeneinander abgewogen. Und nun war er bereit.

Zum wiederholten Mal schaute Richter durch das Zielfernrohr. Eine Frau erschien in seinem Fadenkreuz. Sie kaute an ihren Fingernägeln und schaute sich nach allen Seiten um, als wüsste sie, dass tödliches Unheil ganz in der Nähe lauerte.

Pepe stand neben einer der kolossalen Säulen des Denkmals und schaute erst auf Bo Busch, dann auf die Menge unterhalb der Eisenach überblickenden Terrasse hinab. Manchmal war er so etwas von begriffsstutzig. Natürlich leitete sie den Wahlkampf des Ex-Generals und steckte deshalb bis über beide Ohren drin in der Geschichte. Wahrscheinlich hatte Major Frankfurt deswegen mit ihr sprechen wollen. Um der alten Zeiten willen, bevor er den Ex-General erneut zum Mord an Milena Mikec verhörte. Er hätte ihr etwas Luft verschafft, um ein entsprechendes Statement für die Presse vorzubereiten, die Wogen von vorneherein flach halten zu können. Doch dazu war es nicht gekommen. Von Hartmann hatte die Dinge selbst in die Hand genommen. Wenn er tiefer bohrte, würde Pepe mit Sicherheit eine Verbindung zwischen Verkerk und dem Ex-General finden. Es konnte nicht anders sein.

Das musste augenblicklich warten. Erst musste diese Geschichte hier beendet sein. Noch zwei Stunden. Obwohl nur wenige handverlesene Zuschauer zugelassen waren, drängten sich bereits Dutzende Menschen auf dem kleinen Vorplatz. Alle trugen eine uniformähnliche Kleidung, bei deren Anblick Pepe unwillkürlich an Miriams mahnende Worte denken musste. Sollte sie am Ende tatsächlich recht behalten?

Bisher hatte Pepe kein einziges Wort mit dem Ex-General persönlich gewechselt. Alle Absprachen in Sicherheitsdingen waren über Mitarbeiter des Teams gelaufen und über Bo. Pepe hatte so getan, als hätte er sie beim Kampf zwischen Cem und Verkerk in Frankfurts Krankenzimmer nicht erkannt und sie hatte ebenfalls jedes private Wort vermieden. Und Zeit, von Hartmanns Wahlprogramm zu lesen, war Pepe nicht geblieben. Im Moment hatte Pepe sowieso keine Muße, weiter darüber nachzudenken. In weniger als hundert Minuten würden sie live sein, ganz egal, was der Ex-General von sich geben würde. Pepes Befehl lautete nicht, politisch Stellung zu beziehen, sondern jeden Schaden von von Hartmann abzuhalten. Daran war anscheinend genauso viel einflussreichen Leuten gelegen wie denen, die ein Kopfgeld auf den Ex-General ausgelobt hatten.

Sie lebten in verrückten Zeiten. Trotzdem, Befehl war Befehl. Und den würde Pepe ohne Wenn und Aber ausführen. Obwohl von Hassos Team unter Leitung von Bo Busch jedes Detail der Veranstaltung bis ins Letzte durchgeplant hatte, war er alle Punkte akribisch durchgegangen, hatte versucht, irgendwo ein Sicherheitsleck zu finden. Es war ihm nicht gelungen. Doch eines hatte er schmerzlich gelernt, vor allem im harten Kampfeinsatz: Wenn der erste Feindkontakt zustande kam, waren alle Pläne hinfällig.

Sollte sie ihm winken? Beate stand auf dem kleinen Parkplatz, von dem eine schmale Stichstraße zum Berghotel hinaufführte. Auf der asphaltierten Fläche machte sich eine Hundertschaft

Bereitschaftspolizei fertig. Die Männer legten Körperpanzer an und überprüften ihre Tränengasbehälter. Etwas abseits unterhalb der letzten Serpentine, im Schatten einer großen Eiche, parkten zwei Wasserwerfer mit laufendem Motor. Beate hoffte inständig, dass sie übervorsichtig gewesen war. Aber sie folgte stets dem Grundsatz: Lieber haben als brauchen.

Sie scannte die Umgebung und sah Pepe am Fuß einer Denkmalsäule stehen. Er lehnte locker mit dem Rücken dagegen und ließ seinen Blick schweifen. Nein, sie würde ihm nicht winken. Schließlich war sie dienstlich hier. Nach seinem Anruf hatte sie sich möglichst unverbindlich nach dem Mord an diesem Johnny im Kollegenkreis erkundigt. Anscheinend war der Mann furchtbar zugerichtet worden. Gerüchte behaupteten, die Tat stünde in unmittelbarem Zusammenhang mit der Erfurter Homosexuellenszene. Wie Pepe da reinpasste, konnte sich Beate beim besten Willen nicht vorstellen. Zeit, weiter darüber nachzugrübeln, hatte sie allerdings nicht.

Der bevorstehende Einsatz forderte ihre komplette Aufmerksamkeit. Ganz Eisenach war abgeriegelt, glich einer Hochsicherheitszone. Niemand kam ohne Kontrolle herein oder hinaus. Noch gestern Abend konnten sie in letzter Minute einen erneuten Brandanschlag verhindern. Eine Gruppe Vermummter hatte mit Kanistern auf dem Parkplatz des Sophienhotels hantiert, mitten in der Innenstadt und versucht, einen Luxus-Geländewagen anzuzünden. Die Männer hatten allerdings nicht mit den extrem aufmerksamen Nachbarn aus dem gegenüberliegenden Neubaublock gerechnet. Seit sich in diesem Viertel Keller- und Flurbrände häuften, reagierten die Bewohner unverzüglich, wenn sie etwas Verdächtiges wahrnahmen.

Die Stimmung in der Stadt war im wahrsten Sinne des Wortes aufgeheizt. Trotzdem hätte Beate lieber an ihren anderen Fällen gearbeitet, als hier als besserer Pförtner für den Nazi Hasso von Hartmann unterwegs zu sein. Egal, wie oft Pepe ihn verteidigte. Beate hatte sich ihre Meinung gebildet und noch hatte der Ex-General sie mit keiner Silbe vom Gegenteil überzeugt. Im Moment war sie nur stocksauer, dass sie zum Beispiel im Vermisstenfall Liselotte Kohlhans nicht weiterkam. Umso überraschter war sie, als sie deren Ehemann unter den geladenen Zuschauern in der Menge entdeckt hatte. Er trug so etwas wie einen Uniformrock und schaute mit glühenden Wangen zu dem Denkmal empor.

Die Sonne war mittlerweile hinter der Wartburg untergegangen. Dämmerung legte sich über die Anlage und die ersten Feuerschalen wurden entzündet. Sofort schwenkten alle Kameras herum, um ja keine Aufnahme zu verpassen.

Bo spürte den Blick des Oberfeldwebels in ihrem Rücken. Sollte Fuchs nicht eine Runde drehen, sich vergewissern, dass seine Männer auf ihrem Posten waren? Sie hatte zwar den Ablauf im Kopf, nur nicht die minutengenauen Patrouillenzeiten. Hauptsache, er war nicht mehr im Bild, wenn die Show startete. Er hatte nicht gerade die Statur des idealen Soldaten, von denen Hasso in seinen Reden sprach.

Wieder prüfte Bo die Uhrzeit, fummelte an ihrer Armbanduhr herum, die sich auf die Rückseite ihres Handgelenkes verdreht hatte. Noch eine Stunde. Normalerweise wäre sie jetzt bei Hasso, würde mit ihm ein letztes Mal die Rede durchgehen. Doch im Moment war er nicht gut auf sie zu sprechen. Dabei war es nicht ihre Schuld, dass die angeheuerten Deppen zu dämlich waren, ein Auto anzuzünden. Ein explodierender Geländewagen in der Eisenacher Innenstadt hätte ihnen zusätzlich Aufmerksamkeit beschert und selbst den stursten Nachrichtensender dazu gebracht, über die heutige Veranstaltung zu berichten. In den öffentlich-rechtlichen Sendern waren sie nämlich sträflich unterrepräsentiert. Sie war sich sicher: Nach der Ansprache des Generals würde sich das ändern. Ab morgen kam niemand mehr an Hasso von Hartmann vorbei. Keiner war davon mehr überzeugt als der General selbst. Und er opferte seinem großen Ziel alles. Jedes Mittel war ihm recht. Unvermittelt musste Bo an Johnny denken.

Der Wind hatte sich gelegt. Das war gut. Richter stellte das Zielfernrohr entsprechend nach. Die zunehmende Dunkelheit stellte kein Problem dar. Durch die vielen Feuerschalen wurde das Rednerpult mehr als ausreichend ausgeleuchtet. Noch immer stand die Frau vor dem Mikrofon und half ihm so, sein Ziel genau zu erfassen. Glück gehörte oft auch dazu, einen Auftrag erfolgreich abzuschließen. Damals in Afghanistan, unter dem Kommando von Hasso von Hartmann, hatten sie Pech gehabt. Sie waren tief in die Berge vorgedrungen, weiter als sich je eine westliche Militäreinheit gewagt hatte. Unwegsames Gelände, Kälte und nur unzureichende Aufklärung im Vorfeld hatten sie langsamer als geplant vorankommen lassen. Durch schmale Schluchten zwischen steil aufragenden Felswänden hindurch waren sie marschiert.

Das Gefühl, beobachtet zu werden, hatte sie die ganze Zeit begleitet. Von Hartmann hatte sie weiter vorangetrieben. Ihre Einheit hatte aus dreißig Mann bestanden. Ein Zug Fallschirmjäger. Soldaten, die schon viel erlebt hatten, die körperliche Strapazen gewohnt waren. Und sie waren hochmotiviert gewesen. Jeder hatte mindestens einen guten Freund, einen Kameraden in den Karfreitagsgefechten verloren. Daher folgten sie von Hartmann, ohne seine Befehle infrage zu stellen. Sie brannten darauf, die Taliban zur Rechenschaft zu ziehen, Rache zu nehmen.

Nach drei Tagen, ohne nennenswerten Schlaf und mit minimaler Verpflegung hatten sie einen Höhlenkomplex erreicht. Der Eingang lag auf der gegenüberliegenden Seite eines kreisrunden, steinigen und vegetationslosen Talkessels. Sie hatten sich an einer Bergflanke eingegraben. Fünfzehn Kampfstände wie aus dem Lehrbuch. Mit Klappspaten in den felsigen Untergrund getrieben. Jedes mit zwei Mann besetzt. Um Mitternacht wollten sie angreifen, das Versteck des Gegners ausheben, keine Gefangenen machen.

Es kam anders. Erst klang es wie ein Erdbeben. Doch es war eine menschengemachte Explosion, die den Berghang über ihrer Stellung zum Einsturz brachte. Geröll rutschte mit infernalischem Lärm auf sie herab. Kleine Steine purzelten den Hang herunter, gigantische Felsbrocken in einer undurchsichtigen Staubwolke folgten. Die Kameraden neben Richters Schützenmulde wurden von einem Felsen zerquetscht, der die Größe eines Kleinwagens hatte. Andere wurden verschüttet und von der Gesteinslawine mitgerissen. Feiner Staub lag in der Luft, legte sich auf Augen, Mund und Nase, erschwerte das Atmen, nahm ihnen die Sicht.

Maschinengewehrfeuer setzte ein. Geschosse flogen aus allen Richtungen heran. Tiefrote Blutnebel mischten sich mit dem braunen Felsstaub. Männer schrien. Und starben. Richter kroch hinter dem Gesteinsbrocken in Deckung, der seine Nachbarstellung zermalmt hatte. Er erwiderte das Feuer. Zielte auf alles, was sich bewegte. Schoss, wechselte ein Magazin nach dem anderen, bis der Schlagbolzen seines Gewehres endgültig ins Leere klickte. Jetzt blieb ihm nur die Pistole. Er zog sie aus dem Halfter, legte den Lauf an seine Stirn und wartete. Die Zeit verging quälend langsam. Der Lärm der Schüsse ebbte ab, bis er urplötzlich gänzlich zum Erliegen kam. Trotzdem dröhnte das Echo in Richters Ohren nach.

War es vorbei? Er konnte es nicht glauben. Wischte sich mit dem Ärmel Schweiß, Dreck und Blut aus dem Gesicht. Der Staub hing wie Morgendunst in der Luft. Dicht auf den Boden gepresst lugte Richter um seinen Felsen herum. Traf dabei direkt auf einen Kameraden mit zerfetztem Gesicht. Dann sah er von Hartmann. Er hatte sich so tief eingegraben, dass nur der obere Teil seines Stahlhelmes aus dem Schützenloch herausschaute, keine fünfzig Meter entfernt. Richter konnte ihn schreien hören. Er brüllte irgendetwas in ein Funkgerät. Richter wollte aufspringen, zu ihm eilen, als ein erneuter Erdrutsch niederging und ihn halb unter sich begrub. Dieses Mal war ein Hubschrauber der Auslöser. Die Maschine schwebte direkt über von Hartmann. Während der Bordschütze den Höhlenkomplex mit einer schweren Maschinenkanone unter Feuer nahm, wurde eine Strickleiter heruntergelassen. Flink wie ein Zirkusartist kletterte von Hartmann daran empor. Und trotz des Lärms der Rotoren und dem Dröhnen der Schüsse konnte Richter den letzten Satz verstehen, bevor von Hartmann die Tür hinter sich zuzog: »Hier ist keiner mehr am Leben. Weg, los, los, los!« Noch bevor er geendet hatte, traf ihn die Kugel, die ihn seither an den Rollstuhl fesselte.

»Was machen Sie dort oben? Kommen Sie sofort herunter!«

Verdammt! Richter war so in der Vergangenheit gefangen gewesen, dass er die Militärpolizisten übersehen hatte, die sich seinem Versteck, einem Jagdhochsitz, genähert hatten. Er war aufgeflogen. Aber noch war nicht alles vorbei. Er antwortete nicht, schaute stattdessen durch sein Zielfernrohr. Der Platz hinter dem Mikrofon war derzeit verwaist. Dunkle Wolken zogen auf. Wahrscheinlich würde es ein Gewitter geben.

Fackelträger. Pepe stieg die Stufen zum Vorplatz hinunter und brachte so viel Abstand wie möglich zwischen sich und das übertriebene Schauspiel. Die lodernden Schalen allein hatten dem Ort eine gewisse Mystik verliehen. Doch die uniformierten Männer mit ihren lichterloh brennenden Fackeln waren zu viel. Ihn schauderte und nicht nur, weil es plötzlich merklich kälter geworden war. Wind kam auf und trieb sein Spiel mit den zuckenden Flammen. Es roch nach Regen.

»Pepe!«

Der Ruf kam aus einer dichten Menschentraube. Obwohl das Gebiet weiträumig abgesperrt worden war, hatte sich eine große Gruppe von Gegendemonstranten durch die Büsche geschlagen und versuchte, auf schmalen Pfaden in das Veranstaltungsgelände zu gelangen. Sie hielten Plakate hoch, wie Pepe sie schon in der Stadt hatte hängen sehen. Von Hartmann mit Pinocchio-Nase, von Hartmann mit einem Fadenkreuz auf der Stirn, mit Vampirzähnen samt Blutstropfen. Am häufigsten war der Ex-General mit Hitlerbärtchen zu sehen. Die Menge skandierte: Nazis raus, Nazis raus! Und viele Fernsehkameras nahmen die Rufe dankend auf. Bislang blieben die Protestler außerhalb des Sicherheitsbereiches. Eine Kette von mit Schutzschilden, Helmen und Schlagstöcken ausgerüsteter Polizisten hielt sie draußen. Noch. Und mitten zwischen ihnen stand Beate Jäger. Sie winkte ihm zu und zwängte sich durch die menschliche Mauer aus Bereitschaftspolizisten hindurch.

»Wie ist die Lage?«, fragte sie ohne weitere Begrüßung. Worüber Pepe froh war. Im ersten Moment hatte er überlegt, ob sie vielleicht eine Umarmung, eventuell sogar einen Kuss erwartete.

»Angespannt, aber unter Kontrolle«, gab er zurück.

»Ich fürchte, wir benötigen Verstärkung. Wie sieht es drüben aus?«

Zur gegenüberliegenden Seite führte ein Feldweg. Dort hatte Pepe seine Feldjägereinheit stationiert. In dem Bereich war ebenfalls alles ruhig.

»Keine besonderen Vorkommnisse«, versicherte Pepe. Plötzlich, wie auf ein Stichwort, meldete sich eine aufgeregte Stimme über seinen Ohrhörer: »Herr Oberfeldwebel, wir brauchen Sie in Zone A, sofort!«

»Okay«, antwortete Pepe ruhig. »Zwei Minuten.«

So schnell wie Pepe gekommen war, war er auch wieder verschwunden. Die Geschichte ihrer Beziehung. Gut, heute hatten sie ja kein Date, sondern arbeiteten zusammen. Langsam machte sich Beate Sorgen, dass die Lage eskalieren könnte. Immer mehr Menschen, viele schwarz gekleidet, die meisten vermummt, versammelten sich auf der sanft zum Johannistal abfallenden Wiese, die im Winter ausgiebig als Rodelberg genutzt wurde. Heute war die Stimmung jedoch nicht ausgelassen fröhlich. Ein bedrohliches Murmeln lief durch die Anwesenden. Beate hatte das Gefühl, dass die kleinste Provokation ausreichen würde, um einen Flächenbrand zu entzünden. Sie stellte sich etwas abseits und löste ihr Funkgerät vom Gürtel. Nachdem sie sich versichert hatte, dass keiner der Demonstranten in Hörweite war, befahl sie: »Verlegt die Wasserwerfer näher an den Parkplatz!«

Die örtlichen Gegebenheiten waren denkbar ungeeignet.

Die schweren Fahrzeuge hatten kaum Raum zum Manövrieren. Außerdem war das zugemischte Tränengas in engen Innenstädten bedeutend wirkungsvoller als hier oben auf freiem Feld bei auffrischendem Wind. Wenn Pawolski, ihr Chef, auf sie gehört hätte, wäre jetzt eine Reiterstaffel vor Ort gewesen. Die Kollegen hätten etwaigen Randalierern gehörig Beine gemacht. Beunruhigt schaute Beate prüfend in den Abendhimmel. Über der Wartburg braute sich ein Gewitter zusammen. Wenn es erst komplett dunkel war, würde es sehr viel schwerer werden, die Kontrolle zu behalten. Keine Stunde mehr bis von Hartmanns Auftritt. Wenn er sich denn an seinen Zeitplan hielt.

Zaghaft klopfte Bo an von Hartmanns Hotelzimmertür. Bis vor einer Woche wäre sie einfach hereinspaziert. Doch die Zeiten hatten sich schlagartig geändert. Sie konnte den exakten Anlass nicht benennen, viele Kleinigkeiten hatten sich summiert. Vor allem seit ihrem letzten Gespräch im Erfurter Büro des Generals war der Bruch nur allzu deutlich. Früher hätte man sie auch nicht wie ein kleines Schulmädchen vor der Tür warten lassen. Bo ballte ihre Fäuste und versuchte, den Ärger hinunterzuschlucken. Heute kam es nicht auf sie an, sondern nur darauf, dass Hasso seine Millionen Fans von sich überzeugte und zu treuen Wählern machte. Und trotzdem stieg ihr Blutdruck, als sich fast eine volle Minute nichts tat. Gerade wollte sie erneut klopfen, dieses Mal mit der flachen Hand, als sich die Tür langsam und nur einen Spalt öffnete. Tetzlaff schaute von oben auf sie herab.

»Ja?«, fragte er gedehnt und tat so, als müsste er ein herzhaftes Gähnen unterdrücken.

»Noch zwanzig Minuten«, entgegnete Bo und trat einen Schritt vor.

Tetzlaff rückte keinen Zentimeter zur Seite, um sie einzulassen. »Wir haben hier drin ebenfalls eine Uhr.«

»Ich weiß. Ich wollte ..., ich dachte ...« In dem Moment wusste Bo nicht, was sie mehr ärgerte. Dass sie anfing zu stottern, dass sie der dämliche Tetzlaff nicht ins Zimmer ließ oder dass er sie gönnerhaft und mitleidig angrinste. Tränen stiegen ihr in die Augen, gegen die sie mit aller Gewalt ankämpfte.

»Ist das alles?«

Bo nickte und Tetzlaff schlug ihr die Tür vor der Nase zu. Erst jetzt merkte sie, dass sich ihre Hände dermaßen verkrampft hatten, dass sich ihre Fingernägel tief in ihre Handflächen gebohrt und die Haut blutig aufgerissen hatten. Bebend schaute sie sich die Bescherung an und machte sich auf den Weg zur Restauranttoilette.

Zone A umschloss eine ansteigende Weide auf der Ostseite des Denkmals. Schon von Weitem sah Pepe Feldwebel Gehricke, Cem und zwei weitere seiner Männer mit angelegten Waffen als Schattenrisse um einen Hochsitz stehen. Die starken Strahler, mit denen das Veranstaltungsgelände beleuchtet wurde, reichten geradeso bis dorthin. Selbst aus der Ferne konnte Pepe die Anspannung der Gruppe spüren. Ihre Waffen zitterten leicht im Licht der Scheinwerfer, als könnten sie es nicht erwarten, endlich abgefeuert zu werden. Cem hielt zusätzlich eine starke Lampe in seiner gesunden Hand und leuchtete den Jagdstand aus.

Von seiner aktuellen Position aus konnte Pepe nicht genau erkennen, was seine Leute so in Aufregung versetzt hatte. Das änderte sich schlagartig, als er die Gruppe erreicht hatte. Feldwebel Gehricke setzte an, um vorschriftsmäßig Meldung zu machen, doch Pepe stoppte sie mit einer knappen Handbewegung. Ungläubig starrte er zu dem Hochsitz hinauf. In einem Tarnüberwurf, der ihn praktisch mit dem Holzgerüst verschmelzen ließ, hockte Lars Richter lässig auf der erhöhten Plattform, wobei sein Scharfschützengewehr wie unabsichtlich in Richtung Denkmal zielte.

Nur kurz stutzte Pepe, seine Gedanken überschlugen sich und er ging blitzschnell seine Optionen durch. Nachdem die erste Schrecksekunde verstrichen war, hob er beschwichtigend beide Hände und sagte möglichst ruhig, dafür übertrieben laut: »Nehmen Sie die Waffen runter, er gehört zu mir!«

Im ersten Moment reagierte keiner seiner Männer. Sie richteten ihre Schnellfeuergewehre weiter auf Richter und schauten nur aus den Augenwinkeln zu Pepe. Cem schwenkte überrascht seine Taschenlampe herum und blendete Pepe unabsichtlich.

»Ich habe gesagt, die Waffen runter! Ausführung!«, brüllte der und versuchte, die Lichtblitze aus seinen Augen zu blinzeln.

Der Befehlston wirkte. Die Militärpolizisten ließen augenblicklich die Gewehre sinken und nahmen Haltung an.

»Das war ein Test«, fuhr Pepe betont ruhig fort, obwohl sein Kiefer mahlte, als würde er Paranüsse zerkauen. »Sie haben bestanden. Gute Arbeit. Und nun zurück auf Ihre Posten!«

Cem schien erst widersprechen zu wollen, führte dann aber doch Pepes Anweisung aus. Erst als die Männer und Gehricke außer Sichtweite waren, wandte er sich an Richter, der noch immer auf dem Hochsitz thronte.

»Bist du hier, um auf den General aufzupassen?«

»Nein«, antwortete Richter. Pepe konnte zwar unter der Tarnfarbe die Gesichtszüge seines Freundes nicht erkennen, erkannte aber am Tonfall, dass er es ernst meinte.

»Dachte ich mir. Komm runter!«

»Und wenn nicht?«

Pepe kniff kurz die Augen zusammen. Seine Hand wanderte unwillkürlich zu seinem Pistolenhalfter.

»Es gibt kein ›Wenn nicht‹«, entgegnete er und hielt instinktiv die Luft an. Nach einer gefühlten Ewigkeit stand Richter endlich auf und stieg die Holzleiter hinunter. Wortlos reichte er Pepe sein Scharfschützengewehr. Erst dann atmete der wieder aus.

»Das muss eine lange Rechnung sein, die du mit von Hartmann offen hast«, stellte Pepe fest, machte kehrt und lief zum Denkmal zurück. Er zwang sich, sich nicht umzudrehen. Die Gänsehaut, die ihm den Nacken hinunterkroch und das kleinste Härchen aufstellte, konnte er nicht unterdrücken. Wenn Richter eine Ersatzwaffe bei sich hatte, wäre er tot, bevor er den Schuss hörte. Doch der Mündungsknall blieb aus.

Pepe bewegte sich durch die erwartungsvolle Menge, versuchte dabei in den Gesichtern nach Anzeichen für einen bevorstehenden Angriff zu lesen. Er fand keine. Obwohl die Aufregung bei allen zu spüren war, schienen die meist männlichen Gäste eher Vorfreude zu empfinden, als dass sie von Hartmann etwas Böses wollten. Allerdings nahm auch niemand Anstoß an Richters Präzisionsgewehr, das Pepe möglichst lässig in der Armbeuge trug.

Auf der Bühne führte ein energischer Mann einen Soundcheck durch. Erst sagte er Zahlenreihen auf, zitierte dann die Deutsche Hymne, die erste Strophe. Sofort ging ein Ruck durch die Anwesenden. Sie nahmen Haltung an und stimmten begeistert ein. Kameras schwenkten herüber. Hysterische Redakteure wedelten mit den Armen und dirigierten ihre Tontechniker, um ja keine Silbe zu verpassen. Kaum mehr als eine Viertelstunde bis zu von Hartmanns großem Auftritt. Pepe musste sich beeilen, um zu seinem Posten in einer der prächtigen Villen des Südviertels zu kommen.

Erste Blitze zuckten über den pechschwarzen Himmel. Noch waren die Abstände zu den nachfolgenden Donnerschlägen recht groß. Nur mit Glück würde das Gewitter an Eisenach vorüberziehen. Oder war es besser, wenn es sich mit voller Wucht über dem Wahlkampfgelände entlud? Beate ließen ihren Blick schweifen. Fast alle Plakate waren mittlerweile verschwunden. Kein gutes Zeichen. Entweder hatten die Demonstranten die Tragestangen zu Knüppeln umfunktioniert oder bereits andere, waffenähnliche Gegenstände in den Händen. Sollte sie den Platz räumen lassen? Vielleicht mit dem drohenden Unwetter als Begründung? Beate war sich nicht sicher. Sie zog ihr Telefon aus der Tasche, um sich mit Pepe kurzzuschließen. Er ging nicht ran. Mal wieder. Erneut jagte ein greller Lichtblitz über die Wartburg. Das Donnergrollen folgte keine fünf Sekunden später. Beate zuckte unwillkürlich zusammen und ärgerte sich darüber.

»Ich schau mich mal drin um«, sagte sie zu dem Einsatzleiter der Bereitschaftspolizei. »Keine Aktion ohne mein Okay, verstanden?«

Der Mann, der Beate um zwanzig Zentimeter überragte und einen Bart wie der Weihnachtsmann trug, bewegte kaum merklich sein Kinn. Obwohl das Zeichen alles Mögliche bedeuten konnte, wertete sie es als Zustimmung. Von der Bühne vor dem Denkmal wehte die Nationalhymne herüber. ›Deutschland, Deutschland über alles‹ war noch nicht gänzlich verklungen, als Pfiffe und Buhrufe aus dem schwarzen Protestblock das Dröhnen des Gewitterdonners übertönten. Bewegung kam in die Menschenmenge. Es wurde geschoben und gedrängelt. Die gepanzerten Polizisten hatten Mühe, gegenzuhalten. Bisher waren die Wasserwerfer nicht auf Position. Wieder versuchte Beate, Pepe zu erreichen. Nichts. Wo steckte der Kerl nur?

In schnellen Schritten lief Beate die Stufen zum Denkmal hinauf. Der Schein und die Hitze der Feuerschalen schlugen ihr entgegen. Auch hier johlten die Massen. Diese jedoch vor Begeisterung. So ähnlich musste es bei Hexenverbrennungen gewesen sein. Am Ende der Treppe stellte sich plötzlich ein Riese Beate in den Weg. Er trug eine ärztlich verordnete Halskrause, ein Fuß war eingegipst. Trotzdem machte er nicht den Eindruck, dass mit ihm zu spaßen war.

»Hier ist gesperrt«, schnarrte er und wedelte mit der Hand, als wäre Beate eine lästige Fliege, die es zu verscheuchen galt.

»Ich bin von der Polizei!«, entgegnete Beate und versuchte, sich an dem Kerl vorbeizuschieben.

Der machte einen humpelnden Ausfallschritt und stupste mit dem Zeigefinger gegen ihre Stirn. »Mädchen, hier ist gesperrt! Schwerhörig?«

Mädchen? Schwerhörig?

Hinterher konnte Beate den exakten Ablauf der Ereignisse selbst nicht beschreiben. In dem Moment krachte ein Blitz vom Himmel und blendete den Riesen, im nächsten Augenblick hatte sie ihren Schlagstock in der Hand. Bevor der folgende Donnerschlag den Boden erzittern ließ, traf sie den Mann am Knie, am Handgelenk und an der Schläfe. Sein Aufschlag auf dem Steinboden ging im Grollen des Gewitters unter. Während sie einen großen Schritt über ihn hinwegmachte, erloschen plötzlich alle Scheinwerfer. Ein Raunen ging durch die Menge. Die Pfiffe und Buhrufe aus dem Protestblock verstummten. Selbst das Unwetter legte eine Pause ein.

Eine Gänsehaut lief über Bos Rücken. Ein freudiger Schauer der Erregung. Ja, das war ihre Choreografie, die hier perfekt ablief. Das Gewitter war das i-Tüpfelchen. Unmöglich planbar, aber eine unbezahlbare Ergänzung zur dramatischen Inszenierung. Im Kopf zählte sie mit und als sie bei dreißig angelangt war und die Menge drohte, unruhig zu werden, setzte die Musik ein. Wagner. Selbstverständlich. Der Trockeneisnebel fügte sich natürlich ein. Und dann war es so weit. Hasso rollte auf die Bühne. Applaus brandete auf, als wären die Beatles wiedervereint erschienen. Der Ex-General ließ den Jubel auf sich wirken und obwohl er im Rollstuhl saß, schien er alle Anwesenden zu überragen. Es vergingen fast fünf Minuten, die Redakteure, die die Liveübertragungen auf ihren jeweiligen Fernsehkanälen zu verantworten hatten, wurden bereits ungeduldig, ehe von Hartmann eine Hand hob und schlagartig Ruhe einkehrte. Der Ex-General bog das Mikrofon etwas weiter zu sich herunter, obwohl es seit Stunden perfekt ausgerichtet war, räusperte sich und rief schließlich mit weittragender Stimme, die keine Verstärkung notwendig gehabt hätte: »Nun, Volk, steh auf, und Sturm, brich los!«

Wieder donnerten Jubelrufe über den Platz. Und Schüsse. Gesteinsfontänen spritzten rings um den Rollstuhl auf. Es dauerte eine Schrecksekunde, bis alle Anwesenden begriffen, was vor sich ging. Panik brach aus. Tetzlaff zog eine Waffe und ging in Stellung. Hektisch versuchte er, die Richtung zu lokalisieren, aus der gefeuert worden war. Gleichzeitig, beobachtet von unzähligen Fernsehstationen, Radiosendern, Internetkanälen und sogar einigen Zeitungsjournalisten, sprang von Hartmann auf und rannte wie ein Olympiasprinter die Treppe zum Eingang des Denkmals empor, um sich hinter den massiven Türen in Sicherheit zu bringen.

22

Menschen rannten schreiend durcheinander, stürzten, rappelten sich wieder auf, wurden erneut niedergetrampelt. Mitarbeiter und Anhänger des Ex-Generals, Protestler, Polizisten. Die Unterschiede verwischten. Blitz und Donner entluden sich direkt über dem Chaos, verstärkten es. Regen setzte ein. Erst fielen nur vereinzelte Tropfen, dann öffnete der Himmel mit einem Schlag seine Schleusen. Innerhalb von Sekunden verwandelte sich der Hang des Hügels, auf dem das Denkmal stand, in eine matschige Rutschbahn. Menschen verloren den Halt, schlitterten den Abhang herunter, prallten schreiend gegen Bäume, Pfeiler und Pfosten. Und mittendrin stand Bo Busch und begriff die Welt nicht mehr.

Was war hier geschehen? Noch vor einer Minute war sie auf dem Höhepunkt ihrer Karriere gewesen, hatte kurz davorgestanden, in die nächste Bundesregierung aufgenommen zu werden, und nun sollte alles vorbei sein? Nein, das würde sie nicht zulassen! Sie hatte schon ganz andere Rückschläge einstecken müssen. Mit geballten Fäusten legte sie den Kopf in den Nacken und schrie. Eiskaltes Wasser lief ihr übers Gesicht, durchnässte sie bis auf die Haut und holte sie in die Gegenwart zurück. Sie musste das Geschehene abhaken, nach vorne schauen und in Ruhe die nächsten Schritte planen – zusammen mit ihrem Sohn Kilian.

Der Gedanke an ihn beruhigte sie etwas. Was war das für ein Schock gewesen, als sie damals in Primošten festgestellt hatte, dass sie schwanger war. Schwanger von der Mehrfachvergewaltigung an einer der unzähligen Straßensperren, an der man sie in ihrem bunt bemalten Käfer aufgehalten hatte. Natürlich hatte sie das Kind zuerst loswerden wollen. Besonders nach der Folter in der Steinhütte. Am Ende hatte sie den Jungen doch ausgetragen und sofort nach der Geburt zur Adoption freigegeben. Ihre Befürchtungen, dass Kilian mit Einschränkungen, gar Behinderungen zur Welt kommen würde, hatten sich glücklicherweise nur zum Teil erfüllt. Seine Psyche wich etwas von der Norm ab. Kilian Verkerk kannte keine Angst und keine Skrupel.

Erst hatte sie sich widersetzt, als ihr Inneres sie drängte, nach ihrem Sohn zu suchen. Midlifekrise wurde so etwas wohl genannt. Dann hatte, wie so oft, der Zufall geholfen. Während ihrer Arbeit für Hasso von Hartmann hatte sie dessen militärischen Hintergrund gründlich recherchiert und war dabei auf eine Sammlung gesperrter Akten gestoßen. Unter anderem auch der von Kilian Verkerk, ihrem Sohn.

Die erste Kontaktaufnahme war recht unspektakulär verlaufen. Sie hatten sich in einem Café in der Eisenacher Innenstadt getroffen. Weder war sie plötzlich von lang vergessen geglaubten Muttergefühlen übermannt worden, noch hatte Kilian Tränen der Rührung vergossen, seine tot geglaubte leibliche Mutter endlich kennenzulernen. Außenstehende hätten das Treffen ohne Weiteres für ein Geschäftsessen gehalten. Allerdings hatten sie schnell gemerkt, dass sie ähnlich tickten und sich gegenseitig von unschätzbarem Nutzen sein konnten. Und jetzt konnte sie seine Hilfe besonders gebrauchen. Denn plötzlich wusste sie genau, wem sie das Fiasko zu verdanken hatte.

Der Wirrwarr war perfekt. Beate war nach dem ersten Schuss kurz zusammengezuckt. Instinktiv war sie hinter einem der massiven Pfeiler des Säulenumgangs in Deckung gegangen. Von dort hatte sie das Mündungsfeuer aufblitzen sehen. Der Schütze saß in einer der Südstadtvillen, schoss von einem Balkon oder aus einem Dachfenster heraus. Den Punkt fest im Blick zerrte Beate ihr Funkgerät vom Gürtel. Im selben Augenblick klingelte ihr Handy.

Sie zögerte, ignorierte den Anruf und drückte auf den Sprechknopf des Funkgerätes. »Jäger an alle. Schütze befindet sich in Erich-Honstein-Straße. Wiederhole, Erich-Honstein-Straße. Vorderer Teil. Villa mit Balkon oder Dachfenster. Jäger Ende.«

Während sie sprach, zog Beate ihr Handy aus der Tasche. Ein verpasster Anruf. Von Pepe. Sie rief ihn sofort zurück.

»Beate! Gott sei Dank! Bist du okay?«

»Ja, alles in Ordnung. Wo steckst du? Ich denke, der Attentäter ist in einer der angrenzenden Villen.«

»Ich bin gleich da. Was für ein Durcheinander! Die Leute drehen am Rad! Ich komme kaum durch!«

Pepe klang völlig außer Atem. Laufend waren Schreie und dumpfe Schläge über das Telefon zu hören.

»Was ist mit von Hartmann?«, fragte er.

»Dem geht es gut. Ist geflitzt wie ein Hase. Schade, dass so ein schlechter Schütze auf ihn angelegt hat. Nach rechts verzogen hat er. Jedes Mal. Wer hätte gedacht, dass seine Behinderung nur gespielt war.«

Erschrocken hielt Beate plötzlich das Mikrofon zu und starrte den Mann entgeistert an, der wie aus dem Nichts neben ihr aufgetaucht war. Sein Gesicht war vollständig mit Dreck oder Farbe beschmiert, sodass sich nur das Weiße in seinen Augen unnatürlich von der Umgebung abhob. Als würden seine Augäpfel in der Luft schweben.

»Wer sind Sie?«, fragte Beate.

»Ein Freund von Pepe.«

»Was? Ich kann dich nicht verstehen! Mit wem sprichst du?«, beschwerte sich Pepe aus dem Handylautsprecher.

»Mit niemandem«, antwortete Beate und schob den aufdringlichen Mann beiseite. »Mach, dass du herkommst. Hier drehen alle durch!«

Tatsächlich schien das Chaos eher größer zu werden, als sich zu beruhigen. Zwischenzeitlich hatten die gemeinsam panisch Flüchtenden erkannt, dass sie eigentlich Todfeinde waren und fingen an, aufeinander einzuprügeln. Protestler schlugen mit Knüppeln auf die Anhänger des Ex-Generals ein, die wehrten sich mit Tritten und Faustschlägen, während die Bereitschaftspolizisten Pfefferspray auf alle Beteiligten verteilten. Archaische Schreie und Gebrüll. Blut. Wildes Handgemenge. Eine Szene wie in einer mittelalterlichen Schlacht oder einem Derbytreffen verfeindeter Fußballfans.

»Ich bin gleich da«, kündigte Pepe an. »Hey, Moment, was soll das ...«

Plötzlich brach die Verbindung ab. Beate wählte erneut. Nichts.

»Na, da steckt er wohl mal wieder in Schwierigkeiten«, sagte der Mann neben Beate gleichgültig und drehte sich um. Doch sie packte ihn am Arm und hielt ihn fest.

»Sie bleiben schön hier! Wir nehmen zuerst Ihre Personalien auf!«

»Das nächste Mal«, begehrte der Mann auf, drehte sich blitzschnell, verpasste Beate einen Schlag auf den Solarplexus, der ihr kurzzeitig die Luft nahm und verschwand ebenso schnell, wie er gekommen war.

Keuchend richtete sich Beate auf. Flippten denn hier alle aus? Der Regen war stärker geworden. Zischend erlosch eine Feuerschale nach der anderen. Mehrere Scheinwerfer waren in der Panik umgeworfen worden, sodass Beate stellenweise keine fünf Meter weit sehen konnte. Sie schirmte ihre Augen gegen die peitschenden Regentropfen ab und sah sich um. Hasso von Hartmann kam eben vom Denkmal herunter. Jemand hielt einen großen Schirm über ihn und leuchtete mit einer Taschenlampe. Der Anblick war mehr als unwirklich. Jahrelang kannte sie den Ex-General nur als an den an einen Rollstuhl gefesselten Helden, der Deutschland eine bessere Zukunft versprach. Und jetzt spazierte er an ihr vorbei, als wäre es das Selbstverständlichste der Welt. Aus dem Funkgerät meldete sich eine quakende Stimme.

»Die Wasserwerfer sind auf Position. Ende.«

Beinahe hätte Beate laut losgelacht. Sie triefte. Ihre Jeanshose hatte sich so dicht an ihre Beine gesaugt, dass sie sich kaum bewegen konnte. Auf dem kleinen Parkplatz unterhalb des Denkmals gab es nur noch vereinzelte Raufereien. Der Großteil der Leute hatte sich über die versteckten Pfade und Wege, auf denen sie das Gelände betreten hatten, verzogen. So standen die beiden Laster mit dröhnenden Dieselmotoren fast allein auf dem Platz. Scheinwerfer bohrten sich in die Dunkelheit, auf der Suche nach Randalierern, auf die sich die Wasserkanonen ausrichten konnten. Kurz blitzte in einem der Lichtkegel eine

Person auf, die Beate sehr vertraut vorkam. War das Pepe? Umringt von mindestens zwei weiteren Leuten, die ihn in die Zange genommen hatten?

»Jäger an Werfer 1. Scheinwerfer auf Panoramaweg!«, brüllte sie in ihr Funkgerät.

»Bitte wiederholen. Wohin? Kommen.«

»Verdächtige Personen auf dem westlichen Waldweg!«, antwortete Beate und lief los. Sie sprang über die hölzerne Absperrung, verlor auf dem rutschigen Hang das Gleichgewicht, überschlug sich, verlor ihr Funkgerät. Rappelte sich schnellstens auf und rannte stolpernd an den Wasserwerfern vorbei auf den schmalen Pfad zu, der oberhalb einer abfallenden Wiese einen Panoramablick auf Eisenach gewährte. Der Suchscheinwerfer folgte ihr, hielt Beate auf dem schmierigen Weg mittig im Sichtkegel. Nach zweihundert Metern blieb sie erschöpft stehen. Hier mündete der Pfad auf eine weite Ebene, die nach rechts steil nach Eisenach hin abfiel. Sie musste sich getäuscht haben. Kein Pepe weit und breit.

»Sie sind quer über die Wiese und unten in einen Wagen gestiegen. Ich glaube, es war ein Audi. Einer von diesen Pseudo-Geländewagen«, ließ eine unsichtbare Stimme aus dem Waldstück verlauten. Beate erstarrte.

»Kommen Sie heraus, sofort!«, befahl sie mit harter Stimme und tastete möglichst unauffällig nach der Dienstwaffe an ihrem Gürtel. Das Halfter war leer.

»Die Waffe habe ich«, fuhr die körperlose Stimme fort. »Ich konnte sie bei unserem kleinen Gerangel vorhin greifen. Dass Sie noch immer auf die Makarow vertrauen! Ich war der Meinung, die Thüringer Polizei hätte komplett auf die P10 umgestellt.«

»Ich sage es nur noch einmal! Kommen Sie heraus, und zwar so, dass ich Ihre Hände sehen kann!«

Beate wusste selbst, wie merkwürdig ihre Aufforderung klingen musste. Der Lichtkegel des Wasserwerfers erreichte sie längst nicht mehr und in dem dichten Regen in völliger Dunkelheit konnte sie ihre eigenen Hände kaum erkennen.

Trotzdem raschelte es im Gebüsch. Eine Gestalt trat auf den Weg und hielt ihr ihre Pistole hin, mit dem Handgriff voran.

»Nichts für ungut«, sagte der Mann. »Ich denke, Pepe ist in Schwierigkeiten. Es sah nicht so aus, als ob er freiwillig mit dem Pärchen gegangen ist.«

Beate hörte nur mit halbem Ohr zu. Sie konzentrierte sich auf ihre Pistole, deren Griff keinen Meter entfernt vor ihr in der Luft verharrte.

»Haben Sie eine Idee, was die beiden von Fuchs wollen?«

Der Mann hatte seine Frage nicht ganz zu Ende gestellt, da griff Beate zu. Ihre Hand schnellte nach vorn wie der Kopf einer angreifenden Königskobra. In einer fließenden Bewegung lud und entsicherte sie die Pistole und legte auf ihr Gegenüber an. Der hob langsam seine Arme und ergänzte: »Ich habe die Patronen rausgenommen. Sie sind in meiner Jackentasche.«

Beate zielte noch einen Moment auf den Mann, dann ließ sie die Waffe sinken. Synchron nahm ihr Gegenüber ebenfalls die Arme herunter.

»Mein Name ist Lars Richter«, sagte er. »Ich bin ein Freund.«

»Von mir?«

»Wenn Sie möchten.«

»Woher kennen Sie Oberfeldwebel Pepe S. Fuchs?«

»Er hat mal versucht, mich zu verhaften.«

»Und was machen Sie hier?«

»Ich hatte vor, von Hartmann umzulegen.«

Fast hätte Beate ihre Pistole wieder hochgerissen, wohl wissend, dass sie leer war. Sie zwang sich, ruhig zu bleiben, und fragte: »Sie haben also auf den General geschossen?«

»Ex-General. Und nein, ich war es nicht. Wenn, wäre der jetzt tot. Allerdings ist er das wahrscheinlich auch so. Zumindest seine politische Karriere. Aber ich bin nicht sicher, ob mir das reicht.«

Beate wusste nicht, was sie von den offenen Worten Richters halten sollte. Nur eines war klar, er meinte sie todernst. Langsam sank ihr Adrenalinspiegel und Beate spürte, wie die Kälte aus ihren nassen Sachen in ihren Körper kroch.

»Kannten Sie die Leute, mit denen der Oberfeldwebel gegangen ist?«

»Nein. Aber ich habe das Kennzeichen.«

»Gut. Gehen wir!«

»Ich komme auf keine Dienststelle mit.«

»Okay«, antwortete Beate einsilbig und machte sich auf den Rückweg zum Denkmal, ohne sich umzusehen, ob Richter ihr folgte.

»Haben Sie ein Auto?«, fragte sie und versuchte, das Klappern ihrer Zähne zu stoppen. Was war nur los in letzter Zeit? Zweimal hintereinander komplett durchnässt und eiskalt zu werden, stand nicht in ihrer Stellenbeschreibung.

»Ja.«

»Gut. Sie fahren.«

Bo fuhr wie mechanisch durch die Straßen der Eisenacher Innenstadt. Im Rückspiegel sah sie ihren Sohn sitzen, der dem nervigen Fuchs einen Revolver in die Seite drückte. Sie hatte wohl einen siebten Sinn besessen, als sie Kilian gebeten hatte, sich in der Nähe des Denkmals zur Verfügung zu halten. So hatten sie schnell zuschlagen können. Kaum war der erste Schuss verklungen, war in Bos Kopf das Bild von Fuchs aufgetaucht, wie er mit einem Scharfschützengewehr in der Armbeuge durch die wartenden Menschenmassen gelaufen war. Zuerst hatte sie ihn nur im Unterbewusstsein registriert. Doch das Mündungsfeuer hatte ihr Denken beschleunigt.

»Warum?«, fragte sie und suchte über den Spiegel Augenkontakt zu Fuchs.

»Warum was?«

Ein schweres Stöhnen verriet Bo, dass ihr Sohn voll bei der Sache war. Sie hatte den Hieb nur undeutlich gesehen. Wahrscheinlich ein harter Rippentreffer. Hatte sie eventuell sogar das Knacken von Knochen gehört? Kilian hatte Fuchs die Hände mit seinen eigenen Handschellen auf den Rücken gefesselt. Die rechte Seite lag somit frei, um schmerzhafte Schläge landen zu können.

»Warum haben Sie Hasso das angetan?«

»Ich habe weit weniger getan, als von mir erwartet worden ist«, zischte Fuchs durch zusammengepresste Zähne. Er schien Schmerzen zu leiden. Sehr gut.

»Außerdem ist er ein Mörder und wird seiner gerechten Strafe nicht entgehen.«

»Ein Mörder?«

»Er hat Ihren Freund Johnny umgebracht. Und wahrscheinlich auch ein junges Mädchen in Primošten.«

»Die nächste Straße rechts, dann zweimal links«, unterbrach Kilian das Gespräch. Worüber Bo mehr als erleichtert war.

»Stopp«, blaffte er als Nächstes und stopfte Fuchs einen dicken, merkwürdig klimpernden Knebel in den Mund.

Bo parkte den Wagen in der Einfahrt eines Einfamilienhauses und stieg aus. Sie schaute sich trotz des starken Regens neugierig um. Anscheinend waren sie in der Nähe des Friedhofs. Wie passend. Während sie die hintere Autotür öffnete, kam ein alter Mann nach draußen. Er hielt einen altmodischen Schirm und brüllte: »Runter von meinem Grundstück oder ich rufe die Bullen!«

Kilian trieb Fuchs vor sich her aus dem Auto. Er hielt ihm den Revolver nun direkt an die Schläfe und rief zu dem aufgebrachten Mann hinüber: »Das denke ich nicht, Karl. Wir brauchen deinen Keller!«

Der Alte reckte seinen Kopf nach vorn, als ob er so besser sehen könnte. Endlich schien er Kilian erkannt zu haben und drehte sich hastig um.

»Mutti, pass auf, dass er die Tür nicht zuschlägt!«

»Natürlich.«

Kurz bevor der Alte die Haustür zudrücken konnte, bekam Bo ihren Fuß dazwischen. Mit all ihrer angestauten Wut warf sie sich gegen den Mann. Er strauchelte rückwärts, versuchte sich wild mit den Armen rudernd abzufangen, riss einen runden Garderobenspiegel von der Wand und krachte schwer zu Boden. Sein Kopf schlug hart auf den Fliesen auf, mitten zwischen die Spiegelscherben, und Bo konnte zusehen, wie seine

Augäpfel nach hinten rollten. Hinter ihr stieß Kilian Fuchs die vier Stufen zum Hauseingang die Treppe hinauf.

»Ist er tot?«, fragte er und es klang, als würde er sich nach der Uhrzeit erkundigen. Bo ging in die Knie und legte ihr Ohr über den Mund des Alten.

»Er atmet noch«, antwortete sie.

»Schade.«

»Woher kennst du ihn?«

»Ich war sein Gärtner.«

Bo drehte sich mit gerunzelter Stirn zu ihrem Sohn um. Der zuckte nur mit den Schultern und zeigte mit dem Kinn zu einer Seitentür.

»Dort geht es runter in den Keller.«

»Gut.«

Bo ging erneut voran. Bei jedem Schritt klimperte etwas hinter ihr. Doch der Gang war zu eng, um sich umzudrehen. Die Stufen waren schmal, ausgetreten, aus rohem, unbehandeltem Beton gegossen. Je tiefer sie kamen, desto muffiger roch es. Die Treppe endete in einem schmalen Flur, von dem mehrere Türen abgingen. Eine erinnerte Bo an eine U-Boot-Luke, wie sie sie in Kriegsfilmen gesehen hatte.

»Das Haus steht auf einem ehemaligen Luftschutzbunker«, sagte Kilian, als ob er ihre Gedanken gelesen hatte. »Hier unten hört uns keiner.«

Mit den Worten stieß er Fuchs vorwärts. Erst jetzt erkannte Bo, was Kilian ihm in den Mund gestopft hatte. Eine Socke, die anscheinend mit Münzen gefüllt war. Bei jeder Bewegung fiel mindestens ein Geldstück klirrend heraus.

»Wo hast du die denn her?«, fragte sie überrascht.

»Hatte er in seiner Jackentasche.«

Kilian drückte die Waffe an Fuchs' Schläfe. Mit der anderen Hand hielt er die Handschellen gepackt.

»Mach die Tür auf. Dahinter haben wir unsere Ruhe.«

»Wir müssen uns um den Alten kümmern. Wenn er zu sich kommt, wird er die Polizei rufen«, sagte Bo und rüttelte an dem massiven Stahlhebel, der die Tür vor ihnen entriegelte.

»Nein, wird er nicht«, entgegnete Kilian und verpasste

Fuchs einen weiteren Schlag in die Seite. Der krümmte sich, stöhnte auf, worauf weitere Münzen zu Boden fielen.

»Sicher?«

»Ganz sicher.«

»Er hat vorhin damit gedroht, die Bullen zu holen.«

»Wird er nicht. Er hat selbst alles zu verlieren.«

Bo stutzte und zog die Tür auf. Dahinter kam ein Vorratsraum zum Vorschein. Und ein Hund. Wie ein Pfeil schoss der aufgeregt bellend auf Kilian zu und sprang an ihm hoch. Schon befürchtete Bo, dass der Köter die Kehle ihres Sohnes zu packen bekam. Kilian grunzte überrascht, stieß Fuchs beiseite und fing den Hund im Flug auf. Statt seinen Hals zu zerfetzen, begann der Kilians Gesicht abzulecken.

»Ich wusste es. Ich habe es die ganze Zeit gewusst. Ja, du bist ein Guter. Ja, Rocky, du bist ein richtig Guter!«

»Was zum Henker ...«, rief Bo aus und machte einen gewaltigen Satz nach vorn. Trotz ihrer kompakten Abmaße verfügte sie über eine beeindruckende Sprungkraft. Fuchs hatte versucht, sich die Ablenkung zunutze zu machen und abzuhauen. Doch Bo erwischte ihn mit der Schulter wie ein Rugbyspieler auf Droge. Der Oberfeldwebel stolperte mit den auf dem Rücken gefesselten Händen, blieb mit den Füßen an der Türschwelle hängen und landete mit dem Kopf voran auf der anderen Seite. Seemannsköpfer hieß so etwas wohl in Fachkreisen. Nur dass Fuchs nicht in ein Schwimmbecken eintauchte, sondern auf dem Betonboden des Kellers aufschlug. Wie ein glitzernder Wasserfall ergossen sich Geldstücke aus seinem Mund. Bo schaute erst zu Fuchs, dann zu Kilian, der den Köter herzte, als wäre es sein tot geglaubtes Kind, und zurück zu Fuchs.

»Nun lass endlich mal den Hund in Ruhe! Wir müssen uns um Fuchs kümmern!«

»Rocky.«

»Wie bitte?«

»Er heißt Rocky.«

»Fuchs?«

»Nein, der Hund.«

Kilian setzte Rocky vorsichtig auf dem Boden ab. Das schien

dem gar nicht zu gefallen. Mit wild wedelndem Schwanz sprang er an seinen Beinen hoch und bellte auffordernd.

»Die Nachbarn werden noch aufmerksam«, prophezeite Bo.

»Werden sie nicht«, behauptete Kilian, beugte sich zu dem Hund hinunter und flüsterte: »Ist ja gut, mein Kleiner! Mach Sitz!«

Sofort setzte sich Rocky auf die Hinterbeine und schaute Kilian mit schief gestelltem Kopf und heraushängender Zunge an.

»Gut gemacht!«

Kilian kraulte Rocky zwischen den Ohren und lief zu Bo hinüber. Nebeneinanderstehend schauten sie auf den bewusstlosen Fuchs hinunter.

»Was jetzt?«, fragte Bo schwer atmend. Sie bekam Kopfschmerzen. Und auch ihr Unterleib zog sich peinigend zusammen.

»Wir fesseln ihn an das Regal im Bunker. Dann lässt du das Auto verschwinden und ich kümmere mich um Karl«, antwortete Kilian. »Du nimmst die Füße, ich den Oberkörper.«

Gemeinsam wuchteten sie Pepe über die Türschwelle und ließen ihn vor einem Schwerlastregal fallen. Erneut hinterließ der eine Münzenspur, wie Hänsel Brotkrumen im Wald. Bo sah zu, wie Kilian Fuchs die Handschellen löste, seine Arme um eine Regalstrebe legte und wieder schloss. Er richtete sich auf und betrachtete sein Werk. Sicherheitshalber rüttelte er an dem derben Eisengestell. Konservendosen und Einweckgläser klapperten aneinander, aber das Regal rührte sich keinen Millimeter.

»Das sollte reichen.« Er schob Bo aus dem Raum, löschte das Licht und schlug die Tür hinter sich zu.

23

Ein wildes Zucken schüttelte Pepes Körper. Er bekam keine Luft, konnte nichts sehen, seine Arme nicht bewegen. Panisch strampelte er mit den Beinen. Schwer schlugen seine Stiefel auf den Boden. Über ihm klirrte und schepperte es. Er rüttelte stärker, versuchte seine Hände von den Fesseln zu befreien. Seine Kiefer mahlten knirschend auf etwas Hartem. Mit der Zunge arbeitete er gegen den dicken Knebel in seinem Mund. Metallgeschmack kroch in seine Kehle. Endlich wurde der Pfropfen kleiner. Klimpernd fielen Stücke aus seinen Mundwinkeln. Einige schluckte er herunter. Mit einer letzten Anstrengung gelang es ihm, den fusseligen Ball auszuspucken. Würgereiz und Panik überfielen ihn. Mit stechender Lunge hustete er sich die Seele aus dem Leib. Die Handschellen schnitten sich tief in seine Gelenke, vervielfachten den Schmerz mit jedem neuen Hustenkrampf. Es dauerte fast fünf Minuten, bis Pepe erschöpft an seinen Armen hing und sich langsam beruhigte. Genug, um sich über seine eigene Dummheit zu ärgern.

Wie ein blutiger Anfänger hatte er sich von Kilian überrumpeln lassen. Natürlich war er durch den Tumult vor dem Denkmal abgelenkt gewesen. Er hatte mitten durch die tobenden Massen gemusst. War Schlägen und Tritten ausgewichen, hatte selbst einige verteilt. In der Dunkelheit und dem peitschenden Regen hatte er Freund kaum von Feind unterscheiden können. Zu allem Überfluss hatte ihm ein Polizist eine volle Ladung Tränengas ins Gesicht gesprüht. Als Pepe seine Augen wieder einigermaßen hatte benutzen können, hatte er direkt in den Lauf von Verkerks Waffe gestarrt. Danach war alles ziemlich schnell gegangen. Er war mit seinen eigenen Handschellen gefesselt und in Bos Auto verfrachtet worden. Und jetzt saß er hier im Dunkeln und wusste nicht, was die Verrückten mit ihm vorhatten. Wahrscheinlich holten sie von Hartmann, damit der sich für die erlittene Demütigung standesgemäß rächen konnte. Den Mörder von Hartmann.

»Hilfe!«, brüllte Pepe plötzlich los. »Hilfe! Ist da jemand? Ich bin im Keller!«

Er rüttelte an seinen Fesseln. Etwas stürzte von oberhalb auf ihn herab und zerschellte scheppernd auf dem Boden. Aussichtslos. Allein würde er sich nicht befreien können. Pepe lehnte seinen Kopf gegen das Regal und versuchte, seinen hämmernden Herzschlag unter Kontrolle zu bringen. Er brauchte einen Plan, musste zumindest vorbereitet sein, wenn Bo und Verkerk zurückkamen. Dass die beiden Mutter und Sohn waren, war mehr als eine Überraschung gewesen. Nur, wie passte das zu dem Angriff auf Major Frankfurt? Angeblich war der doch einer der engsten und besten Freunde von Bo Busch. Wieso sollte ihr Sohn da versuchen, ihn zu überfahren und ihm dann im Krankenhaus den Rest zu geben? Oder hatte sie ihn als Leibwächter abgestellt, so wie er es mit Cem und Feldwebel Gehricke getan hatte?

Pepe konnte sich nicht konzentrieren. Ihm brummte noch immer der Schädel von dem harten Aufschlag auf dem Betonboden. Erschöpft schloss er die Augen und versuchte, sich auf seine Atmung zu konzentrieren. Saurer Gurkengeruch stieg ihm in die Nase. Irgendwo nebenan bellte ein Hund. Rocky. Der Familienhund der kleinen Schweinchen, vom Nachbarn entführt. Was waren das nur für merkwürdige Zeiten. Wer nahm denn kleinen, achtjährigen Mädchen ihr Haustier weg und versteckte es in seinem eigenen Keller? Und vor allem: warum?

Als Pepe die Augen öffnete, blieb es dunkel. Völlige Finsternis war er nicht gewohnt. Obwohl es kaum Dinge gab, die ihm wirklich Angst machten, spürte er eine leichte Panik in sich aufsteigen. Seine Wahrnehmung spielte ihm Streiche. Bewegte sich dort, direkt vor seinen Augen, etwas durch die Schwärze? Ein Lufthauch strich über seine Wange. Oder hatte er sich das nur eingebildet? Gänsehaut überfiel seine Arme, kroch hoch bis in den Nacken. Tausend kleine Nadeln bohrten sich in seine Haut, als stünde sie unter Strom. Das Kribbeln war kaum auszuhalten. Pepe kniff die Augen zu, hörte das Blut tosend in seinen Ohren rauschen, riss sie schnell wieder auf. Zwei rote Punkte tanzten vor seinem Gesicht. War er nicht allein? Um sich abzulenken, konzentrierte er sich auf Hasso von Hartmann.

Ja, er hatte gewusst, dass der Ex-General seine Behinderung simulierte. Nur kurz hatte er ihn bei dem von Miriam Quinn geführten, nächtlichen Ausflug durch die Erfurter Klinik in seinem Krankenzimmer umherlaufen sehen. Jedenfalls so lange, bis ihn die Faust des Leibwächters erwischt hatte. Damit hatte von Hartmann kein Alibi für den Mord an Johnny. Er hätte durchaus die Treppen hinaufsteigen und den armen Kerl aufschlitzen können. Ganz so wie damals auf dem Balkan, wenn man die von Major Frankfurt versteckte Akte richtig interpretierte. Zu glauben, dass er zum wiederholten Mal mit einem solchen Verbrechen durchkam, passte zu dessen überheblichen Persönlichkeit. Lediglich ein handfester Beweis fehlte. Und den würde er nicht finden, wenn er hier tatenlos in dem dunklen Loch herumsaß. Die Demütigung vor den Augen der Medien und Tausenden, wenn nicht gar Millionen an den Fernsehschirmen, musste den General tief getroffen haben. Sicher kochte er vor Wut und sann auf Vergeltung. Ja, Pepe musste hier schleunigst raus!

»Fahren Sie dort hinein!«, ordnete Beate an. Sie fror mittlerweile so erbärmlich, dass ihre Zähne unkontrolliert aufeinanderschlugen.

»Das ist eine Fußgängerzone«, erinnerte Richter sie und hielt an.

»Ja, ist es. Und nun los!«

»Okay.«

Richter ließ den Wagen im Schritttempo durch die schmale Gasse rollen. Trotz der späten Uhrzeit und des miserablen Wetters - noch immer goss es wie aus Eimern - waren einige Passanten unterwegs und führten ihre Hunde Gassi. Sie schüttelten unter ihren Regenschirmen missbilligend die Köpfe.

»Dort vorne anhalten. Neben dem Italiener.«

Kaum war das Auto vor dem angesprochenen Restaurant ausgerollt, sprang Beate heraus, schlug die Tür hinter sich zu und kramte mit steifen Fingern ihren Schlüssel aus der Tasche. Hinter ihr surrte die Beifahrerscheibe herunter. Richter beugte sich zu ihr hinüber und fragte: »Und ich?«

Endlich glitt der Schlüssel ins Schloss. Erleichtert öffnete Beate die Haustür und entgegnete, ohne sich umzusehen: »Sie kommen mit hoch.«

Die heiße Dusche tat ihr gut. Nur kurz kam die Erinnerung an das gemeinsame Bad mit Pepe zurück. Schnell wischte Beate die beiseite. Wie es ihm wohl jetzt ergehen mochte? Entführt. In Eisenach. Dazu das Durcheinander vor dem Burschenschaftsdenkmal. Die Schüsse auf von Hartmann und dessen anschließende Wunderheilung. Beate kam es vor, als durchlebte sie einen verrückten Traum. Dass sie sich von ihrem Posten entfernt hatte, würde ihrem Chef wohl nicht gefallen. Aber im Moment musste sie erst einmal wieder warm werden. Und dann hatte Pepe oberste Priorität. Beate drehte das heiße Wasser noch etwas weiter auf, sodass sie es kaum auszuhalten vermochte. Doch es wirkte. Langsam kehrten ihre Lebensgeister zurück. Und ihr logisches Denken. So fiel ihr auch auf, dass sie kein trockenes Handtuch bei der Hand hatte. Nach ihrem Wannenabenteuer neulich hatte sie alle in die Wäsche getan. Seufzend schob Beate die Duschtür auf, angelte sich einen Waschlappen und trocknete sich so gut es ging damit ab. Sie schaute auf den Haufen durchnässter Sachen, die auf dem Fußboden neben der Toilette lagen. Nein, das kam gar nicht infrage. Sie wrang den Waschlappen kräftig aus, hängte ihn zurück an den Wandhaken und trat nackt hinaus auf den Flur. Das Schlafzimmer lag direkt gegenüber. Zwei Schritte und Richter würde nichts mitbekommen. Sie hatte ihn gebeten, in der Küche zu warten.

»Entschuldigung. Ich wollte nicht alles volltropfen«, sagte eine Stimme hinter ihr. Richter stand wie eine der lebenden Statuen, die oft Innenstädte bevölkerten, um Touristen Geld aus der Tasche zu ziehen, verkleidet und komplett regungslos über Stunden in der prallen Sonne verharrten, auf dem Fußabtreter vor der Wohnungstür. Er hatte eine kleine Reisetasche in der Hand und starrte sie mit offenem Mund an.

Erschrocken drehte sich Beate zu ihm um, registrierte, dass er ihr tatsächlich in die Augen schaute und antwortete: »Schon gut. Die Dusche ist jetzt frei. Ich bring Ihnen gleich ein Handtuch.«

»Danke.«

»Bitte.«

Sie liefen aneinander vorbei und jeder schloss seine Tür hinter sich. Beate lehnte sich mit dem Rücken dagegen und musste einen Lachkrampf unterdrücken. Sie zog sich an und suchte ein Badehandtuch aus dem Schrank. Auf ihr erstes Klopfen öffnete Richter. Er war noch angezogen.

»Hier.« Beate reichte ihm das Handtuch. »Können Sie mir das Kennzeichen des Fahrzeugs nennen, in das die drei eingestiegen sind?«

»Natürlich.«

Richter ratterte eine Erfurter Nummer herunter.

»Danke«, antwortete Beate und ließ ihn stehen. In der Küche setzte sie Wasser an und wählte die Nummer ihrer Dienststelle.

Das Fahrzeug war auf Dr. Bo Busch zugelassen. Beate kannte die Frau. Sie hatten in der Vorbereitung zur Wahlkampfveranstaltung oft miteinander Kontakt gehabt. Anscheinend war sie ebenso wie Pepe entführt worden. Nur warum?

Der Hund hatte urplötzlich aufgehört zu bellen. Pepe rutschte auf dem harten Boden umher und versuchte, eine weniger schmerzhafte Sitzposition einzunehmen. Er hatte keinen Schimmer, wie lange er jetzt schon in tiefster Dunkelheit festsaß, hatte jegliches Zeitgefühl verloren. Anfangs hatte er Sekunden abgezählt, um konzentriert zu bleiben, es aber bald aufgegeben. Alle seine Gedanken drehten sich um Verkerk, Bo und von Hartmann.

Dann klapperte es an der Tür. Kurz darauf schwang sie auf und Pepe musste die Augen gegen die schmerzhafte Helligkeit zusammenkneifen, die seine Zelle flutete. Bo trat ein. Gefolgt von Kilian Verkerk.

»Er ist bei Bewusstsein«, stellte Bo fest.

Verkerk bückte sich, hob die Socke, die als Knebel gedient hatte auf und warf einige der herausgefallenen Münzen wieder hinein.

»Das werden wir nicht mehr brauchen.« Bo kniete sich vor Pepe hin. Sie hatte sich verändert. Um ihre Mundwinkel hatte sich ein harter, grausamer Zug gebildet. Ihre Augen schauten kalt. Eines war etwas kleiner als das andere.

»Sie haben mein Leben zerstört«, sagte sie leise.

Pepe wollte etwas erwidern, ließ es aber doch bleiben.

»Als ich Sie das erste Mal sah, im Krankenhaus, habe ich gespürt, dass Sie nur Ärger bringen. Fast hätte ich es geschafft. Nachdem mein Sohn kläglich gescheitert war und der arme Roger leider den Unfall überlebt hatte. Ich hatte meine Hände schon um seinen Hals, war bereit, zuzudrücken. Einen Bewusstlosen zu erwürgen ist nicht sehr schwer, denn er kann sich nicht wehren. Hätte ich ihn nur nicht geküsst. Na ja, hinterher ist man immer schlauer.«

»Wieso?«

Pepe konnte kaum glauben, was er hörte.

»Weil Roger die Vergangenheit nicht ruhen lassen konnte. Er hat herausgefunden, dass Kilian mein Sohn ist. Danach hat er tiefer gegraben. Und schließlich hat er mich angerufen, wollte mit mir reden, bevor er an die Öffentlichkeit geht. Das habe ich nicht zulassen können, verstehen Sie? Ich habe Hasso so viel geopfert. Mein halbes Leben. Und Roger stand knapp davor, mein Lebenswerk zu zerstören. Er hatte herausgefunden, dass Hassos Lähmung sich gebessert hatte und sogar komplett verschwunden war. Im Wahlkampf mussten wir diese Information geheim halten. Wir wollten die Heilung erst später, nach dem Einzug ins Bundeskanzleramt publik machen, als Erfolg deutscher Ärzte und Forscher verkaufen. Roger hat das nicht eingesehen, wollte unbedingt an die Öffentlichkeit. Das konnte ich doch nicht zulassen, so kurz vor der Wahl.«

»Aber jetzt ist es vorbei«, unterbrach Pepe sie.

»Ja, jetzt ist es vorbei.«

Bos Stimme hallte von den Betonwänden als schwaches Echo zurück.

»Machen Sie mich los und wir können drüber reden. Wir finden eine Lösung.«

»Kilian, bitte befreie den Oberfeldwebel aus seiner misslichen Lage«, verlangte Bo und stand auf. Pepe unterdrückte einen Seufzer der Erleichterung. Endlich. Langsam verlor er jegliches Gefühl in seinen hochgebundenen Armen. Seine Finger kribbelten, als steckten sie in einem Ameisenhaufen.

»Und bring vorher bitte einen Stuhl, auf den sich unser Gast setzen und sich etwas ausruhen kann. Einen stabilen.«

»Nicht nötig, es geht schon«, versicherte Pepe. Er versuchte, sich so aufrecht wie möglich auf dem harten Boden hinzusetzen. Bo winkte nur ab, als wollte sie sagen, dass das ja wohl das Mindeste wäre, was sie unter den gegebenen Umständen tun konnte.

»Doch, doch, ich bestehe darauf!«, drängte Bo und stampfte mit dem Fuß auf. Keine Minute später war Verkerk zurück. Er hielt einen massiven Holzstuhl mit rückenhoher Lehne in Händen, während Rocky aufgeregt bellend um seine Füße sprang und ihn beinahe zu Fall brachte.

»Stell ihn bitte in die Mitte, direkt unter die Glühlampe«, bat Bo und machte ihrem Sohn Platz. Unwillkürlich schaute Pepe hoch zu der nackten Birne, die an einer Lüsterklemme an der Betondecke hing. Das Stromkabel war mit wenigen Haltern Aufputz befestigt worden, verlief quer über die Decke und verschwand durch ein ausgefranstes Loch in der Wand neben der Tür.

Bo nahm ein Papiertaschentuch aus ihrer Handtasche und wischte damit über die Sitzfläche des Stuhles. Es färbte sich rot.

»Ist das Blut?«, fragte sie.

»Ja«, antwortete Verkerk. Er hatte in der Zwischenzeit den Hund auf den Arm genommen und ließ sich von ihm über das Gesicht lecken. »Ich hatte eine Aussprache mit Karl-Friedrich. Weißt du, Mutti, er hat den Rocky sozusagen als Geisel genommen. Damit ich Dinge mache, die ich eigentlich nicht machen wollte. Mit seiner Frau.«

»Lebt er noch?«

»Ich denke schon.«

»Und sie?«

»Sie nicht.«

Plötzlich hatte Pepe das ungute Gefühl, dass er sich zu früh gefreut hatte.

»Na gut. Kümmern wir uns zuerst um unseren Oberfeldwebel. Sei so lieb und setz ihn bitte auf den Stuhl, ja? Seine Arme sollten wunderbar durch diese Streben in der Rückenlehne hindurchpassen, sodass wir ihm erneut die Handschellen anlegen können. Ich glaube, ich habe weiter vorn einige Kabelbinder liegen sehen. Der Seitenschneider, die Kombizange und der Lötkolben könnten auch noch ganz nützlich werden.«

Pepe rollte möglichst unauffällig mit den Schultern, um die Blutzirkulation in seinen Armen und Händen wieder in Gang zu bringen. Im ersten Moment wurde das Kribbeln dadurch eher schlimmer. Aber wenn er erst die Fesseln los war, konnte er eventuell seine Chance nutzen. Gleich war es so weit. Aufmerksam schaute Pepe zu Bo und Verkerk hoch. Der kam auf ihn zu, setzte den Hund vorsichtig auf den Boden, griff hinter seinen Rücken und zog eine Pistole hervor. Er lud sie durch und hielt den Lauf an Pepes Stirn und sagte mit kindlicher Stimme: »Machst du ihn los, Mutti? Ich will nur sichergehen, dass er keine Dummheiten macht.«

»Aber ja.«

Kaum waren die Handschellen offen, fielen Pepes Arme herunter, als wären sie Fremdkörper. Selbst unter größten Anstrengungen gelang es ihm nicht, die Kontrolle über sie zurückzubekommen. Das übernahm Bo für ihn. Sie packte ihn an der Hand und zerrte ihn mit erstaunlicher Kraft auf die Füße. Für Pepe fühlte es sich an, als würde sein Arm aus dem Schultergelenk gerissen. Bo stieß ihn hinüber auf den Stuhl, fädelte seine Arme zwischen den Rückenstreben hindurch und ließ die Handfesseln wieder zuschnappen. Anschließend lief sie in den Nebenraum, um das Werkzeug zu holen. Rocky machte brav Sitz und schaute interessiert zu, während Verkerk Pepe die Pistole an den Kopf drückte.

»Soldat, Sie müssen das nicht tun«, sagte Pepe leise, aber eindringlich zu Verkerk, in der Hoffnung, dass Bo nicht mitbekam, dass er ihn auf seine Seite zu ziehen versuchte. »Bis jetzt haben Sie noch kein schweres Verbrechen begangen.«

Pepe entging nicht, dass Verkerks Augen kurz nach oben

zuckten, wo der Ehemann der nicht mehr lebenden Hausherrin nach der Aussprache zum Thema Rocky Blut verloren hatte. Eventuell gab es also doch Grund für eine schwerwiegende Anklage. Der Unfall mit Fahrerflucht, der Major Frankfurt ins Koma befördert hatte, war ebenfalls kein Kavaliersdelikt.

»Sie bekommen bestimmt mildernde Umstände, wenn Sie vor Gericht den Einfluss Ihrer Mutter ins Feld führen.«

Der Druck des Laufes auf Pepes Stirn wurde stärker. Er hatte das Gefühl, stark zu schielen, als er versuchte, mit beiden Augen daran vorbeizuschauen. Verkerks Gesicht verriet keine Gefühlsregung. Sein Daumen allerdings schon. Der spannte nämlich den Hahn der Waffe. Wahrscheinlich war es vorerst besser, die Klappe zu halten.

Bo kam zurück.

»Was labert er da die ganze Zeit?«, fragte sie, während sie Pepes Fußgelenke mit Kabelbindern an den Stuhlbeinen fixierte.

»Nichts weiter.«

»Würdest du jetzt bitte die Glühlampe von der Decke holen?«

Verkerk schaute nach oben, überlegte kurz, steckte dann die Pistole in seinen Hosenbund. Mit einem großen Schritt trat er auf Pepes Oberschenkel, richtete sich auf, Pepes Kopf als Stütze nutzend und riss mit einem kräftigen Ruck die Birne von der Wand. Nacheinander ploppten alle Halterungen aus dem Putz. Das Licht flackerte, brannte aber weiter. Auch noch, als Kilian die Glühlampe auf dem Fußboden ablegte. Durch die geänderte Beleuchtung wurde Bos Gesicht zu einer dämonischen Fratze verzerrt.

»Danke, Schatz. Heiz bitte in der Zwischenzeit den Lötkolben vor. Ich denke, ich werde mit dem Messer beginnen. Es ist übrigens immer noch das, welches ich von meiner Vermieterin in Primošten bekommen habe. Seit der Zeit trage ich es ständig mit mir herum. Ich finde, das passt ganz gut. Damit schließt sich sozusagen der Kreis.«

Als Richter aus dem Badezimmer kam, erhielt Beate das Ergebnis der Ortungsanfrage von Pepes Handy. Das Telefon befand sich auf dem Gelände des Burschenschaftsdenkmals. Die Entführer hatten es ihm wohl abgenommen und an Ort und Stelle liegen gelassen. Anscheinend hatten sie es mit Profis zu tun. Wütend warf Beate ihr Handy auf den Küchentisch.

»Was ist?«, fragte Richter, setzte sich und ließ seine Reisetasche neben sich auf den Boden fallen. Seine Haare waren feucht und er roch entfernt nach dem Parfüm, das sie ihrem Vater jedes Jahr zu Weihnachten schenkte.

»Das Auto gehört von Hartmanns Wahlkampfmanagerin und Pepes Handy bringt uns nicht weiter. Es liegt am Denkmal.«

»Schade«, entgegnete Richter, beugte sich zu seiner Tasche herunter, kramte darin herum und legte schließlich eine Maschinenpistole neben Beates Telefon. Es folgten drei Magazine und ein Reinigungsset inklusive Waffenölfläschchen.

»Sind Sie jetzt völlig verrückt? Was wollen Sie denn damit?«

»Ja, ich weiß. Das Ding ist nicht sehr präzise, aber auf kurze Entfernungen sollte es gehen.«

»Na, das meine ich doch nicht! Sie können unmöglich mit einer scharfen Waffe herumspazieren.«

»Wieso, das tun Sie doch auch.«

Richter blieb völlig gelassen und fing an, die Maschinenpistole mit geübten Handgriffen zu demontieren.

»Ich bin Polizeibeamtin. Geben Sie die Waffe sofort her!«

Bevor Beate nach der Maschinenpistole greifen konnte, klingelte ihr Handy. Wie ein Bussard auf seine Beute stürzte sie sich darauf.

»Jäger!«, beantwortete Beate den Anruf und hielt gleich mit schmerzverzerrtem Gesicht das Telefon etwas weiter weg von ihrem Ohr. Ein Durcheinander von Stimmen, laut, kreischend, aufgeregt und ängstlich zugleich prasselte auf sie ein. Zwei Minuten später legte sie auf und sah Richter mit großen Augen an.

»Was ist?«, fragte der erneut.

»Ich denke, ich weiß, wo Pepe ist«, ließ Beate verlauten.

»Gut.« Richter holte eine schusssichere Weste aus seiner Tasche und zog sie unter sein T-Shirt. Anschließend setzte er die Maschinenpistole wieder zusammen, rammte ein Magazin in den Schacht und lud durch. »Wo müssen wir hin?«

24

»Kein Empfang«, stellte Bo fest und hielt ihr Telefon so hoch wie möglich, schielte von unten auf das Display.

»Der Stahlbeton schirmt alles ab«, bestätigte ihr Sohn.

»Dann geh ich mal nach oben. Er sollte schon längst hier sein.«

»Du hast ihm hoffentlich die richtige Adresse geschickt?«

An Bos Schläfe fing eine Ader dick an zu pulsieren, ihre Kiefermuskeln arbeiteten gut sichtbar. Doch sie antwortete erstaunlich ruhig: »Natürlich habe ich ihm die richtige Adresse geschickt.«

»Okay.«

»Ich gehe jetzt hoch. Fang nicht ohne mich an.«

»Bestimmt nicht.«

Pepe schaute Bo hinterher. Er wartete noch eine volle Minute, um sicher zu sein, dass sie ihn nicht mehr hören konnte, bevor er sich erneut an Verkerk wandte. »Machen Sie mich los, Soldat! Ich lege ein gutes Wort für Sie ein. Wenn Sie mir helfen, mich freilassen, wird das zu Ihren Gunsten berücksichtigt.«

Verkerks Miene änderte sich kein Stück. Er stand da, die Daumen in seinem Hosenbund eingehakt und schaute Pepe ausdruckslos an. Der hatte den Eindruck, dass er durch ihn hindurchsah. Trotzdem war der Mann Pepes einzige Chance, hier einigermaßen unversehrt, oder wenigstens lebend herauszukommen. Also probierte er es weiter.

»Ihre Mutter hat Probleme, psychische Probleme. Das sieht man ganz deutlich. Der Richter wird das berücksichtigen. Sie ist nicht voll schuldfähig. Schlimmstenfalls wird Ihnen der ganze Schlamassel angehängt. Wenn Sie mich hingegen jetzt losbinden ...«

Keine Reaktion. Mit klopfendem Herzen schaute Pepe zur Tür. Kam jemand die Treppe herunter? Er musste sich beeilen.

»Soldat, ich befehle Ihnen, mir die Handschellen abzunehmen! Ausführung!«

War das ein Lächeln auf Verkerks Gesicht? Durch das Licht der auf dem Fußboden liegenden Lampe konnte Pepe die Gesichtszüge seines Gegenübers nicht deutlich erkennen. Er schien festgefroren zu sein, denn er bewegte sich keinen Millimeter. Jetzt wurde die Zeit wirklich knapp und Pepe startete einen letzten, verzweifelten Versuch.

»Wenn Sie in den Knast einfahren, werden Sie Rocky wahrscheinlich nie mehr sehen«, versuchte er einen neuen Ansatz. »Der Hund scheint Sie zu mögen. Das wäre doch ein Jammer, wenn ...«

Verkerks Schulter strafften sich. Seine Augen verengten sich zu Schlitzen. Fast wie in Zeitlupe zog er seine rechte Hand aus dem Gürtel und griff in seine Hosentasche. Er förderte ein Springmesser zutage. Klackend fuhr die Klinge aus.

»Das ist die richtige Entscheidung, Soldat. Sie werden es nicht bereuen«, sagte Pepe erleichtert und sah zu, wie Verkerk vor ihm in die Hocke ging, um die Kabelbinder durchzuschneiden, mit denen Pepes Fußgelenke an den Stuhl gefesselt waren. Dachte der zumindest. Stattdessen stach Verkerk in eine, zwischen den Scherben des Einweckglases liegende Gewürzgurke, hob sie auf und biss genüsslich hinein. Dann waren Stimmen von der Kellertreppe her zu hören. Den letzten Bissen herunterschluckend drehte Verkerk sich um und steckte sein Messer zurück in die Hosentasche.

Wieder gab Beate die Richtung vor, während Richter am Steuer saß. Nach dem aufgeregten Anruf dreier Schwestern, die Beates Visitenkarte von ihrer Mutter hatten, gab es Hoffnung, Pepe schneller als gedacht zu finden. Die Mädchen hatten aufgelöst durcheinander geplappert und schließlich erzählt, dass sie von ihrem Kinderzimmer aus gesehen hatten, wie Onkel Pepe in das Nachbarhaus verschleppt wurde. Alle drei waren sich sicher, eine große Pistole gesehen zu haben. Da ihre Mama – die Schwestern hatten länger nach dem passenden Wort gesucht und sich dann für müde entschieden – ihnen nicht helfen konnte oder wollte, hatten sie direkt bei Beate angerufen. Und nun klingelte ihr Telefon erneut.

»Sie sollten es besser abschalten«, insistierte Richter und fuhr aus der Fußgängerzone heraus, quer über den Eisenacher Marktplatz.

»Gleich«, antwortete Beate, wollte die unbekannte Nummer wegdrücken und überlegte es sich im letzten Moment anders.

»Ja?«

»Kommissarin Jäger, Beate Jäger?«

»Wer fragt?«

»Oberstabsgefreiter Razgatlıoğlu. Feldjäger der Bundeswehr.«

»Was wollen Sie?«

»Ist zufällig Oberfeldwebel Fuchs bei Ihnen? Wir können ihn nicht erreichen.«

Beate hielt das Handymikrofon zu und sah zu Richter herüber.

»Kennen Sie einen Oberstabsgefreiten Ratzkatzjojo, oder so ähnlich?«, fragte sie und fügte an: »Vorn, an der Ampel nach rechts, dann immer geradeaus.«

»Ein Türke?«

»Wahrscheinlich.«

»Hat er einen geschienten Arm?«

Beate stutzte.

»Kann ich ja wohl schlecht von hier erkennen.«

»Fragen Sie ihn.«

»Warum?«

»Wenn ja, ist er der Kerl, der mich auf dem Hochsitz am Denkmal enttarnt hat. Das war gute Arbeit. Und wir könnten etwas Unterstützung gebrauchen, vor allem, da Sie ja Ihre Kollegen nicht informiert haben.«

Damit hatte Richter recht. Da beinahe alle verfügbaren Einsatzkräfte am Burschenschaftsdenkmal zusammengezogen waren, hatte Beate beschlossen, allein und somit schneller zu handeln. In einer Entführung zählten die ersten Stunden, wenn nicht gar Minuten. Ehe der offizielle Apparat zu arbeiten anfing, konnte es bereits zu spät sein. Und außerdem war sie sich nicht sicher, ob die drei Schwestern tatsächlich die Entführung beobachtet hatten oder sich nur etwas zusammensponnen. Bevor sie zum Gespött der gesamten Dienststelle wurde, war es besser, sich zuerst ein Bild der Lage zu machen. Noch war ihr Auftritt im Ohrdrufer Saunaklub, in dem sie ermittelt hatte, in aller Munde. Beate schüttelte kaum sichtbar den Kopf, nahm die Hand vom Mikro und fragte: »Sind Sie noch dran?«

»Ja.«

»Tragen Sie einen Arm in der Schlinge?«, fragte sie und stellte ihr Telefon auf Lautsprecher.

Einen Moment war es still in der Leitung, bevor der Oberstabsgefreite antwortete: »Ja. Aber was tut das zur Sache?«

»Fragen Sie ihn, mit wie vielen Leuten er vor Ort sein kann«, fuhr Richter dazwischen.

»Steckt der Oberfeldwebel in Schwierigkeiten?«, war eine laute, recht besorgte Stimme über das Telefon zu hören.

»Ja«, gab Beate knapp Bescheid.

»Wo?«

Beate schaute erneut zu Richter hinüber. Der nickte und Beate gab die Adresse durch.

»Oberfeldwebel Pepe S. Fuchs! Wie schön, dass wir uns endlich mal persönlich kennenlernen können, wenn auch unter diesen widrigen Umständen!«

Hasso von Hartmann breitete die Arme aus, als wollte er einen alten Freund umarmen. Pepe konnte sich gar nicht daran gewöhnen, den Ex-General stehen und laufen zu sehen. Hinter ihm betraten Bo und ein Pepe unbekannter Mann in einem teuren Anzug den ehemaligen Luftschutzbunker, sodass es schnell relativ eng in dem kleinen Raum wurde.

»Ich muss gestehen, ich war sehr erfreut, als mir die liebe Bo mitgeteilt hat, dass Sie ihr Gast sind«, fuhr von Hartmann fort. Fast konnte man meinen, er wäre auf einer Wahlkampfveranstaltung und spräche mit einem potenziellen Spender oder mit einem unentschlossenen Wähler.

»Sie war es ebenfalls, die mir verraten hat, dass Sie an dem Vorfall vorhin schuld sind. Sie behauptet sogar, dass Sie selbst geschossen hätten.«

Von Hartmann schüttelte den Kopf und machte Zischgeräusche.

»Das ist natürlich Blödsinn. Ein Soldat, der die Waffe auf seinen Vorgesetzten richtet. Ein Ding der Unmöglichkeit oder etwa nicht?«

Der Ex-General stand jetzt ganz dicht vor Pepe, dass er dessen alkoholgeschwängerten Atem riechen konnte. Von Hartmanns Wangen waren gerötet und in seinen Augen loderte unbändiger Hass auf, wenn auch nur kurz.

»Wissen Sie, ich bin von guten Freunden gewarnt worden, dass den örtlichen Behörden hier nicht zu trauen ist. Schon zu viel ist in Eisenach geschehen, was die Polizei nicht verhindern konnte. Daher habe ich darauf bestanden, dass die Absicherung meiner Wahlkampfveranstaltung von Feldjägern, von Kameraden übernommen wird. Sicherer kann man ja fast nicht sein. Dachte ich jedenfalls«, redete Hasso weiter, immer noch dicht vor Pepe stehend. »Aber anscheinend hat sich der Spruch von dem schwarzen Schaf, das in jeder Familie vorkommt, wieder einmal bestätigt.«

Von Hartmann richtete sich auf, verschränkte die Arme auf dem Rücken, legte den Kopf in den Nacken und fragte: »Was soll ich nur mit Ihnen machen?«

»Mir würde da schon etwas einfallen«, mischte sich Bo ein. Sie konnte oder wollte die Aufregung in ihrer Stimme nicht unterdrücken.

»Ich werde dir nicht im Wege stehen, liebe Bo. Du kannst dich voll und ganz verwirklichen. Du hast zwanzig Minuten, danach möchte ich mich persönlich vom Herrn Oberfeldwebel verabschieden, bevor wir es zu Ende bringen.«

»Heute wollen Sie sich nicht selbst die Hände schmutzig

machen? Nicht wie bei Johnny und Milena?«, versuchte Pepe, von Hartmann aus der Reserve zu locken.

»Ha, was Sie für alte Kamellen auspacken. Kein Mensch erinnert sich mehr an Primošten«, antwortete der Ex-General und sein Lachen klang verblüffend echt.

»Major Frankfurt tat es«, entgegnete Pepe trotzig.

»Und es ist ihm nicht gut bekommen«, sagte Bo. Sie hatte mittlerweile eine Steckdose für den Lötkolben gefunden. Sie spuckte auf die Metallspitze. Sofort zischte es und die Feuchtigkeit verdampfte brodelnd. Zufrieden legte sie den Kolben auf den Fußboden und holte ein Messer mit einer kurzen, bedrohlich gebogenen Klinge aus ihrer Handtasche.

»Zwanzig Minuten«, wiederholte von Hartmann, tippte auf seine Armbanduhr und verließ den Raum. Sein Begleiter im Anzug schaute ihm erst unschlüssig hinterher, folgte ihm jedoch schnell, als Bo anfing, Pepes Uniformhose sorgfältig in Streifen zu schneiden.

»Muss ich hierbleiben, Mutti?«, fragte Verkerk. »Ich habe Rocky so lange nicht gesehen und würde gern etwas mit ihm spielen.«

»Geh nur. Mach die Tür hinter dir zu.«

Als die schwere Bunkertür dröhnend ins Schloss fiel, überflutete Pepe eine Welle der Hilflosigkeit. Zwar war er an Schmerzen gewöhnt, aber eine innere Stimme schrie ihn an, dass er das, was gleich folgen würde, noch nicht erlebt hatte. Bo hatte inzwischen seinen Körper von der Hüfte abwärts komplett freigelegt und betrachtete mit zufriedenem Grinsen ihr Werk. Neben Pepes Stuhl türmten sich Stoffstreifen zu einem beachtlichen Berg. Vorsichtig zog sie einen aus dem Haufen und stellte sich hinter Pepe. Dem lief ein Schauer über den Rücken. Er zerrte an den Handschellen, ruckte auf dem Stuhl vor und zurück, versuchte in übermenschlicher Anstrengung, die Kabelbinder an seinen Fußgelenken zu zerreißen.

»Ist doch gut«, raunte Bo leise, dicht an Pepes Ohr, sodass ihr Atem über seine Wange strich. »Ist doch gut!«

Schon wich ein Teil der Anspannung aus Pepes Körper. Er

öffnete den Mund, wollte auf Bo einreden, wollte ihr sagen, dass ihr Tun keinen Sinn hatte und sie damit niemals durchkommen würde. Plötzlich riss sie seinen Kopf derb zurück, zwängte ihm brutal den Stoffstreifen zwischen die Zähne und zurrte ihn in seinem Nacken fest.

Richter hatte sein Auto zwei Straßen entfernt geparkt. Cem und Feldwebel Gehricke waren auf Höhe der Stadtmauer zugestiegen, sodass Beate ein Gefühl der Enge in dem kleinen Fahrzeug beschlich. Noch immer regnete es und die Scheiben des Kompaktwagens beschlugen bereits. Nach einer kurzen Vorstellungsrunde brachte Beate die beiden Neuankömmlinge auf den aktuellen Stand.

»Wir wissen also nicht wirklich, ob Pepe und Dr. Bo Busch in dem Haus gefangen gehalten werden«, schloss sie ihre Ausführungen.

»Dann sehen wir einfach nach«, tönte Gehricke und Beate kniff unwillkürlich die Augen zusammen, ob ihrer nervigen Stimme.

»Okay«, beschloss Beate, »ich werde zur Vordertür gehen und klingeln. Herr Richter ...«

»Nennen Sie mich Lars. Wenn wir schon zusammen in den Krieg ziehen«, unterbrach Richter sie grinsend.

»Ich bin Cem«, fiel der Oberstabsgefreite Razgatlıoğlu ein.

»Ich Svenja«, sagte Gehricke.

Beate verdrehte die Augen und wiederholte: »Ich gehe zur Vordertür. Lars, Sie bleiben bei mir, mit etwas Abstand. Ich bin mir nicht sicher, ob es einen Hintereingang gibt. Trotzdem sollten Sie, Cem und Svenja, sich im Garten postieren. Sind Sie bewaffnet?«

»Selbstverständlich«, bestätigten alle drei im Chor.

Beate hob die Stimme und schaute jeden Einzelnen im Funzellicht der Innenraumbeleuchtung scharf an. »Gut. Lassen Sie die Waffen im Holster, verstanden?«

Niemand erwiderte etwas.

»Verstanden?«, hakte Beate lauter nach. »Ich mache mir

ein Bild von der Lage und erst dann entscheiden wir über das weitere Vorgehen!«

»Verstanden.«

»Okay.«

»Gut.«

Obwohl die Antworten nicht sehr überzeugend klangen, drehte sich Beate nach vorn um und wies Richter an, den Motor zu starten.

Nur etwas schneller als Schrittgeschwindigkeit fuhren sie an dem Haus der Kohlhans' vorbei. Beate wischte ihre angelaufene Seitenscheibe frei. In der Einfahrt parkte eine schwarze Luxuslimousine. Zwei Fenster des Erdgeschosses waren erleuchtet.

»Das ist von Hartmanns Wagen«, stellte Cem durch das von ihm geschaffene Guckloch vom Rücksitz her fest.

Richter verriss fast das Lenkrad. Man hörte seine Zähne knirschen. »Sicher?«, fragte er.

»Ja.«

»Was macht der denn hier?«, überlegte Gehricke laut.

Beate legte Richter ihre Hand schwer auf den Arm und erinnerte: »Die Maschinenpistole bleibt in der Tasche, verstanden?«

Richter schwieg. Er stoppte den Wagen am Bordstein, ließ die Hände verkrampft am Lenkrad und starrte abweisend geradeaus.

»Lars?«

»Ja«, entgegnete Richter, ohne Beate anzusehen.

»Kann ich Ihnen vertrauen?«

Fast in Zeitlupe drehte Richter seinen Kopf. Er sah Beate einen kurzen Moment mit zitternder Oberlippe an, bevor er antwortete: »Natürlich.«

Obwohl Beate sicher war, dass er log, hatte sie keine Wahl.

»Gut, dann los!«, bestimmte sie und alle stiegen aus.

»Habe ich Ihnen von Milena erzählt?«, fragte Bo hinter Pepe stehend. Der konnte mit dem Knebel im Mund nur unbestimmt grunzen. »Hasso hatte ihr tiefe Schnitte zugefügt. Aus Eifersucht und im Adrenalinrausch. Diese klaffenden, blutenden

Wunden, das rohe Fleisch ... So etwas hatte ich nie zuvor gesehen. Noch nie sehen müssen. Und doch haben die Verletzungen die junge Frau nicht aufgehalten. Sie hat gekämpft, Hilfe bei Roger gesucht. Es ist ein Wunder, wozu der menschliche Körper in Stresssituationen fähig ist. Wir sind so stark!«

Pepe wandte seinen Kopf, versuchte Augenkontakt mit Bo zu bekommen. Er wusste nicht genau, worauf ihr Gerede hinauslaufen würde. Nur eines war klar: Wenn er hier nicht bald herauskam, würde das Ende hässlich werden.

»Ich muss mich wohl etwas beeilen. Zwanzig Minuten sind nicht viel Zeit. Und ich stehe hier rum und plaudere. Dabei sind Sie bestimmt recht neugierig, was als Nächstes geschehen wird, nicht wahr?«

Erstaunlich grazil für ihren Leibesumfang tanzte Bo um Pepes Stuhl herum. Sie stellte sich vor ihm auf, legte die linke Hand an ihr Kinn und stellte den Kopf leicht schief. Wie eine Künstlerin, die ein Modell studierte, musterte sie Pepe von oben bis unten, bis sie schließlich zufrieden nickte.

»Ich fange mit den Waden an, arbeite mich allmählich über die Oberschenkel nach oben bis zu Ihrem Geschlechtsteil.«

Plötzlich stutzte sie, runzelte die Stirn, kam näher. Sie ging vor Pepe in die Hocke und hob sein bestes Stück mit der Messerspitze an.

»Anscheinend war hier schon jemand vor mir mit einer Klinge zugange«, sagte sie überrascht. »Na, macht ja nichts. Dann wissen Sie ja schon, was auf Sie zukommt.«

Wieder ruckte Pepe an seinem Stuhl, versuchte, die Kabelbinder zu zerreißen. Erfolglos. Stattdessen musste er zusehen, wie Bo ihr Werk begann.

Beate hielt ihre Pistole in der rechten Hand hinter ihrem Rücken, während sie, ihren Dienstausweis zwischen Mittel- und Ringfinger geklemmt, auf den Klingelknopf drückte. Sie hielt sich dicht am Eingang, war so einigermaßen vor dem Wetter geschützt. Richter stand am Fuß der Treppe, im strömenden Regen. Er hielt die Reisetasche an seine Brust gedrückt, zweifellos, um schnell an die Maschinenpistole zu gelangen. Noch hatte er Wort gehalten und sie nicht ausgepackt.

»Es macht niemand auf«, stellte er fest.

»Das merke ich selbst«, entgegnete Beate gereizt und hämmerte mit dem Handballen gegen die Tür. Die eingelassene Scheibe klirrte – und zerstob unerwartet in tausend Scherben. Etwas Heißes flog an Beates Wange vorbei, Glassplitter zerstachen ihr Gesicht wie ein Schwarm wütender Wespen. Erst danach hörte sie den Schuss. Hinter ihr nahm Richter die vier Stufen in einem Satz und riss Beate von der Treppe weg zu Boden, kurz bevor ein weiteres Geschoss durch das zerstörte Fenster pfiff. Er zog sie nah an die Hauswand, nahm gleichzeitig einhändig die Eingangstür mit seiner Maschinenpistole ins Visier.

»Sind Sie okay?«, fragte er.

»Ich weiß nicht. Ich kann nichts sehen«, antwortete Beate schrill, mit Panik in der Stimme. »Warum kann ich denn nichts sehen?«

Im selben Moment kamen Cem und Gehricke mit gezogenen Waffen aus dem Garten nach vorn gerannt. Sie warfen sich neben Richter zu Boden.

»Das waren Schüsse«, stellte Cem fest. Er hielt seine Pistole in der gesunden Hand, stützte sie als Zielhilfe auf seinem geschienten Arm ab.

»Jemand verletzt?«, fragte Gehricke.

»Ich kann nichts sehen, verdammte Scheiße!«, rief Beate. Mit bebenden Fingern versuchte sie, ihre Augen abzutasten.

Richter hielt ihre Hände fest. »Das ist nur Blut«, sagte er mit ruhiger Stimme. »Es verklebt Ihre Augenlider.«

»Blut?«, kreischte Beate auf.

»Schon gut, ich kümmere mich darum«, fuhr Cem dazwischen. Er hatte bereits einen Erste-Hilfe-Pack aus seiner Beintasche gezogen und riss es mit den Zähnen auf. Verpackungsreste auf den Rasen spuckend fuhr er fort: »Feldwebel, Sie und Richter gehen rein! Ich rufe einen Rettungswagen!«

»Gibt es einen anderen Ausgang?«, fragte von Hartmann. Er kniete, seine Pistole im Anschlag, hinter dem Flurdurchgang zur Küche. Nun war es wohl tatsächlich vorüber. Er hätte nicht herkommen sollen. Als ihm Bo jedoch mitgeteilt hatte, dass sie den Attentäter gestellt hatte, konnte er einfach nicht widerstehen. Rache, Vergeltung, seltsame Gefühle, von denen er sich im Moment leiten ließ. Aber so würde er wenigstens mit dem Gedanken abschließen, keine offenen Rechnungen zurückgelassen zu haben. Die zwanzig Minuten, die er Bo gegeben hatte, waren gleich um. Dann würde er es zu Ende bringen. Endgültig, nicht nur für ihn. Alles war jetzt egal. Selbst wenn er und sein Team irgendeine vage Begründung für seine Wunderheilung am Burschenschaftsdenkmal hätten finden können, die Schüsse auf die Militärpolizisten bedeuteten definitiv das Ende seiner politischen Laufbahn. Dabei hatte nicht er, sondern Kilian Verkerk durch die geschlossene Tür gefeuert. Völlig emotionslos, als wäre es das Normalste der Welt. Er hatte die Feldjäger am Küchenfenster vorbei in den Garten gehen sehen, seine Waffe gezogen, sich vor die Eingangstür gestellt und seelenruhig gewartet. Ganz wie in alten Zeiten. Auf Bos Sohn war in brenzligen Situationen von jeher Verlass gewesen. Er kannte keine Angst. Und keine Skrupel. Von Hartmann hatte ihm oft Aufgaben übertragen, die kein anderer ausgeführt hätte. Jedenfalls nicht, ohne dass davon später in der Presse zu lesen gewesen wäre. Trotzdem wäre es ihm im Moment lieber gewesen, er hätte es nicht getan. Noch war nicht klar, ob jemand verletzt worden war. Aber auch das machte keinen wirklichen Unterschied.

»Nein, kein anderer Ausgang«, informierte Verkerk gelassen. Er stand stoisch, die Waffe im Anschlag, in lehrbuchmäßiger Haltung vor der Tür und wartete, ob sich jemand hereinwagte.

Tief auf dem Boden kroch Richter an der Haustür vorbei. Das Treppenpodest schirmte ihn ab. Auf der anderen Seite ging er in die Hocke, legte an und entlud ein komplettes Magazin in den Bereich der Klinke. Die Schüsse dröhnten ohrenbetäubend. Ein Echo wurde die schmale Straße entlang zurückgeworfen. In den Nachbarhäusern flammten Lichter auf, Fenster wurden geöffnet und sofort wieder geschlossen. Während Richter nachlud, sprang Gehricke die Eingangsstufen hoch und trat die Tür auf.

Die Geschosse verfehlten Verkerk, vertrieben ihn jedoch aus dem Flur. Von Hartmann zog sich weiter in die Küche zurück, ging hinter dem mannshohen Kühlschrank in Deckung. Direkt neben einem kleinen Hund, der zitternd und mit eingezogenem Schwanz in der Ecke hockte. Ihnen lief die Zeit davon. Wenn er nicht bald in den Keller kam, würde er wohl kein brauchbares Gespräch mit Oberfeldwebel Pepe S. Fuchs mehr führen können. Verkerk ging neben dem Türrahmen in Stellung, zwei Armlängen von ihm entfernt. Als sich ein Schatten im Korridor bewegte, fing er an zu feuern.

»Feuerschutz!«, rief Gehricke. Sie hatte es in den Hausflur geschafft, wurde aber von einem Kugelhagel in ihrer Position am Kopf der Kellertreppe festgenagelt. Mündungsknall ließ die Wände erzittern. Pulverwolken erschwerten das Atmen und es stank überwältigend nach Kordit. Richter reagierte sofort. Er kroch die Eingangsstufen hinauf, verschoss auf dem Bauch liegend ein weiteres Magazin knapp über dem Fußboden. Innerhalb von Millisekunden schlug der Schlagbolzen ins Leere.

Von Hartmann sah zu, wie Verkerk lautlos zur Seite kippte und seinen rechten Fuß umklammerte. Blutgeruch stieg ihm in die Nase. Er reckte den Hals, um besser sehen zu können. Anscheinend hatten mehrere Geschosse Verkerk unterhalb des Knies erwischt. Er robbte weg von der Tür, eine breite Blutspur und seine Waffe hinterlassend. Plötzlich schoss der Hund an ihm vorbei, packte Verkerk am Kragen, zerrte wie ein Wilder daran. Fast sah es so aus, als wollte er ihn in Sicherheit bringen.

Richter stieß sich von der Eingangstreppe ab, sprintete in den Flur. Kurz schaute er zu Gehricke. Die nickte. Er lief an ihr vorbei, tiefer in das Haus hinein. Am Ende des Korridors sah er eine große Blutpfütze. Links zweigte eine Tür ab. Der Raum, eine schmale Abstellkammer, war leer. Richter schlüpfte hinein und wartete.

Das Fenster war zu klein. Obwohl von Hartmann sich über die Jahre und unter größter Geheimhaltung stets fit gehalten hatte, würde er sich nicht hindurchzwängen können. Als er plötzlich und unerwartet seine motorischen Fähigkeiten wiedererlangt hatte, hatten es die Ärzte nicht glauben können. Es sei ein medizinisches Wunder, hatten sie gesagt. Und Bo hatte ihm geraten, die Genesung vorerst für sich zu behalten. Ihre Umfragen hatten ergeben, dass die Behinderung ihm sehr viele Sympathiepunkte einbrachte. Er hatte ihr geglaubt. Und nun war sie im Keller und tobte sich an diesem kleinen Oberfeldwebel aus. Das würde keine Punkte in der Öffentlichkeit bringen. Von Hartmanns Optionen schwanden. Genau wie die Zeit. Aber kampflos würde er sich nicht ergeben. Niemals. Er packte seine Pistole fester.

Im Keller unter ihr war jemand. Gehricke bildete sich ein, einen markerschütternden Schrei gehört zu haben. Kurz überlegte sie, hinunterzusteigen. Doch zuerst mussten sie hier oben für klare Verhältnisse sorgen. Zwei Meter vor ihr lugte Richter aus einem Zimmer heraus. Er legte seine Maschinenpistole an und nahm den Durchgang zur Küche ins Visier. Der metallene Geruch nach Blut mischte sich mit Schießpulvergestank. Jemand war verletzt und blutete langsam aus.

Mühsam lehnte sich Verkerk sitzend an die Küchenwand. Sein kalkweißes Gesicht verschmolz beinahe mit der Farbe der Raufasertapete. Der Hund hatte sich auf seinem Schoss zusammengerollt und jaulte leise vor sich hin, während die Blutpfütze unter Verkerk zunehmend größer wurde. Wenn der nicht bald Hilfe bekam, würde er hier verrecken. Egal. Von Hartmann musste sich um sich selbst kümmern. Und das hieß erst einmal, hier herauszukommen und schnellstmöglich zu verschwinden. Noch hatte er ein Ass im Ärmel.

Langsam wurde Gehricke nervös. Warum rückte Richter nicht vor? Er hockte noch immer in der Tür zu einem Nebenzimmer, die Maschinenpistole im Anschlag. Aus dem Keller unter ihr kamen keine Geräusche mehr. Nein, sie konnte hier nicht länger knien bleiben. Nachdem sie einmal tief durchgeatmet hatte, stand sie auf und lief gebückt nah an der Wand in Richtung Küche. Rechter Hand führte eine Treppe ins Obergeschoss. Als sie auf gleicher Höhe war, kam Richter plötzlich auf sie zugesprungen und riss sie zu Boden. Schüsse dröhnten. Gehricke spürte, wie Kugeln um sie herum einschlugen. Und in Richter, der auf ihr lag. Jemand kam die Stufen von oben heruntergerannt und blieb direkt über ihnen stehen. Hektisch versuchte Gehricke unter dem leblosen Richter hervorzukriechen.

Das musste Tetzlaff sein. Endlich. Von Hartmann hatte ihn im ersten Stock Stellung beziehen lassen. Wie üblich, war das eine taktisch hervorragende Entscheidung gewesen. In Strategiefragen war er von jeher unschlagbar gewesen. Der Geschosslärm war verstummt. Dem Geräusch nach war mindestens eine Person im Flur schwer zu Boden gegangen. War es vorbei? Langsam kam von Hartmann hinter dem Kühlschrank hervor. In kleinen, bedächtigen Schritten lief er durch die Küche. Für Verkerk hatte er nur einen kurzen Blick. Dessen Kinn war auf seine Brust gesunken. Im Halbdunkel war schwer zu erkennen, ob er atmete. Von Hartmann ging weiter, blieb im Durchgang zum Hausflur stehen. Dahinter lagen zwei Angreifer übereinander. Eine Militärpolizistin und darüber ein Mann, der Hasso seltsam bekannt vorkam. Tetzlaff setzte ihm gerade seine Waffe ins Genick und spannte den Hahn. Die Frau versuchte, ihre Pistole zu erreichen, die ihr wohl beim Sturz entglitten war. Emotionslos trat von Hartmann ihr auf das Handgelenk, ehe ihre Finger den Griff zu fassen bekamen. Auch er richtete den Lauf seines Revolvers auf den Kopf der Frau. Im Laufe seines Lebens hatte er schon mehrere Menschen getötet. Auf einen mehr oder weniger kam es absolut nicht an. Tetzlaff sah ihn fragend an und Hasso nickte.

Gehricke verbiss sich den Schmerz. Von Hartmanns Schuhabsatz bohrte sich in ihre Hand, drohte, die filigranen Knochen im Inneren zu zermalmen. Trotzdem ließ sie den Ex-General nicht aus den Augen. Sein Revolver zielte in ihr Gesicht, doch er war abgelenkt, nickte dem Mann zu, der von oben gekommen war und Richter erwischt hatte. Der lebte Gott sei Dank noch. Sein Körper versteifte sich über ihr. Jetzt!

Tetzlaff und von Hartmann drückten gleichzeitig ab. Im selben Moment katapultierte sich Richter nach oben, gegen den Lauf der Pistole in seinem Nacken. Von Hartmann verlor erschrocken das Gleichgewicht, strauchelte. Die Kugel aus seiner Waffe schlug neben Gehrickes Kopf ein, bohrte sich tief ins Parkett. Tetzlaffs Schlagbolzen klickte ins Leere. Keine Patrone mehr im Lauf. Überrascht riss er den Abzugshahn mehrfach hintereinander durch. Richter schnellte in einer Rolle auf die Beine. Seine schusssichere Weste hatten Tetzlaffs Kugeln abgefangen, ihm nur für Sekunden den Atem genommen. Leider lang genug, um eine Pistole an den Hinterkopf gehalten zu bekommen. Er hatte versucht, mitzuzählen. Dass Tetzlaffs Waffe leer geschossen war, war trotzdem Glückssache gewesen. Genau, wie jetzt Hasso von Hartmann gegenüberzustehen. Der schien seine Überraschung überwunden zu haben, hatte wieder einen festen Stand und riss seine Waffe herum. Ehe er feuern konnte, traf ihn Gehrickes Fuß. Der Revolver flog ihm aus der Hand, schlitterte über den Boden in die Küche. Von Hartmann hechtete hinterher, Richter folgte ihm auf dem Fuß.

Tetzlaff tastete hektisch nach einem Ersatzmagazin an seinem Gürtel. Hilflos sah er zu, wie von Hartmann aus seinem Sichtfeld verschwand. Endlich bekam er das Magazin zu fassen. Aufgeregt entriegelte er den Magazinschacht, ließ das leer geschossene herausfallen. Bevor er das frische hineinrammen konnte, traf ihn der Stiefel der Frau mit Wucht an der Brust und riss ihn von den Füßen. Er hatte kurz gezögert, auf sie zu schießen. Zum einen war sie eine Frau und zum anderen sah sie unverschämt gut aus. Das hatte ihr wahrscheinlich das Leben gerettet und ihm den taktischen Vorteil genommen. Beim Sturz war ihm das Magazin entglitten. Schnell rappelte er sich auf und warf die leere Waffe auf die Frau. Die wich gekonnt aus und nahm eine Kampfsporthaltung ein. Fast musste Tetzlaff lachen. Er war etwa zwei Köpfe größer als sie und besuchte regelmäßig Tae-Bo-Kurse. Mit den Schultern rollend nahm er seine Fäuste hoch. Ehe er zum Angriff übergehen konnte, schoss plötzlich eine Welle heißen Schmerzes durch seinen Körper, ausgehend von der Leber. Das Weibsstück hatte ihn schon wieder getreten. Tetzlaff krümmte sich nach Atem ringend und sah aus dem Augenwinkel, wie die Militärpolizistin abhob, sich in der Luft einmal um sich selbst drehte und ihr Stiefel auf seinen Kopf zugeschossen kam. Dann wurde es schlagartig dunkel.

Beinahe wäre von Hartmann in der Blutpfütze auf dem Küchenboden ausgerutscht. Im Laufen versuchte er, seine Pistole vom Boden aufzuheben. Doch sein Verfolger stieß ihn zur Seite, kickte die Waffe außer Reichweite. Direkt vor Verkerks Füße. Der war noch immer bewusstlos, mit dem wimmernden Hund auf seinen Beinen liegend. Von Hartmann drehte sich um.

»Sie sind das«, sagte er, als er seinen Verfolger erkannt hatte. »Richter. Der einzige Überlebende des Hinterhalts, damals, in Afghanistan.«

»Außer Ihnen«, entgegnete Richter ruhig. Nur kurz schaute er zu der zusammengesunkenen Gestalt an der Wand, dann wieder zu seinem ehemaligen Vorgesetzten.

»Aber das werde ich jetzt korrigieren«, fuhr Richter fort und zog ein Kampfmesser aus einem unter dem Hosenbein versteckten Halfter.

»Dann soll es so sein«, entgegnete von Hartmann und griff

nach einem Ausbeinmesser, das in einem Holzblock auf der Anrichte hinter ihm stand.

Sie belauerten sich. Gebückt gegenüberstehend, keine zwei Meter entfernt, mit gerade so viel Abstand zwischen ihnen, dass die Distanz für einen direkten Angriff zu groß war. Richter hatte in der Bundeswehr als Scharfschütze gedient, besaß nur Nahkampfgrundkenntnisse. Von Hartmann dagegen hatte vor seiner Zeit im Rollstuhl mehrere Kampfsportarten intensiv betrieben, unter anderem auch mit Messern und Schwertern. Und er griff an. Die schlanke Klinge des Ausbeinmessers fuhr knapp an Richters Hals vorbei. Der zuckte zur Seite, versuchte dem Ex-General seinerseits einen tiefen Schnitt in den Oberarm zu verpassen, schaffte es allerdings nur, den Stoff des Jacketts zu zerschneiden. Doch nun war seine Brust verwundbar. Von Hartmann tauchte unter Richters ausgestrecktem Arm hindurch, packte dessen Handgelenk und kugelte seine Schulter mit einem heftigen Ruck aus. Richter schrie auf, ließ sein Messer fallen, versuchte gekrümmt, das Schultergelenk zurück in die normale Position zu drücken.

»Sie hätten besser im Hindukusch verrecken sollen«, sagte von Hartmann und holte zum tödlichen Stich in Richters Hals aus. Die Klinge sauste nieder. Ein Schuss fiel. Von Hartmanns Kopf wurde in einer Blutwolke zur Seite geschleudert, sein Körper folgte mit Verzögerung. Krachend landete er auf dem Fliesenboden und blieb regungslos liegen.

»Alles klar bei dir?«, fragte Gehricke. Pulverqualm entwich noch immer aus dem Lauf ihrer Waffe. In versetzten Schritten, wie eine Florettfechterin, kam sie auf Richter zu.

»Nein«, antwortete der schwer atmend.

»Die Sanis sind gleich da. Ich muss in den Keller. Kommst du klar?«

»Ja«, entgegnete Richter und ging neben von Hartmann zu Boden.

Wie auf Stichwort leuchtete die Küche plötzlich rhythmisch blau auf. Sirenen waren zu hören.

»Gut.« Gehricke lud vorsorglich ein frisches Magazin in ihre

Waffe und lief zum Kellerabgang. Im Flur blieb sie kurz stehen. Sie hatte ihren Gegner mit Handschellen an das Treppengeländer gefesselt. Er war ohnmächtig, atmete jedoch. Durch die offene Haustür sah sie die ersten Krankenwagen einparken. Sie musste sich beeilen. Die Treppe hinunter war schmal. Je tiefer sie kam, desto intensiver wurde der Gestank. Eine Mischung aus Blut, Fäkalien und Urin. Er erinnerte sie an die Umkleide in ihrer Schulturnhalle. Am Fuß der Treppe hielt sie inne, ging in die Hocke und schwenkte blitzschnell um die Ecke. Sie sah eine offene Tür, die wie eine U-Boot-Luke aussah. Dahinter saß Oberfeldwebel Pepe S. Fuchs zusammengesunken auf einem Stuhl. Zumindest das, was von ihm übrig war.

25

»Da, ich glaube, er hat geblinzelt!«

»Wirklich? Ich habe nichts gesehen.«

»Doch, ich bin mir ziemlich sicher. Schau! Ein Auge ist fast offen!«

Pepe hörte die Stimmen nur ganz schwach, als ob er dicke Wattepfropfen in den Ohren hatte. Bis zum Anschlag hineingestoßen. Sehen konnte er auch nur verschwommen. Zwei Gesichter. Dicht über seinem eigenen. Das eine sah aus wie der Bösewicht aus einem James-Bond-Film. An den Titel des Streifens konnte er sich nicht erinnern, wusste nur noch, dass der Mann Diamantsplitter überall in seiner Gesichtshaut stecken gehabt hatte. So ähnlich wie, wie ...

»Beate?« Der Name wollte ihm kaum über die Lippen kommen. Seine Zunge war angeschwollen, staubtrocken und klebte widerlich an seinem Gaumen.

»Ja, ich bin es!« Beate griff Pepes Hand, in der ein Tropfzugang steckte.

»Schön, dass Sie wieder bei uns sind«, sagte jetzt das andere Gesicht.

Mit Mühe drehte Pepe seinen Kopf und erkannte Feldwebel Gehricke. Er wandte sich Beate zu. »Was ist mit deinem Gesicht?«, fragte er.

»Nur ein paar Kratzer. Die letzten Glassplitter werden morgen entfernt. Wenn ich den Ärzten glauben kann, was ich für sie hoffe, bleiben kaum Narben zurück.«

»Warum?«, fragte Pepe und versuchte, sich aufzurichten.

»Weil sie zum Glück nicht sehr tief in die Haut eingedrungen sind und mich dein Kamerad Cem sehr gut erstversorgt hat.«

»Nein, warum hast du die Splitter im Gesicht?«

»Kilian Verkerk hat auf mich geschossen.«

Verkerk. Der Name kam Pepe bekannt vor. War das nicht der Leiter des Fuhrparks, der immer das Motorrad des Chefs mit übertriebener Hingabe putzte? Warum sollte der auf Beate schießen? Halt, nein, Kilian Verkerk. Der Attentäter, der, der Major Frankfurt angefahren hatte. Bo Buschs Sohn! Langsam kamen Pepes Gehirnwindungen in Schwung.

»Wo ist er?«, fragte er und leckte dabei mit der Zunge über seine trockenen, aufgesprungenen Lippen.

»Auf der Intensivstation. Wahrscheinlich bekommt er sein rechtes Bein abgenommen«, berichtete Gehricke.

»Nicht meinetwegen«, beteuerte Beate schnell, als sie Pepes prüfenden Blick spürte. »Lars Richter hat ihn erwischt.«

»Lars Richter«, wiederholte Pepe und ließ seinen Kopf zurück ins Kissen sinken. »Wo ist er?«

»In seinem Mokchen. Er wollte dem ganzen Trubel aus dem Weg gehen. Seine Schulter kommt auch bald in Ordnung.«

»Seine Schulter?«

»Nur ausgekugelt. Von von Hartmann.«

»Von Hartmann!« Pepe versuchte sich aufzusetzen. »Ist er ...«

»Tot«, sagte Gehricke leise.

»Sie?«

»Notwehr«, antwortete Beate an ihrer Stelle. »Sie hat Richter das Leben gerettet.«

So viele Informationen. Pepe hatte Mühe, sie zu verarbeiten.

Unwillkürlich wanderte sein Blick zu dem Tropf, aus dem eine durchsichtige Flüssigkeit unaufhörlich in seinen Körper floss. Was dort wohl drin war? Er versuchte sich zu konzentrieren. Wer fehlte noch? Cem!

»Was ist mit Cem?«, fragte er schnell.

»Dem geht es gut«, versicherte Gehricke und Pepe entging nicht, dass sich ihre Wangen dunkel verfärbten. »Er muss die Armschiene mindestens drei weitere Wochen tragen. Ansonsten hält er die Stellung im Büro. Der Papierkram ist mörderisch.«

Das konnte sich Pepe lebhaft vorstellen. Fast war er froh, hier faul im Bett liegen zu können und nicht am Schreibtisch sitzen zu müssen. Aber da war doch noch etwas!

»Dr. Bo Busch ist spurlos verschwunden«, fuhr Beate fort. »Eine unidentifizierte Person ist aus dem Haus in Eisenach geflohen, in das du entführt worden bist, während ich von Cem versorgt wurde und Richter und Svenja mit dem General zu tun hatten.«

»Man kann es kaum glauben«, begehrte Svenja auf. »Der höchstdekorierte Soldat der Bundeswehr täuscht seine Behinderung nur vor, foltert Sie fast zu Tode und versucht mich und Richter umzubringen. Nur beim Motiv, da tappen wir völlig im Dunkeln. Wir haben von Hartmanns Leibwächter festnehmen können. Einen gewissen Tetzlaff. Er schweigt beharrlich. Keine Sorge, wir werden ihn bald weichklopfen und dann hoffentlich klarer sehen.«

»Wen folterte er fast zu Tode?«, unterbrach Pepe Gehrickes Redefluss. Und das nicht nur, weil er ihre Quietschstimme kaum ertragen konnte. Er hatte den Eindruck, einen Kurzschluss im Gehirn zu haben.

»Na dich. Wir wissen bloß nicht, warum. Vielleicht war er einfach nur komplett irre«, antwortete Beate. »Aber du hast wohl Glück gehabt. Die zerschnittenen Muskeln und Sehnen in deinen Beinen werden mit an Sicherheit grenzender Wahrscheinlichkeit wieder heilen. Und bevor er deinen ...« Beate stockte und wurde nun ihrerseits rot.

»Bevor er Ihren Penis abschneiden konnte, sind wir in das Haus gestürmt«, sprang Gehricke helfend ein.

Pepe schloss die Augen und hätte sie am liebsten nie mehr geöffnet. Er fühlte in seinen Körper hinein. Zerschnittene Muskeln und Sehnen? Mit an Sicherheit grenzender Wahrscheinlichkeit? Er fühlte rein gar nichts. Anscheinend hatten sie ihn bis Oberkante Unterlippe mit Schmerzmitteln vollgepumpt.

»Du musst dich erholen«, sagte Beate, richtete sich auf und streckte ihren Rücken durch. »Dein Arzt meint, dass du das Krankenbett bald verlassen kannst. Er geht von etwa fünfzig Tagen aus.«

»Fünfzig Tage?«, warf Pepe matt ein.

»Gut, vielleicht auch nur fünfundvierzig«, lenkte Gehricke ein. »Wenigstens sind Sie nicht allein.«

»Nicht allein?«

Jetzt öffnete Pepe doch die Augen und drehte den Kopf.

»Major Frankfurt liegt direkt neben Ihnen. Er ist augenblicklich allerdings nicht sehr gesprächig.«

Tatsächlich. Da lag der Alte und schlief ruhig und friedlich, was Pepe jetzt ebenso am liebsten getan hätte.

»Dann mach es mal gut. Und erhol dich«, ermunterte Beate ihn. Fast sah es so aus, als wollte sie ihm einen Kuss aufdrücken, ließ es nach einem verstohlenen Blick zu Feldwebel Gehricke lieber sein. Stattdessen ergänzte sie: »Ich konnte übrigens den Kohlhans-Fall lösen.«

»Kohlhans?«

»Die verschwundene Ehefrau. Weißt du noch? Ihr Mann wurde von Verkerk übel zugerichtet. Hat aber überlebt. Stell dir vor, er hat seine Frau umgebracht. Sie ist ihm anscheinend mit ihrem Putzfimmel auf den Geist gegangen. Anschließend hat er Verkerk gezwungen, sie zu vergraben. Mit dem Hund als Druckmittel. Hätte Verkerk nicht nach seiner Pfeife getanzt, hätte er dem Tier sonst was angetan. Wer seine eigene Frau umbringt, schreckt erst recht nicht vor dem besten Freund des Menschen zurück. Die Nachbarskinder jedenfalls waren ganz aus dem Häuschen, als sie ihren Rocky zurückbekommen haben. Du hättest dir dein Kopfgeld redlich verdient, haben sie gejubelt. Dort, auf dem Nachttischchen liegt die Socke. Wir haben alle Münzen eingesammelt. Also fast alle. Bis auf die, die du verschluckt hattest, natürlich. Und weißt du, wo wir Frau Kohlhans gefunden haben? Da kommst du nie drauf!«

»Unter dem Fischteich«, murmelte Pepe.

»Ja, unter dem Fischteich.« Beate war enttäuscht, der Pointe beraubt worden zu sein. »Mir war plötzlich der Witz aus dem Café eingefallen. Erinnerst du dich?«

Pepe hörte kaum zu. Er war unendlich müde, wollte die Augen schließen und erst nach fünfzig oder fünfundvierzig Tagen aufwachen.

»Der Kerl neben uns hat ihn erzählt«, fuhr Beate fort. »Er ging etwa so: Ich habe heute wieder Zeit am Grab meiner Frau verbracht. Sie denkt noch immer, es wird ein Gartenteich.«

Pepe war mittlerweile eingeschlafen.

Es war bereits dunkel, als er hochschreckte. Die Medikamente hatten nachgelassen. Seine Beine brannten, als hätte jemand Säure über sie gegossen. Er verkrallte sich in das Bettlaken, biss die Zähne zusammen. Es wurde nicht besser. Hilfe, er brauchte Hilfe. In absoluter Finsternis tasteten seine Finger nach dem Notknopf. Und stießen auf eine fremde Hand.

»Sie sind wach«, wisperte eine leise Stimme direkt neben seinem Ohr. »Schön.«

»Was wollen Sie?«, brachte Pepe nach einer kleinen Pause hervor. Er versuchte, sich aufrecht hinzusetzen, doch schon bei der kleinsten Bewegung wurden die Schmerzen so stark, dass Pepe befürchtete, ohnmächtig zu werden.

»Ich möchte mich nur unterhalten.«

»Wie sind Sie überhaupt hier hereingekommen?«

»Der General hat viele Freunde, die einem Türen öffnen können. Vor allem in einer Kaserne wie dieser. Auch jetzt, da er tot ist.«

»Warum verschwinden Sie nicht einfach? Es ist vorbei. Der Wahlkampf ist gelaufen und der Mörder an Johnny und Milena hat seine gerechte Strafe bekommen.«

»Ich glaube nicht, dass es vorbei ist.«

Major Frankfurt?

»Roger! Wie schön, dass du wieder unter den Lebenden weilst.«

Pepe spürte mehr, als dass er sah, wie Bo aufstand. Sie ging zum Bett des Majors hinüber.

»Ich habe so gehofft, dass du noch einmal zu dir kommst, bevor ...«

»Bevor du mich ebenfalls tötest?«, unterbrach Frankfurt sie.

»Ja«, antwortete Bo aus vollem Herzen. »Warum musstest du unbedingt in den alten Akten stöbern?«

»Reiner Zufall. Beim Hintergrund-Check des Generals bin ich auf den Namen Verkerk gestoßen. Wie konnte ich den vergessen?«

Frankfurt sprach ruhig und gelassen, als säße er an seinem Schreibtisch und nicht in einem dunklen Krankenzimmer, in dem er eben erst aus einer vierzehntägigen Ohnmacht erwacht war.

»Primošten ist uns allen unauslöschlich im Gedächtnis geblieben«, entgegnete Bo.

Pepe sah einen Schatten an seinem Bett vorbeilaufen. Kurz darauf flammte die Deckenbeleuchtung auf. Das grelle Licht schmerzte in den Augen. Pepe musste sich zwingen, sie offen zu halten.

»Der Rest war reine Mathematik«, fuhr Frankfurt fort. »Ich war sicher, dass Verkerk dein Sohn ist. Und ich ...« Er hielt inne.

»Nein!«, entfuhr es Bo überrascht.

Nein? Pepe verstand nun überhaupt nichts mehr. Die Schmerzen in seinen Beinen wurden immer schlimmer, sodass er kaum einen klaren Gedanken fassen konnte.

»Du hast geglaubt, Kilian wäre dein Sohn?« Bo fing an zu lachen. »Deswegen wolltest du mit mir reden?«

»Ja«, gab Frankfurt kleinlaut zu.

»Es ging gar nicht um Hasso?«

»Zuerst nicht – nein.«

Pepe sah deutlich, wie es in Bo arbeitete. War das eine Träne, die ihr über die Wange lief?

»Du hast keine Ahnung, wer der Schlampe Milena ihre gerechte Strafe hat zukommen lassen?«

»Hasso von Hartmann«, mischte sich Pepe ein.

Er hatte den Namen noch nicht vollständig ausgesprochen, da war Bo auch schon über ihm. Sie hielt ihm ihr Messer mit der kurzen, gebogenen Klinge an die Kehle, das Pepe nur allzu gut kannte.

»Hasso hat ihr ein paar läppische Schnitte zugefügt. Aber ich habe es zu Ende gebracht!«, zischte sie. Ihr Gesicht war zu einer dämonischen Fratze entstellt. Spucketröpfchen regneten auf Pepe herab.

»Warum?«, fragte Frankfurt ächzend. Er stemmte sich mit den Ellenbogen hoch, versuchte, aufzustehen. Sofort ließ Bo von Pepe ab. Drohend drehte sie sich um, kam dem Major mit kleinen Schritten näher. Das Messer zitterte in ihrer Hand.

»Sie hat sich an euch herangemacht. An dich und an Hasso. Das konnte ich nicht zulassen. Also habe ich sie abgestochen.«

»Genau wie Johnny«, ergänzte Pepe.

»Er wollte die Vergangenheit nicht ruhen lassen«, bestätigte Bo, ohne sich umzudrehen. Stattdessen kletterte sie auf Frankfurt, presste ihre Knie auf seine Oberarme, kam auf seinem Brustkorb zu sitzen. Als wollte sie ihn rasieren, ließ sie ihr Messer über sein Gesicht gleiten.

»Nein, du bist nicht Kilians Papa«, bekannte sie leise. »Er ist das Ergebnis einer Grenzkontrolle. Hat mehr als ein halbes Dutzend Väter.«

Erneut versuchte Pepe, den Notknopf zu erreichen. Sich gegen den Schmerztsunami stemmend, schob er seine Hand Zentimeter um Zentimeter über den Nachttisch. Bis seine Finger an der Geldsocke hängen blieben.

»Bo, du brauchst Hilfe. Ich kann dafür sorgen. Vertrau mir!« Frankfurt sprach eindringlich, aber beherrscht. »Man wird deine Verfassung berücksichtigen. Am Ende wirst du dich besser fühlen.«

»Am Ende werde ich mich besser fühlen«, echote Bo. Sie verlagerte ihr volles Gewicht auf Frankfurts Arme, stützte sich mit einer Hand an seiner Schulter ab, während sie mit der Messerspitze sein Krankenhemd zerschnitt.

Beim ersten Versuch rutschte Pepe ab. Erst beim nächsten Anlauf klappte es. Er wickelte das lose Ende der Socke um seine Finger und zog sie zu sich heran. Die Münzen klimperten, weder Bo noch Frankfurt schienen davon Notiz zu nehmen.

»Es gibt nur eine Sache, bei der ich mich frei fühle«, sagte Bo und drückte die Messerspitze tief in den Brustkorb des Majors. Der hielt mit zusammengebissenen Zähnen den Atem an und sah zu, wie ein dicker Blutschwall aus der Wunde quoll. »Wenn ich die totale Kontrolle über Leben und Tod habe. Wenn ein Mann vollkommen in meiner Gewalt ist. So wie ich es damals war. Mehrfach.«

Die Socke landete klirrend auf Pepes Bauch. Wieder raste eine Feuerwelle durch seinen Körper. Pepes Augenlider flackerten, doch er wehrte sich mit allem was noch in ihm steckte gegen die drohende Bewusstlosigkeit.

»Denk wenigstens an deinen Sohn«, versuchte es Frankfurt mit einer anderen Taktik. Er hatte hörbar Mühe, ein Stöhnen zu unterdrücken. Bo hatte mittlerweile fast zärtlich einen perfekten, blutigen Kreis um seine rechte Brustwarze gezogen.

»Meinen Sohn kenne ich kaum.«

»Du wirst ihn nicht besser kennenlernen, wenn du lebenslang im Gefängnis sitzt.«

»Mach mir ja keine Vorschriften, hörst du! Wehe! Ich bin die Herrin meiner Taten!«, kreischte Bo plötzlich auf. Sie packte ihr Messer mit beiden Händen und hob es hoch über ihren Kopf. Jeden Moment würde sie es Frankfurt bis zum Heft in den Hals rammen.

Adrenalin schoss in Pepes Körper, mobilisierte seine letzten Kräfte. Er setzte sich auf, schwang die Geldsocke wie eine Steinschleuder und ließ los. Das Münzgeschoss traf Bo an der Schläfe, drückte ihren Schädel ein. Ihre Klinge verfehlte Frankfurt, bohrte sich stattdessen in die Matratze. Wie in Zeitlupe kippte sie zur Seite, fiel kopfüber vom Bett, brach sich das Genick.

26

»Sie beide kann man wirklich keine Sekunde alleine lassen«, schimpfte Cem und verschränkte die Arme vor der Brust.

»Haben Sie nichts Besseres zu tun, als uns hier zu nerven?«, fragte Pepe zurück, mit einem Lächeln im Gesicht. Er hatte sich inzwischen an den jungen Türken gewohnt. Anscheinend hatte der Major mit ihm ein glückliches Händchen bei der Personalauswahl gehabt.

»Was macht der Arm?«, fragte er zurück.

»Fortschritte.«

»Der Laden läuft?«, wollte Major Frankfurt wissen.

»Der Tod von Dr. Busch hat natürlich eine Papierlawine ausgelöst. Was für ein Glück, dass ihre Stimme Sie aus dem Koma geholt hat. Unglaublich. Aber ja, der Laden läuft.«

»Wissen wir schon, wer Dr. Busch auf das Gelände gelassen hat?«, hakte Pepe nach.

»Nein. Jeder gibt jedem ein Alibi. Niemand hat etwas gesehen oder gehört. Sie steht nicht im Besucherbuch und die Kameras hatten alle aus unerfindlichen Gründen eine Fehlfunktion. Alle gleichzeitig.«

Pepe zog sich in seinem Bett höher, sodass er fast aufrecht zu sitzen kam. Sein Arzt hatte die Schmerzmitteldosis erhöht. Nicht ohne darauf hinzuweisen, dass solche Mengen früher nur bei der Kavallerie verabreicht wurden. Den Pferden. Der Einwurf war Pepe egal. Ihm ging es so bedeutend besser.

»Das ist garantiert nicht nur ein Höflichkeitsbesuch«, mutmaßte Pepe und zeigte mit dem Kinn auf die Aktenmappe, die Cem unter seinem geschienten Arm trug.

»Nein, nicht nur. Ein Oberbootsmann vom Militärischen Abschirmdienst hat mehrfach nachgefragt, ob wir einen Anruf aus Afrika entgegengenommen hätten.«

»Schulze!«, entfuhr es Pepe.

»Ja, Schulze«, bestätigte Cem.

»Und, haben wir?«

»Allerdings. Oberstleutnant Bernd-Friedrich Kleinschmidt hat Sie zu sprechen gewünscht. Erneut. Er war es, der schon mal angerufen hatte.«

»Ha, der Schmitti. Was wollte denn das alte Schlitzohr von mir?«, fragte Frankfurt und kratzte sich an seiner frisch genähten Brustwunde. Er lag Pepe die ganze Zeit in den Ohren, wie höllisch die Narben juckten.

»Er wollte Oberfeldwebel Fuchs sprechen.«

»Mich?«, wunderte sich Pepe. »Warum denn das?«

»Hat er nicht verraten. Nur dass es wichtig wäre und er nur persönlich mit Ihnen darüber sprechen kann. Lebenswichtig, hat er am Ende betont und aufgelegt.«

»Der Schmitti. Er hatte von jeher einen Hang zum Theatralischen«, wandte Frankfurt ein.

»Dieses Mal wohl nicht«, entgegnete Cem stockend. »Die Meldung kam vor einer Stunde rein. Der Oberstleutnant wurde tot aufgefunden. Die näheren Umstände sind bislang nicht bekannt.«

Schweigen senkte sich wie ein Bleimantel über den Raum. Nach einer gefühlten Ewigkeit sagte Major Frankfurt hart: »Fuchs, Sie fliegen nach Afrika. Klären Sie das auf!«

»Aber ich kann nicht laufen!«

»Feldwebel Gehricke ist ausgebildete Sanitäterin. Sie kann Ihren Rollstuhl schieben!«

Pepe S. Fuchs - Schatzjäger

Der Campingplatz nahe Malchow, versteckt im Wald, erscheint als geheimer Treffpunkt ideal. Dass Oberfeldwebel Pepe S. Fuchs dort in eine Schießerei gerät und ihn ein geheimes Tagebuch auf die Spur eines verschollenen Goldzuges führt, ist selbst für den Militärischen Geheimdienst MAD nicht vorauszusehen.

Wieder einmal muss der Militärpolizist auf die Hilfe der Eisenacher Kommissarin Beate Jäger vertrauen, um die folgende Schatzjagd einigermaßen ungeschoren zu überstehen.

ISBN 978-3-89969-243-8, 303 S.; Pb.
(auch als E-Book erhältlich)

Pepe S. Fuchs - Mythenjäger

Alle Welt hält ihn für tot. Die beste Gelegenheit für Oberfeldwebel Pepe S. Fuchs, für immer abzutauchen und ein ganz neues Leben zu beginnen.
Doch plötzlich liest er in der Zeitung, dass Beate Jägers Familie in Südfrankreich verschollen ist. Pepe verwirft augenblicklich seinen Plan, sich heimlich aus dem Staub zu machen und eilt seiner Freundin bei der Aufklärung des Falls, der sie direkt betrifft, zu Hilfe.
Die beiden fragen sich, ob der geheimnisumwitterte, millionenschwere Dorfpfarrer von Rennes-les-Château damit im Zusammenhang steht.

ISBN 978-3-89969-234-1, 288 S.; Pb.
(auch als E-Book erhältlich)

Pepe S. Fuchs - Hexenjäger

Die Obergefreite Johanna Bock ist seit vier Wochen verschwunden. Doch niemand scheint die junge Frau zu vermissen. Im Gegenteil. Eine Untersuchung des Falles wird von oberster Stelle behindert. Ist eventuell sogar Major Frankfurt, Pepes direkter Vorgesetzter, involviert? Oberfeldwebel Fuchs ermittelt in alle Richtungen, aber viele Spuren verlaufen im Sande.
Der undurchsichtige Vermisstenfall führt Feldjäger Pepe S. Fuchs und die Eisenacher Kommissarin Beate Jäger in einen modernen Hexenzirkel, einen Saunaklub und an ihre physischen und psychischen Grenzen.

ISBN 978-3-89969-227-3, 301 S.; Pb.
(auch als E-Book erhältlich)

Pepe S. Fuchs - Panzerjäger

Der Hilferuf erreicht Feldjäger Pepe S. Fuchs zu einem denkbar ungünstigen Zeitpunkt. Schließlich gilt es, eine offene Rechnung mit den „Nachtwölfen“ zu begleichen. Doch Panzerkommandant Roger Deutschmann scheint in echten Schwierigkeiten zu stecken. War er wirklich an einem Überfall auf einen Geldtransporter nahe Gotha beteiligt? Woher sonst rührt sein beachtliches Vermögen?

ISBN 978-3-89969-221-1, 284 S.; Pb.
(auch als E-Book erhältlich)

Pepe S. Fuchs - Mumienjäger

Han, Agentenführer im chinesischen Auslandsgeheimdienst, hat einen meisterhaften Plan ausgearbeitet, um an die geheimsten Daten zur Cyberverteidigung des CERTBw (Computer Emergency Response Team der Bundeswehr) zu gelangen.
Feldjäger Pepe S. Fuchs wacht mittlerweile schweißgebadet in einem Zimmer des Bundeswehrkrankenhauses in Berlin auf. Sein Bettnachbar ist eine von Kopf bis Fuß in Verbände gehüllte Person, die ihn anscheinend stumm um Hilfe anfleht.

ISBN 978-3-89969-211-2, 268 S.; Pb.
(auch als E-Book erhältlich)

Pepe S. Fuchs - Feldjäger

Oberfeldwebel Pepe S. Fuchs begleitet mit einer Feldjäger-Motorradeskorte den Bundespräsidenten und dessen kubanischen Gast zu einem Besuch auf die Eisenacher Wartburg. Doch die vermeintliche Routinemission endet dramatisch: Der Konvoi wird überfallen, der Kubaner entführt.

ISBN 978-3-89969-199-3, 257 S.; Pb.
(auch als E-Book erhältlich)